新潮文庫

不毛地帯

第一巻

山崎豊子著

新潮社版

8567

目次

不毛地帯 第一巻

これは架空の物語である。過去、あるいは現在において、たまたま実在する人物、出来事と類似していても、それは偶然に過ぎない。

一章　出　会　い

社長室の窓の外に大阪城が見え、眼下に帯のような堂島川が見える。

近畿《きんき》商事の社長である大門一三《だいもんいちぞう》は、朝、出社すると、窓寄りの机に坐《すわ》り、大阪城を視野におさめる。冴《さ》えた冬陽の中で、天守閣の甍《いらか》と塗籠《ぬりごめ》の白壁がくっきりと空に聳《そび》えている。大門一三にとって、城は覇者の館《やかた》であり、戦を連想させ、商社の日々の烈《はげ》しい闘争心が鼓舞される。次に社長室の壁面一杯に拡《ひろ》がった近畿商事の海外支店網に視線を移す。

銅板で造った世界地図の上に、各地に所在する海外支店が赤ランプで、出張所が青ランプで標示され、経度の左右に現地時間が記されている。東半球は眠りに入っているが、西半球の各地では、今百五十人の駐在員がテレックスと闘い、或《ある》いは飛行機で空を飛んでいる。それを思うと、大門の眼に強い活気が漲《みなぎ》って来る。

身長百六十七センチ、体重七十五キロ、胸囲一メートル、桜色の艶々《つやつや》しい顔に金縁眼鏡をかけ、太い手首にオーディマ・ピゲの時計を巻いた姿は、到底、五十六歳には見えない逞《たくま》しさがある。

机の上には、早くも社長決裁の書類と社長必見の報告書が積まれている。大門はまず国際相場表を手にとった。ニューヨークの棉花《めんか》、シカゴの小麦、シドニーの羊毛、シンガポールのゴム、ロンドンの砂糖など、海外の各商品取引所における一日の始値《はじめね》と終値《おわりね》がドル、ポンド建てで、びっしり書き込まれている。大門はどんなに多忙を極めていても、必ず主要国際商品の相場には眼を通す。

大門一三の唇がたちまち不機嫌に曲り、太い手がインターフォンに伸びた。

「羊毛部の色川《いろかわ》部長を呼んでくれ、忙しいから、電話でいい」

秘書に命じた。

「社長、色川でございます」

緊張した声で、すぐ応答があった。

「オーストラリアの羊毛が、えろう急騰《きゅうとう》してるやないか、原因は何や？」

苛《いら》だつと大阪弁になる大門は、直截《ちょくせつ》に聞いた。半月ほど前までは、一ポンド六十ペンス前後で、ほぼ安定していた値が、七十ペンスをじりじりと突破したと思う間もなく、今日は八十四ペンスに撥《は》ね上っている。

「業界筋では、ヨーロッパ、アメリカでの需要がファッションの変化に伴い、急増したという説、オーストラリアのクイーンズランド地方一帯の旱魃《かんばつ》で牧草が枯れ、羊が大量に死んだためという説など、いろいろ流れていますが、まだはっきりした原因はつかめておりません、しかし羊毛部としましては、既に二十日ほど前から、異常な値動きに気付いておりましたので、シドニー支店と密接な情報交換をしながら、連日、買いに廻り、今週半ばまでに、来年三月分までの先物《さきもの》買いを入れました」

色川羊毛部長は、てきぱきと報告した。

「それで、この先の見通しはどうなんや」

「この相場は九十ペンスを抜けることはないと思いますので、三割方《がた》利がのったこのあたりで一まず利食《りぐ》って、鍋入《なべい》れしようと考えておりますが――」

第一線の部長らしい敏捷《びんしょう》さで、これまでの儲《もう》けはがっちり掌中に入れ、この先は逃げの線を打ち出すと、

「ノー！　この相場は二百ペンスまで必ず行く、それまでは目をつぶって買いまくるのや！」

「二百ペンス、しかしそれほどの根拠はまだ……」

「しかしも何もない、クイーンズランドの牧草が枯れたら、その南のニュー・サウス・ウェールズ地方も旱魃になる公算は大や、そうなったらオーストラリアの羊毛は底をつく、二百ペンスまでは買いや！」

羊毛部長の躊躇《ためら》いを無視し、大門一三は、一方的に喋《しゃべ》りまくり、がちゃんと電話をきった。

大門には、強い自信があった。

近畿商事は、今でこそ資本金三十九億、従業員三千人の綜合《そうごう》商社として、日本の十大商社の上位を占めているが、もともと船場《せんば》の繊維問屋から発祥した商社で、昭和三十三年の現在も取扱いの六割は、繊維で占められている。

大門一三は、大正十一年、大阪高商を卒業して近畿商事に入社後、日ならずして北京《ペキン》支店長に抜擢《ばってき》され、棉花の輸入買付けに中国大陸を東奔西走したのを皮切りに、百戦練磨の紡績、機屋《はたや》相手に血の小便の出るような激甚《げきじん》な商売の中をくぐりぬけ、二年前に急死した前社長とともに、今日の大商社の礎《いしずえ》を築いたのだった。社長就任後二年を経ずして、社内に大門の威令が行なわれているのは、相場に対する大門の卓抜した勘の鋭さとともに、剛気果断な性格によるものであった。

その大門にも、気にかかることがあった。終戦と同時に解体された旧財閥系の商社が、最近、合同し、再び曾《かつ》ての財閥商社として息をふき返して来つつあることだった。それに対抗するには、今までのように各営業部門の尻《しり》を叩《たた》き、どんなにノルマを課してみたところで、おのずと限界がある。目下の近畿商事に必要なことは、旧財閥系商社に対抗し得る組織力を備えることであった。それには大局的にものごとを判断し、企業を組織的に動かす人材が必要であった。

秘書が、書類を抱えて入って来た。

「社長、十一時に綿業クラブの会合がございますので、それまでに書類の決裁をおませ戴《いただ》きたいのでございますが――」

年末に向って、ただでさえ多忙なスケジュールがさらに多忙になり、自邸へ持ち帰らねば処理しきれぬ日も少なくなかった。

「うむ、急いで片付けてしまう」

大門は頷《うなず》きながら、机の上に積み重ねられた書類の一番上に眼を遣《や》った。防衛庁への戦闘機納入に関する決裁書類であった。大門は、ふと思いついたように、

「例の壹岐正《いきただし》という人物の面接は、今日だったな」

「はい、十時半の予定でございます、あと四、五十分後に――」

「よし、わかった」
大門は頷き、金縁眼鏡をはずし、眼を据えるように書類を読み、迅速に決裁して行った。たちまち可決七、却下三、さし戻し二と決裁を終え、秘書に渡すと、机の引出しから今日、面接する壹岐正の履歴書を取り出した。

現住所　大阪市住吉区北島町四五
　　　　市営大和川《やまとがわ》住宅四九〇号
本　籍　山形県飽海《あくみ》郡遊佐《ゆざ》町蕨岡《わらびおか》杉沢
　　　　大正元年十一月二十一日生
経　歴
大正十五年四月　東京陸軍幼年学校入学
昭和八年　七月　陸軍士官学校卒業
同　　　　十月　陸軍歩兵少尉《しょうい》
同十四年十一月　陸軍大学校卒業
同　　　　　　　第五師団参謀
同十五年　六月　第五軍参謀（満州・東部）

同十六年　十月　大本営陸軍部作戦課参謀
同十九年　二月　関東軍参謀
同二十年　三月　陸軍中佐
同　　　　四月　大本営陸軍部作戦課参謀
同　　　　八月　終戦と同時に大本営特使として関東軍へ派遣され、ソ連抑留
同三十一年十二月　抑留解除帰還、現在に至る

職業　無職

履歴というより軍歴以外の何ものでもなかった。大門は視線を離した。そしてそこに添えられている写真を見た。そぐわない感じの背広を着た四十六歳の男の顔が映っている。シベリアの苛酷《かこく》な抑留生活を物語るように、頰の肉が削《そ》げ落ち、眼の下に窪《くぼ》みが出来ていたが、秀《ひい》でた額の下の眼は、やや憂《うれ》いを帯びてい、澄んだ光を湛《たた》えている。シベリア抑留十一年の忍苦も、この男の瞳《ひとみ》の光だけは奪えなかったようであった。

写真をおくと、大門は履歴書に添えられているもう一通の封書を広げた。それは壹岐正から大門に宛《あ》てた私信であった。和紙に墨筆で簡潔な文面がしたためられている。

御願之儀

一、小生を面接、首実検の後、不採用という恥辱は御容赦願いたし

一、シベリア抑留十一年間、言論行動の自由を奪われた小生故《ゆえ》、暫《しば》し言動の自由を束縛しないよう御願い致したし

一、算盤《そろばん》、簿記はもとより、商業知識は皆無にして且《か》つ、不向きなること御諒承《ごりょうしょう》願いたし

大門の口もとに苦笑が洩《も》れた。この男を採用すべく、半年前から再々、使いの者をさし向けたにもかかわらず、その度に、鄭重《ていちょう》に辞退し続けられたのだった。そうした大門に対し、近畿商事の役員たちは、元大本営参謀の採用に疑問を持っていた。戦後の一時期、旧軍の司令官や参謀クラスを意識的に集め、その人物のコネや顔を巧みに利用した企業があったのは事実だったが、戦後十三年経《た》っている今日、近畿商事のように生っ粋《きっすい》の大阪発祥の商社が、よりにもよってシベリア帰りの旧軍人などを採用しなくてもというのが、役員たちの意見であった。しかし、大門は旧軍人のコネや顔などあてにしていない。それより彼らの作戦力と組織力に魅力を感じているのだった。民間企業の中でその力量をどれだけ発揮できるか解《わか》らなかったが、曾て国家の総力を

傾けて養成し、今の貨幣価値に換算すれば、一人数千万の国費をかけた参謀クラスの中から、優れた人材を選び出すのは、最も合理的で、確率の高い方法だというのが、大門の考え方であり、使えるか、使えないかは、首実検の上決めればいいことだと思っていた。

しかし、三度目にようやく履歴書を提出し、面接の運びになっても、なお且つ三箇条の「御願之儀」を書き添えて来る壹岐正という人物に対して、大門は強い興味を覚えた。自分の考えている先を越して、面接、首実検の後、不採用という恥辱は御容赦願いたい――、それは傲岸不遜《ごうがんふそん》と云《い》おうか、心の位取りの峻厳《しゅんげん》さと云おうか、いずれにしても、大門ははじめて、人の訪れを待つ気になった。

壹岐正は、身装《みなり》を整えると、六畳と四畳半の二間と台所だけの手狭な家の戸締りをした。大阪・大和川の堤の南側に建っている市営大和川住宅は、三百戸余りの質素な建物であったが、家々のささやかな庭木が眼を潤《うるお》した。玄関の戸に鍵《かぎ》をかけ、手製の郵便受けの中に鍵を入れて、家を出た。

洗濯ものを干している近所の主婦たちの視線が集まったが、この頃ではもう慣れてしまっている。壹岐は目礼して、主婦たちの前を通り過ぎ、南海電車の住之江《すみのえ》駅へ向った。ソ連からの最後の引揚船で舞鶴《まいづる》へ帰還し、妻子がいる現在の住いに帰って来て二年経っているが、壹岐はまだ浪人暮しをしているのだった。元大本営参謀というだけで、何の履歴も持たない壹岐は、大阪府庁の民生部世話課に勤めている妻の報酬で生活していた。朝、妻と高校生の娘と中学生の息子を送り出し、家の中の掃除とその日の買出しをした後、毎日のように旧部下の就職を頼み歩くのが、壹岐の日課であったが、今日は、はじめて自分の就職のために近畿商事へ出かけて行くのだった。

九時を過ぎた電車の中はすいており、腰をおろしたが、重い気持であった。心の中では、まだ近畿商事への就職が決まっていなかった。近畿商事からの再三の入社の誘いを思い、三度目には大門社長じきじきの使いがさし向けられたことを考えると、無下にも断わりかね、やっと履歴書に、自分なりの所信を添えて郵送したのだったが、シベリア抑留十一年間の空白を持つ自分が、時代の変転が激しい民間会社、特に商事会社などに勤まるだろうかという不安があった。しかも、旧軍人に対する世間の白い眼がまだ根強く張っていることを考えると、なぜ一面識もない大門一三が、自分を求めるのか、不審であった。もし、自分が曾て大本営参謀であったことを何らかの形で利用しようと考えているのなら、肯《がえん》じられなかった。一年前にも、東京の防衛庁から強い勧誘があったが、壹岐は、生活の資のために軍務に携りたくないと固辞したのだった。それだけにいかなる形でも、曾て旧軍参謀であったこととかかわりのない場での話でありたかった。壹岐にとって、大本営作戦参謀として、大東亜戦争に参画したことが、余人には到底、理解され得ぬ心の負い目になっている。

難波《なんば》駅でバスに乗りかえると、終戦十四年目の正月を迎える師走《しわす》の街には、人々が慌《あわただ》しげに歩き、物資が溢《あふ》れ、戦争の痛手が窺《うかが》えないほどの活気が満ちていたが、壹岐とその周囲の者たちは、まだ敗戦の辛苦からたち上れずにいる。壹岐はオーバーのポケットに手を入れ、ポケットの底にある封筒に触れた。壹岐が就職の世話をした旧部下から郵送されて来た現金封筒で、「中佐殿、僅《わず》かですが、ご家族ですき焼きなりともして下さい」という手紙が同封されていた。はじめて手にしたボーナスの中からの送金であった。あいつ奴《め》！　壹岐は、部下の顔を思いうかべ、優しく笑った。

堺筋《さかいすじ》の高麗橋《こうらいばし》で降りると、交叉点《こうさてん》の角から新しい近畿商事のビルが見えた。壹岐は、正面玄関のガラス扉《ど》を押し、人の出入りの多さとその服装の派手さに戸惑ったが、受付で名乗ると、すぐ七階の秘書室へ案内され、待つ間もなく社長室へ通された。

扉を開くと、窓寄りに大きな執務机があり、そこから大門一三が見据えるようにまっすぐ壹岐を見た。壹岐も、静かな澄んだ眼《まな》ざしで大門を見た。暫時《ざんじ》、沈黙が続き、大門の大きな声が響いた。

「壹岐さん、あなたの所信はなかなかユニークでしたよ」

と云い、椅子《いす》をすすめると、

「不躾《ぶしつけ》な申し上げようになりました、どうも無骨なもので――」

壹岐は、ややはにかむように云った。

「いや、りっぱですよ、シベリア抑留十一年間の辛苦をなめながら且つ、これほどの気骨を失わないのは――、帰国してからまる二年、どこへも就職しないのはどういうわけですか」

「最後の興安丸で一緒に帰りました部下たちの就職口を見つけることと、弱っていた私自身の体を回復させることに、かかってしまいました」

「それにしても、まる二年もの浪人生活をやり遂げるには、あなた自身が何か心に期している第二の人生があるんじゃないですか」

大門は、確かめるように聞いた。

「別に――ただ、次の第二の人生だけは誤りたくない、いや絶対、誤ってはならぬとそう考えているものですから、つい……」

壹岐の口数は少なかった。

「それで、当社への就職は決心してくれましたか、あなたの三条件は呑《の》みますよ」

「恐縮です、しかし正直なところ、私はなお且つ、迷っています」

と躊躇うと、大門は体を乗り出し、

「それは、商売が解らないのに商社へ入ることと、曾てのあなたの肩書が商売上に利用されないかという危惧《きぐ》でしょうな、だが、その点については、はっきり答えましょう、私があなたに望むことは、曾ての大本営作戦参謀としての作戦力と組織力を、当社に生かして貰《もら》いたいということです」

大門の眼が熱気を帯び、精悍《せいかん》に光った。

「しかし、軍隊と民間企業とでは、根本的に違うものですから――」

「違うかねえ？　私はむしろ根本において軍と商社は同じやと思う、私流に遠慮なく云わせて貰うなら、軍隊はもともと元手なしに一銭五厘《りん》の葉書で兵隊を集めて来るところ、商社もありていに云えば、人と電話だけで動いているところ、両方とも元手なしで、要は人と頭の使い方一つで、浮きも沈みもする点が、よう似てるやないですか」

と云うなり、大門はあっはっはっと咽喉仏《のどぼとけ》を鳴らして、豪快に笑い飛ばした。それは壹岐が曾て仕えた野戦の司令官と共通する剛気果断な人となりであった。参謀として育って来た壹岐は、そうした司令官型の人間としか組めない自分の体質を知っており、大門と自分との出会いに、或《あ》る運命的なものを感じた。

「どうですか、来て戴けますかね」

壹岐は、瞬時、沈思し、

「お世話になります」

一言、そう云い、きちんと一礼した。旧軍人らしい威儀の正しさがあった。大門の顔が大きく綻《ほころ》んだ。

「やっと私の望みが叶《かな》いましたな、ところでシベリアは、どちらで抑留されていたんです？」

「ハバロフスク、タイシェト、マガダンの北のラゾなど転々としました」

大門は、壹岐が口にした地名を壁面の世界地図の上で追った。

「それにしても十一年間とは長かったですな、その間一番、辛《つら》かったことは、やはり飢えですか」

「いや、飢えよりも、独房の孤独です」

「ほう、独房——、捕虜収容所だけでなく、牢獄《ろうごく》へも入れられてたんですか」

「戦犯として、重労働二十五年の刑を受けました」

「それは、大本営参謀だったということで？」

「向うの表現では、資本主義幇助《ほうじょ》罪という罪名でした」

「ほう、資本主義国家の人間に対し、資本主義幇助罪を適用するのですかねぇ」

大門は強い関心を示したが、壹岐は、せっかく癒《い》えかけた心の傷を、鋭利なメスで裂かれるような痛みを覚えた。シベリア十一年の抑留生活は、人間として見てはならぬもの、してはならぬこともしてしまった地獄の生活であった。それだけに、一日も早く心の中から拭《ぬぐ》い去ってしまいたいことであった。それが大門の問いかけによって、創口《きずぐち》が開き、どくどくと血を噴き出した。

不意にガラス窓を通して、鈍い震動音が伝わって来た。見上げると、旅客機であったが、壹岐の耳には爆撃機の轟音《ごうおん》に聞え、壹岐を十三年前に引き戻してしまった。

二章　壊滅

東京、市谷《いちがや》の大本営で、陸軍中佐壹岐正《いきただし》は、阿南《あなみ》陸相自決の報《しら》せを聞き、凝然とたち竦《すく》んでいた。玉音放送が行なわれた昭和二十年八月十五日の夕刻のことであった。

終戦の詔勅を聴いて茫然《ぼうぜん》自失、なすことを知らぬ将兵に、〝今暁《こんぎょう》、阿南陸相自刃《じじん》す〟の報せは、打ちのめされるような大きな衝撃であった。阿南陸相は、昨十四日、宮中防空壕《ごう》で行なわれた最後の御前会議においても、無条件降伏に反対し、本土決戦後和平の説を強硬に主張したが、一度《ひとたび》、終戦の聖断が下るや、潔《いさぎよ》く聖旨に従い、払暁《ふつぎょう》「一死ヲ以《もっ》テ大罪ヲ謝シ奉《たてまつ》ル」という遺書をしたため、割腹自刃を遂げたのだった。阿南陸相の武人らしい最期《さいご》が、大本営作戦参謀である壹岐の胸に迫って来た。

「中佐殿、参謀総長がお呼びであります」

下士官が伝えて来た。壹岐は、呼び覚まされたように、作戦室と同じ二階にある斜め奥の参謀総長室へ足を向けた。

固く閉ざされた扉を押すと、梅津参謀総長は正面の机に向っていた。端正な顔に苦悩と濃い憔悴《しょうすい》が滲《にじ》み出ている。阿南陸相とともに最後まで決戦後和平を主張した梅津参謀総長にとって、陸相の自刃は、壹岐たちの推量を越えるものがあるに違いない。

壹岐が机の前にたつと、参謀総長は静かだが、瞬《また》きもせぬ視線で壹岐を見、

「重大な任務の遂行を命じる、明朝、新京へ飛んで、関東軍司令部に聖旨のあるところを伝えて貰《もら》いたい」

と命令した。壹岐の眼前に、敗戦によるもう一つの苛酷《かこく》な現実が迫った。玉音放送後も大本営には、南方、支那《しな》、満州にある各軍司令部から、停戦に至った経緯とその信憑性《しんぴょうせい》を糺《ただ》す電信電話が殺到し、ことに満州にある関東軍七十万の将兵は、いかに玉音放送による聖旨といえども、俄《にわ》かに副《そ》い難し、ソ連の参戦はもとより予期せしところであり、全軍玉砕を賭《と》し、死中活を求むべしと、云《い》って来ているのだった。

梅津参謀総長は、言葉を継いだ。

「関東軍に対しては、もはや電信電話による説得、慰撫《いぶ》は不可能である、君が行って直接、聖旨のあるところ、そして大本営命令として関東軍司令部に伝えてくれ、君なら四カ月前まで関東軍の参謀であったから、大本営特使であると同時に、もと同僚と

して説得できるだろう」

壹岐は、つい四ヵ月前、本土決戦の作戦要員として、関東軍から大本営参謀本部へ呼び返されたばかりであった。それだけに関東軍が対ソ作戦のために心血を注ぎ、南方への兵力補強のため、兵員と弾薬を削減されても微動だにせず、七日前、突如、参戦し、満州へ侵攻してきたソ軍と戦闘中の七十万将兵を思うと、返答が躊躇《ためら》われた。

だが、壹岐は表情を引き締め、

「もとより任務遂行には、全力を注ぐ覚悟であります、しかし関東軍においては、陛下の玉音放送は一般国民に対するものであり、軍に対しては大本営命令が下されない限り、降伏の必要なしと解釈するものが多いと思われますので、停戦命令書を携えて参りたいと存じます、さもなくば関東軍の説得は到底、なし得ません」

梅津参謀総長は、口を噤《つぐ》んだ。

夕刻、フィリピンからも大本営の停戦命令を受け取らぬ限り、戦闘を止《や》めぬと云って来ているのだった。命令書の起案は、作戦課の参謀が作り、その上で参謀総長が手直しすることになっているが、誰もが降伏命令の筆を執ろうとしない。

「君が、停戦命令書を起案し給《たま》え」

壹岐は、息を呑《の》んだ。壹岐は日米開戦命令の起草者でもあるのだった。その自分が敗戦を迎えた今、再び停戦命令の筆を執れと命じられている。作戦参謀としてあまりに苛酷な命令であった。

突然、慌《あわただ》しく扉が開き、激昂《げっこう》した参謀が入って来た。

「参謀総長、只今《ただいま》、関東軍司令部から、ソ軍猛攻撃、ここに至って無条件降伏は承服し能《あた》わざるなりと、再度、電話で抗命して参りました！」

叩《たた》きつけるように報告すると、参謀総長は、

「もはや、一刻の猶予《ゆうよ》もならぬ、壹岐、直ちに命令書を作成し、それを携えて明朝、立川《たちかわ》飛行場より新京へ出発せよ、ソ軍、米英軍にはその旨《むね》、連絡して、飛行の安全を求める、なお関東軍への任務遂行次第、必ず復命せよ」

壹岐は直立して、復誦《ふくしょう》し、参謀総長室を辞した。

廊下に出、ガソリンの臭《にお》いがたち籠《こ》めている窓の下を見た。暗くなりかけた前庭に幾つもの炎が燃え上り、怒号と人影が乱れている。機密書類や暗号書などを積み上げ、次々と火を点《つ》けて、焼却しているのだった。

「帝国陸軍が、無条件降伏か！」

「敗戦の仕方など、士官学校では習わなかったぞ！」

怒号とも、慟哭《どうこく》ともつかぬ声が飛び、炎の明りの中に顔を引き吊《つ》らせ、軍服の背中

まで汗みずくにした将校たちの顔が映し出されている。三十三歳の壹岐も思わず、その中に入って叫び、慟哭したい衝動に駈《か》られたが、今から停戦命令を起案しなければならないことを思うと、踵《きびす》を返し、作戦室に足を早めた。

灯《あか》りの点いた作戦室には人影が見当らず、森閑としていたが、書類の入っている戸棚、書類庫から、各人の机の引出しに至るまで乱暴に引き開けられ、書類が足の踏み場もないほどに散乱している。昨日まで帝国陸軍四百五十万の将兵を指揮統率して来た参謀本部とは思えぬ混乱ぶりであった。壹岐は乱れた机の上を整理してから、机に向った。

引出しから罫紙《けいし》を取り出し、硯箱《すずりばこ》の蓋《ふた》をとった。壹岐は大本営の命令書はもとより、電報原稿の草案もすべて墨筆でしたためた。墨筆で書かねばならぬきまりはなかったが、一字一句が第一線の将兵の士気にかかわり、命がかかっていると思うと、ペンでは書けなかった。

窓外の騒ぎは、夜の闇《やみ》とともに鎮《しず》まるどころか、刻一刻、拡《ひろ》がって行くようであったが、壹岐は黙々と墨をすり、精神を停戦命令の草案作成に集中させた。だが、十四歳で幼年学校へ入学して以来、陸軍士官学校、陸軍大学校と不敗の軍教育一筋に生きて来た人間にとって、敗戦の停戦命令の草案作成など、想像もつかぬことであった。

どれほどの時が過ぎただろうか——、壹岐は辛うじて作戦参謀としての冷静さを取り戻し、戦闘行動を停止する命令の筆をとった。

翌朝午前五時、壹岐は曹長一名を帯同し、朝靄《あさもや》のたちこめる立川飛行場を司令部偵察機で出発した。膝《ひざ》の上の軍用鞄《かばん》には、梅津参謀総長から関東軍総司令官宛《あて》の停戦命令書が入っていた。そこには、大本営の企図するところは詔勅の主旨を完遂するに在り、よって即時、戦闘行動を停止すべし、而《しこう》してソ軍との停戦交渉に関するあらゆる権限を関東軍司令部に委任すると、したためられている。そして今朝、出発にあたって、梅津参謀総長から、必ず復命せよと、重ねて申し渡された言葉が、壹岐の胸を掠《かす》めた。停戦のための特使であるから、復命の義務があると同時に、軽挙して命を捨てるなという意味がこめられていた。しかし今の壹岐の心中にあるものは、何処《どこ》を自己の死に場所に選ぶかという思いであった。索漠とした思い、虚無の思い、死に向って疾走する思いであった。それを辛うじて止《とど》めているのは、関東軍へ大本営命令を伝える責務であった。

立川飛行場出発後、五時間、朝鮮の京城飛行場で給油すると、機は再び満州国新京へ向って飛びたった。

＊

飛行場から新京の街に入ると、夏の陽が眩《まば》ゆいばかりに輝き、プラタナスの街路樹が青々と緑を茂らせていたが、店舗や家々の戸はすべて閉ざされ、老人や子供をのせて田舎へ逃げる満人の馬車《マーチョ》やリヤカーが往き交い、在留邦人たちも、トラックに家財を積み、騒然としていた。壹岐の乗った車は、その間を縫うように走った。

幅六十メートルの南北に延びた坂にさしかかると、その先は果てしなく、さながら雲に入って行くような広々とした大同大街《だいどうだいがい》も、車、馬車、リヤカーなどが混《こ》み合い、その間を身廻り品だけを持った母子が、人波にもまれている姿が眼についた。壹岐はふと、東京にいる妻子のことを思った。八月九日の最高戦争指導会議以来、連日、市谷の宿舎に泊り込み、杉並の高円寺《こうえんじ》の自宅には帰っていなかった。そして昨夜、夜を徹して停戦命令を起草し、身辺の整理を終えて、早朝、立川を飛びたった壹岐は、妻に連絡する暇《いとま》もなかったのだった。考えようによっては、連絡しない方が、要らぬ心配をかけないし、自決の道を選んでも、妻のことなら二人の子供を育て、健気《けなげ》に生きぬいてくれるだろうという信頼感があった。

線路に兵隊を乗せて北へ走る無蓋車《むがいしゃ》が見えた。停戦を肯《がえん》ぜぬ関東軍はソ軍の侵攻を防禦《ぼうぎょ》するために、国境へ兵力を送っているのだったが、壹岐は、その兵隊たちに充分な弾薬が持たされていないことを知っていた。激甚《げきじん》を極める南方作戦のため、関東軍は既に二年前から、兵力と弾薬を南方へ送り、曾《かつ》ての強豪な関東軍とは名ばかりになっているのだった。

西公園の近くを通り過ぎると、破風《はふ》造りの屋根を聳《そび》えさせた四階建ての関東軍総司令部が見えた。四カ月前まで壹岐が軍務に携っていたところであった。総司令部営門の歩哨《ほしょう》は捧《ささ》げ銃《つつ》で、大本営参謀の壹岐を迎えた。

最後の幕僚会議は、作戦室で開かれた。総司令官山田大将、総参謀長秦《はた》中将をはじめ二十六名の参謀が衆議によって、関東軍の運命を決しようとしていた。既にソ軍は満ソ国境を突破して怒濤《どとう》のように攻め入り、一刻、決定が遅れれば何千人かの将兵の命が失われる。居並ぶ幕僚たちの顔は緊張し、硬《こわ》ばっていた。

壹岐が大本営の停戦命令を伝達すると、若い参謀の一人がたち上った。

「断固、承服出来ない、つい八月十日、大本営はソ連の非望破摧《はさい》のため、新たに全面作戦を開始すべしと命令を下達して来たばかりではないか！　それがたった五日後に無条件降伏か！　その上、肝腎《かんじん》のわが国の国体護持の問題について触れていないのは、何たることか！　詔勅によれば、『朕《ちん》はここに国体を護持し得て』と宣《のたも》うているが、無条件降伏後、連合国はその約束を正しく守る証左があるのか」

壹岐は応《こた》えられなかった。十四日の御前会議においても、論議が重ねられ、最後は天皇の聖断によったのだった。また一人の参謀が、激越な語調で発言した。

「国体が破壊されれば、民族の存続はあり得ない、ここは徹底抗戦して、国体護持の礎《いしずえ》となるべきだ！」

と云うと、他の参謀たちも、

「勝敗を超越して、最後の一兵に至るまで抗戦し、以て国民の胸底に国家再建の燈火《ともしび》を残すことあるのみ！」

次々と強硬論が続き、若い参謀たちはもはや、大本営命令といえども、服し難しと云いきった。壹岐は、正面に坐《ざ》している山田司令官を見た。司令官は、軍服の背筋をきちんと伸ばし、微動だにしなかったが、胸中は関東軍の最後を決すべく、激しく乱れ、苦悩が渦巻いているはずであった。関東軍きってのソ連通の秦参謀長も、眼下に暗澹《あんたん》とした黒い隈《くま》が滲んでいる。

「壹岐中佐に聞く、陸軍は最後まで本土決戦の意志を捨てなかったと聞くが、なぜそれが潰《つい》えたのか、本土決戦の作戦要員として大本営へ呼び返された君なら、冷静に事態を承知しているだろう」

激昂している若い参謀たちを抑えるように聞いた。壹岐はまっすぐ顔を上げ、

「われわれ本土決戦作戦班は七月末の時点において、米軍上陸予想地点を南九州では宮崎海岸、有明湾、薩摩《さつま》半島西および南海岸の三正面、関東最終決戦では相模《さがみ》湾、九十九里浜、鹿島灘《かしまなだ》の三正面と判断し、兵団の配備を整えましたが、空襲激化に伴う軍需品の生産低下、燃料不足は底をつき、一兵一輛《りよう》必砕の特攻戦法よりほかなしという実態でありました。しかし十四日の御前会議で陛下は、これ以上、国民を塗炭《とたん》の苦しみに陥《おとし》いれることは朕の欲せざるところなりと宣われ、本土決戦は御裁許になりませんでした」

内地の実情を説明すると、予想を超える厳しい現実に、幕僚たちは冷水を浴びせられたようにおし黙ったが、

「内地は内地だ、貴様、それでも四カ月前までわれわれ関東軍七十万の将兵と生命をともにした軍人か、停戦命令などよくもおめおめ伝達に来れたな、恥を知れ！」

「そうだ、満ソ国境に持《じ》すること十余年、大本営の命ずる〝静謐《せいひつ》確保〟をひたすら守り、ソ軍の挑発にも耐えて来たのは満州国の将来を思えばこそだ、それを一戦も交えず、満州国を見捨て、在満民間人百五十万を見殺しにして、俘虜《ふりよ》の辱《はずかし》めを受けろとい

うのか！　そんな奴《やつ》はぶった斬《ぎ》ってやる！」

二、三の参謀が顔面を朱奔《しゅばし》らせ、激怒すると、他の参謀たちも昂奮《こうふん》してたち上り、殺気が漲《みなぎ》った。

「静まれ！　聖旨に叛《そむ》いて何の国体護持であるか、陛下の大御心《おおみこころ》のままに即時、戦闘行動を停止するをもって、臣子の分と考える、あくまで抗戦を主張し、行動するならば我が首をはねて、然《しか》る後に行け！」

秦参謀長の声が響き渡った。それまで瞑目《めいもく》して論議が尽されるのを待っていた山田司令官が、口を開いた。

「自分も参謀長の考えと全く同じである、聖断は既に下された、これに反すれば私兵だ、自分は私兵を動かすつもりはない！　ことここに至っては聖旨を奉戴《ほうたい》することあるのみ、進むも退くも、奉公の道は一つである」

そう裁決すると、山田司令官の眼から一筋の光るものが伝った。一同、粛然とし、若い参謀たちの眼から滂沱《ぼうだ》と涙が溢《あふ》れ落ち、抑えかねる号泣が洩《も》れた。

秦参謀長は、徐《おもむ》ろに言葉を継いだ。

「諸君、二十六年の歴史を持つ関東軍の解散だ、再びこうして一堂に会することはない、長年の諸君のご苦労に謝すと同時に、袂別《べいべつ》の盃《さかずき》を交わしたい」

と云《い》うと、机上に日本酒と盃が配られ、酒が注がれた。二十六名の幕僚たちは寂《せき》として声なく、訣別の盃を干し、一人去り、二人去って行った。

いつの間にか、秦参謀長と壹岐だけが残っていた。

「壹岐、ご苦労であった、直ちに関東軍は聖旨に副《そ》い、大本営の停戦命令に服した旨を復命するよう」

「お言葉ではありますが、復命は電話にて行ない、爾後《じご》、私は関東軍司令部の指揮下に入らせて戴《いただ》きます」

壹岐は、思い決めたように云った。

「何を云うか、君は大本営参謀だ」

「さりながら、四カ月前まで一年余、関東軍の作戦参謀として、参謀長はじめ同僚と対ソ戦略に従事して参りましたからには、関東軍と運命を共にしたいと思います」

「それは命令違反だ、君には復命の義務があり、復命せよと命じられた梅津参謀総長の気持が解《わか》らんのか、私は関東軍総参謀長として君を指揮下に置くことは許さん、帰れ！」

と命ずるなり、踵を返した。壹岐は時計を見た。午後三時、司令部に入ってから二時間を経過している。新京から東京までは九時間かかる。急いで飛行場へ向わねばならなかった。

壹岐は、心の整理ができぬまま、作戦室を出、随行の曹長に急《せ》かされて、車に乗った。さらに混乱し、ごった返している街を通りぬけ、飛行場近くまで来た時、壹岐は、上空へ眼を凝らした。入道雲に掩《おお》われた北東上空より機影を現わした飛行機の様子が異常であった。新京の軍用飛行場に着陸しようとしていることは機首の角度で明瞭《めいりょう》だが、不安定な旋回を繰り返している。しかもそれは、通常の軍用機ではなく、内地の航空士官学校の生徒が搭乗する俗称、赤トンボと呼んでいる陸軍の九三式練習機であった。壹岐は不審な思いで、飛行場へ車を急がせた。

滑走路の周囲には、異常飛行で降下して来る練習機を見守る消防車、救護車が出動していた。

壹岐は、整備兵たちを押しのけ、双眼鏡を手にして機影を追っている航技少尉《しょうい》に、

「どこの練習機だ、航空士官学校の生徒には、とっくに帰還命令が出ているはずではないか」

と聞くと、少尉は参謀肩章《けんしょう》を吊《つ》った壹岐に敬礼し、

「豊岡航空士官学校五十九期生の練習機で、先月から当地へ訓練に来ておりました、ソ連参戦と同時に急遽《きゅうきょ》、全員帰還の命令が出たのでありますが、まだ操縦技術が未熟

で空路を迷って落伍《らくご》したのが数機あります、あの練習機は、無線によると、京城経由で帰還の途上、吉林《きつりん》でソ連機に撃たれ、やっとここまで辿《たど》り着き、緊急着陸して参りました」

「どこを、銃撃されたのだ」

「左翼の先端を、やられている様子であります」

その言葉が終らないうちに、低空旋回していた練習機は一陣の風に叩《たた》きつけられるように、左右に大きく揺れながら滑走路の先端に、危うく車輪をつけた。すぐ消防車と救護車がかけつけ、壹岐も車を飛ばした。

左翼の先端の一部がもぎ取られ、弾痕《だんこん》の生々しい練習機から這《は》い出したのは、まだ二十そこその練習生で、顔中を血まみれにし、自力で這い出すなり、失神した。軍医は直ちに看護兵を指図し、救急処置を行なった。

「助かるのか」

壹岐は、軍医に聞いた。

「頭頂部皮下貫通銃創と下腿《かたい》部の貫通銃創ですから、止血すれば大丈夫です、すぐ陸軍病院へ運びます」

看護兵を指図して、手早く止血の繃帯《ほうたい》をした。

「いや、私が乗って来た司偵で帰還させるから、そのつもりで処置してやってくれ」

壹岐が云うと、随行の曹長は、

「中佐殿、司偵には操縦者以外二名しか搭乗できません……」

愕《おど》くように、言葉をさし挟んだ。

「私は新京に残る、大本営への復命は電話で行なうが、万一の場合を慮《おもんぱか》って、曹長、お前が私に替って復命せよ」

曹長の顔が、激しく引き吊れ、

「それでは、軍律違反に——」

と云いかけると、壹岐は首を振った。

「あの士官学校生徒には、既に帰還命令が出ている、その帰還途中の事故であるから、司偵で帰国しても軍律違反にはならぬ、ソ軍は既にハイラルに迫っているから、早く出発しろ」

壹岐は、出発を促し、傷つき、失神している生徒を司偵に移させた。

今、日本に還《かえ》る飛行機の座席を譲ることは、命の順位を譲ることにほかならなかった。しかし壹岐は、滑走路を走り、離陸し、夕闇《ゆうやみ》の中へ消えて行く機影を見送りながら、これでいいのだ、自分は生きていてはならぬ人間なのだと、自らに云った。

八月十八日、ハルピン飛行場は鉛色の雲に掩《おお》われ、雷鳴が不気味に轟《とどろ》いていた。一昨日、大本営特使として関東軍総司令部に停戦命令を伝達し、爾後、関東軍司令部の指揮下に入った竈岐正は、ソ軍との停戦交渉のため、秦総参謀長をはじめ、情報参謀野原少将、政務参謀大前大佐、作戦参謀川島中佐、宮川ハルピン総領事とともに、ソ連機の飛来を待っていた。

聖旨奉戴を裁決した関東軍司令部は、昨十七日、各部隊に対し、戦闘行為の即時中止とソ軍への兵器引渡しの命令を発する一方、ハルピンのソ連領事館を通して、停戦交渉を開始したのだった。

そして今朝、ソ連のハルピン特務機関から極東軍総司令官ワシレフスキー元帥《げんすい》が停戦協定に応じる旨《むね》の回答があり、本日午後、日本軍軍使はハルピン飛行場にて待機するよう通告して来た。

午後四時十分、東方から数機のソ連機が飛来し、飛行場上空を大きく旋回した。地上の日本軍に攻撃態勢があるかどうかを、偵察しているらしい。続いて雷鳴に似た轟《ごう》音《おん》が響いて来たと思う間もなく、十数機の編隊が現われた。停戦協定に赴《おもむ》く日本軍軍使を迎えに来たにしては、あまりにものものしい編隊であった。壹岐は思わず体を固くし、秦参謀長の方を見ると、参謀長は傍らの情報参謀と緊張した面持で何事か言葉を交わし、編隊の動きを注視している。

十数機の飛行機が着陸するや、自動小銃を構えたソ連兵が一斉に降りたち、滑走路にいた日本兵を追い払い、格納庫、修理工場をはじめ、飛行場付属建物を次々と占拠した。その間、飛行場内の兵隊および満蒙《まんもう》航空職員たちは銃を突きつけられて飛行場の一隅に押しやられ、壹岐たち軍使は待合室に釘《くぎ》づけにされた。

十数分後、ハルピン飛行場は占領された。編隊の一機から将校の一団が降りて来、日本側軍使の前で止まった。

「私はシェラホフ少将だ、秦参謀長はどこにいるか？」

暗緑色の軍服に、色とりどりの略章をつけた将校が、甲高い声で聞いた。秦参謀長が名乗り出ると、シェラホフ少将は頷《うなず》き、次いで随行の参謀たちの顔をぐるりと見廻し、

「大本営参謀の壹岐中佐も来ているか」

と念を押した。壹岐が応答すると、シェラホフ少将は凍《い》てつくような眼を、壹岐に向けた。壹岐の背筋に冷たいものが奔《はし》った。ハルピン特務機関を通じて、軍使の中に

大本営参謀の壹岐を入れよと、特に指名して来たのだった。関東軍司令部では、事が大本営に及ぶことを怖《おそ》れ、既に帰還したと回答すると、「壹岐参謀が大本営へ電話で復命し、爾後、関東軍の指揮下に入ったことは、既にわれわれの電波が傍受している」と押し返して来たのだった。

秦参謀長は、宮川総領事の通訳でソ連極東軍総司令部との停戦協定を一刻も早く行ないたい旨、申し入れると、シェラホフ少将はぐっと肩を聳《そび》やかし、

「総司令官ワシレフスキー元帥との会見は、明十九日に変更になった、よってわれわれは、当地で関東軍将官名簿およびハルピン守備各部隊名簿を受け取りたい」

一方的に通告し、一行は関東軍から徴発した車に乗り、日本軍軍使を従えて、ソ連領事館へ向った。

翌朝、午前七時、秦参謀長一行は、ソ軍の監視下の中、ハルピン飛行場を飛び発《た》った。

牡丹江《ぼたんこう》上空に達すると、壹岐は眼下に眼を奪われた。鉄橋が破壊され、民家が焼けこげ、丘陵のあちこちに砲弾の集中攻撃を浴びたらしい茶褐色の陥《おちこ》みが点々と見える。

さらに遠く綏芬河《すいふんが》方面では黒煙が大きくたちのぼり、前線にはいまだ停戦命令が届いていないようであった。

飛行機は国境を越え、野原の真ん中にある滑走路に着陸した。舗装は全く施されておらず、国境に近い山中から推して、ジャリコーウォの秘密飛行場のようであったが、周囲を見渡す間もなく、せきたてられるようにジープに乗せられ、木造の建物に連れて来られた。急造の建物らしく、荒削りの床板には絨毯《じゆうたん》代りに毛布が敷かれ、日本軍軍使に対する表敬の意が感じられたが、ワシレフスキー元帥との会見場所でないことは明らかであった。

扉《ドア》がノックされ、一同が緊張した面持でその方を見ると、接待係の将校が、貴下たちは朝食をまだ摂《と》っておられぬようなのでと、兵隊を指図して朝からシャンパンを抜き、キャビア、サーモン、白パンなど、戦場とは思えぬ贅沢《ぜいたく》な食事を山ほど並べた。呆気《あつけ》に取られている壹岐たちに、

「ご遠慮なく存分に召し上るがよい、昼食にも好みの料理があれば申し出られたい」

と勧めた。

「ご芳志は有難いが、われわれは一刻も早くワシレフスキー元帥と会見したい、何時に会えるのだ」

情報参謀の野原少将が云うと、

「私は接待を申しつかった者だから、ワシレフスキー元帥との会見時間などあずかり知らない、貴官らはロシア料理はお好みだろうか」

重ねて聞いた。壹岐はたまりかね、

「われわれは会見の時間を聞いている、貴官が知らなければ、直ちに司令部へ問い合せられたい」

強く要求すると、接待係の将校はしぶしぶ承知したと頷き、出て行ったが、その後、何時間待っても返事がない。再度、宮川総領事を通じて催促すると、三度目に別の将校が来て、会見の時間を知らせ、日本側は秦参謀長と大本営参謀の壹岐の二人だけに限ると云った。

秦参謀長は、即座に首を振った。

「私は参謀長である、したがって細部の説明については三人の参謀の同行が必要である、また公式会談である以上、ロシア語の通訳として、宮川ハルピン総領事の同行を求める」

断固として主張すると、半時間後に許可された。

壹岐たちはジープに乗せられ、総司令部に向った。起伏の激しい山中で、白樺《しらかば》の疎《そ》林《りん》の間に、今まで止《とど》めおかれた建物と同じような丸太の小屋が幾つも見える。総司令部の建物に通じる道路も、いつの間にこれだけのものを造ったのか、すっかり出来上り、ところどころに遮断機が設けられて、歩哨《ほしよう》が厳重に哨戒している。しかし壹岐たちが最も驚いたのは、防空施設が徹底していることで、道路、建物の上には遮蔽網《しやへいもう》が大規模に張りめぐらされ、さらに木の枝で掩われ、上空に対して完全に遮蔽されている。これなら壹岐が関東軍にいた時、情報部で秘《ひそ》かに偵察機を飛ばし、航空写真を撮っても、総司令部の所在は、発見出来ないはずであった。

緑色のペンキが塗られた丸太造りの総司令部の建物に入ると、正面の十坪あまりの部屋に通された。ソビエト連邦の国旗が掲揚されているほかは、粗末な机と椅子《いす》が置かれているだけで、まだ極東軍総司令部の体《てい》をなしていなかった。それだけに、日本降伏間近しと見るや、急遽、日ソ中立条約を破棄して参戦し、満州奪取を画策したソ連の狡猾《こうかつ》さが強く感じられた。

壹岐たち日本軍軍使は、無念の思いでワシレフスキー元帥の現われるのを待った。

午後三時半、総司令官ワシレフスキー元帥は、ザバイカル方面軍司令官マリノフスキー元帥、沿海州方面軍司令官メレチコフ元帥の他、極東空軍司令官、太平洋艦隊司令官を従えて入って来た。秦総参謀長以下、壹岐たち軍使は軍帽を取り、敬礼した。テーブルを隔てて向い合うと、瞬時、互いに相手を見詰めた。息づまるような緊迫感が、部屋の中に張り詰めた。満ソ国境を隔てて相対峙《たいじ》すること十余年、ともに軍の総力をあげ、戦略の限りをつくして、万一の会戦に備えた相手であった。しかし、今一戦も交えずして、一方が勝者として、一方が敗者として、相まみえている。

ふと窓外の遠くから、アコーディオンの音がし、ロシア民謡が聞えて来た。勝利の戦場から帰って来たソ連兵たちの口ずさむ歌らしい。関東軍七十万の将兵を思ってか、秦参謀長の剛気な表情に影がさしたが、すぐ気を取り直すように、口を開いた。

「大日本天皇陛下の命により、関東軍はソ軍と停戦することを決議した、一日も早くその任務を遂行したい」

と述べると、ワシレフスキー元帥は、机の上に地図を開き、関東軍が投降のため、いつ、どの地点に集結するべきかを、直截《ちょくせつ》に話しはじめ、他の元帥も、時折、口を挟んだ。壹岐は、宮川総領事が日本側の応答を通訳する間、改めてソ軍の将軍たちを見た。

壹岐が情報部資料によって知っているところでは、ワシレフスキー元帥は一八九五年生れで、今次大戦中、スターリンの参謀総長として、赤軍一千万の作戦指導に当った智勇《ちゆう》兼備の誉《ほま》れ高い将軍であり、マリノフスキー元帥はスターリングラードでドイツ軍と戦い、華々しい戦果をあげた武将であった。メレチコフ元帥はソ連・フィンランド戦の司令官として勇名を轟かせた武人と記憶している。しかし居並ぶ将軍たちの中で将に将たる器《まき》を備えているのはワシレフスキー元帥一人で、マリノフスキー元帥は端正な顔に敗軍の軍使を見下す酷薄さがあり、メレチコフ元帥は小さな体を慌《あわただ》しく動かしながら、枝葉末節のことでも日本側の返答が遅いと、口汚なく怒鳴った。しかも五十歳のワシレフスキー元帥の他は、四十歳代の速成将軍で、こうした相手に敗軍の軍使として和を乞《こ》いに来たのかと思うと、さらに無念が募った。

壹岐たち参謀の説明によって、投降の細部が取りきめられると、ワシレフスキー元帥は、

「日本軍は、将官とともに秩序よく投降し、最初の数日の兵士の食糧は日本軍が配慮すること、各部隊は食糧持参で投降すること、なお新京およびその近郊における必要な秩序維持については、ソ軍到着まで、日本軍司令部が責任を負うこと」

と云《い》った。秦参謀長は同意を表明した後、

「日本軍から特にお願いしたいことが三点あり、申し述べさせて戴《いただ》く、一つには敗れ

たりといえども、日本軍の名誉を尊重せられたい、日本には古来、武士道があり、帯剣は是非とも許されたい、一つには在留邦人の保護と早期帰還に万全を期せられたい、一つには日本軍将兵の抑留は、住居、被服、糧秣《りょうまつ》が確保されている満州国を希望するとともに、国際捕虜法であるジュネーブ条約を厳守されたい」

三条件を強く要求した。ワシレフスキー元帥は、左右の将軍たちと暫《しば》し、談合した後、

「日本軍人には、階級章および帯剣を許し、将官は副官を帯同することを許可する、なお私はソビエト軍が日本軍将校ならびに兵士に、同じ軍人としての節度と秩序ある態度を取ることを保証する」

第一の要求を、潔《いさぎよ》く約束した。

「次に、一般居留民の保護、早期帰還は人道上、当然のことで、わが国も全力を尽すつもりである、しかし最後の日本将兵の満州抑留は呑《の》むことは出来ない、日本軍は武装解除後、満州におけるソ軍の占領が終了するまで、一時、ソ連領へ抑留する」

であった。

ワシレフスキー元帥はそう回答し、ジュネーブ条約履行に関してはノー・コメントであった。秦参謀長は再度、宮川総領事の通訳を介して、履行の約束を迫ったが、応《こた》えなかった。軍人として優れた資質の人柄であっても、国際法で定められている捕虜

の扱いに関する回答を避けるあたり、壹岐たちには理解出来ぬ国民性であり、国家体制であった。秦参謀長は苛《いら》だちを抑えかねる表情で、

「抑留中の給食に関しては、日本人は米食を常食とし、米食でなければ体力維持が保てないので、その点、考慮して貰《もら》いたい」

と要請すると、傍らからメレチコフ元帥《げんすい》が小柄な体一杯に怒気を漲《みなぎ》らせ、そんなことは不可能だと頭から撥《は》ねつけたが、ワシレフスキー元帥は、主食は黒パン三百グラム、米三百グラムという協定にする旨《むね》、回答した。敗者の立場からはそれ以上の要求は出来かねた。

「では、主食一日、黒パン三百グラム、米三百グラムをもって、体力保持の最低限の量とお考え戴きたい」

秦参謀長は、重ねてそう確認し、最後に、

「ソ連極東軍総司令部の命令を日本軍各軍各部隊に至急通告するため、必要な交通、交信手段を持つことを許可されたい」

と云うと、ワシレフスキー元帥は諒承《りようしよう》し、会見は終った。

秦参謀長はじめ、壹岐たちが退去しかかると、

「先刻、貴官らに提供した宿舎に、ご不満はないか」

唐突に質問した。接待を受けた礼を述べると、

「貴官らが搭乗して来られた飛行機は、樺太《からふと》方面へ行ったので、暫し宿舎に滞在されたい」

思いもかけぬ言葉に、壹岐たちは顔を見合せた。

「では、別の飛行機を手配して貰いたい」

「残念ながら、ソ軍の飛行機は目下、満州および支那《しな》方面にすべて飛び発っている」

「しからば、ハルピン飛行場にある日本軍の飛行機を、ソ軍の監視下で飛行させ、われわれを迎えに寄こして戴きたい」

秦参謀長が、語調を強めると、

「それは、総司令官である私自身が決定することである」

と突っ撥ねた。秦参謀長の顔色が変った。ワシレフスキー元帥は、まだ関東軍の全面降伏を信じていないのだった。関東軍が完全に降伏し終るまで、軍使一行を人質にしておく魂胆が読み取られた。

「われわれが今、交わした協定を速やかに且《か》つ円満に実施するためには、一刻も早く帰らねばならない、われわれの帰還が一刻、遅れれば、それだけ両軍の損害が増え、無益の犠牲が増すだけである」

強く云うと、

「それでは、貴官らの代理者を折り返し派遣されたい」

公然と、人質を要求した。

「承知した、帰り次第、派遣する」

と約束すると、はじめてワシレフスキー元帥の表情がほぐれ、飛行機の用意を命じた。

会見場を出ると、来た時と同じ白樺の道を飛行場に向った。辺りに夕闇《ゆうやみ》が迫り、白樺の幹がほの白く浮かんでいたが、降伏条件を呑《の》んだばかりの壹岐の胸には、死装束のような白さに見えた。

飛行場に着くと、偵察機が用意されていたが、まだ整備が整っていないから待ってほしいと云い、事務所で再び待たされた。何とか日没前に出発しなければと、焦《あせ》ったが、整備するソ連兵たちの動作はひどく緩慢に見え、故意に出発を遅らせているようにも思われた。

午後八時五分、飛行機はやっと飛び発った。壹岐たちの間に、ほっとした吐息が洩《も》れ、あとは一路、新京へ向うばかりであった。司令部に帰って、各方面軍に直ちに連絡しなければならぬことを考えると、飛行機の中で走りたいような衝動に駈《か》られた。

吉林《きつりん》上空まで来た時、突然、稲妻がひらめいたかと思うと、雷鳴が轟《とどろ》き渡り、真っ黒な雲に包まれた。大雨が機体を叩《たた》きつけ、上下に激しく揺れながら飛行を続けたが、いつまでたっても新京に着かない。窓ガラスは雨で曇り、外は真っ暗で視界はきかない。方向を誤っているのではないかという不安が、壹岐の胸に来た。ジャリコーウォを発ってからの飛行時間からみて、正常な飛行状態とは考えられなかった。

ソ軍の将校も気になるらしく、何度も席をたって操縦室に出入りしていたが、宮川総領事を呼んで、昂奮《こうふん》した声で喋《しゃべ》った。宮川総領事は蒼白《あおじろ》んだ顔で、

「雷雨のため、全く視界がきかず、燃料を逐次、使い果しつつあるということです」

と伝えた。機内に動揺の気配がたった。壹岐の胸に、このまま機体とともに墜落死出来たらという思いが胸を掠《かす》めたが、関東軍七十万の将兵の命運を思うと、席をたち、操縦室の扉に手をかけた。ソ軍将校は拒むように両手を広げたが、壹岐はその手を払い退《の》け、操縦室へ入った。

ソ軍の操縦兵は愕《おどろ》くように壹岐を見たが、かまわず副操縦席に坐《すわ》った。一年半、関東軍作戦参謀として在任中、頭の中には、全満州の地形が一河一山逃すことなく、鮮明に記憶されている。壹岐は眼下の地形に眼を凝らした。どうやら連京線を突破してしまっているらしい。壹岐はドイツ語が専門であったが、簡単なロシア語は話せたか

ら、操縦兵に、

「Давай《ダワイ》 на《ナ》 лево《レーヴォ》, и《イ》 надо《ナーダ》 находить《ナハジーチ》 реку《レクー》.（左へ旋回せよ、そして河を見つけるんだ）」

と指示した。松花江《しょうかこう》を見つけ出せば、飛行目標がつくからであった。機首が大きく方向転換した。

「Ох《オー》 река《レカー》, Сунгари《スンガリー》. Смотри《スマトリー》!（おお河だ、スンガリーだ、見ろ！）」

操縦兵が指《ゆび》さした。雨が止《や》み、水面らしき反射面が見える。しかしよく見ると、河ではなく湖のようであった。新京南西の丘陵に人造湖があるのだった。

「あれは湖だ、進路を北にとり、次に鉄道を探せ」

新京の街に通じる満州鉄道を探し出すために、高度を下げさせると、黒々と濡《ぬ》れ光る松花江が拡《ひろ》がり、等間隔の小さな灯りが、にじむように見えた。

「眼下に見える線路に沿って南へ飛行すれば、新京飛行場へ辿《たど》り着ける！」

と云うと、操縦兵は壹岐の指示に従って、さらに高度を下げた。

十分後、真っ暗な視野の中に、新京飛行場の標識塔の灯りが見えた。しかし飛行場は真っ暗で、滑走路が全く解《わか》らない。燃料は既に尽きかけていたが、壹岐は、上空で旋回を続けるよう命じた。二度、三度、やっと地上で、着陸を求める機体に気付いたらしく、飛行場の枯草に、点々と火が点《つ》けられた。枯草の炎の中で、滑走路が見えた。

「着陸態勢に入れ！」

壹岐の呼号で、操縦兵は脂汗《あぶらあせ》を浮かべながら桿《かん》に力をこめ、一気に滑走路に降下した。機体は大きくバウンドし、着陸した。

壹岐の顔から滝のように汗が滴《したた》り落ち、呆然《ぼうぜん》と枯草の炎を見た。


関東軍司令部の正面玄関に、秦参謀長の身がわりを要求するソ軍将校の車が停った。身がわりとしてジャリコーウォの極東総司令部が要求しているのは、参謀副長の竹村少将であった。しかし、竹村参謀副長は連日連夜、前線への停戦命令、その他の激務のために胃潰瘍《いかいよう》で吐血したばかりで、単身、ジャリコーウォへ赴《おもむ》くことは気遣われ、代理者を出すことを交渉したが、ソ軍将校は人質回避の口上だとして、頑として受けつけない。

司令部の十数人の参謀、職員たちは玄関に列《なら》び、竹村副長を見送った。

「参謀副長、何かとお気をつけて――」

壹岐は万感胸に迫り、云うべき言葉がなかった。

「心配は無用だ、幸いロシア語には不自由しないから——、それより軍司令官、参謀長を頼む」

竹村参謀副長はいつものさっぱりとした口調で応えたが、その眼は、万一の場合を覚悟し、一同に別れを告げていた。

車が出発してしまうと、壹岐はいたたまれぬ思いで地下の通信室へおり、東京の大本営へ停戦協定後のソ軍の動きと、竹村参謀副長の人質を伝えた。その間にも十数名の通信兵が汗みどろになりながら、停戦命令を前線の各師団、旅団、大隊に伝えていた。だが蜿々《えんえん》三千キロにわたって第一線が長く伸びきっている上、ソ軍極東総司令部の命令も、前線のソ軍に徹底せず、各所に戦闘が続いている模様で、刻一刻と悲壮な通信が入って来る。

琿春《こんしゅん》の守備部隊から、「連隊長自刃《じじん》ヲ遂グ　但《ただ》シ部下ニ承詔必謹　停戦　武装解除等一切ノ指示ヲ成シ終エタル後ナリ」と打電して来、以後、跡絶《とだ》えた。

おそらく降伏を肯《がえん》じない部下たちに、聖旨を奉ずる道を切々と説き、説得をなし終えた後、割腹したのであろう。その武人らしく、道に殉《じゅん》じ、その上で自決した清冽《せいれつ》さが、壹岐の胸を貫いた。

また通信が入って来た。通信機のキーを叩き続けていた通信兵の顔色が変った。

「参謀殿、掖河《えきか》重砲大隊からであります！」

叫ぶように云い、通信紙をさし出した。

一弾モ発セズ降伏忍ビ難シ　ヨッテ隊員百十三名
砲ト運命ヲトモニシ自爆自決ス
壹岐は、通信紙に眼を走らせるなり、

「直ちに連絡をとれ、通信、電話、あらゆる回線を使って、何としても連絡をとるのだ」

数名の通信兵は、通信機と電話にしがみつき、何度も連絡を試みた。壹岐は祈るような気持で応答を待った。掖河重砲大隊渡瀬大隊長とは、士官学校の同期生であった。

「あ！　電話で連絡がとれました、大隊長殿ご自身のようであります」

壹岐はひったくるように受話器を耳にあてがった。

「渡瀬か、壹岐だ、早まるな！　聖旨だ、思い止《とど》まれ！」

と呼びかけると、

「おう、壹岐か、貴様、新京におったのか！」

雑音を通して、太い声が伝って来た。

「大本営の停戦命令を携えて来、そのまま関東軍指揮下に入ったのだ、昨日、ソ軍と停戦協定を交わし、事態収拾に全力をあげている、今は忍び難きを忍び、部下とともに投降してくれ！」

渡瀬大隊長は、押し黙って応えなかった。

「渡瀬、ともかく今は思い止まれ、部下を投降させてからでも、遅くはないではないか」

「いや、砲と運命をともにする隊員の意志は動かし難い、既に百十三名の部下は十二輛《りょう》の牽引車《けんいんしゃ》に分乗し、円陣を組んで導火線を引き込んでいる、壹岐、もう時間がない、さらばだ！」

「渡瀬！　待て！　待つのだ！」

「俺は先に行く、貴様は後を頼む」

もはや覚悟を決めた人間の静かな声であった。壹岐はさらに呼び続けたが、もはや応答はなく、雑音だけが伝って来る。おそらく受話器をその場に投げ出したまま、去ったにちがいない。突如、ドドドーン！　と、耳を聾《ろう》さんばかりの大音響が鼓膜を搏《う》ったかと思うと、ぷつんと通信音が断ち切られた。全員全砲、自爆を遂げた一瞬の音響と思われた。壹岐の手から受話器が滑り落ちた。おそらく大音響、天を灼《や》く炎とともに一本の導火線に繋《つな》がれた百十三名の将兵の命は、飛び散ってしまったに違いない。説得が失敗に終った壹岐は、全身の力が脱けて行くような虚脱感に襲われた。周囲の通信将兵も寄り重なるように集まり、顔面を蒼白《そうはく》にしていたが、壹岐は黙ってたち上り、通信室を出た。

足は自《おの》ずと、四ヵ月前まで勤務していた作戦室へ向った。

作戦業務がなくなった部屋は、扉も窓もぴたりと閉ざされ、むっとした熱気がこもっていた。壹岐は部屋の中央に置かれている地図台の前にたたずんだ。畳四枚大の長方形の地図台には、大満州国の地図が拡げられ、地図上に敵軍と友軍の態勢を示す赤と青の隊標がびっしり配置されている。ソ軍の赤い隊標は満ソ国境を突破していたが、迎え撃つ関東軍各師団、混成旅団、戦車隊などの隊標は満州国内に後退している。日夜、彼《ひ》我《が》の隊標の動きに全神経を集中し、戦略、戦術の限りを尽してきたが、今となっては何と空《むな》しい作戦地図であろうか——。曾《かつ》ては帝国陸軍の三分の一の戦力を有し、一流国家の全陸軍に匹敵する大兵力を持った強豪なる関東軍はもはや存在しないのだ。もとより敗戦の責任は軍の首脳部にあり、壹岐たち大本営参謀にある。たった今、友の壮絶な自爆をこの耳で聞いた壹岐は、もはやこれ以上、生きていることが耐え難かった。

壹岐は、作戦地図の前に、直立不動の姿勢をとった。幼年学校から国家の大事に当れば、身は鴻毛《こうもう》の軽《かろ》きに似ると教育されて来た壹岐にとって、死は常に覚悟して来たことであった。妻と幼い二人の子供のことが脳裡《のうり》を掠《かす》めたが、今の壹岐には妻子のことより、軍人としての死生観の方が重かった。

壹岐は、腰の拳銃《けんじゅう》に手を伸ばし、弾倉を確かめた。日本軍の勝利を信じて疑わず、「一弾モ発セズ降伏忍ビ難シ」と百十三名の部下とともに、壮烈に自決して行った渡瀬と異なり、大本営参謀として終戦に至るまでの陸、海軍の対立、政府間の駈引《かけひ》きなどを知り尽し、さらに敗軍の軍使としてソ軍に和を乞《こ》いに行った壹岐にとって、死に臨む心は、恥辱と無念の思いにまみれていた。

汗ばんだ額を拭《ぬぐ》い、壹岐が顳顬《こめかみ》に銃口を向けかけた時、慌《あわただ》しく扉が開いた。下士官が血相をかえて入って来たが、壹岐の気配には全く気付かず、

「参謀殿、こちらにおられましたか！　只今《ただいま》、ソ軍から司令部明け渡しの命令が参りました」

ソ軍新京進駐軍には、司令部の向い側の軍人会館を提供してあったが、さらに司令部引渡しを要求して来るなど、信じられぬことであった。

でおるのです！」

「馬鹿《ばか》な！　司令官、参謀長殿は何といっておられるのだ」

「自分には解りませんが、ソ軍はトラックに武装した兵隊を乗せて、既になだれ込んでおるのです！」

壹岐は、もはや私事にかかずらわっておれなかった。拳銃を素早く腰におさめ、司令官室へ駈けつけると、ソ連兵たちは部屋の前を取り巻き、一触即発の緊迫した空気が張り詰めていた。山田司令官は、

「では、なんとあっても、司令部を接収するというのか」

「そうだ、直ちに撤退し、海軍武官府へ移転して貰《もら》いたい、あくまで拒絶するなら、武力によって占拠する」

ソ軍将校は、云《い》い放った。

重い長い沈黙が続いた。山田司令官は黙然と椅子《いす》からたち上った。秦参謀長をはじめ他の参謀たちも、やむなくそれに続いた。

一時間後、司令部に一台だけ残っていたトラックに、残り少ない荷物を積み、司令官以下参謀たちが同乗し、兵たちは徒歩で、トラックのあとに続いた。

営門を出て振り返ると、十四年間、北方鎮護として威容を誇った関東軍総司令部の城郭造りの甍《いらか》が、入道雲の張り出した夏空に聳《そび》えていたが、正面破風《はふ》の白亜の壁に金

色に輝いていた菊の紋章は取り除かれ、その紋章の白い跡が落城を物語っている。ソ軍監視の中で、トラックはゆるゆると走り出し、司令官、参謀長も、下士官も、兵も、何度も、何度も、何度も振り返った。まさしく城明け渡しであった。誰の顔もこみ上げて来る涙を抑えかねている。壹岐は、死に損った自分の運命に歯嚙《はが》みした。

関東軍総司令部が海軍武官府へ移転して、一週間が過ぎた。前の司令部の建物から北へ二キロ、西広場に面した一画に、移転とは名のみ、指揮統率のすべてを剝奪《はくだつ》され、軟禁状態におかれていた。司令部が武器として所持しているのは僅《わず》かに、表門衛兵が持っている十数梃《ちょう》の小銃と、将校が携えている拳銃、軍刀だけで、外部との連絡機関は、無線が一機、許されているのみであった。

壹岐にとって、海軍武官府へ移ってからの毎日は、牢獄《ろうごく》の日々であった。

「壹岐、見ろ、ソ連兵どもがまた進駐して来た――」

秦参謀長が、窓外を眼で指し、吐き捨てるように云った。その方を見ると、新京駅の方向から黒々としたソ連兵の隊列がこちらに向って進行して来る。兵隊たちは汗と塵埃《じんあい》にまみれた体に、垢《あか》じみたよれよれの軍服をまとい、手に小銃を持っていた。銃だけは見事なほど真新しかったが、長い行軍で疲弊しきっているらしく、道端の水溜《みずたま》りの水を手で掬《すく》って飲み、缶詰の缶をナイフでたたき切っては、手づかみで貪《むさぼ》っているなど、規律正しい日本軍からみれば、野獣の群れのような野蛮さであった。

壹岐は、ソ連兵の隊列から眼をそむけた。既にソ軍の地上部隊は続々と新京市内に進駐していたが、兵隊たちは勝戦《かちいくさ》の余勢をかって掠奪《りゃくだつ》、暴行を重ね、特に酒を飲むと狂暴になり、居留民の生活を悲惨のどん底に陥《おとしい》れていた。司令部へ救護を求めに来る満州国政府関係者、避難民はひきもきらなかったが、軟禁されている壹岐たちは手のかしようもなく、ソ軍当局にソ連兵の取締りと邦人の早期帰還を要請するのみであった。しかしそうした要請は一顧だにされず、西広場に落ちのびて来た満蒙《まんもう》開拓団に至っては、所持品はもちろん、下着まで剝《は》ぎ取られ、裸の上に辛うじて麻袋をかぶり、顔と手足だけを出した異様な姿で、三日間、口にしたものは水だけという凄惨《せいさん》さであった。

「参謀長、このままでは、間もなく襲って来る厳冬期を前にして一般在留民は餓死、凍死をまぬがれません、大本営へ窮状を訴え、中央部から事態の打開を図るよう依頼すべきだと思います」

と云うと、秦参謀長は同意した。壹岐は通信室へ急ぎ、自ら無線のキーを叩《たた》いた。

新京ニアル避難民　僅カニ所持セル手廻品スラ　ソ軍兵隊ニヨッテ掠奪セラレ
マタ数日　絶食ノ者スラアリ　採暖用石炭ハ労力アルモ輸送認可セラレズ　而《し》カ
モ衣料寝具住宅等ハ徴発マタハ掠奪セラレ冬ニ入ラバ餓死者　凍死者ノ続出ヲ憂
慮セラル　当地ソ軍首脳ノ内意ヲ糺《ただ》シタルモ無視　拒否ノ回答ノミ　速ヤカニ内
地送還ヲナシウルヨウ　国家トシテ全幅ノ努力ヲ払ワルル要アリ……

その日から、壹岐は大本営へ窮状を訴え続け、大本営も居留民の早期帰還をソ軍司令部へ再三、申し入れたようであったが、ソ軍は拒否し続けた。

九月五日、海軍武官府へ少将の階級章をつけたソ軍将校が訪れた。

「私は新京進駐軍司令官カバリョフ大将の使者である、山田司令官、秦参謀長に面会したい」

と来意を告げた。ただならぬ気配に壹岐たち参謀も同席のもとで、山田司令官、秦参謀長が接見室に現われると、ソ軍少将は、

「カバリョフ司令官より、本日、新京に在留する関東軍将兵全員を、元総司令部へ集合せしめるようにという命令がありました、私は山田司令官と秦参謀長をお迎えに来

たので、すぐご同行願いたい」

慇懃《いんぎん》だが、有無を云わさぬ威圧的な語調で云った。一同は、総司令部に武装解除の時が来たことを直感した。いつの日かと覚悟はしていたことであり、各自、予《あらかじ》め用意していた身廻り品を携帯し、海軍武官府を出発した。

関東軍総司令部の元の建物に車が着くと、新京市内に分散していた兵隊約千名と司令部職員五十数人が、既に営庭に整列させられていた。

山田司令官、秦参謀長一行が車から降りたつと、左右に道が開かれた。壹岐は自分たちの一挙手一投足に、兵隊の固唾《かたず》を呑《の》むような視線が当てられていることを痛いほど感じながら、唇を引き結び、正面中央にたっているカバリョフ司令官の前に歩んで行った。

カバリョフ司令官は、肥満した体をそらせ、

「ソ軍極東総司令官ワシレフスキー元帥《げんすい》の命令により、今から関東軍司令部の武装解除を行ない、山田司令官、秦参謀長以下、在新京将兵を他の地点に移動する」

と告げた。山田司令官は、ぐうっとカバリョフを睨《にら》み据え、

「関東軍将兵の武装解除は、総司令官である私が行なう」

毅然《きぜん》と云い、壇上に上り、暫《しば》し、将兵の顔を見廻してから、

「諸君、長い間、ご苦労であった、武運つたなく停戦を余儀なくされ、本日、武装解除を要求される羽目になった——、しかし、この度の武装解除は天皇陛下のご命令によるものであるから、生きて虜囚の辱《はずかし》めを受けるのではない、戦争の責任は総司令官たる私が負う、諸君は故国に帰り、軍にいて国家に忠誠を尽した時と同じ真心をもって、父母に孝養を尽してくれ」

切々とした別離の言葉を述べ、兵たちの間に号泣が起った。山田司令官も激情を抑えかねるように暫時《ざんじ》、言葉を跡切《とぎ》らせ、

「武装解除をするからには、日本軍らしく、あくまで秩序正しく行なうのだ」

と命じた。だが誰一人として、銃を手放すものはいなかった。昨日まで天皇陛下から賜わった銃剣であると思えばこそ日夜、手入れを怠らず、命より大切なものと心得ていたのであった。そして、生きて虜囚の辱めを受けず、という帝国陸軍の戦陣訓がまだ兵たちの心を占めていた。

「ブローシ・アルージエ！（銃を捨てろ）」

カバリョフは、営庭を埋めた兵たちの間に険悪な気配が起りつつあるのを感じると、大声で命令し、ソ連兵たちは自動小銃を向け、威嚇《いかく》した。

「今ここで、事をかまえては聖旨に反する、直ちに叉銃《さじゅう》せよ！」

山田司令官は、再度、命じた。営庭を埋めた兵たちの顔が屈辱に歪《ゆが》み、無念の唇を嚙みながら、三人ずつ叉銃し、銃から離れた。

烈々とした夏の陽に照りつけられ、地面に叉銃の影と、丸腰になった兵隊たちの影が映った。関東軍総司令部は壊滅したのだった。

兵隊の武装解除が終了すると、山田司令官以下二十六名の幕僚は、司令部の建物の中に誘導された。

「続いて貴官ら参謀の武装解除を行なう、但《ただ》しワシレフスキー元帥の指示により、軍刀の帯刀のみを認め、各自の所持する拳銃は提出されたい」

カバリョフの脂肪ぶくれした顔に、勝者の残忍な喜びが滲《にじ》み出ていた。山田司令官が最初に拳銃をぬき、机の上においた。ややあって、秦参謀長がぬき、順次、各自の拳銃を机の上に置いた。寂《せき》として声なく、拳銃を置く音だけが、一つ、また一つと、響いた。

壹岐も断腸の思いで拳銃をはずした。軍人にとって、これ以上の辱めはなかった。そして、戦争はしてはならぬ、する限りは絶対、勝たねばならぬと、思い知った。

武装解除後、山田司令官、秦参謀長以下二十六名の幕僚は、新京飛行場へ連行された。

一行の乗った飛行機は行先を告げられなかったが、その日、ハルピンで一泊した後、なお北上を続ける飛行機の進路で、誰しもシベリア送りとなることを察した。

ハルピン離陸後、二時間、眼下に満ソ国境を流れる黒竜江が、黒々とした帯のように東西に流れているのが、見はるかされた。壹岐は身じろぎもせず、黒竜江を凝視し続けた。

やがて飛行機は、国境を越え、ソ連領に入った。

三章　社　長　室

近畿《きんき》商事の社長室の扉が開き、大門一三《だいもんいちぞう》の張りのある声がして、壹岐《いき》は、関東軍壊滅の回想から呼び醒《さ》まされた。

「やあ、すっかり待たせてしまいましたな、会議が長びいて——」

壹岐は、大門社長から役員会が終るまで待って貰《もら》いたいと云《い》われ、社長室のソファに背を埋めて、待っていたのだったが、関東軍壊滅の回想にとらわれ、どれほど時間が経《た》ったのか、解《わか》らなかった。大門一三は、艶《つや》のいい顔を綻《ほころ》ばせ、壹岐の向い側のソファにどっかり坐《すわ》ると、

「さっきの短時間の面接だけで終るのは、ちょっと惜しい気がして、無理を云うた次第ですよ」

と云い、煙草《たばこ》に火を点《つ》け、

「シベリアで重労働二十五年の刑を受けた経験というのは、われわれの想像を絶するものでしょうな」

壹岐の眼前に、再び黒い帷《とばり》がおり、関東軍壊滅に続くシベリア抑留生活が、甦《よみがえ》って来た。

「私は、シベリアのことは誰にも話さない、口にしないことにしております」

昭和三十一年十二月に帰還し、まだ二年しかたっていない壹岐には、シベリア抑留の悲惨さは、あまりにも生々し過ぎた。

「こりゃあ、失礼――、私は何事につけ徹底してものごとを聞きたがる、知りたがる癖がありましてな」

大門一三が、苦笑するように云った時、インターフォンが鳴った。

「社長、ジャカルタの支店長から電話です、一丸《いちまる》常務宛《あて》の電話ですが、アフリカへご出張中ですので、こちらへ廻って参りました」

秘書が、取り急いだ口調で伝えた。大門は、うむと応《こた》えるなり、机の上に並んだ三つの電話の一つを取った。

「大門だ――、なに、インドネシアの衣料に関する国際入札が閣議で内定した？　確かにその中に綿糸が十万梱《こうり》入っているのか、うむ、その情報の出どころはどこや」

大門の表情が引き締まり、受話器を握っている太い手首に力が入った。

「――なるほど、経済相のウントンの口から直接、聞いた情報なら大丈夫やろ」

ウントン経済相は、近畿商事のシンパであったから、情報の信憑性《しんぴようせい》は高いが、問題はその後の時間経過であった。

「昨日の閣議で内定？　うむ、うむ――、その晩のウントン邸でのパーティで聞いて、すぐこの電話を申し込んだのか」

大門の顔色がみるみる昂《たかぶ》り、腕時計の針に走らせた眼が、電光のように光った。ジャカルタ、大阪間の国際電話は、早くて九時間かかり、二時間の時差をさし引いても、ジャカルタ支店長は、真夜中にこのトップ・シークレットを握り、直ちに国際電話を申し込んだことになる。今日の前場《ぜんば》の相場に何ら変化がないことを思い合わせると、国内で最も早くキャッチしたのは、近畿商事と考えてよさそうであった。

「ようやった、すぐ大量の買い手当てを指示する」

大門は、右手にもった受話器をがちゃりと切ると同時に、左手ですぐ別の電話をとり上げ、綿糸部長を直接、呼び出すなり、早口でジャカルタ支店長の情報を伝え、

「――そうや、どこもまだ気付いてないはずや、前場の値が百九十九円やから、この材料なら二百五十円まで行くが、ネシアのことや、極秘プラス短期決戦で行くのや

で」

機関銃のような速さで、まくしたてた。三十三年度の、国内の綿糸市況は過剰生産で、どん底を低迷しており、紡績会社は操短につぐ操短で、市況の回復をはかって来たが、効果は上らず、この上は輸出で切り抜けるよりないという窮迫した状況にあった。それだけに、インドネシアの十万梱という未だ曾《かつ》てない国際入札は、市況沸騰《ふっとう》のまたとない強材料《つよ》であった。大門は、鯨が潮をふくようにふうっと大きく息を吐き、先刻来、黙然として坐っている壹岐の方へ眼を向けた時、扉がノックされ、黒い背広を着た瘦身短軀《そうしんたんく》の男が、つかつかと入って来た。ちらっと壹岐の方を見、

「来客中と聞いたのやけど、大友銀行へ来たついでに、ちょっと寄らして貰いましたのや」

ぼそっとした声で、云った。

「鬼頭《きとう》さんなら、飛入りでも仕様がないですな、まあ、どうぞ――」

大門は、執務机の前の椅子《いす》をすすめ、自分は回転椅子に坐った。壹岐が席をはずしかけると、

「そのままで――、中京紡績の鬼頭さんで、懇意な間柄やから、かまわんですよ」

と云った。鬼頭は国内の綿糸の生産量の半分を占める中京紡績のオーナー社長であ

る一方、稀代《きたい》の相場師として名だたる人物であった。

鬼頭は、腰を下ろすなり、

「今日は、どないでした？」

「あんまり、ようないですな」

大門が、応えると、

「このところ、わしは採算割れをずっと買い下《さが》っているけど、当先《とうさき》の鞘《さや》がまだ大きいし、大門さんはどう読んではるのや」

「そろそろ、買いに出よと思ってる」

その途端、鬼頭の細い眼がぴかりと光った。

「あんたの強材料《つよ》は、何だす？」

「ネシアに、十万梱出来そうや」

「ほう、ええニュース聞かして貰うた、早速、今日、どないです？」

「よろしいな、一万梱にしよか」

「結構だす、ほな、これで――」

ぽんぽんと会話が飛び交い、鬼頭は、用談をすますなり、社長室を出て行った。大門は壹岐の前に坐り直すと、

「えらい飛入りやったが、ええタイミングで、八億円の商いが出来ましたわ」

こともなげに云った。壹岐には、大門一三と中京紡績の鬼頭との会話は、何を話しているのか、皆目、見当もつかず、まるで暗号文のように解けなかった。それでいて二人は数分間、ごく短い言葉を息もつかずに交わし、八億円という近畿商事の資本金の約五分の一に相当する巨額の取引を終えたという。見事というか、手練というか、壹岐は気を呑《の》まれてしまった。

「壹岐さん、今の話、あんたにはてんで解らんで、びっくりしてはる様子ですな」

大門は、くっくと咽喉仏《のどぼとけ》を鳴らして笑い、

「今後の参考のために、ひとつ解説してあげよう、まず鬼頭さんが入って来るなり、どないですと聞いたのは、私の健康とか、相談ごとの返事の催促とかではなく、午前中の相場はどうやという意味ですわ、それで私が、あんまりようないと答えると、鬼頭さんは、このところ採算割れで買い下っている、つまり安値で買い続けているので、鞘はげばかりして、苦戦しているという意味ですわ、それで私がインドネシアの情報を明かそうか、伏せておこうか、正直いうて、ちょっと迷ったが、今は一刻も早く綿糸の買い手当てをする必要があるから、あえて云うたわけで、その礼に鬼頭さんは常時、持ってる五万梱のうちの一万梱を安値で分けてくれたと、こういうわけですわ、もっともこんなとっておきの情報を摑《つか》みながら、手のうちを明かすのは、私と鬼頭さんとの肝胆《かんたん》相照らす仲ならではのことですがね」

と云った。二人の間柄は、ある時は相場観の相違から買いと売りの真っ向から対立し、何カ月間も死闘を繰り返す一方、二人で共同戦線を張り、国内の総生産量を、売り買いする時もあった。

しかし、壹岐には、大門の今の説明さえ、まだ解らず、この商社の世界は、自分とはおよそ異質の世界であり、自分の智力《ちりよく》を駆使できるところではないと思った。

壹岐は姿勢を正し、

「先程、お世話になりますと申し上げましたが、やはりご辞退させて戴《いただ》きます、先程来のお話を伺い、とても私のような軍歴しかない者には、勤まるものではないと判断した次第です」

と云うと、大門は、からからと笑った。

「壹岐さん、あんた怯《おじ》けづきましたな、そりゃ、あたり前ですわ、私と鬼頭さんとの話なら、軍人上りのあんたで無《の》うて、業界筋の者でも怯けづきますやろ、けど壹岐さん、あそこに見える大阪城をまず見ることです」

窓の外に望まれる大阪城を指でさした。冴《さ》えた冬陽の中で、五重の天守閣の甍《いらか》と塗《ぬり》籠《ごめ》の白壁が、くっきりと空に聳《そび》えたっている。城を見おろす大門の眼に、ぎらぎらとした精悍《せいかん》な光が溜《たま》った。

「私は、毎朝、出社すると、まず大阪城を見る、城を奪《と》るためには、戦に勝たねばならん、私は毎日、城を見て、勝つことだけを考えている、壹岐さん、あんたも参謀時代、毎日、勝つことだけを考えて来たでしょう、いわば私は商業戦略、あんたは軍事戦略に力を傾けて来た点では、同じやないですか」

大門一三の口から、闘志に漲《みなぎ》った言葉が飛び出した。

「しかし、商業戦略と、軍事戦略は異質のものです、商業戦略は利の世界であり、この齢《とし》まで軍務しか知らぬ私にとって、あまりにも遠すぎる世界です」

壹岐が云うと、大門の体がぐうっと前へ乗り出した。

「利の世界と思うてはいかん、商社の経済戦略は、日本の国の経済復興につながる、極言すれば、兵隊をものに置き換えた時、戦略としてどこが違うのです、軍の戦は、敵前で進むか、退《ひ》くかだけで、中間はない、商社の仕事も、売りと買いだけで、その中間はない、的確で迅速な判断、そして直ちに実行に移し、勝つことだけに脳漿《のうしょう》を絞り、死力を尽す、これすべて軍事戦略と同じやないですか、それとも壹岐さん、あんたほどの人でもシベリア十一年間の抑留で、抑留ぼけしたとでもいうのですか」

大門は、叱咤《しった》するように云った。その声は自信に溢《あふ》れ、千軍を叱咤し、指揮する軍司令官のような力強さに満ちていた。壹岐は、久しぶりにひたひたと潮が満ちて来るような心の高なりを覚えた。しかしなお一方では、さっき眼《ま》のあたりに見た大門と中京紡績の鬼頭とのまさに一騎打ちのような凄《すさま》じい商いの瞬間が、脳裡《のうり》に灼《や》きつき、まだ決しかねていた。

「壹岐さん、いつまで迷うのです、あんた、戦争に敗《ま》けて、すまんと思うのなら、軍事戦略で鍛えた頭を、今度は日本の経済発展のための経済戦略に使うべきや、ともかく、あんたの出社を待ってますよ」

大門は、有無を云わさぬ語調で云い、壹岐の答えも待たずに、次の予定のために、社長室を先に出た。

壹岐は、南海電車の住之江《すみのえ》駅で降りると、まっすぐ家へ向わず、駅前通りの市場へ入って行った。勤めに出ている妻と、学校から帰って来る子供たちのために、夕食の用意を整えておくのが、浪人生活をしている壹岐の仕事であった。

壹岐は、いつもの市場の中程にある八百屋《やおや》の店先にたち、朝、妻から渡された買い

ものの メモを広げた。油揚げ二枚、こんにゃく一丁、大根一本、ねぎ一把《わ》――、妻の働きの中で買う夕飯の用意はつましいものであった。

買いものをすませると、新聞紙に一まとめに包み直し、壹岐は大和川《やまとがわ》沿いの堤を家へ向った。冬陽の中で、大和川はゆっくりとした広い流れを見せている。今日、大門社長には近畿商事へ入社する返答をしたが、許されることなら、今少し、川の流れのように何ものにも束縛されず、悠々とした時を過したい――、これが偽らざる心情であった。しかし、現実の生活は、朝、妻が大阪府庁の民生部世話課へ勤めに出かけ、二人の子供が登校したあと、家の掃除をし、昼間は、曾ての部下の就職の世話に出かけるか、そうでない日は、新聞か本を読み、夕方になると、夕飯の支度をする日常であってみれば、それは望むべくもないことであった。

大和川市営住宅は、六畳と四畳半の二間に台所の質素な建物であった。壹岐は手製の郵便受けの中に入れておいた鍵《かぎ》を取り出し、たてつけの悪い玄関の戸を開けた。とっ付きの四畳半の部屋の中に、りんご箱に包装紙を貼《は》りつけた机が二つ並んでいる。高校生の娘と中学生の息子の机で、二人の机の間に、軍人時代の壹岐の写真が置かれている。参謀肩章《けんしょう》を吊《つ》り、軍刀の鍔《つば》に手をかけた陸軍中佐の姿であった。おそらく子供たちは、十一年間、写真の中の父の姿を心の支えにして生きて来たのであろう――。

だが、帰国して来た父は、みすぼらしい復員服で、頬はこけ、歯は抜け、齢よりも老《ふ》け、写真とは似ても似つかぬ姿で、娘の直子はまだしも、息子の誠は「僕のお父さんとは違う」と頭を振り、壹岐が抱きかかえようとすると、おびえるように後退《あとずさ》りし、家に落ちついてからも、容易になつかなかったのだった。その誠も中学生になり、時には甘えることもあったが、娘の直子の方が、お父さんっ子であった。

壹岐は、オーバーと服を脱ぎ、古びたズボンと毛糸のセーターに着かえると、台所の外へ七輪《しちりん》を持ち出し、煉炭《れんたん》をおこしにかかった。新聞紙に火をつけ、その上に煉炭をおいて、ぱたぱた団扇《うちわ》であおぐが、煙がくすぶるばかりで、なかなか火がつかない。しかし、煉炭をおこしておかないことには、勤めから帰った妻が、すぐ煮炊《にた》きにかかれない。

やっと火をおこした時、

「お父さん、只今《ただいま》――」

娘の直子の声とともに、誠の声もした。

「おう、一緒だったのかい、寒かったろう、ちょうど火がおこったところだよ」

と云い、七輪を中へ入れると、二人の子供はかきつくように手をあぶり、体を温めたが、高校生の直子は、体が少し温まると、すぐ野菜類を洗って、母親が帰って来るまでの炊事の用意にかかった。そんな直子の姿を見る壹岐は、娘の成長を楽しむ優しい父親の眼《まな》ざしになっている。

やがて妻の佳子《よしこ》が、帰って来た。汚れの目だたない地味なオーバーに、自分で編んだ毛糸のマフラーをし、両手にハンドバッグと市場の買物袋を下げている。

「お帰りなさい、お母さん——」

子供たちが母を迎え、家の中が俄《にわ》かに明るく和《なご》やかになった。壹岐も、一日の勤めを終えて帰って来た妻をいたわる眼で迎えると、佳子は手早くエプロンをつけ、台所にたった。

「あなた、今日のご首尾はいかがでしたの」

心配そうに、聞いた。

「うむ、大門社長は、即座に採用を決定して下さった——」

「まあ、それはようございましたこと、近畿商事といえば、関西で一番古い名門商社だということですから——」

「たしかにそうだろう、第一、社長である大門氏の人柄と見識が優れておられる」

「じゃあ、お迷いになることはありませんわね」

ほっとするように云《い》った。

「しかし、やはり、商社というところは、どうも自分にとっては異質なところに思えて仕様がない、何しろ、金銭の利の世界だからねぇ……」

壹岐はまだ一抹《いちまつ》の躊躇《ためら》いを残すように云いかけたが、妻と娘が、不安そうな表情をしたのに気付くと、強いて明るい笑顔で、

「まあ、就職の話はあとにし、早く食事にしよう」

と促した。

夕食後、壹岐は、風邪気味の誡を残し、娘の直子と連れだって、銭湯へ行った。家から十分程の道のりであったが、シベリア抑留中は十日に一度、桶《おけ》に二杯の湯しか使えなかった壹岐にとっては、銭湯の広い湯槽《ゆぶね》に浸《つか》って、たっぷり湯を使える銭湯行きが、大きな楽しみであった。銭湯の前まで来ると、男湯と女湯の入口でいつものように三十分後に出合う約束をし、壹岐は男湯へ入った。裸になった壹岐の体は、身長百七十五センチ、体重五十キロで、痩《や》せこけている。壹岐は湯槽の縁にゆったりと体をもたせかけ、眼を閉じると、うとうと睡魔に襲われた。前後二時間程の大門一三との面接に、疲れを覚えたのかと思うと、今さらのように馴《な》れぬ世界へ入って行く不安を覚えた。

番台の時計を見、直子を待たせぬように急いでズボンとセーターを着、つっかけを

履いて、外へ出たが、直子はまだだった。やはり女の子というのは、一人前、長くかかるのだなと苦笑し、壹岐は、誠のために銭湯の前のたこ焼き屋で、たこ焼きを十個買い、冷えないようにセーターの下の内懐《うちぶところ》に入れた。

「お父さん、髪を洗って遅くなったの」

おかっぱ頭に、まだ水気を残して、飛び出して来た。

「もっとよく拭《ふ》かないと、風邪をひくじゃないか」

壹岐は、自分のタオルで娘の髪を拭《ぬぐ》った。母親に似た黒いしなやかな髪であった。

「さあ、早く帰らないとお母さんの銭湯が遅くなってしまう」

と云い、暗い道を家へ向うと、直子が足をとめた。

「お父さん、お願いがあるの」

「なんだ、今さら改まって、何のお願いなんだい？」

「お父さん、さっき、近畿商事へ就職なさるのを迷ってはったようやけど、お願いだから会社へお勤めして、防衛庁に入るのだけはやめて――」

帰還後、防衛庁へ入る誘いは、何度となくあり、一年前には、東京からわざわざ一佐級が足を運んで来たのだった。

「どうしてまた、急にお願いだなんて――」

「だって、お母さんが十何年も苦労したのは、お父さんが軍人だったからでしょう？　だからまた軍人になるのだけはやめて——、ほかは何になられても文句は云いませんよ」

高校生の直子に、難しい反軍意識などあろうはずがなく、素朴な母を思う娘の気持が伝わった。

「わかったよ、お父さんは普通の会社勤めをするから、安心しなさい」

そう応《こた》えながら、これまで軍人としてしか、ものを決定しなかった壹岐は、はじめて父親としての気持で、ものごとを決定した。

その夜、壹岐は妻と枕《まくら》を並べ、十一年間、自分が抑留されていた間の妻の苦労を謝した。

「これまで随分、苦労かけたね、これでやっとお前に勤めを辞めて貰《もら》うことが出来る——」

「でもあなた、ほんとうに近畿商事に就職する気持になられたの、ご無理していらっしゃるのでは……」

「いや、実のところ、いろいろ考え、迷ったが、決心は変らない」

「そう——、よく決心して下さいました、あなたにとって、防衛庁へ行かれることが一番の近道だと、半ば覚悟しておりましたが、安心しました」

ほっとするように、云った。

「だが、防衛庁へ入った方が、お前のやりくりは楽かもしれない——」

「いいえ、私は経済的なことより、これからは親子四人、一緒に安らかな暮しが出来ることの方がどんなに嬉《うれ》しいかしれません、あなたが抑留されている十一年間、生きていらっしゃるか、死んでしまわれたか、それを考えると、私にとっても十一年間は拷問《ごうもん》のような歳月でした——」

佳子は、壹岐の帰還後はじめて吐露するように云い、やがて寝入ったが、壹岐は眠ろうとしても、なかなか寝つけなかった。

この二年間、忘れることに努め、ようやく癒《い》えかけていたシベリア抑留の忌《い》まわしい心の傷が、今日の大門一三の問いかけによって、再びこじあけられ、どくどくと血が噴き出して来たのだった。

夜の闇《やみ》よりも暗く、この世の地獄のようなシベリア抑留生活に、壹岐の心はひき戻された。

四章 シベリア

シベリアの秋は短い。十月初旬というのに、寒気を覚える。

関東軍司令部の山田司令官以下、壹岐《いき》たち二十六名の幕僚が俘虜《ふりよ》として収容されているのは、ハバロフスク近郊のアムール河（黒竜江）に近い地点であった。ついこの間まで緑を見せていた白樺《しらかば》も、上の方から黄ばみはじめ、黄金色に包まれたかと思う間もなく、一時《いつとき》に落葉し、広漠とした大地がむき出しになった。

収容所は、ソ軍河上《かじよう》艦隊の将校たちが訓練所に使っていたもので、質素であったが、個室、食堂などの施設が整っていた。建物の周囲に幅二百メートル、長さ千メートルの散歩区域が定められ、その線に沿って歩哨《ほしよう》がたっていたが、内務その他は日本軍の自治に任されていた。

最初のうちは各人の部屋の割当や荷物の整理、掃除に追われていたが、到着後、一カ月経《た》っても、ソ軍は何の取調べも、要求もせず、無為の日が流れた。

そんな或《あ》る日、収容所長から近くのコルホーズが、労力不足で馬鈴薯《ばれいしょ》の採取が遅れて困っているから、協力して貰《もら》いたいという申し入れがあった。

軍事俘虜を使役に使うことは国際法で禁じられていたが、運動がてらに一日、数時間ずつ、協力することにした。

収容所長の引率で、収容所から四十分程歩いて行くと、広い馬鈴薯の畑が拡《ひろ》がっていた。農家の周りにある鉄線で囲われた自作の畑は、きれいに耕されていたが、それ以外の共同耕作の畑は雑草が伸び、これではコルホーズの成績が上らないのは当然だと、壹岐は苦笑した。コルホーズの役員たちは、一同を大喜びで迎え、労働の報酬として採取量の四パーセントを渡すと云《い》い、不器用な軍人たちに、馬鈴薯の掘り方を身ぶり、手ぶりで説明した。

山田司令官等、将官を除く二十余名は、説明をうけた通り三人ずつの組をつくり、一人が茎を両手で引き、一人が根もとにある薯《いも》を掘り出し、もう一人がコルホーズの役員のいる場所まで運搬して、交換に一枚の札を受け取る作業にとりかかった。農耕具は揃《そろ》っていず、スコップや鎌《かま》は数える程度であったから、壹岐たち若い参謀は木片で掘った。シベリアの土は硬く赤黒い。しかも虻《あぶ》が多く、手拭《てぬぐ》いで顔、首筋のあたりを掩《おお》わねばならないので、じっとしておれば肌寒さを覚える季節であるのに、一畝《うね》一キロの長い畝を掘り進むと、さすがに汗ばんで来る。壹岐は、黙々と薯を掘りながら、故郷の村を思った。

山形県遊佐《ゆざ》町杉沢からは、鳥海山《ちょうかいさん》が間近に望まれ、今頃は頂きに初雪が降っているはずであった。幼年期の壹岐は、農村の子供にしては、ひ弱な方であった。小学校の校長をしていた父は、子供の頃から書物に親しむ正《ただし》を、自分のあとを継いで教育者になってくれると期待をかけていたが、頑固者で鳴っていた祖父は、学業より健康第一と、年中、冷水摩擦をさせ、小学校の四、五年頃にはすっかり健康になり、学校が終ってもすぐに家に帰らず、夕暮れまで山野を駈《か》けめぐり、雪が一、二メートル降り積っている冬でも野兎《のうさぎ》を追って山中を駈けめぐり、祖父さえも心配させるほどになった。そして小学校六年の秋、鳥海山麓《さんろく》へ山形連隊が秋季演習に来た時、連隊旗手が白地に赤の旭日《きょくじつ》、紫の房のついた連隊旗を捧《ささ》げ持っている凜々《りり》しさと、歩兵、騎兵、砲兵入り乱れての演習の勇ましさに惹《ひ》かれ、東京陸軍幼年学校を志願して、十四歳の春、入学したのだった。

幼年学校の三年間で、壹岐は軍事教練そのものよりもむしろ語学教育と情操教育を受けた。ドイツ語、ロシア語、フランス語、支那語《しなご》の中から、壹岐はドイツ語を選択する一方、山形の田舎にいた時は手を触れたこともないピアノを、上野の音楽学校の教官について手ほどきを受けた。

陸軍士官学校に入学してから、壹岐は本格的に軍人としての教育と訓練を受けた。軍事学のほか、予科二年を終了した後の半年間、連隊勤務をさせられ、上等兵と軍曹を三カ月ずつ経験することによって、小銃の手入れから炊事、洗濯まで、兵隊の日常を教え込まれた。本科に入ると、軍事学のウェイトが増し、卒業すると見習士官となり、肩章《けんしょう》は曹長だが、将校の刀を帯刀し、エリート軍人としての第一歩を踏み出したのだった。

山形連隊付の陸軍少尉《しょうい》を経て、昭和十二年、二十五歳、中尉の時、壹岐は所属連隊長の推薦を受け、陸軍大学校を受験した。千名以上の受験者中、合格採用者は五十名という難関を突破して入学した。陸軍大学校では、徹底した幕僚教育が行なわれた。師団以上を動かす高等戦略と戦史の研究が主たるもので、テキストは用いられず、毎日、教官から出された問題を、一クラス五十人が四班に分れて解答を作成し、競い合う。そのために夜はいつも十二時、一時まで討議が続き、いかなる状況下においても、自己の感情を冷静にコントロールし、不可能ということがあり得ぬ幕僚としての教育をされたのであった。

壹岐は、陸軍大学校を首席で卒業、恩賜の軍刀を賜わり、御前講演の栄に浴した感激は今もって忘れない。

それだけに、いかに聖旨に副《そ》い奉《たてまつ》るためとはいえ、ソ軍の俘虜となり、軍服を泥まみれにして薯掘りをしていることが耐え難く思われた。

「壹岐、何をぼんやり考え込んでいるのだ、貴様が手を止めているから、俺たちの畝ははかどらんじゃないか」

壹岐と同郷で、報道参謀であった谷川大佐が声をかけた。教育総監部の勤務が長く、人の面倒をよく見る人格者で、壹岐も、谷川大佐には、何でも打ち割って話した。

「谷川大佐、われわれは、こんな薯掘りなどしていていいものでしょうか、満州の在留邦人をあのような悲惨な情況に置き去りにし、武装解除された七十万の将兵も、おそらく苛酷《かこく》な条件の下に抑留されていることを思うと、われわれだけがここでこの程度の労働で相すむのか——」

壹岐の眼に、苦悩の色が滲《にじ》んだ。谷川大佐は、そんな壹岐を深い眼《まな》ざしで見、

「今さら何を云っても、たとえスターリンに食ってかかってみても、仕方のないことじゃないか、それより貴様の本来の任務は、聖旨伝達後、大本営に復命することだったのだから、武装解除され、無力になった関東軍、国家主権の及ばぬ中での将兵がど

んな惨《みじ》めなものか、そしてそれらの人々の運命がどうなって行くのか、それを日本国民に報告するのが、新たな貴様の任務ではないのか」

と云ったが、壹岐は押し黙った。一カ月前、新京からハバロフスクへ移送され、飛行場からジープに分乗させられ、ハバロフスク市街の目ぬき通りを引き廻された時の屈辱が、今さらのように生々しく思い返されたのだった。

「たしかに一私人としての感情に溺《おぼ》れることは反省しなければなりませんが、生き恥を曝《さら》すことは、武人として――」

と云いかけると、

「お前は、やはり若く、いささか繊細すぎるところがある、一個人としての無念さとか、見すぼらしさと、日本国家全体として味わわされている汚辱とを比較して考えて見ろ、――今、生きのびることは個人の願いではなく、〝国家人〟としての至上命令なのだ、曾《かつ》ての関東軍参謀として、また大本営参謀として、国を、軍を、このような苦しみに陥《おとしい》れた責任を感じるのなら、関東軍将兵の最後の一人までを見届けるのが、責任遂行の道だ」

谷川大佐は、淡々とした口調で話し、

「さてと――、慣れぬことに精を出すと、咽喉《のど》がかわく、壹岐、水を要求してくれ」

と云った。壹岐はコルホーズの役員のところへ行き、

「ヴァダー、ヴァダー（水、水）」

と頼むと、この辺の水質は悪いからと、トマトを籠《かご》一杯に入れて持って来た。まだ熟していないが、がぶりと噛《か》みつくと、たっぷりとしたみずみずしい水分が咽喉を潤《うるお》し、入ソ以来、生野菜を口にしたことのない壹岐たちは、貪《むさぼ》るように食べた。秋の日没は早く、薯掘りが終った頃には、薯畑の果ての地平線に真っ赤な夕陽が沈みかけていた。

一同は両手に馬鈴薯と、トマトの包みを持ち、収容所への帰途についた。壹岐は一番うしろから歩きながら、前方の谷川大佐を見た。村夫子《そんぷうし》然とした風貌《ふうぼう》で、故郷の畦《あぜ》道《みち》を歩くように歩いている。さっき云われた「生き恥を曝しても、今、生きることは国家人としての責任だ」という言葉が甦《よみがえ》り、壹岐は、敗戦の日以来、死に損った自分を責め、恥じていた気持からようやく脱した。

朝夕、俄《にわ》かに寒さが増し、ガラス窓の目張りをしなければ寒さを凌《しの》げなくなって来た。各自、新聞紙を細長くきり、パンを煮てつくった糊《のり》をつけて、二重ガラスの窓の

目張りをして行った。壹岐は、北向きの薄暗い部屋の窓ガラスの目張りをしながら、はっと手を止めた。二重ガラスの間に夏の蠅《はえ》が黒く貼《は》りついて死んでいる。この目張りを取る頃、自分たちはどのような状況下におかれているのか、果して生きているのだろうかという厭《いや》な思いでいると、収容所の中へジープが入って来、思いがけなく、ソ連将校につき添われた竹村参謀副長が下りて来た。

「副長、よくご無事で――」

壹岐が大声で駈け寄ると、その気配に秦《はた》参謀長も出て来、

「竹村、元気か、苦労をかけたな」

と、眼を潤《うる》ませた。

「いや、たいしたことはありません、お客さん扱いにして貰っていましたよ」

竹村参謀副長は、窶《やつ》れの見える顔に、いつもの爽《さわ》やかな笑いをうかべ、ジャリコーウォでの人質の生活を話した。極東軍総司令部ではとりたての取調べもなく、行動も自由であったが、二週間後、ウォロシーロフ収容所に移され、そこで第一方面軍司令官喜田大将、第五軍司令官清水中将以下、東方面の将官たちと出会ったことを話した。山田軍司令官は、

「そうか、各方面軍の将官たちの消息が解《わか》らず、入ソ以来、心配していた――、それ

で皆は元気か」

「はい、各将官ともお変りありませんが、奉天組の後宮《うしろく》大将以下は、ソ軍から新京で停戦に関する重大会議を開くからと騙《だま》されて、列車に乗られたため、何一つ身廻り品を持たず、寒さに向ってお気の毒な状態です」

そう報告する竹村副長も、夏服のままであった。

「実はウォロシーロフの将官一同から連絡をことづかって参りました、と云うのはソ軍に対し、関東軍将兵の早期帰還、殊《こと》に満州経由帰還を是非、秦参謀長からソ軍に要求して貰いたいということです」

と云うと、秦参謀長は、

「それは要求しても無駄だと思う、戦闘行為終了後、ソ軍が国際慣例を無視し、関東軍将兵の全部を俘虜とする旨《むね》を宣言した点から考えて、容易に解放する意図はないと推測されるからだ、それにソ連の輸送力から考えても、一時に早期帰還させることは、到底、不可能なことだ」

関東軍きってのソ連通であったから、冷静に予測される事態を云った。若い参謀たちは、

「それではあまりに消極的なお考えではありませんか、この際、ウォロシーロフの将

官たちの意見に呼応し、強硬にソ軍に申し入れるべきだと思います」

気色ばんだが、壹岐は、

「私は参謀長の見通しが正しいと思う、先日、われわれに身上調査という名目で書かせた調査表に、日本軍の対米戦略戦術という項目があり、ドイツと戦い、日本と戦った次の、ソ連の仮想敵国は、米国と考えるべきでしょう、それだけにソ連は関東軍将兵七十万を人質にして、米ソの日本占領政策のかけひきをしようとしている点も窺《うかが》え、早期送還はまずないと思います」

と自己の意見を述べた。

帰還問題に関しては、その後も早期帰還要請と、静観の二つの意見に分れ、根強く論議が続いたが、早期帰還派の希望は裏切られ、日々、寒さが増し、雪が降りはじめた。

建物は河上艦隊の夏季訓練所であったから、暖房設備は無く、窓の目張りぐらいでは到底、役にたたず、夜も昼も防寒外套《がいとう》を着て、体温を保たねばならなかった。秦参謀長からは再三、ソ軍に暖房を要請したが、「スコーロ(もうすぐ)」を繰り返すばかりで、あと半月もすれば、凍死しかねない不安な思いでいた或る日、突如として壹岐の身の上に、変事が起った。

就寝後二時間ほどし、寒さを忘れてようやく眠りにおちた頃、壹岐たちの部屋の扉が音もなく開かれ、真っ暗な部屋に懐中電燈があてられた。三人の兵隊を連れたソ軍将校であった。

「壹岐はいるか、すぐ出るのだ、他の者は動くな」

同室の谷川大佐たちの動きを制止した。

「この深夜に、一体、何の用か」

壹岐が、問い糺《ただ》すと、

「私の役目は、貴下を連行することだ、早く荷物を持て」

と命じた。谷川大佐は素早く壹岐の荷物の中に、冬もののメリヤスの下着一組と靴下を入れ、言葉をかけかけると、

「話をするな！」

ソ軍将校は険しく遮った。谷川大佐は黙って手をさし出した。壹岐はその手を強く握り返し、別れを告げた。

外は、氷点下二十度のシベリアの夜であった。収容所の表に、黒い影を落して停《と》まっている車を見、凝然とした。それは真っ黒に塗った窓のない車で、はじめて眼にするものであった。

「スカレエー！（早くのるのだ）」

後の扉を開け、促した。

「この深夜に、何処《どこ》へ連れて行くのだ、行先を云え！」

睨《にら》み据えるように詰問《きつもん》したが、将校は、

「ニエ・ズナーユ（知らない）」

ぬけぬけと云い、護送兵たちが、壹岐の両側から自動小銃を突きつけ、車の中に押し入れた。

中は薄暗い豆電球が一つ点《つ》き、腰掛の板が、両側に渡してあった。壹岐が腰を下ろすと、護送兵が二人同乗し、扉を閉めた。

車が動き出して暫《しばら》くは、進行方向が解ったが、十分もすると、全く解らなくなり、壹岐は、この先の事態に思いをめぐらした。このままシベリアの奥地へ流刑《るけい》にされるのか、銃殺されるのか――。半月前、突如として姿を消し、その後、杳《よう》として行先の知れない情報参謀のことが、胸を掠《かす》めた。

突如、車が止まり、降りろと命じられた。外に出ると、帝政ロシア時代の建物が並び、ハバロフスク市内と思われたが、建物には何の表示もなく、どこへ連行されて来たのか、見当がつきかねた。

壹岐は、正面扉を入ったすぐ横の部屋に入れられた。壁にスターリンとベリヤの大きな肖像が掲げられている。スターリンは金モールと勲章に飾られた元帥《げんすい》服をまとい、見上げるものを睥睨《へいげい》するような威圧的な眼ざしであった。その横のベリヤは詰襟《つめえり》の服を着、ぬるりとした丸顔に鼻眼鏡をかけ、薄い唇が酷薄そうであった。壹岐ははじめてここが、ハバロフスクの内務省、いわゆる秘密警察《ゲー・ペー・ウー》であることを察知した。

「イジー(こちらへ来い)」

同行して来た護送兵が手招きし、壹岐はそのあとに続いた。真夜中というのに多数の下士官たちが働いており、壹岐は廊下の両側にずらりと並んでいる取調室の一室に押し込められた。

五坪ほどの細長い部屋で、正面に太い鉄格子《てつごうし》のはまった二重窓があり、扉の周辺は防音のためか厚い布が幾重にも張られていた。

思わず、窓の方へ歩いて行きかけると、背後の扉がすうっと開き、体軀《たいく》のがっしりした将校と、背広姿の男が入って来た。将校は頑丈そうな机の前にどさりと坐《すわ》ったが、背広の男は壹岐の頭の先から、爪先《つまさき》まで陰険な眼付で見廻してから、将校の横に坐り、

「私は日本語の通訳だ、そこへ坐ってよろしい」

机の前の木の椅子《いす》を示した。壹岐は軍刀が、ぴたりと腰に添うような姿勢で坐った。

ソ軍将校は、そうした壹岐の態度にじっと眼を注ぎ、自分もことさらに肩をそびやかして、口を開いた。

「私は、内務省ハバロフスク地方本部取調官、ヤゼフ少佐である。深夜、ご足労をかけたが、これから今次世界大戦において、日本軍が犯した罪状を明らかにするため、貴下を取り調べる、無条件降伏をした日本には、今や一つの秘密もないはずである、したがって過去においてソ軍に対して行なったすべての罪悪を正直に告白すべきである、もし虚偽の申立てをし、事実を隠匿《いんとく》する時は、法律によって処罰されるから、覚悟されたい」

威嚇《いかく》するように訓示し、背広姿の通訳が、下手な日本語で告げた。壹岐ははじめて自分が連行された理由を知った。

「まず、貴下の経歴を述べて貰《もら》いたい」

壹岐は、先日、モスクワから収容所へ来た調査団の命令によって書かされたのと同じように、出生地、生年月日、陸軍幼年学校、士官学校、大学校、大本営参謀、関東軍参謀、そして再度、大本営参謀として勤務した履歴を述べた。

「貴下の履歴によれば三十三歳の若さで中佐になっている、同じ齢頃《としごろ》の日本軍将校と比べると、破格の昇進ぶりだな、貴下はよほどの貴族の出か、それとも天皇の血統なのか」

四十そこそこと思われるヤゼフ少佐は、露骨な興味を示した。プロシャ時代のドイツの将校は、貴族出身に限られていたから、日本もそうだと思っているらしい。

「私の父は地方の教育者であり、云われる如《ごと》き高貴な出ではない」

と否定すると、

「そんなことはないはずだ、私の手もとに関東軍司令部参謀の履歴が集まっているが、貴下の若さで中佐になっている者は誰も見当らぬ、身分を偽っているにちがいない」

ときめつけた。事実、陸軍大学校同窓の中でも壹岐の昇進は早かったが、

「偽るも、何もない、ほんとうに私は地方教育者の次男だ」

苦笑すると、取調官は明らかに拍子抜けした様子であった。階級否定の国であるにもかかわらず、階級に異常なまでの興味を示す点は、ハバロフスクの地方取調官らしい。

「では次の質問に移る、大本営の組織について詳しく話すように」

「大本営は戦時体制組織であり、まず大きく、大本営陸軍部と大本営海軍部の二つに分けられる、陸軍部は、総務、第一部、第二部、第三部、第四部によって組成され、第一部は主として作戦、第二部は主として情報、第三部は鉄道、船舶、第四部は編制

を任務とし、他に通信、兵站《へいたん》等の部課がある」

壹岐は、出来るだけ簡単に応《こた》えた。

「それで貴下は、第一部の作戦に従っていたわけだが、作戦計画はどのような指揮系統によってたてられていたのか」

「作戦計画はいつの場合も、陸軍部は参謀総長、海軍部は軍令部総長の指示により、計画立案する」

そう壹岐が応えた途端、ヤゼフ少佐はどんと机を叩《たた》き、

「大本営の最高指導者は天皇だろう、何故《なぜ》、それを隠すのか！」

大声で怒鳴った。

「大本営は大元帥陛下の下におかれてはいるが、たとえば陸軍部の場合、第一部が立案した計画を、参謀総長より天皇陛下に上奏、ご裁可の形をとるが、作戦計画そのものはどこまでも参謀総長の指揮下で行ない、天皇が最高指導者という捉《とら》え方はまちがいである、貴国のスターリン元帥とわが帝国の天皇とは、全く立場が異なることを承知されたい」

つとめて冷静な口調で説明したが、下手な通訳を介してでは、壹岐の答弁はヤゼフ少佐には通じないらしく、顔を真っ赤にして、机を叩いた。瘦《や》せて貧相な通訳は、慌《あわ》

て壹岐の方へ体を乗り出し、

「貴下自身の責任を問われているのではないから、適当に少佐の云《い》うことに同意しておけばよいではないか、これ以上、逆らうと貴下のためによからぬことになる」

宥《なだ》めるように云ったが、壹岐がなお言を押し通しかけると、

「もういい、黙れ！　貴下はそうやって故意にこちらの尋問をはぐらかし、時間稼ぎをしているつもりだろうが、本当のことを云わない限り、こちらにも考えがある、それをよく頭に入れて、日米開戦に至った経緯と、開戦の戦略について詳細に記せ」

ヤゼフ少佐は、威《おど》すように云い、粗末なざら紙を渡した。自国と関係のない日米開戦のことを聞き出したがるのは、モスクワから来た調査団一行の取調べと同様であり、壹岐は、年月日、地名、数字、個人名など証拠となるような具体的記載は出来うる限り避け、二枚の紙に書いて、出した。通訳がロシア語に訳して、取調官に渡すと、眼の色をかえて読みはじめ、その間、壹岐は天井の一角を見詰めていた。

「怪《け》しからん！」

再び取調官は怒鳴った。

「お前の書いたこの供述書は、子供でも知っているようなことか、さもなくば嘘《うそ》ばかりで、紙屑《かみくず》同然だ！　貴下はわが内務省を侮辱するつもりか！」

「そんなつもりは毛頭ない、私の知るところを書いたまでだ」

あとは固く唇を引き結んだ。取調官は吠《ほ》えたてるように、壹岐を罵《ののし》ったが、反応がないと知ると、

「次に対ソ作戦計画について聞く、貴下はこれに携ったことがあるか」

訊問《じんもん》の鉾先《ほこさき》を、変えた。

「私は、関東軍参謀として転出するまで、主に南方の作戦計画に参画していたので、全く関与していない」

「しかし対ソ作戦計画が大本営にあったことは、知っているだろう」

「知ってはいるが、それはどこまでも日ソ戦争発生の場合、これに応ずる作戦計画であって、実行に移されたことは皆無である」

「それも全くのでたらめだ！　ことに独ソ戦中、大本営は関東軍に対し、どのような命令を出したか、話すのだ」

ハバロフスクの地方取調官と高《たか》をくっていたヤゼフ少佐の訊問は、次第に峻烈《しゅんれつ》になって来た。追及された如く、独ソ戦が始まると、大本営は関東軍に対し、ドイツに対するソ軍の兵力牽制《けんせい》を意図して、ソ満国境への兵力集結を命令したのであったが、認めるわけにはいかない。

「大本営はそのような計画を一切、立案した事実はない」

「では、関東軍がソ満国境に兵力を集結し、ソ軍の背後を脅《おび》やかしたのは、関東軍の独断というわけだな」

壹岐は、口詰まり、腋《わき》の下にじわりと汗が滲《にじ》んだ。

「――そうではない、貴官の指摘通り、ある一時期、満州におけるわが軍の兵力は膨張したが、それは対英米戦のため、南方へ兵力を輸送する通路に満州を使ったからである」

巧みに云い繕ったつもりであったが、

「貴下の云うことは嘘ばかりだ！　日本がドイツと組んで世界侵略を意図したことは歴然たる事実だ！　関東軍で一年以上も作戦参謀をしておりながら、よくもそんな答えが出来るな、貴下は、いまだ精神的に全く降伏していない、今晩、一晩、よく考えることだ」

憎悪《ぞうお》の籠《こも》った声で云い、椅子を蹴《け》ってたち上った。直ちに護送兵が現われ、壹岐は両腕を取られ、取調室から連れ出された。

黒塗りの箱車は、高い煉瓦《れんが》塀の前に停《とま》った。夜の闇《やみ》を通して眼を凝らすと、煉瓦塀に続いて、黒い鉄条網が張りめぐらされている。

壹岐は、とっさに監獄であることを直感した。初めて見るソ連の監獄で、赤煉瓦の塀の内側に、兵舎のような建物が不気味に連なっている。

護送の将校に促されて、通用門をくぐり、奥まった部屋へ行くと、中尉《ちゅうい》の肩章《けんしょう》をつけた将校が現われた。

「私は監獄長だ、お前をこのハバロフスク監獄に収監する」

と告げた。

「軍事俘虜《ふりょ》を監獄に入れることは不法だ、ソ連極東軍総司令官と交わした停戦協定に違反するではないか」

壹岐は語気を荒げて詰め寄ると、監獄長は、

「赤軍が日本軍とどんな協定を取り結ぼうと、知ったことではない、われわれは、内務省地方本部の命令によって働いているのだ、文句は明日、取調官に云え」

こともなげに云い、看守兵に身体検査を命じた。同じソ連将校でも、昨日まで接して来た赤軍将校には、どこかに武士は相身互いの精神が感じ取られたが、内務省将校にはそうした精神が微塵《みじん》もなく、骨の髄まで警察官僚であった。

看守兵は壹岐を検疫室《けんえきしつ》へ連れて行き、時計、軍刀をはずさせ、服を脱ぐように云っ

た。

軍服を脱ぐと、看守兵がポケットから裏布まで剝《は》いで、綿密に検査し、それが終ると、医者らしい男が入って来、

「全裸になれ」

と命じた。

「上半身だけで、よいではないか」

壹岐が拒むと、

「全裸だ！」

冷ややかに云い、看守兵が壹岐のズボンのバンドをはずしかけた。壹岐はその手を払い退《の》け、自ら全裸になると、医官は聴診器を軽く二、三度、胸にあてたあと、いきなり壹岐の顎《あご》に手をかけ、口を大きくあけさせ、歯から咽喉《のど》の奥まで診《み》、次に耳の中を調べた上、四つ這《ば》いに這わせ、肛門《こうもん》に指を入れた。自殺用の青酸加里カプセルを、隠匿していないかを調べているのだった。検査が終ると、入浴するように命じた。一坪程のコンクリートの荒壁に囲まれた室内に、シャワーが数個ついているだけであった。看守兵がタオルとマッチ箱半分ぐらいの石鹼《せっけん》を渡しに来たかと思うと、次に頭、腋下《えきか》、陰部に至るまでバリカンをあて、ジャリジャリと毛を剃《そ》り落した。虱《しらみ》退治のた

めであると説明したが、壹岐は、云いようのない屈辱感と怒りで体が震えた。しかし、深夜、異国の監獄で、壹岐一人がどう怒り、嘆こうとも、如何《いかん》ともし難い。憤《いきどお》りと、口惜しさに歯嚙《はが》みし、入浴を終えると、脱衣場には、熱気消毒された衣類が用意されていたが、軍刀と時計がない。壹岐は、大声で叫んだ。

「私の軍刀と時計はどうしたのだ！」

「出獄まで預かっておくのが監獄の規則だ、特に軍刀は武器だ、囚人に武器を持たせる監獄などないよ」

看守兵は、せせら笑うように云い、早く身支度しろとせきたて、地下から一階に上った。中庭を横切り、暗い長い廊下を歩き、小さな鉄の扉の前にたった。ギーッと扉が開かれた。

中へ入ると、畳二畳大の独房であった。薄暗い灯《あか》りの中で、鉄製の寝台と毛布一枚、五升樽《だる》のような木桶《きおけ》が二つあるだけだった。木桶は一つは小便用、もう一つは飲料水用であると教えられた。

「大便に行きたい」

壹岐が云うと、面倒そうな顔をして、随《つ》いて来いと云った。便所は、四斗樽より少し背の低い大樽の上に二枚の板が並べてあり、その板の上にまたがって用を足せというのだった。用を足し、紙がほしいというと、看守は妙な顔をした。

「紙をくれ」

看守兵は不思議そうに、

「ニエット（無い）」

と首を振った。用便の時、紙を使うのが解《げ》せぬらしい。仕方なくズボン下の裾《すそ》を破って、それで用をすませ、もとの独房へ引っ返すと、看守兵は独房内をぐるりと見渡してから、ガチャリと鉄の扉をしめた。

それは人間の心を押し拉《ひし》ぎ、地獄の底へ吸い込んでしまうような音であった。壹岐は、慄然《りつぜん》とし、もう一度、独房内を細心に見廻した。入口の扉は分厚な鉄扉《てっぴ》で、人間の眼の高さのところに直径三センチほどの覗《のぞ》き穴があり、厚いガラスがはめ込まれ、光線の加減で覗き穴のガラスが義眼のようにきらりと光る。耳をすましても周囲の房からはことりとも物音ひとつ聞えず、こんなところに長く独《ひと》りで置かれれば、気が狂いそうであった。しかし、ここで挫《くじ》けてはならぬ。曾《かつ》て日本陸軍四百五十万の将兵の生死を賭《か》ける大作戦を練った時の冷静さと緻密《ちみつ》さ、そして強靱《きょうじん》な精神力を以《も》ってきりぬけねばならない――。

壹岐はそう自分に云い聞かせると、やっと気持の余裕を取り戻し、部屋の片隅にあるベッドに体を横たえた。しかし、ベッドの幅が狭く、体を横たえるのがやっとで、両手がベッドからぶら下って、眠れない。その上、壁を見ると、南京虫《ナンキンむし》が列をなして自分の体に向って来、痒《かゆ》さと寒さのために、殆《ほとん》ど睡眠がとれなかった。

一、二時間、まどろんだだけで、午前六時頃、叩き起された。房内の小便桶をもって便所へ捨てに行かされ、室内の飲料水用の桶で簡単な洗面をし、七時に一日分の黒パン六百グラムと砂糖九グラム、白湯《さゆ》が食器に半分くらい小窓からさし入れられた。

昼は大さじ二杯ぐらいの麦の粥《かゆ》とキャベツのスープをくれたが、塩漬の腐りかけたキャベツが煮込まれているらしく、その臭さと酸《す》っぱさで、咽喉《のど》に通りかねた。

ようやく昼過ぎになって、看守兵が独房の重い鉄の扉を開いた。

「ダワイ！（出ろ）」

独房を出て、昨夜の監獄長の部屋へ連行された。

「今から、お前を護送する」

と云い、机の上に壹岐の身廻り品を入れた袋と、時計だけを置いた。

「軍刀はどうしたのだ、返して貰《もら》いたい」

「軍刀は返せない、何となればお前は戦犯の容疑で検挙されているからだ」

「軍刀は、ワシレフスキー元帥《げんすい》との停戦協定で、日本の将校には帯刀を許可されている、軍刀は何としても返して貰う！」

壹岐は自分の知っている限りのロシア語をならべ、必死に抗議した。軍刀は、陸軍大学校を首席で卒業した時、天皇陛下から賜わった恩賜《おんし》の軍刀であり、軍人としての志操を結晶させたものであった。

「監獄長たる貴下には、軍刀を取り上げる権限はない、不法だ！」

激しく迫ったが、監獄長は取り合わず、引きたてられるように外へ出された。そこには護送車が待っていた。再び内務省地方本部へ連行され、取調べを受ける覚悟をした。しかし護送車はいつまでたっても走り続けている。不安な思いで外を見ようにも護送車には、窓がなかった。

護送車の外に聞える鈍い震動音で、壹岐は、それが列車の音であり、護送車が鉄道線路沿いに走っているらしいことを感じ取った。

車が停まり、扉が開かれた。すぐ眼の前に、何本もの線路が走り、客車や貨車が何台も停っている。シベリア鉄道の主要駅であるハバロフスク駅らしかったが、線路の間に紙屑が散乱し、人々が勝手に線路を渡り、それを制止する駅員の声がし、無秩序で囂《かしま》しかった。

壹岐は護送兵に促されて線路を横断し、引込線に停っている列車の方へ足を運んだ。近付いて行くにつれ、さまざまな服装をし、汚れた布にくるんだ荷物を背にしたみすぼらしい人の列が長く続き、その列の両側には、自動小銃をかまえた兵隊がたっていることに気付き、壹岐は、はじめてそこに停っている箱型の列車が、囚人護送列車であることを知った。

これがソ連のやり方か――、停戦協定は守らず、軍事俘虜を突如、監獄へぶち込み、意に満たぬ答えをすると、囚人としてシベリアの奥地へ送るのか、憤りと無念の思いの中で、つい一昨日《おととい》まで一緒であった山田司令官、秦参謀長をはじめ、司令部の参謀たちの顔が次々に浮かんだ。

護送列車の中に乗るなり、壹岐は息を呑《の》んだ。鋼鉄製の車輛《しやりよう》内は、片側に一メートル幅の通路があり、通路に向って鉄格子で仕切った房がずらりと列《なら》んでいる。窓は通路側にしかなく、各房の様子は薄暗くてよく解《わか》らないが、両側に三段式の板張りの席が設けられ、ロシア人、ウクライナ人、蒙古《もうこ》人、朝鮮人などさまざまな民族が一房、六、七名ずつ入れられ、大声で怒鳴ったり、喚《わめ》き散らし、さながら動物を輸送する檻《おり》のようであった。

壹岐は、それらの房の前を通り過ぎ、一番端の狭い房に一人入れられた。壹岐だけは特別扱いらしく、専任の護送兵が警備のために房の前にたった。鉄格子越しに、

「どこへ行くのか」

と聞くと、

「ニエ・ズナーユ（知らない）」

にべもなく首を振ったが、他の護送兵たちとの会話で「ヤポンスキー・ソルダート（日本兵）」「ドプロス（訊問）」という断片的な言葉が耳に入り、壹岐は、自分がさらに厳しい訊問のために、何処《どこ》かの秘密警察《ゲー・ペー・ウー》へ送られるのだと想像した。

やがて護送列車は、ハバロフスク駅を発車し、間もなく鉄橋を渡る長い大きな音が響いた。壹岐はたち上って、鉄格子越しに通路側の窓を見ると、氷に閉ざされたアムール河を渡っているのだった。

列車は、まるで時間を忘れたかのようにのろのろと鈍行で走った。雪に掩《おお》われている窓外の景色は、白一色の大地が果てしなく拡がるばかりで、何の変化もなく、五、六時間もすると、昨夜来の取調べと投獄で疲れ切っていた壹岐は、外套《がいとう》を体に巻き、板張りの席に横になり、眠った。

それからの毎日は、列車が西へ向って走り続けているというだけで、雪に掩われた

白い大地はどこまでも果てることなく、眼に映る距離感が乏しかった。鉄格子越しに、窓外を見ることと、夜になると、うつらうつらまどろむだけの毎日で、一日のうちで、人間らしいことといえば、日を記憶するために、身廻り品の中に入れて来た文庫本の裏に、日付を書き記すことだけであった。

日が経《た》つにつれ、囚人の数は増え、最初、六、七人ずつぐらいであった房に、十二、三人も詰め込み、車内は次第に喧噪《けんそう》を増して来た。体がやっと横になれる板席六つに、それだけの人数を入れるためには、両側上中段は一人ずつ寝るとしても、あとの八、九人は下段と床に押し合って坐っているほかなく、公平を期するために二時間毎《ごと》に席の入れ替えがあるのだが、民族が多種な上に、殺人、窃盗《せっとう》の刑事犯から、政治犯に至るまで、入り混っているから、方々で座席の争いが絶えず、腕力ずくで一番いい席を陣取る者が出たり、食事を奪い合う喚き声が凄《すさま》じい。

食糧は、乗車前に何日分かの黒パンと塩魚を渡されるから、先に食べてしまった者が、新入りの囚人の食糧を狙《ねら》って騒ぎが起り、その上、思うように便所に行けないとが、騒ぎをさらに大きくしている。

用便は、用便係の兵隊が、順次、呼び出し、便所に連れて行った。逃亡を防ぐために扉は開け放したまま、頭上に自動小銃をつきつけられて、用を足すのであった。はじめのうちは一日、三、四回出してくれたのが、囚人の数が増えるにしたがって、その回数が少なくなり、順番の都合で、朝、昼、行けても、夜、出してくれない場合さえあった。

ハバロフスクを発《た》ってから、列車は終日、走り続けたり、まる一日、引込線で停ったりして、一週間目の午後、チタと覚《おぼ》しき大きな駅に着いた。薄陽を通して、駅から近い地点に工場が見え、煙突から黒い煙がたちのぼっている。駅の近くには民家が建ち並び、防寒服姿の人々が往来している。雪原を走り続け、一週間ぶりに見る、人間が住み働いている街の光景であった。

駅の構内には、囚人護送列車が何台も停車し、各列車に数人の護送兵が付ききりで、囚人の輸送にあたっている光景は異様であった。壹岐は以前から、ソ連の内務省軍隊の中に、護送軍隊というものがあると聞いていたが、その内容は摑《つか》めずにいた。しかし自分自身が囚人として護送されてはじめて、護送軍隊の任務が、囚人輸送の警備にあることが解った。常時、三千五百万内外の囚人を持ち、囚人によって国家の労働力の大半を賄《まかな》っているといわれるソ連にしか、存在しない軍隊であった。

「ダワイ、ダワイ！」

護送兵が新しい囚人の一群を車内に追い込む声がし、その方へ眼を向けた時、壹岐は、思わず眼を瞬《しばた》いた。黒い蝸牛《かたつむり》のように列んでいる囚人たちの向い側のホームを、ソ軍の将校が妻らしい女性を伴って歩いている。その肩に、日本の絵羽織がハーフ・コートのように羽織られていた。おそらく、夫である将校が満州へ進駐した時、土産として持ち帰ったものであろうと思うと、その絵羽織を奪われた時の日本婦人のいたましい有様が胸を抉《えぐ》るようであった。三十三歳の壹岐の胸に、ふと妻への生々しい思いが奔《はし》った。

陸軍大学校を恩賜の軍刀で卒業し、二十七歳で大尉《たいい》に任官し、一時期、山形連隊に戻った壹岐に、将来を嘱望されて、方々から見合い写真が持ち込まれた。しかし隊務多忙でゆっくり結婚を考える暇《いとま》もなく過していた時、連隊長に呼ばれ、壹岐と同郷の山形県出身の支那《しな》派遣軍司令官浜田大将の次女を勧められたのだった。壹岐が躊躇《ためら》うと、「ともかく見合いしてからの話だ、拙宅でやろう」と強引に云《い》われ、見合いの席で会った浜田大将の令嬢は、彫《ほり》の深い美貌《びぼう》と明るい性格の女性であったが、言葉のはしばしに大将である父を意識し、暗に壹岐にも将来、大将になることを期待しているような様子が感じ取られ、それが壹岐の心にそまなかった。第一に、壹岐は自分の結婚が将来の栄達の手懸りになることを快しとしなかった。そして、今まで考えていなかった好ましい伴侶《はんりょ》の姿が俄《にわ》かに明確になって来たのだった。軍人は国家のためには今日あって、明日なき命であるから、いつ、夫を失っても、子供をりっぱに育てる覚悟を持ち、夫が栄達しても、夫の位階を意識せず、しかし山内一豊の妻式の女丈夫ではなく、殺風景な軍人の家庭を心優しく潤《うるお》いのあるものにしてくれる女性であってほしかった。もとより、最初からそんな理想通りの女性はいるはずがなく、結婚して、互いに切磋琢磨《せっさたくま》しつつ、そうなってくれる女性を——と思うと、陸大時代、淡い思いを寄せていた教官の令嬢の姿が瞼《まぶた》にうかんだ。学生に最も人気があった坂野大佐の一人娘で、幾度かその家へ遊びに行くうちに、楚々《そそ》とした美しさに惹《ひ》かれ、挨拶《あいさつ》以上の言葉を交わしたことさえなかったが、陸大を卒業して後も忘れかねていたのだった。壹岐は、浜田大将の令嬢との縁談は辞退し、思いきって、坂野教官へ書状を出し、結婚を申し入れた。

坂野教官は、教え子であった壹岐の申入れに愕《おどろ》きながら、喜びを隠さず、「本人はもとより、小生も望むところなり」という返事があり、休暇を利用して、東京・荻窪《おぎくぼ》の家へ赴《おもむ》くと、質素な居間に一枝の白梅が活《い》けられ、坂野佳子《よしこ》がお茶を運んで来た。その楚々とした美しさは、風雪に耐えて咲く白梅の美しさに通じる芯《しん》の強さがあった。

その翌日、壹岐は連隊長のもとに結婚許可願いを出し、やがて陸軍大臣名の許可が降り、連隊長が媒介人《ばいかいにん》になって、両家の家族と親類縁者だけの簡素な式を挙げたのだった。

父は、早速、壹岐の勤務地に土地を買い、新居を建てようとしたが、「いつ死ぬか解らぬ軍人には家などいらない、持家《もちいえ》などに住むことは友人に対しても恥ずかしい」と断わり、それならせめて嫁の名義でそれだけの金額を預金しておこうと云うと、佳子は「お舅《とう》さま、私も軍人の妻でございますから、お国から賜わりますものだけで生活致しとうございます」と固辞し、壹岐の父をして、健気《けなげ》な嫁だと喜ばせたのだった。

当時、陸軍大尉だった壹岐の給与は七十円で、決してゆとりのあるものではなかったが、清貧に甘んじることを旨《むね》とする軍人の家庭に育った妻であったから、金銭の窮屈さは口にせず、壹岐が同僚や部下たちと外で飲むことが度重なり、家計を圧迫しても、苦情を云わなかった。

そんな妻であったから、壹岐は、家庭のことは一切、妻に任せて、軍務に精励し得たのだった。長女の直子を妊《みごも》った時も、長男の誠を妊った時も、出産は女の一大事というのに、一度も身重の辛《つら》さは訴えず、臨月になってから、そっと実家へ帰って出産し、壹岐に出産の心配をかけなかったのだった。

壹岐の軍務が大本営参謀という枢要《すうよう》な職務柄、殆《ほとん》ど家庭を顧られなかったが、妻は二人の子供を健康で心正しい人間に育つよう心がけ、躾《しつ》けていた。いつか直子が、贅《ぜい》沢《たく》な西洋人形を欲しがった時、「そんな我儘《わがまま》を云っていると、お父さまのようにりっぱな軍人の花嫁さんにはなれませんよ」と窘《たしな》めていた言葉が、強く壹岐の心に残っている。したがって、壹岐が終戦の四カ月前に、突如、関東軍司令部から大本営参謀に呼び戻された時も、壹岐は発令と同時に直ちに飛行機で内地に赴任し、あとに残った妻は、僅《わず》か一週間で家財道具の整理をし、子供二人を連れて帰って来たのだった。

ゴトリと列車がチタ駅を発車しはじめた。妻の佳子は自分が今、こうして囚人護送車に乗せられ、シベリアの奥地へ送られていることなど想像もつかず、大本営特使の任務を終えて帰って来るのを、毎日、待っているに違いない。しかし、自分のように妻子を日本の内地に置いている者は、たとえ何事があったとしても、倖《しあわ》せである。山田軍司令官、秦参謀長、竹村参謀副長をはじめ関東軍参謀の家族のように、ソ連参戦後、新京から避難列車で帰国の途についた家族たちの安否こそ、気遣われることであったが、秦参謀長も、竹村副長も、一言も、家族のことは口にしない。それが軍人の常とは云いながら、ソ連侵攻のあの環境下で、別れた妻子を思う情は、容易に断ち難いはずであった。それに比べれば、自分の場合は、恵まれており、しかも、妻の佳子はいかに子供のためといえども、決して恥ずかしい生き方をしない人間であるという信頼感が、壹岐の心を救っていた。

行けども、行けども、列車は雪の広野を走っている。

九日目の朝、突然、窓外が明るくなったような気がし、外を見ると、列車は氷結した大きな湖のそばを、のろい速度で走っていた。湖面は見渡す限り白く凍り、一見、雪原と区別がつきにくいが、朝の陽を受けて、凍結した湖面は白く反射している。しかし、朝の太陽の輝きは僅《わず》かな時間で、午後になると、鉛色の陰惨な雲が垂れた。湖岸近くまで山々が迫り、時々、長いトンネルに入るので、バイカル湖であることが解った。

列車はまる一日、バイカル湖岸に沿って走り、やっと翌朝、湖岸から離れて、イルクーツクの駅に入った。古い街らしく、古びた洋館が建ち並び、雪をかぶった樹《き》の間から教会の高いドームが聳《そび》えているのが見えた。

列車が停まると、またどやどやと沢山の囚人が乗り込んで来た。車内は人気と臭気で噎《む》せ返り、最初、六、七人であった房が、チタで十二、三人、さらにこのイルクーツクで二十数名に膨れ上った。そしてこれまで壹岐一人であった房の扉も開けられ、三人の男が押し込まれた。

二人は頑丈な体躯《たいく》をした中年のロシア人であったが、一人は十一月というのに、外套も着けず、垢《あか》だらけの夏服を着、日本人とも蒙古人とも見当がつきかねた。足もとは靴紐《くつひも》がとれ、踵《かかと》がへこんでスリッパのようになり、年齢のほども解らず、いかにも疲れきった様子であった。壹岐が、その男をまじまじと見詰めると、

「関東軍の将校の方ですか——」

低いが、はっきりとした声で聞いた。日本人だったのだ。

「そうですが、あなたは……」

「私は満州電電分室の者です」

「満州電電の人が、どうして——」

壹岐は一瞬、言葉が継げなかった。

「ソ連の電波を傍受し、専《もっぱ》ら対ソ諜報《ちようほう》活動をしていたとして、家族とともに奉天の駅から避難列車に乗ろうとしているところを摑まり、奉天から十日間、貨物列車にのせられ、チタの監獄にぶち込まれたのです、身に覚えがないからすべて否定すると、虚偽の供述をしたと、次はイルクーツクの監獄へぶち込まれ、たらい廻しにされている

のです」

と云い、相当、体を痛めているらしく咳込《せきこ》んだ。

「それにしても、その服装は――」

壹岐は、そのみすぼらしい服装と憔悴《しょうすい》ぶりを、いたましい思いで見詰めると、瘦《や》せこけた顔の中で、知的な眼がきらりと光り、

「あなた方、関東軍司令部の敗戦時における在留邦人に対する無策と誠意のなさによるものです、軍関係家族を先に避難させ、一般在留邦人を後廻しにしたからです」

怒りをこめ、体を震わせるように云い、

「私の妻と娘たちは三十八度線を無事に越えてくれているか、それとも、もしやと思うと、私はもう生きる気力さえ……」

ぽつりと言葉が切れ、落ち窪《くぼ》んだ眼から、幾筋もの涙が筋をひいた。壹岐は云うべき言葉がなかった。

「――弁解ではありませんが、関東軍司令部はソ連侵攻に伴い、一般在留邦人の避難を真っ先に考え、八月十三、四日頃、満鉄に用意して貰《もら》った列車に乗るよう緊急指令を出したのですが、長年住み馴《な》れた家の家財道具の整理はそんなに早く出来ないと拒否されたので、せっかく用意した列車が無駄になると判断し、軍と軍属の家族には命

令一下、身廻り品のみ持たせて直ちに、駅に集合させ、出発させたというのが実情です」

自らは内地にいて居合せなかったが、司令部で聞いていた状況を、ありのまま話すと、真摯《しんし》な壹岐の態度に、満州電信電話会社社員は、幾分、納得したらしく、暫時《ざんじ》、口を噤《つぐ》んだが、

「失礼ですが、対ソ作戦を最大の任務としていた関東軍司令部が、どうしてもっと事前に、ソ連が日ソ中立条約を破棄し、参戦するという見通しをたてられなかったのです」

もとより、ソ連が日ソ中立条約を破棄するかもしれぬという動静は、大本営でも察知していたが、条約破棄後も一年間の効力があることと、ドイツとの戦いを終えたばかりのソ軍が、条約破棄と同時に兵を満ソ国境に移動することは不可能で、兵と弾薬、糧秣《りようまつ》が揃《そろ》うのは十一月頃と判断していた。しかし、アメリカの原子爆弾投下という想像もしなかった事態が、ソ連の参戦を早めたのだったが、今となっては敗軍の弁になり、壹岐は口にしなかった。

電電会社社員は、さらに言葉を続けた。

「そしてソ連が、停戦協定を守るというような甘い考えを、どうして関東軍司令部は

持ったのですか」

「ドイツ軍の降伏で、欧州からの情報がほとんど入らなかったことが、最大の原因ですが、英、米、蘭《らん》軍と違い、ソ軍に対しては日本は積極的に戦闘を交えておらず、ソ連参戦後、一週間で日本軍が停戦した点からみても、ソ軍が日本軍及び一般邦人に無謀なる挙に出るとは考えられなかったのです」

そう云い、壹岐は軍人であった自分は、シベリアの奥地へ送られ、いかなる辛酸を舐《な》め、或《あ》るいは処刑されようとも致し方ないことであったが、たまたまソ軍の電波を傍受した満州電電会社社員であったということだけで、ソ連の監獄をたらい廻しされるとは——、壹岐はぼろ布のように汚れ、疲れ切って囚人列車に揺られている電電会社社員を正視出来なかった。と同時に、軍事俘虜《ふりよ》のみならず、非戦闘員である一般邦人の早期帰還の約束をも反古《ほご》にし、ソ連領内に抑留し、しかも物盗《ものと》りや殺人の囚人と同じ扱いをしているソ連という国の暴虐《ぼうぎやく》さに憤死したいほどの怒りを覚えた。

それから三日目の朝、護送兵が、電電会社社員に次のタイシェトで降りる用意をしろと命じた。用意といっても何一つ持たない電電会社社員は、黙って背をまるめた。壹岐は自分の外套をその背中に着せかけた。電電会社社員は、愕《おどろ》くように、

「この厳冬のシベリアを外套なしで、あなたは私よりさらに奥地へいらっしゃるのに

「……」

と辞退したが、壹岐は首を振った。

「いや、私は軍人ですから大丈夫です、ともかく生きぬいて下さい、生きてさえおれば、あなたは非戦闘員ですから、必ず日本へ帰れますよ」

と云い、駅に着くと、外套を着せかけた電電会社社員の背を押し出すようにして、別れを告げた。壹岐の乗った囚人列車は、そこからさらに別の支線に入り、タイシェトの奥へ向った。

＊

壹岐が降ろされたのは、タイシェトから北へ六十キロほど入った支線の駅であった。同じ護送列車から降ろされた十数人の囚人は、ホームで待ち構えていた護送兵に引き渡され、膝《ひざ》を没する雪の中を徒歩で出発して行き、燃料と水を補給した列車も、やがて発車して行った。

柵《さく》で囲っただけの駅には、人影がなくなり、駅前にいた橇《そり》や馬車もいなくなり、壹岐と護送兵だけが雪の中に残された。護送兵は橇が迎えに来るまで待つのだと云い、外套の襟に顎《あご》を埋め、駅舎の軒下にしゃがみ込んだが、外套を電電会社の社員に渡した壹岐は、厚い冬用の軍服を着ているとはいえ、骨が凍りつくような寒さに身を震わせた。

一時間近く経《た》つと、壹岐は十四日間の鉄道輸送の疲れと寒さで、朦朧《もうろう》として来る自分を感じた。このままシベリアの真っただ中に一人、放置され、一昨日見たバイカル湖畔の白樺《しらかば》の倒木のように、やがては白骨になり、朽ち果てるのであろうか――、気力も体力も衰えた今、壹岐は眼前の荒涼たる雪原が、地獄の果てのように思われた。

ようやく二頭引きの馬橇が現われた。迎えに来た将校は、壹岐が若いのに驚いたらしく、貴下が日本軍の壹岐中佐かと確かめた。そうだと応《こた》えると、

「私はニコライ中尉《ちゅうい》だ、橇に乗れ」

と云った。

「これからどこへ行くのか」

ニコライ中尉は応えなかった。

「ここから遠いのか?」

重ねて聞くと、

「いや、それほど遠くない」

と応え、壹岐を橇に乗せ、出発を命じた。

雪の中の一本道を、橇は滑り出した。見渡す限りの雪原は、絶え間ない吹雪《ふぶき》の襲来で白い波形の風紋が砂丘のように刻まれ、針葉樹が剛毛のように屹立《きつりつ》している。橇が小高い丘陵の登りにさしかかった時、それまでちらちらしていた雪が、次第に濃密になり、風が前方の山から吹き下ろして来た。外套のない壹岐の体に烈風がナイフのように突き刺さり、痛みで耳朶《みみたぶ》が痺《しび》れ、四肢が麻痺《まひ》しそうになった。壹岐はもはや吹き曝《さら》しの中に坐《すわ》っていることが出来ず、座席に敷いてある秣《まぐさ》の中に這《は》い込んだ。

地表を剝《は》ぎ取るように吹きすさぶ吹雪の中を橇は喘《あえ》ぎ喘ぎ進み、山間《やまあい》の小さな集落を幾つか通過し、さらに数キロ走った頃、白くかすんだ視界の彼方《かなた》に櫓《やぐら》のような影が見えた。雪の中の一本道はそれに向って延びており、近付くと、二重の鉄条網と高い板塀が連なり、櫓のように見えたのは、塀の四隅に組まれた望楼で、その上には銃を構えた警戒兵がたっている。捕虜収容所《ラーゲリ》だ——と、壹岐は直感した。

橇は、丸太造りの頑丈な門の前で停った。門柱に星、鎌《かま》とハンマーを木で型どったソ連邦の国章を掲げ、足先まですっぽりと掩《おお》う綿入れの外套を着た歩哨《ほしよう》が警戒している。

門が開かれ、橇が停ると、壹岐は秣を払い、服装を整えて降りた。あたりに人影は見られなかったが、五百メートル四方はあろうかと思われる区画の中に、木造平屋のバラックが十数棟並んでいる。どの棟も低い屋根に雪が降り積り、小さく区切られた窓枠にも雪が凍りつき、内側《うちら》の様子は解《わか》らなかったが、ようやく寒さを凌《しの》ぐにたるだけの粗末な建物のようであった。

「ここは捕虜収容所《ラーゲリ》なのか」

壹岐が聞くと、ニコライ中尉ははじめて、

「そうだ、タイシェト第十一収容所である、直ちに貴下の身体検査を行なった上、収容する」

と云い、門横の建物に入れ、服を脱がせた。逃亡もしくは自殺用具になる金属、薬物の所持がないかを丹念に調べた後、所持品の提出を促した。下着と洗面用具、それに関東軍司令部を出る時、廊下の書棚にたまたまあったトルストイの『復活』の文庫本上下二冊だけであったが、ニコライ中尉は、壹岐の軍服の内ポケットに入っている万年筆に眼をとめ、

「貴下は日本軍の重要人物と聞いている、そういう人物がペンを所持していることは好ましくないから、預かっておく」

万年筆を取り上げ、検査を終えると、

「入所に際し、遵守《じゅんしゅ》すべき規則を申し伝える、まず第一は貴下の収容される建物は第

三棟である、第二はラーゲリの外柵には絶対に近寄らないこと、許可なく二メートル以内の距離に近付くと、無警告で射殺する、第三、夜間、便所へ行く時は番兵の許可を得ること、第四、入浴は十日に一度である、第五、将校には労働は課さないことになっているが、日常生活に必要な作業は自分でしなければならない、第六、起床は午前六時、就寝は午後十時、ラッパの合図によること、以上である」

と告げ、兵隊に壹岐を連行するよう命じた。

建物を出ると、外はすっかり昏《く》れ落ち、バラックの窓から今にも消え入りそうな灯《あか》りが洩《も》れていた。壹岐は重い足どりで雪明りの道を歩きながら、バラックから聞えて来る声に、はっと足を止めた。それはまぎれもない日本語であった。

「イジー（入れ）」

兵隊が二重扉を開いた。その途端、むっと鼻をつくような湿った臭気がし、薄暗い灯りを通して、ずらりと並んだ蚕棚《こだな》のような二段ベッドと、軍服を着た日本将校が犇《ひしめ》き合うように坐っている光景が眼に入った。壹岐は暫《しば》し言葉もなくたち尽し、蚕棚の将校たちも突然、ただ一人、連行されて来た壹岐を訝《いぶか》しげに見詰めた。どちらからも言葉はなく、複雑な沈黙であった。つと入口近くにいる将校がたち上ると、忽《たちま》ち壹岐の周りを十数人の将校が取り囲み、

「君は一人で、ここへ連れて来られたのか」

「どこの部隊の所属か」

口々に、質問した。どの顔も頬の肉が削《そ》げ、土色の皮膚をしていた。壹岐はどのように応えればよいか、戸惑っていると、髭面《ひげづら》の将校が、一同を制し、

「自分は掖河《えきか》地区にいた第五軍所属、戦車大隊の大隊長、寺田少佐で、この将校バラックの世話役をしている者だ、君の所属は？」

と尋ねた。壹岐は、ハバロフスクの監獄で、軍刀とともに階級章も剝ぎ取られてしまっていたのだ。

「私は大本営参謀、壹岐中佐――」

と名乗ると、一同の眼《まな》ざしが変った。寺田少佐も驚愕《きようがく》の色をうかべ、

「大本営参謀が、どうしてシベリアへ抑留されたのですか」

と聞いた。壹岐はこれまでの経緯と、山田総司令官はじめウォロシーロフ収容所に抑留されている各軍司令官の消息を話すと、寺田少佐は、

「わが第五軍の清水司令官閣下は、ご無事でありましたか！　穆稜《ムーリン》で武装解除された後、指揮系統がばらばらに切り離され、全く消息が解らなかったので、お按《あん》じしておったのですが、こんなところでご無事の報《しら》せを伺えるとは――」

と言葉を詰まらせた。

「ここに収容されている将兵は、どの方面の部隊で、全体で何名ぐらいですか」

壹岐が聞くと、

「この第十一収容所には、穆稜、掖河の激戦地区にいた歩兵と重砲隊の将兵が大部分で、八月十九日まで停戦を知らず、十九日の午後になって戦闘を止《や》め、武装解除を受けました、その後、敦化《とんか》に一旦《いったん》、集結後、千名の部隊を編成し、貨車で延々二十七日間かかって、ここへ輸送されたのです」

寺田少佐は、ぐっと唇を嚙《か》みしめた。

「敦化から二十七日間……」

壹岐は、軍事捕虜を平然と囚人列車で運ぶソ軍のやり方と思い合せ、絶句した。その途端、それまで言葉をさし控えていた将校たちは、一斉に堰《せき》を切るように、非人道極まりないシベリア輸送の実情を、憤怒《ふんぬ》と、無念の思いを籠《こ》めて、語りはじめた。

武装解除を受けて丸腰になったわれわれの部隊は、敦化に一旦、集結後、八月二十三日、百五十キロ余り隔たった吉林《きつりん》まで、徒歩で行軍させられたのです。あの土埃《つちぼこり》が濛々《もうもう》と舞い上る暑熱の道を、殆《ほとん》ど小休止も与えられず、昼も夜も、ダワイ、ダワイと銃剣を持ったソ連兵に追いたてられ、もう何回、駄目だと思ったか――、将兵の多くは背嚢《はいのう》も行李《こうり》も道々、捨て、食糧と一緒に最後まで持っていた毛布さえも、遂《つい》には半分に千切り、それでも苦しさのあまり、捨て、また前の者が捨てたのを拾いして、ようやく吉林に辿《たど》り着き、そこで一カ月間、野営させられた後、列車に乗せられたのです。その時、ソ軍将校は、停戦協定に基づいて、あなた方は日本に向って帰還の途につくことになったから、規律正しくソ軍の指示に従って、出発して下さいと、別れの演説をぶったのです。彼らがサムライと怖《おそ》れていた関東軍をおとなしく列車に乗せるための大芝居だったのですが、お人好《よ》しの日本将兵は、嬉々《きき》として列車に乗り込み、ハルピン廻りでウラジオストックへ出、そこから日本の船で帰還するのだと信じ込んでいました。

ところが列車は松花江を渡り、シベリアを西へ西へと向って走り続け、ウラジオストック行きの最後の分岐点であるチタをも通過してしまった時、それまではどんなに苦しくとも内地帰還を信じて耐えて来た旅は、一挙に希望を失った悲惨な旅に変り果てました。

列車といっても、十四トン貨車に四十人が詰め込まれ、横になることも出来ないので、自分たちで板切れを集め、二段式の蚕棚《こだな》を作りました。そして貨車の真ん中にドラム缶を改造したストーブをおき、列車が停車する度に、枯木を拾って燃やし、隙間《すきま》から吹き込む寒気を防ぐためには下着や毛布を裂いて隙間に詰めましたが、それでも寒気は氷となってしみ込んで来、寒さと飢えに苦しめられました。食糧は関東軍の糧《りよう》秣《まつ》倉庫から相当、積んで来たはずなのに、ソ軍の将校は横流しをしていたらしく、不潔な高粱粥《コウリヤンがゆ》を僅《わず》かに与えられるのみで、下痢患者が蔓延《まんえん》し、身動き出来なくなった兵隊が、血便をたれ流す有様でした。その上、イルクーツクを過ぎたあたりから虱《しらみ》がわき、恐れていた発疹《はっしん》チフス患者が発生したのです。発熱患者は後方の貨車に隔離されましたが、隔離されて戻って来る者は殆どなく、何人が死に、その死体がどこで下ろされ、どう処理されたかも、われわれは知ることが出来ませんでした——

あとは、もう誰も口を開く者もなく、救われようのない沈黙が続いた。壹岐の網膜に、暑熱の炎天下を蟻《あり》のように延々と行軍させられ、やがて訪れる厳寒の冬を知りながらも、毛布を半分、千切って捨て、捨てては拾い、やっと辿り着いた貨車の中では、シベリアの寒さと飢えと病苦に苦しみ、ぼろ屑《くず》のように死に、捨てられて行った無惨《むざん》な将兵の姿が、灼《や》きついた。その同じ時期に、自分たち司令部の参謀は、飛行機で一路、ハバロフスクに連行され、無為の日を送っていたのかと思うと、慚愧《ざんき》の思いが、胸を貫いた。

「壹岐さん、お疲れでしょう、明日六時の起床ラッパが鳴れば、どんなことがあっても起きねばならないですから、今夜はもう寝《やす》まれた方が――」

寺田少佐は、奥の自分の寝床の横をあけた。

寝床に腰を下ろした途端、壹岐は思考能力が失《う》せ、泥の中に引きずり込まれるような眠りに落ちた。


午前六時、起床ラッパとともに、壹岐のタイシェト第十一収容所における捕虜生活が始まった。

シベリアの朝はまだ明けず、戸外は真っ暗であった。百坪ほどのバラックの中は、缶詰の空缶の蓋《ふた》に穴をあけて木綿糸を通した小さなカンテラがあるだけで、薄暗闇《うすくらやみ》の中で二百五十人の人間が蠢《うごめ》くように起き出す。中央に二列、両側に一列ずつ、計四列の三段式の蚕棚が並び、壁際《かべぎわ》下段に寝ていた壹岐は、寝床から起き出し、服装を整えていると、バラックの扉が開き、大きな桶《おけ》を天秤《てんびん》に担《かつ》いだ食事当番の将校が入って来た。

「飯盒《はんごう》集合！」

バラック長の寺田少佐の声がすると、上段下段から飯盒を持った将校たちが飛び出し、先を争うように桶を取り囲んだ。桶からは白い湯気がたち上っていたが、中は薄い高粱粥であった。

「また粥か」

がっかりするような声がしたが、粥の分配がはじまると、各自の飯盒につがれる量を浅ましいまでの真剣な眼ざしで見、

「おい、少ないぞ！」

「そっちの粥の方こそ、中味が濃いぞ、もっとかき回せ！」

口々に云《い》い、その度に食事当番は、杓《しゃく》であっちを掬《すく》っては、こっちに足し、足しては減らし、せっかくの粥がさめてしまう。それでもまだ粥の中味の薄い、濃いまで云い合っている将校たちの眼は、飢えでぎらついている。新入りの壹岐は、寺田少佐が飯盒がわりに探してくれた空缶を出しかねたが、昨夜来の空腹に耐えかね、空缶を出した。桶の中は残り少ない薄い汁のような粥になり、半分ほどの量にしかならなかった。匙《さじ》がなかったから、重湯《おもゆ》を啜《すす》るように缶に口をあてかけると、寺田少佐は、

「今日のところは、私のを使って下さい、飯盒と匙は、何とか明日までに都合します

から」

と云い、

「これでも将校バラックの方がましなんですよ、兵隊のバラックでは当番兵が担いで来る桶を外で待ち伏せていて、杓で盗む者や、同じ飯盒でもアルミ製とアルマイト製では重量が違うからと、木の棒に石を結わえた秤《はかり》まで作り、パンも手製の尺《さし》で計って分配しないことにはおさまらず、食事当番の手が震え、分配役をする者がいないくらいですよ」

寺田少佐は髭面に苦笑をうかべ、さり気なく話したが、曾《かつ》ては生死をともにした戦友同士が秤を使って粥を分配する浅ましさ、飢えの前の人間の弱さが思い知らされた。

食事が終り、二百五十人の将校の半分が、薪取《まきと》り作業へ出かけるために、防寒具に身を固めていると、ソ連兵が入って来、作業に出ない者は体位検査を行なうから、医務室へ集まれと、命じた。

壹岐は、寺田少佐とともに、バラックを出た。

戸外に出ると、既に八時を廻っていたが、陽はまだ昇らず、鉛色の雲が重く垂れこめた空の下で、二重の鉄条網に囲われ、バラックが建ち並んだラーゲリは、陰惨な光景であった。しかし、かすかな救いは、周囲が森林のせいか、ラーゲリ内にもシベリア松、白樺などの自然林が残されていることであった。

不意に横の道から出て来た人影を見て、壹岐は眼を瞬《しばた》いた。それはドイツ軍の軍服を着た兵隊であった。相当、以前から抑留されているらしく、防寒帽を目深《まぶか》にかむった顔は、日本兵よりさらに乾涸《ひから》び、つぎはぎの軍服を通して、骨と皮にやせ衰えた体が窺《うかが》える。

「ここには、ドイツ軍も収容されているのですか」

と聞くと、寺田少佐は頷《うなず》いた。

「日本軍捕虜が一番、多いですが、ドイツ、ハンガリーの捕虜も数百名おります、それぞれ居住区がきめられているので、あまり往《ゆ》き来《き》はしませんが、曾ての同盟国の誼《よしみ》で、大変、友好的で、われわれが到着した当初は、〝カムラード（戦友）〟を連発して、ラーゲリ生活の要領を、いろいろ教えてくれましたよ」

と、白い息を吐きながら話し、

「あの松林の向うに、小さなバラックが幾つか見えるでしょう？　手前が今から行く医務室、その向うは炊事場、洗濯場です、中佐殿に食事当番や、薪取りの作業に出て戴《いただ》くのは心苦しいですが、終戦末期に現地召集を受けた年配の将校もいることですので、一体位検査を受けて、数日間、休養されたら、われわれと行動をともにして下さい」

「もちろん、私もそのつもりだ」

壹岐はそう応《こた》え、医務室へ足を向けた。

医務室には、素っ裸になった日本の将兵が列《なら》び、赤毛の口髭をたくわえた軍医は聴診器を当てるどころか、脈もふれず、じろりと一瞥《いちべつ》するだけで、一人ずつ、くるりとうしろ向きにし、尻《しり》の肉をつまんで、「一級」「二級」「三級」と等級を判別している。一級、二級は重労働、三級は軽労働で四級は栄養失調者であった。尻の肉をつまむだけで一人、一分もかからぬ速さで、体位を仕分けて行く有様は、牛馬の等級をつけて行くそれと同じであった。肋骨《ろっこつ》が浮き出るほど痩《や》せ、栄養障害で腹部が膨らんでいる者もある。それでも栄養失調とされず、三級の軽労働と判定されている。壹岐は裸の列を正視しかねた。寺田少佐は、壹岐の胸中を読み取るように、

「ちょうど軍隊で、徴発した馬の尻の肉をつまんで、等級をつけるあれですよ、殆どが二級に判定して重労働に投入するのが奴《やつ》らのやり方ですが、ほんとうは二級なんてのはいませんよ、三級がせいぜいでしょう、じゃあ、私は作業に出かけます」

と云い、去って行った。壹岐は前に列んでいる五十歳近い将校に倣《なら》って裸になり、軍医の前にたつと、横で記入している通訳を通して、

「お前は新入りか」

と聞いた。そうだと応えると、赤毛の口髭を撫《な》でながら、

「どこから来たのだ？」

「ハバロフスクの将官ラーゲリ――」

「ふん、将官ラーゲリからだ、よほどうまいものにありついていたのだろう」

下卑た笑い方をした。たしかに将官ラーゲリでの食事は、パンとスープと塩魚類がついていたが、決して満腹するほどのものではなかった。しかし、この一般ラーゲリの食事に比べれば、遥《はる》かに食事らしい食事であった。

「なるほど、いい肉付きをしている」

うしろを向かせ、毛むくじゃらの手で、壹岐の尻をつまみ、弾力性を試すように、ぴたぴたと指先で弾《はじ》き、

「一級、明日から重労働だ――」

牛馬の肉に、等級の印を捺《お》すように、判定した。体中に、屈辱が噴き上げた。これが捕虜生活の現実なのだと自らに云い聞かせながらも、壹岐は衝撃を受けた。

午前八時、壹岐は作業隊の一員として、ラーゲリの正門に列んでいた。

まだ陽は昇らず、薄暗い中で、雪を踏み、列を組んで人員点呼を待つ体に、寒気が防寒外套《がいとう》を通して容赦なく刺し通した。

「アジン（一）、ドバー（二）、トリー（三）……」

五列縦隊になりながら先頭の五人を数えると、一伍《ご》ずつ衛兵が門を開けて外へ出し、十伍で五十人になると、一区切りをつけて、門前から何メートルか前進させ、外に待っている警戒兵に引き渡す。伍のうち、誰かが少し早く歩いたり、或《あ》るいは遅れたりすると、もう衛兵は計算できなくなり、

「ストーイ（止れ）」

と号令をかけ、またはじめから、「アジン、ドバー、トリー」と数え直す。先に前進して待っている将兵の肩にたちまち雪が積り、防寒帽から出た鼻先が凍りそうであった。先頭にたっている将校バラック長の寺田少佐は、

「おい、後続の者は五人ずつ腕を組んで出てやれ、奴らは計算が出来んのだ！」

伝令を飛ばすと、一斉に五人ずつ腕を組んだ。

「ハラショー！（よし）」

ようやく衛兵が人員計算を終ると、今度は作業隊を預かる警戒兵の番で、門の外で

も、もう一度点呼し、員数が合うと、はじめて出発であった。

凍《い》てつくような雪道であった。壹岐は何度も足を滑らせそうになり、その度に寺田少佐の腕に助けられながら、伐採作業に向った。雪の三キロの道程《みちのり》は、俘虜《ふりよ》生活で体を衰弱させている将兵には苦しかった。兵隊たちはまだしも、予備役で召集された老齢の将校は足をひきずり、ともすれば遅れがちになると、警戒兵は罵声《ばせい》を浴びせかけ、銃で背中を突き、倒れそうになると、犬をけしかける。

「止《や》めろ！　この人は弱っている」

堪《たま》りかねたように、周囲の将兵が庇《かば》うと、

「なんだ、俘虜が、文句を云うな！」

まだ十七、八歳の少年兵のようなのが、戦勝意識を剝《む》き出して、声を張りあげる。

次第に狭まって来た坂道を喘《あえ》ぎ喘ぎ、登って行くと、赤松、白樺《しらかば》、樅《もみ》などの原生林が拡《ひろ》がり、天を遮っている。林の中は時折、樹《き》の枝に降り積った雪が、ばさっ、ばさっと落ちる以外、物音一つせず、静寂が死の世界のように掩《おお》っている。林区道を通って、作業場に辿《たど》り着くと、三十分、小休止しただけで、すぐ作業がはじまった。

二人一組になって、大きな二人挽《び》きの鋸《のこぎり》で、高さ二十メートル、直径一メートルほどもある大樹を伐《き》るのだった。壹岐は、寺田少佐と組んだ。寺田少佐は、すっぽりか

ぶった防寒帽の下から髭面《ひげづら》を覗《のぞ》かせ、

「伐採作業は、うっかりすると倒木で圧死したり、腰骨を砕いたりする危険な仕事ですから、充分に気をつけて下さい、最初のうちは、私が斧《おの》で、木を倒す方向に入れる切込み受けを入れますから、少し休みながら見ていて下さい」

「しかし、君だって、樵《きこり》など馴《な》れない仕事ではないか、私は山形の鳥海山麓《ちょうかいさんろく》の生れだから、見て知っている――」

壹岐は無理に斧を取って、一振り、二振りしたが、腰がふらついて斧が入らない。

「シベリアの伐採は、樺太《からふと》の樵でも泣くというほどで、はじめは難しかったのですよ、しかし私はここ一カ月やって、馴れています、それにこの受けの切込みをうまくやらないと、思わぬ方向に木が倒れ、事故の因《もと》になるのです」

と云い、赤松の根方の雪を除き、太い幹に大きく斧を振った。太い幹の表皮がひび割れ、めくれ、やっと生々しい木肌に受けの切口が入った。寺田少佐は、ほっと肩で息をつき、

「さあ、一緒に挽いて下さい」

受けの切口と反対側に、長い二人挽きの鋸を当て、壹岐と向い合って鋸を挽きはじめた。

鋸は軋《きし》み、三、四十分挽いただけで、壹岐はもう息がきれ、防寒手袋をはめた手がしびれ、腕が萎《な》えるようであった。寺田少佐は、吐く息で髭を白く凍らせながらも、力強く鋸を挽いている。隣の組の鋸の音が遥かに聞え、広大なシベリアの原生林の中では五百人の作業隊が入っても、周囲に人影は見られず、斧と鋸の音だけがこだましている。

三時間ほどかかって、やっと幹の半ばまで来ると、ぴーんと樹の鳴る音がした。

「さあ、もう少し、切口の近くまで挽いたら、樹から離れて下さい」

寺田少佐はそう云い、受けの切口近くまで挽くと、鋸を抜く間もなく、

「離れろ！」

と合図し、樹から十メートルほど突っ走った。巨木は大きな軋みをたて、重心を失って傾き、次第に速度を増してめりめりと周囲の樹の枝をへし折り、凄《すさま》じい音をたてて倒れた。その瞬間、ドドドーンと重砲を撃ち込んだような震動音が原生林に響き渡り、雪煙が上った。

直径四、五十センチもある枝が砕け散る様は、郷里で見知っている伐採の比ではなく、この枝に当って腰骨を打ち砕かれたり、逃げ遅れて、倒木で圧死した者があるという寺田少佐の言葉が頷けた。

「さあ、次は枝払いです」

寺田少佐は、倒木の上にまたがり、鋸で太い枝を挽き落し、細枝は斧で伐り払った。壹岐も寒さに耐えながら、見よう見真似《みまね》で枝を払って行ったが、先刻《さっき》まで樹間から洩《も》れていた薄陽が消え、急速に気温が下り、手足が疼《うず》き、眼から涙が噴き出す寒さであった。

二本目の伐採にかかりながら、壹岐は寒さと空腹でふらふらになり、昼食時の休憩になると、外聞もかまわず焚火《たきび》にあたり、携帯している昼食の黒パンにかじりついた。

寺田少佐たちは焚火の上に雪を入れたドラム缶をかけ、やがて沸騰《ふっとう》すると、腰にぶら下げている空缶に湯を掬《すく》い、一人、マッチ箱一箱分ぐらいの砂糖をとかし、黒パンとともに呑《の》んだ。

「こうしますと、体が暖まる上、一時的にしろ満腹感が味われますからね」

寺田少佐は大真面目《おおまじめ》な顔で云い、壹岐も熱い砂糖湯を呑んで、ほっと生き返った思いでいると、

「参謀殿、壹岐参謀殿ではありませんか！」

大声がし、振り返ると、

「やっぱり壹岐参謀殿――丸長《まるちよう》当番兵であります！」

「おっ、丸長、貴様、ここにいたのか！」

思いがけない出会いに、愕《おどろ》いた。丸長は、関東軍参謀であった時の当番兵であった。下駄のように角張っていた顔が、顎《あご》が尖《とが》り、象のように細く柔和な眼が、落ち窪《くぼ》んで、すっかり面変《おもがわ》りしていたが、丸長は周囲の将校の視線にかまわず、壹岐の前に坐《すわ》り込み、

「昨夜、大本営参謀が収容されたという噂《うわさ》は、自分たちのバラックにも伝わって来ましたが、まさかと思いました、ですが、気になって、兵隊班の警戒兵をうまいこと煙《けむ》に巻いて来たんであります、内地におられるはずの参謀殿がどうされたのでありますか」

「大本営から連絡に来たんだが、最後はやはり関東軍と運命を共にしたいからね」

壹岐は、それだけ云った。

「ですが、参謀殿の奥さんとお子さん方は、ご無事でありますか」

「多分、無事にいるだろう」

と応《こた》えながら、今頃は壹岐の郷里の山形へ身を寄せているだろうと思った。

「で、丸長のところの家族は大丈夫か」

「それなんであります、参謀殿、正直なところ停戦と聞き、これで女房と子供のとこ

ろへ帰れると喜んでいましたのに、こんなシベリアの樵にされるとは、夢にも思いませんでした、今頃、女房は一人、バリカンを握って苦労しているのでは……、いや、戦死したと思うて、他の男と再婚でもしていたら……」

大阪で理髪店を営み、しっかり者で器量よしの女房のことは、壹岐もよく聞かされていた。

「取越し苦労だ、貴様の奥さんは店と子供さんを守って主人の帰りを待つ心根の人だ、うちの家内も常々褒めていた」

慰めると、丸長は飛び上るように、

「ほんまですやろか！　参謀殿の奥さんとは比べものにはなりませんが、あれはええ甲斐性女《かいしようおなご》だす！」

昂奮《こうふん》すると、大阪弁丸出しになる癖があった。壹岐が頷いてやると、

「ほんなら、何とか女房に手紙を出せるよう、参謀殿から収容所長に頼んで下さい」

「それは、国際法で俘虜通信が許されているが、ソ連側ではわれわれの名簿さえ満足にできていない状態で遅れている、しかし、世界の輿論《よろん》に押されて早晩、俘虜通信が出せるようになるだろう」

「そんな早晩やなど、殺生《せつしよう》な！　恩賜《おんし》の軍刀の壹岐参謀殿なら、人の考えられんこと

でも考え出せるはずであります！」

丸長は、大真面目に云った。その真剣さに、壹岐が苦笑すると、

「女々《めめ》しいと笑われてもかまへんです、明日から、当番兵時代のように、参謀殿の散髪をし、汚れた服を洗濯したりして、まめに働かして戴きますから、女房に手紙を出せるよう、考えて下さい、頼んます！」

と手を合わせた。壹岐が思わず、吹き出すと、

「何がおかしいのでありますか、人が真剣に頼んでるのに、あんまりであります！」

丸長は、半泣きで抗議した。

「よし、よし、俘虜通信は一刻も早く出せるよう頼んでやるから、暫《しばら》く待て、泣くな」

肩を叩《たた》くと、丸長はにっこりと細い眼をしばめた。壹岐も同じように微笑《ほほえ》みながら、抑留以来、はじめて人間らしいほのぼのとしたものを感じた。

俘虜生活はじめての正月が、めぐって来た。ソ連でも一月一日は祝日で、作業はなかったから、ラーゲリでは、年末から作業の合間に、あれこれと知恵を絞り、正月の

飾りつけや、食べものをひそかに用意していた。

壹岐のいるラーゲリでは、扉の両側に樅の若木でつくった門松をたて、午前六時起床とともに、二百五十人の将校全員、軍服に身を正し、東面して整列した。まだ夜の明けないシベリアの空は、満天に氷のような星が光り、蒼茫《そうぼう》とした新年であった。東方に向って、誰もが激して来る感情を抑えかねていた。国破れ、異国の地で虜囚の日々を送っている者の祈りは、祖国の再建であり、祖国への帰還であった。不意に誰の口からともなく、日本の国歌が唄《うた》い出され、シベリアの空に惻々《そくそく》とした響きをもって流れた。

バラックに戻ると、壹岐たちは平日より濃い粥《かゆ》と塩漬鰊《にしん》の腹の子を、正月料理にして、舌鼓《したつづみ》をうった。食後、白樺を削って作った手製の将棋の駒《こま》や碁石を持ち出し、同好者で盤を囲んでいると、

「グリュックヴュンシェ・ツム・ノイエン・ヤール！　ヤパーニッシェ・オフィツィーレ！（新年おめでとう！　日本軍将校諸君！）」

同じラーゲリ内にいるドイツの少佐と若い中尉《ちゅうい》が入って来た。平素は、バラックの中まで入って来ることはなかったが、新年の酒を飲んでいるらしく、土色のかさかさした顔が、紅《あか》く染まっている。壹岐は顔見知りの二人と握手を交わし、

「グリュックヴュンシェ、ズィー・シャイネン・ゼーア・ルスティッヒ・ツウ・ザイン（新年おめでとう、大へん楽しそうですね）」

挨拶《あいさつ》を返すと、壹岐と同年輩で、ドイツの陸軍大学を出ている少佐は、ドイツ語のできる壹岐に、専《もっぱ》ら話しかけた。

「日本の正月は、われわれの国のクリスマスに相当すると聞いているから、ドイツ軍を代表して、祝意を表しに来たのだ、これはわれわれドイツ軍将校から、日本軍将校へのプレゼントだ」

ウオツカを一瓶、さし出した。一同、眼を輝かせた。壹岐が、

「何よりも有難い戴《いただ》きものだが、貴下らは、どうしてこのような品を手に入れたのか」

と聞くと、若い中尉はやや得意気に、

「簡単なことです、一週間前、伐採した材木を、ここから五キロ先の河の船着場へ運んだ時、トラック一台分を輸送将校に叩き売ってやったんですよ」

と応えた。日本軍では各自のバラック修理のために、眼はしのきく者が、伐採に出かけた時、細木を数本、橇《そり》の間にしのばせて、持ち帰るのがせいぜいで、トラック一台分を横流しするなど、考えもつかぬことだった。

「だが、いくら輸送将校がその気になっても、厳しい監視の眼を、よく胡麻化《ごまか》せたものだ」

感心すると、

「ここのラーゲリでは、買収のきかぬ人間など、まずないですよ、収容所長は、昔、学校の教師をしていた予備将校で、一見、善人そうだが、捕虜の糧秣《りょうまつ》、衣服など、割当物資の横流しは平気という、とんでもない元教師だ、ここで奴《やつ》に従わないのは政治部員であり、党員であるニコライ中尉だけだが、彼とても収容所長以下の乱脈極まる行為を党に報告する様子もなく、見て見ぬ振りをしている！」

と云《い》った。ニコライ中尉と聞いた途端、壹岐は、自分を駅まで迎えに来てくれたのが、ニコライ中尉であることを思い出し、妙な気がした。ニコライ中尉とはその後、顔を合せる機会がなかったが、この収容所の政治部員であり、党員である人物が、なぜ、わざわざ駅まで自分を出迎えに来たのであろうか——。

二人のドイツ将校は、壹岐の心中の疑問などおかまいなしに、次第に熱っぽい口調になった。

「奴らがなぜ、こと物資に関しては規律が乱れているか——、それは無理な独ソ戦で国家も国民も疲弊しきっているからだ、わがドイツが、もっとソ連の気象をよく研究し、防寒装具を完備して、対ソ作戦を展開していたら、絶対、ソ連などに敗れることはなかった、ヒットラーは大局的な戦略の誤りは犯さなかったが、ロシアの冬将軍に敗走したナポレオンと同じ轍《てつ》を踏んだ点は大いに批判される！」

と若い中尉が云うと、少佐も、

「今、われわれが俘虜になっているが、国際情勢は常に流動するものであり、祖国ドイツへ帰る日が、必ずや到来する、その時は、自分は再び軍隊に入り、今度はソ連を完膚《かんぷ》なきまでに叩きのめしてやる、戦争は国民さえしっかりしていれば、勝てるのだ、したがって諸君、私の顔と名前をよく記憶されたい、その時、自分はヒットラーを凌《しの》ぐ大元帥《だいげんすい》となって、ドイツ軍を統帥しているであろう」

いささか酩酊《めいてい》気味であったが、捕虜になって既に三年経《た》っているにもかかわらず、〝われドイツ人なり〟という強烈な民族意識は、失われていない。それに反して日本軍将兵は、入ソ僅《わず》か数カ月にして、負け犬のように尾を垂れ、諦《あきら》めの境地に流されている。

その後、暫らくして壹岐はさらにドイツ人の民族性を強く思い知らされる事件を目撃した。

その日は三十五歳以下の壮健な将兵がいつもの伐採地よりさらに五、六キロ奥へ行った地点へ道路作業に出されたのだった。原生林の中を四十メートル幅に樹が伐採され、中央に盛土《もりつち》されているところから、壹岐は鉄道が敷かれるのだと直感した。関東軍参謀時代、既にソ連がバイカル湖西のタイシェトからアムール河を結ぶバム鉄道建設計画をもっているという情報は、聞き知っていた。

作業は専ら盛土部分に突き出している切株を根元から挽き切ることで、日本人のほかにドイツ人も狩り出されていた。

午後四時、きつい労働を終え、迎えに来たトラックに乗りかかると、警備将校が、残っている切株は僅かだから今日中に片付けろと、猫撫《ねこな》で声《ごえ》で云った。班長の寺田少佐が無理だと云うと、

「それなら、お前たちは明日までここに置いておく、飯も食べず、凍死してもいいのだな」

と威《おど》した。そう云われれば、あと三、四十分ですむ作業なので、再び作業に取りかかると、ドイツ人が働いている方で、騒がしい人声がした。

「ダワイ、ダワイ（早くしろ）、ドイツのファシスト奴《め》！」

「黙れ！　低能のロスケ奴！」

警戒兵とドイツ人が激しく罵《のの》り合っている。警備将校が慌《あわ》ててその方へ駈《か》けつけて

行きかけると、雪道の向うからドイツ将兵が隊を組んで、ラーゲリに帰るためにトラックの方へ歩いて来た。

「止れ！　止らんと撃つぞ！」

六人の警戒兵が自動小銃を振り廻すが、ドイツ人の列は止らず、トラックの傍まで来た。

「なぜ、あと僅かの作業をやらないのか！　日本人はやることを承知したぞ！」

警備将校は、鋸をもっている日本人たちを指《ゆび》さした。正月に、壹岐たちの将校バラックを訪れたドイツ人少佐は、

「日本人は日本人だ、われわれは作業時間を過ぎた仕事は、やる必要は認めない」

ドイツ人らしく拒絶した。警備将校は狂ったように、眼をぎらつかせ、

「ソ連でサボタージュは銃殺だ！　全員、五人ずつ並んで前に出ろ！」

昂奮しきった声で云い放つと、六十数名のドイツ人は、その通り列を組み直し、五人が前に一歩、前進した。一言も発しなかったが、その顔は撃てるものなら、撃ってみろ！　そうしたらお前がどんな目にあうかと、嘲笑《ちようしよう》していた。

不気味な、長い沈黙が続き、ドイツ軍将兵は、依然として身動きもしない。日本軍将兵たちは息を呑んで、成行きを見守った。不意に靴音がし、いつの間に来たのか、

ニコライ中尉がドイツ兵の前にたった。

「気温が急速に下ってきたから、残りの作業は明日にする、今日の作業は終了ではなく、中止だ」

と云うと、ドイツ軍将兵たちは、当然だといわぬばかりの顔で、ソ連兵の云うままに残業している日本人を尻目《しりめ》にさっさとトラックに乗り込んだ。

「壹岐さん、ドイツ人たちの抵抗に、興味があるようですね」

解《わか》りやすく、ゆっくり区切ったロシア語が耳もとでした。驚いて振り返ると、ニコライ中尉の白い顔の中で、鳶色《とびいろ》の眼が、じっと壹岐を見詰めていた。

「興味というより圧倒された、あれがレニングラードからシベリアへ送られる途中に半分、三年間の収容所生活中で十万以上の同胞を失っても、なお民族の誇りと強さを失わないドイツ精神かと――」

「なるほど、それが貴下の思想ですか、ところで当ラーゲリの作業は、大本営参謀の貴下にはきつすぎませんか」

妙な質問をした。

「私だけではなく、俘虜のすべてが命を一日ごとにすり減らしている」

「それはいけませんね、作業にはくれぐれも注意して下さい」

と云い、歩み去って行った。壹岐は何か含みが感じられる言葉を反芻《はんすう》しながら、政治部員であり、党員であるというニコライ中尉が、改めて不気味な存在に思えた。

五章　運命

雪にあけくれた長い、暗いシベリアの冬が過ぎた。

四月になると、暖かい陽ざしが大地の雪を溶かし、木々が芽ぶき、俘虜《ふりょ》たちの心に内地帰還の期待が膨らんでいたが、作業は軽減されるどころか、昨年から続いているバム鉄道敷設《ふせつ》の道路工事が、本格的に開始された。

収容所長は「ソ連政府は、諸君ら軍事俘虜を膨大なる経費をもって養って来た、冬期は酷寒のため作業成績が上らなかったが、春を迎えて暖かくなるので、ノルマを完遂し、これまでソ連が払って来た甚大《じんだい》なる犠牲を贖《あがな》って貰《もら》わねばならない」とぶち上げ、伐採以上の苛酷《かこく》なノルマを一人ずつに課し、全員ノルマを遂行するまでラーゲリへ帰さぬ挙に出たのだった。

作業場は、一月にドイツ将校とともに働かされた所に近い鉄道敷地で、壹岐《いき》は渾身《こんしん》の力をこめて十字鍬《ぐわ》を振り下ろし、砂礫《されき》まじりの固い土を掘り起し、木製のターチカと呼ぶ手押し一輪車に積み、路盤まで土を運ぶ作業に追われた。ターチカでの運搬は、車体のバランスを取るだけでも難しい上、線路がわりに敷かれた板の上を走らせるので、非常な力が要った。体力に乏しい壹岐は、十往復目にかかると息ぎれがし、足もとがふらつき、ふっと気をぬいた瞬間、土を山盛りにしたターチカの車輪が線路板からはずれ、横転した。今日もまた遅組に残り、皆を待たせることになると思うと、自分の体力の乏しさが腹だたしく、急いでターチカを起しかけると、

「参謀殿、自分がやります」

丸長《まるちよう》上等兵が走り寄って来、ターチカを線路板の上に引き上げ、こぼれ落ちた土を積んだ。

「――すまない」

壹岐が、肩で息をすると、

「参謀殿にこんな土方作業など、どだい無理だすわ、自分のノルマが終ったら、手伝いに参じます」

土まみれの顔を綻《ほころ》ばせ、すれ違って行った。壹岐は、注意深くターチカのバランスを取りながら、線路板の上を押して行き、路盤に土をあけると、手間どった時間を取

り戻すべく、急いで土掘り場に戻り、鍬を振りかけると、ジープが近付いて来、壹岐の名前を呼んだ。顔を上げると、ニコライ中尉《ちゅうい》であった。

「壹岐さん、作業を中止し、このジープに乗って下さい」

ニコライ中尉は、さりげなく、それでいて命令口調で云《い》った。行先を聞くと応《こた》えず、いきなり腕をとってジープに乗せた。座席には既に身廻り品が一まとめにして、乗せられている。壹岐は、そのまま千人余の日本将兵が働いている作業場から、誰に気付かれることもなく、連れ出された。

その後の十三日間は、壹岐にとって、思いもかけぬことの連続であった。タイシェトから、さらにシベリアの奥地へ連れて行かれ、銃殺でもされるのかと半ば覚悟をきめて下りたところは、元のハバロフスクであった。

半年ぶりのハバロフスクは、白樺《しらかば》が若葉を茂らせ、古めかしい煉瓦《れんが》造《づく》りの建物や教会が、冴《さ》えた青い空に聳《そび》えたっていた。壹岐は、ジープの左右に眼を配り、ハバロフスクに残されている日本将兵の消息を探ろうとしたが、市街地のせいか、消息を知るよすがとなるものは、何も見当らない。

ジープは、見覚えのある内務省ハバロフスク地方本部の前を素通りして郊外へ出、ウスリー江に沿って、南に一時間ほど走り、河を望む小高い丘の別荘地帯へ入り、小さな山荘《ダーチャ》の前に停《とま》った。

白樺に囲まれた建物は、表見《おもてみ》は古びていたが、扉を押すと、帝政時代の別荘であったらしく、廊下は広く、階下の中央に広間があり、天井に燦《きらび》やかなシャンデリアが飾られている。だが、邸内は森閑として人気《ひとけ》がない。

壹岐は、二階の一室に入れられ、外から鍵《かぎ》をかけられた。部屋の中にはベッドと椅《い》子《す》があったが、部屋の窓は鎧戸《よろいど》が下ろされ、カーテンもひかれ、外部を覗《のぞ》き見ることは許されていない。壹岐はどさりとベッドに腰をかけた。タイシェトのラーゲリから、ハバロフスク郊外の山荘へ――、あまりにも大きなこの変化は何を意図しているのであろうか、壹岐の到底、想像もつかぬ鉄のカーテンの奥深くから、異様な眼が光っているようであった。廊下に足音がし、鍵をはずす音がした。大尉の肩章《けんしよう》をつけた将校が、通訳を連れて入って来た。

「貴下はここで当分、休息して貰う、なおここには貴下の他に三名の日本の将官がいるので、夕食後、引き会わせる」

と云い、簡単な身体検査だけを行ない、再び出て行った。昼食も、夕食も兵隊が部屋に運んで来た。監獄やラーゲリでは口に出来なかった白パン、バターと野菜のスープがついていた。壹岐にとって、不可解なことばかりであった。優遇された食事が与えられ、しかももの音一つしない同じ建物の中に、日本の将官がいるというのは、誰のことだろうか——。壹岐は、山田司令官、秦《はた》参謀長をはじめ、関東軍の主だった将官の名前と顔を次々に思いうかべた。しかし連れて来られた目的さえ解《わか》らぬ壹岐にとって、二人の将官が誰であるのか、見当がつきかねた。

やがて、壹岐は食事を終え、曖昧模糊《あいまいもこ》とした思考に疲れ果て、そのまま眠りかけると、扉が開かれた。さっきの大尉がたっており、

「さあ、他の将官とお会いなさい」

一階の広間の方を指《ゆびさ》した。階段を降りて行くと、階下から人声が聞えた。聞き覚えのある竹村参謀副長の声であった。一気に階段を駈《か》け降りると、竹村少将は、

「おう、壹岐、貴様だったのか……」

思いがけない邂逅《かいこう》に、言葉を跡切《とぎ》らせ、

「大陸鉄道司令官、秋津中将閣下もご一緒だぞ」

と云うと、秋津中将はソファから長身痩軀《そうく》を起し、

「壹岐、疲れておるな——」

静かな眼《まな》ざしで、いたわるように声をかけた。壹岐は姿勢を正した。そういう秋津中将こそ黒々としていた頭髪が、真っ白になり、頬骨が突き出し、別人のように面変《おもがわ》りしている。それにしても、関東軍将官の中で、大陸鉄道司令官で、鉄道関係の権威である秋津中将と、関東軍参謀副長の竹村少将、そして将官ではなく、中佐に過ぎぬ自分がなぜ一ところに集められたのか、疑問は深まるばかりであった。

広間には、五月であったが寒い日で、あかあかと暖炉が燃え、坐《すわ》りごこちのよさそうなソファがあった。タイシェトのバラックの蚕棚《こだな》に身を屈《かが》めていた壹岐には、まるで夢の中にいるような思いで、ぼんやり突ったっていると、

「壹岐、軍服がひどく汚れ、袖口《そでぐち》も擦りきれているではないか、どこへ連れて行かれていたのだ」

竹村少将に聞かれ、壹岐はタイシェトの収容所生活を、詳細に話した。竹村少将も、秋津中将も、

「噂《うわさ》にはいろいろ聞いていたが、将兵たちはソ連の鉄道工事に使役されているのか

――」

瞑目《めいもく》するように云い、口を噤《つぐ》んだ。

「秦参謀長閣下は、その後、ご無事でありますか」

壹岐が聞くと、竹村少将は配給品らしい紙タバコに火を点《つ》け、

「参謀長閣下は、君が連行された翌々日、ハバロフスク内務省へ呼び出され、監獄に入れられ、その後も四回、監獄行きをされた、心労と栄養不良で階段を上り下りされるのも、お苦しそうであったが、半月前、入院させるからと連れ出されたまま、消息不明になってしまわれた、モスクワへ連れて行かれたとも聞いているのだが——」

「モスクワへ、お一人だけなのですか」

「多分、そうだ、しかし山田司令官以下われわれも、連日、取調べを受け、内務省と監獄を専《もっぱ》ら往《ゆ》き来《き》させられていたが、取調べが性急に過ぎるので、近々、何かあるような気がする」

「近々、何かと云われますと？　われわれ三人だけがここへ集められたのは、何のためですか」

タイシェトに送られていた壹岐には、情勢の判断がつかなかった。

「それは私にも、秋津閣下にも解らない、私たちは一週間前、ハバロフスクの将官ラーゲリからここへ移されたのだが、何の取調べも、要求もない、しかし奴《やっこ》さんたちは、何か自分たちに都合のいい要求を出す時は、お客さん扱いのこの術《て》をよく使う」

停戦協定の直後、秦参謀長の身替りとして、ジャリコーウォの極東軍総司令部へ単

身、人質として赴《おもむ》き、その後、ウォロシーロフ収容所などを廻って、ソ軍のやり方を経験して来ている竹村少将が云うと、秋津中将は、

「しかし、われわれは、もはや何を云われても、驚くことはない――」

寡黙《かもく》の人らしく、ぽつりとそれだけ云うと、暖炉の燃えさかる火に、視線を向けた。

翌日から壹岐たちは、竹村少将が予想した通り、個々にハバロフスクの内務省地方本部に呼び出された。三人の階級、職責によって質問の項目は異なったが、その根底となるところは共通し、戦時、日本の最高国策を決定する場合における天皇と政府と大本営の三者のいずれが、最終決定の役割を果したかということと、日本の対ソ戦略は、終始、侵略意図を持つ攻撃作戦であったことの二点に絞られていた。

壹岐の取調べに当ったのは、半年前と同じヤゼフ少佐であった。壹岐の答えが意に満たないと、手をかえ、品をかえ、執拗《しつよう》に訊問《じんもん》し続け、時には夜中から夜明けまで、同じ訊問を繰り返し、三、四時間程、仮眠させるだけで、また午前、午後、ぶっ通しで取り調べた。その執拗さは暴力を振わない合法的拷問《ごうもん》とも云え、一カ月も続けられると、気が狂い、洗脳されそうであった。辛うじて理性を保ち得たのは、自分よりはるかに齢上《としうえ》で、肉体的にこたえるはずの秋津中将や竹村少将が、憔悴《しょうすい》の色を滲《にじ》ませながらも、取調べに耐えているからであった。

一カ月目の午後、壹岐は、いつものようにハバロフスク内務省の二階の取調室に呼び出された。ヤゼフ少佐は、いつになく妙に愛想のいい笑いをうかべ、

「これは貴下が、これまでの取調べに対し、語ったところの口供書である、通訳が読んで聞かせるから、署名するように――」

ロシア語で記した書類を、背広姿の通訳に渡した。

「いや、署名となれば、読み上げるのではなく、日本語に訳した文書を見せてほしい」

壹岐が云うと、ヤゼフ少佐は、

「これまでの供述に偽りがないのなら、日本語で読み上げるのも、文書にするのも同じではないか」

と取り合わず、通訳に読み上げさせた。対ソ作戦については読み進むにつれ、日本軍の侵略意図のみがソ軍の都合のいいように強調されている。壹岐は憤然とし、

「私は昭和十六、七年は攻撃作戦、十八、九年以降は守勢作戦であると答えたはずだ」

と指摘すると、

「貴下の口供書は、大本営参謀本部作戦課にいた間に知り得たことを記すのが第一の

ポイントで、十八年以降の作戦計画については、他の将官の口供書によって補い、公正を期す」

と云い、署名するように促した。

それから五日目、秋津中将、竹村少将、壹岐の三人が揃《そろ》って、内務省に呼び出され、ヤゼフ少佐から、全く思いもかけないことを申し渡された。目下、東京で開かれている極東国際軍事裁判に、ソ連側証人として三人に出廷を求める、というのであった。

壹岐たちにとっては、それは昭和二十年八月十五日の停戦の聖断以上に衝撃であった。曾《かつ》ての上司が裁かれ、祖国が裁かれる軍事法廷に、証人として引き出されるなど、恥辱以外の何ものでもない。三人は即座に峻拒《しゅんきょ》した。だが、ヤゼフ少佐は、これはソ連内務省の命令であると、一蹴《いっしゅう》した。

その夜、壹岐は一睡も出来なかった。捕虜の身で、出廷を拒否することは不可能に近いことであった。自らの命を断つか、法廷で日本に有利な証言をするか、二つに一つであった。その二者択一を考え、しらじらと夜が明けはじめた時、壹岐は、関東軍司令部へ聖旨伝達した後、自決をきめ、人影のない作戦室に入り、拳銃《けんじゅう》を手にした時のことを思った。だが、今はその拳銃も、軍刀もなく、自分さえ死ねばよいという立場ではなかった。自分が命を断てば、次に誰かが、この同じ立場にたたされ、死に直面しなければならない。ふと隣室の竹村少将の部屋でもの音がした。竹村少将も、壹岐と同じ眠られぬ夜を過したに違いなかった。

壹岐たちが、極東軍事裁判の証人出廷を拒否し続け、一カ月ほど経《た》った或《あ》る夜、ヤゼフ少佐が再び、三人の軟禁されている郊外の山荘に出向いて来た。

「モスクワからの指示が来た、貴下らがこれ以上、口供書通りの証言を極東裁判で行なうことを拒否する場合は、口供書の内容は偽証であるとしか考えられず、最初から訊問をし直せということであるが、どうか」

完全なる脅迫であった。壹岐たちは顔を見合せ、押し黙った。ややあって秋津中将が、

「どうあっても、証人として出廷しろというのか」

「そうだ、何としても貴下らが出廷しないのなら、目下、病院で入院加療中の秦参謀長に出廷を求めねばならぬが、よろしいか」

ヤゼフは、壹岐たちを逃れようのない場へ巧妙に追い込んだ。

「――俘虜の立場として、そうまで云われ、命ぜられれば、われわれは出廷せざるを

得ない、しかし、これまで署名した口供書の内容以外、ソ連側が何かの発言を強要しても、絶対、応じられないが、それでいいか」

秋津中将が、念を押した。

「他の要求はしないことを、約束する」

「ならば止《や》むを得ぬ、われわれは出廷する」

その途端、ヤゼフの薄い唇に、獲物《えもの》を仕止めたような笑いが滲み、足早に出て行った。壹岐は、ヤゼフの約束を信じられなかった。三人連名で、重ねて署名した口供書以外の声明及び発言には応じない旨《むね》の請願書を出し、ソ連側から絶対、他の要求はしない確約を得るべきだと考え、秋津中将にこの旨を云うと、

「いや、各人がその意志を主張し、実行するだけで充分だ、もしその意に反する時は、死ねばいいではないか」

淡々とした口調で云い、

「もうきまった話だ、あとは出発まで、この家の前のウスリー河畔で魚釣りでもさせて貰《もら》おうではないか」

静かに微笑したが、妙にしみ入るような淋《さび》しさが、壹岐の心に伝わった。

翌々日の朝、壹岐は突然、叩《たた》き起された。窓の鎧戸を通して射《さ》し込んで来る淡い陽

の光で、夜明け頃だということが解った。体を起すと、護衛兵が入って来、

「この服を着て、出発だ」

いつの間に用意したのか、新しい日本軍の軍服を渡した。関東軍の被服倉庫から大量に奪って来たものの一つらしい。ちゃんと陸軍中佐の階級章もついている。

廊下へ出ると、秋津中将、竹村少将も、同じように新しい軍服を着、車に乗せられた。

車は明けきらぬ早朝の道をフル・スピードで走り、瞬《また》くうちに飛行場に着いた。壹岐たちが新京から連れて来られた時のハバロフスク飛行場であった。

車から降りると、そこにヤゼフ少佐が、軍医と通訳と三人の兵隊を従えて待っており、滑走路にはアメリカから武器援助された水陸両用のＰＢＹカタリーナ飛行艇がエンジンをかけていた。

秋津中将は、タラップの下まで来た時、温厚な表情をきりっと引き締め、

「この飛行機で、東京へ向うのか」

と聞いた。ヤゼフ少佐は、

「その通り、一路、東京へ向って飛ぶ」

と応《こた》え、ものものしい警護の中を、ソ連機は、日本に向って飛び発《た》った。

眼下にはソ連の沿海州の海岸線と海が見え、朝の陽が窓一杯に射し込んで来る。壹岐は、注意深く太陽の光を追った。作戦参謀として四六時中、地図を読んで来た壹岐には、窓に射す光の方角によって、飛行機がどの方向に飛んでいるかが、把握できた。太陽の光が、左窓の前方から射していることは、ハバロフスクから東南に向って飛んでいることであった。飛行時速三百キロと考え、このまま真南に向えば、五時間後には日本に到着する——、壹岐は、眼を閉じた。あと五時間後には、極東国際軍事裁判のソ連側証人として、俘虜の身で日本へ連れ帰られるのだった。刻一刻、日本に近付くにつれ、法廷にたつ屈辱の姿が思い描かれた。秋津中将、竹村少将の方を見ると、両将官の胸中も同じらしく、沈痛な面持《おももち》で、黙念と腕を組んでいる。

どれ程経った時か、ふと窓の下を見ると、そこには藍色《あいいろ》の布を敷いたような日本海が拡がり、佐渡ヶ島らしい大きな緑の島がうかび、島影を縁取るように、白い波頭がたっている。

「佐渡ヶ島だな——」

竹村少将の口から、声が洩《も》れた。西南方に新潟《にいがた》の海岸線が望まれ、まぎれもなく、佐渡ヶ島であった。遂《つい》に祖国に帰って来たのだ。窓ガラスに顔を擦りつけ、食い入るように見詰めた。日本海の波の音が、聞えて来るようであった。壹岐は激して来る思いを抑え、瞳《ひとみ》を凝らした。

飛行機は佐渡ヶ島上空でぐるぐる旋回した後、新潟上空に入った。なだらかな稜線《りようせん》をもった山々が重なり合い、川が流れ、山間《やまあい》に村落と田畑が見えた。国破れて山河あり——、壹岐の胸に、ひしひしとした思いがこみ上げて来た。秋津中将、竹村少将もはらはらと落涙した。

遂に飛行機は着陸した。羽田飛行場であった。機体の扉《ドア》が開かれ、タラップが降ろされた。ヤゼフ少佐と三人のソ軍将校に続いて、秋津中将、竹村少将、壹岐の順に降りた。一歩、タラップに踏み出した途端、空港ビル正面の屋上に翻《ひるがえ》っている星条旗が、眼に入った。米軍の〝日本占領〟が、強烈な実感となって襲って来、思わず足を止めると、米軍のジープが凄《すさま》じい勢いで走って来、急停車するなり、MPが、壹岐たちを取り囲んだ。ヤゼフ少佐たちソ軍将校は身構えた。米軍の憲兵将校は、激しい剣幕で、

「なぜ、米軍との約束に違反したのか、佐渡ヶ島上空で、米軍機と出会い、米軍機の誘導によって、羽田に着陸することになっていたではないか、日本は米軍の占領下にある」

と云《い》うと、ヤゼフ少佐は通訳を介し、

「西風が強く、予定より早く佐渡上空に着き、旋回して待機していたが、米軍機と出会わないので、羽田へ着陸したのである。理由はそれだけのことだから、諒承《りょうしょう》されたい」

突慳貪《つっけんどん》に云い返し、羽田到着早々に、米ソの確執を見る思いがした。

やがて、壹岐たちを乗せたソ軍のジープは、京浜国道を一路、東京都心に向った。ジープの窓から大森海岸の沖を行く漁師の小舟が絵のように眼に入ったが、国道の両側には見渡す限り累々《るいるい》とした焼野が原が拡《ひろ》がり、焼け錆《さ》びた鉄骨が形骸《けいがい》のような姿を見せている。品川を過ぎ、都心に近付くにつれ、焦土と化した無惨《むざん》な焼跡が続き、終戦一年目の夏の終りにもかかわらず、復興の兆《きざし》はなく、焼跡に粗末なバラックが建ち並び、道行く人たちの姿も、男は洗いざらしの開襟《かいきん》シャツか、復員服、女はモンペ姿か、アッパッパのような簡単服を着、力ない足どりで歩いている。

「ひどいものだ、こんなにひどいとは思わなかった――」

秋津中将の呻《うめ》くような声がした。壹岐のように敗戦の日まで内地にいたのとは異なり、長く満州にあり、戦災の実情を具《つぶさ》に知らなかった秋津中将にとっては、強い衝撃の様子であった。都心に入るにつれ、さらに焼け爛《ただ》れ、破壊されたビルの残骸がたち並び、戦争責任を問われる極東国際軍事裁判の法廷に、証人としてたたねばならぬ壹岐たちにとって、無惨な焼跡を行くことは、さながら地獄の底を引きずり廻されるような思いであった。

日比谷《ひびや》公園の前を通って、車は丸の内の特徴のある赤煉瓦《あかれんが》の建物の前に停《とま》った。三菱《みつびし》会館で、玄関にソ連旗が掲揚され、歩哨《ほしょう》がたっている。ジープから降りると、壹岐たちは三階へ連行された。人の気配がしていたが、各室の扉は閉ざされ、壹岐たちは廊下の突き当りの人気《ひとけ》のない一角へ導かれ、秋津中将には一室、竹村少将と壹岐には二人で一室が与えられた。オフィスとして使われていた十坪程の部屋にベッド、椅子《いす》を入れて、居室らしく模様替えしている。

ヤゼフ少佐は、一行を無事、日本まで連行した安堵《あんど》で、はじめて表情を緩め、

「ここは駐日ソ連代表部の分室で、極東国際軍事裁判関係者はこの三階を占有しているから、貴下たちも同じ階に起居して貰《もら》う、貴下たちの出廷日は今のところ、いつか判明していないが、決まり次第、ソ連代表部の担当官が告げに来るであろう」

と云い、今日はゆっくり休息するようにと言葉を残して、部屋をたち去った。

夕食の時間になると、食事は秋津中将の部屋で三人一緒にするようにと云われ、斜め向いの秋津中将の部屋へ食事が運ばれた。帰国第一夜の夕食で、ロシア料理であっ

たが、新鮮な日本の野菜がみずみずしい色を添えていた。竹村少将は、持前《もちまえ》のさばさばした表情でフォークとナイフを使ったが、秋津中将は殆《ほとん》ど何も口をつけず、飛行機の疲れか、ひどく顔色が優れなかった。

「どこかお加減でも、お悪いのですか」

壹岐が、気遣うように云うと、

「いや、日本の被災情況が、私の予想していた以上にひどかったので、つい——、たしかに戦争を始めることを決めたのは政治家ではあるが、戦争に敗《ま》けたのは、軍人の責任だと思うと、申しわけない思いがして……」

暫時《ざんじ》、言葉を跡切《とぎ》らせ、

「さあ、今夜は早く寝《やす》もう、君たちも疲れただろう、何かとご苦労だったな」

と云い、食卓をたった。

自分たちの部屋に帰って来ると、竹村少将は、飛行機の疲れをいやすようにすぐベッドに横になったが、壹岐は眠られず、一旦《いったん》、横にした体を起こし、ブラインドを下ろした窓の外を見た。そこには東京の街の灯《あか》りが瞬き、道を往く人影が見えた。この同じ日本の空の下に自分の妻子も、今夜、灯りをつけて暮しているのかと思うと、三十四歳の壹岐の胸は張り裂け、五体が波だつ思いに駈《か》られた。ふと竹村少将に言葉をかけようとしたが、竹村関東軍参謀副長の家族は、終戦時、新京にあり、悲惨なソ連侵攻下を、無事、生きのびて帰国出来たか、否《いな》かも解《わか》らぬのだった。それをしも口に出さずにいる竹村少将の姿に、壹岐は軍人としての自分の若さと未熟さを思い知り、乱れる心を辛うじて抑えた。

その晩、壹岐は夢を見た。家族とともに過している夢であった。

杉並の高円寺《こうえんじ》の家のさして広くない庭に、菖蒲《しょうぶ》の花が咲き、長男の誠の初節句の日であった。郷里から出かけて来た父も加わり、甲冑《かっちゅう》を飾った前に、壹岐の恩賜《おんし》の軍刀を飾り、節句酒にほろ酔い機嫌になった父が、まだ赤児《あかご》の孫を膝《ひざ》に抱き、「お前も大きくなったら、お父さまのように天子さまから、恩賜の軍刀を戴《いただ》けるようなりっぱな軍人になってくれよ」と眼に入れても痛くないようなあやし方をすると、上の直子が、きかぬ気らしい表情で、「お祖父《じい》ちゃま、私も男の子に生れて来たかったわ」と云うなり、雛壇《ひなだん》に飾った兜《かぶと》を取り、おかっぱの頭にのせて、武者人形の真似《まね》をした。妻の佳子《よしこ》が「まあ、女の子がそんな振りをして――」ととめかけると、直子は兜をかぶったまま、座敷の中を走り出した。「直子、お母さんの云いつけを守るのだよ」と壹岐も窘《たしな》めると、直子はよけいに面白がり、庭へ走りおりようとした途端、兜が庭石に落ち、朱色の組紐《くみひも》が切れた。「あ、兜の組紐が……」と妻は顔色を蒼《あお》ざめさせた。「いいよ、切れたら、繋《つな》げばいいだけじゃないか」壹岐が笑うと、「でも、昔から勝って兜の緒をしめよという諺《ことわざ》もありますように、兜の紐は戦勝とつながりますもの——」と云い、庭石の上に落ちた兜の紐を繋ぎにかかったが、何度、繋いでも、朱色の組紐は、ぱらりと解けた。その度に、佳子の白い顔が悲しげに曇り、身もだえした。妻の身もだえを解こうとして、壹岐自身が組紐を繋ごうとすると、ぷつん、ぷつんと音をたてて切れ、やがて朱色の紐が血しぶきのように散った。

「もしや、あなたのお身に……」

妻の眼が潤《うる》み、訴えるように壹岐を見上げた。壹岐は、つと妻の体を引き寄せると、佳子は、壹岐の胸に顔を埋めた。

はっと眼を覚ますと、夢であったが、妻の感触が壹岐の体に、現《うつつ》のようにはっきり残っていた。外を見るとまだ夜明け前の空は薄暗く、竹村少将はぐっすりと寝入っている。壹岐は、再び眠った。

朝、目覚めた壹岐は、明け方、妻を抱いた夢を見た自分を恥じながら、洗面を終え、朝食を摂《と》るために、竹村少将とともに、秋津中将の部屋へ出向こうとした時、番兵が

入って来、

「出てはいけない、食事は、この部屋ですることになった」

と押し止め、二人の朝食を運び入れた。

「なぜか？　昨日、食事は毎食、秋津中将の部屋で摂るようにと云ったではないか」

不自然さを感じ、部屋を出ようとすると、

「止まれ、部屋を出るな！」

俄《にわ》かに乱暴な口調で、扉《ドア》を閉ざした。ただならぬ剣幕であった。竹村少将と壹岐は顔を見合せ、外の様子を窺《うかが》った。斜め向いの秋津中将の部屋を出入りする慌《あわただ》しい人の気配がする。証人出廷をめぐって、思いもかけぬトラブルが起ったのではないかと神経を研ぎすましたが、秋津中将の声は聞えず、ロシア語と英語の昂奮《こうふん》した声が聞え、荒々しく扉を開ける音や靴音がし、やがて人の出入りが跡絶《とだ》えた。竹村少将は、扉を叩いて番兵を呼び、ヤゼフ少佐に会いたいと申し入れた。ヤゼフ少佐はすぐ姿を現わした。

「なぜ、秋津閣下の部屋へ行ってはいけないのか」

「ゲネラル・アキツは、今朝、心臓麻痺《まひ》で死亡した」

「死亡？　秋津閣下が……」

あまりのことに、竹村少将と壹岐は絶句した。しかし、ヤゼフ少佐の硬《こわ》ばった顔が、事実を物語っている。

「では、ご遺体にお目にかかりたい」

「それは規則によって、応じられないことになっている」

「死因は心臓麻痺といわれるが、閣下はハバロフスク以来、ずっと健康で、俄かに心臓麻痺が起るとは考えられない、他の死因ではないか」

壹岐も、鋭く詰め寄った。ヤゼフは、心臓麻痺だと応《こた》えるばかりであったが、壹岐には、もしや自決では、という思いがした。ハバロフスクで、極東軍事裁判の証人に出廷するよう強要され、壹岐が三人連名で、口供書以外の証言はしない旨《むね》の請願書を出そうと云った時、「各人でその意志を述べるだけで充分だ、もし意に反する時は、死ねばいいではないか」とさり気なく云った秋津中将の言葉が思い返された。今にして思えば、その時から、先輩、同僚が裁かれる公判廷の証人台にたつことを潔《いさぎよ》しとせず、秘《ひそ》かに自決を考え、加うるに焼野が原になり果てた東京の街を眼《ま》のあたりにして、人一倍、責任感の強い中将は、覚悟の自決を遂げられたものと、推し測られた。

「一目でいいから、何としても閣下のご遺体にお詣《まい》りしたい――」

重ねて頼むと、ヤゼフは、

「残念ながら、遺体は既にここにはない、米軍が検死のため運び出してしまった」

壹岐は、全身の血がひく思いがした。竹村少将の眼にも、怒りが漲《みなぎ》っていた。いかに囚《とら》われの身とはいえ、昨夜まで、運命をともにして来た秋津中将の遺体にも対面出来ず、死の前後の状況さえも知ることが出来ぬとは――。壹岐は崩れそうになる姿勢を辛うじて保った。

午後になって、米軍将校が通訳と憲兵を伴って来、竹村少将と壹岐に、秋津中将の最近の動静について、細かく質問し、二人の衣服や所持品全部を綿密に調べた。明らかに毒物や刃物を隠し持っていないかの検査であり、壹岐の身体検査をした憲兵が、青酸加里は見つからないと云った言葉で、やはり秋津中将の死が、青酸加里による自決であったことを知った。

そしてこの日のうちに、壹岐たちは、三菱会館から、ソ連が接収した個人住宅へ移された。

紀尾《きお》井町《いちょう》の住宅へ移された壹岐たちの心には、秋津中将の死が、暗い影を落していた。

ソ連側は、秋津中将のような事故が起らぬようにと考えたらしく、今までと掌《てのひら》を返したような気の配り方であった。三百坪ほどの庭に面した二階の南向きの明るい部屋が与えられ、庭の散歩も許されたが、もちろん、私服の警備者が、どこからともなく、眼を光らせている。

一方、証人出廷は、なぜか延び延びになり、為《な》すこともなく、出廷の日を待つ身は、体が削《そ》がれるようであった。一歩、塀の外は、祖国の自由の世界であり、塀の外からは同胞の声が聞え、笑い声がたち、足音が聞えるにもかかわらず、一歩、塀の中は、自由を奪われた囚われの世界であった。しかもいつまで閉じ籠《こ》められているのか、そのめどもつかない。いっそ地理的に遥《はる》かに隔たったシベリアでの抑留の方がまだしも諦《あきら》めがあった。三十四歳の壹岐は、ともすれば乱れ、狂おしい思いになる心を、耐え忍んだ。

一カ月目の朝、珍しくヤゼフが、壹岐たちの部屋へ顔を見せ、貴下たちの背広を作りたいと云った。理由を聞くと、裁判に出廷する証人で、今頃、旧日本軍の軍服など着ている者はいないからと云い、どこで手に入れて来たのか、安ものの紺サージの生地と桃色の富士絹のワイシャツ生地を用意し、日本人の仕立屋を呼んでいた。色物の富士絹のワイシャツはおかしいと云うと、ハバロフスクの田舎育ちのヤゼフ少佐は、これでいいのだと知ったかぶりに云い張り、壹岐たちは、仕方なく応じた。

背広が仕立て上ってから数日後、ソ連側の首席検事ゴルンスキーが会いに来、続いて連合国検事団首席である米国のキーナン検事が会いに来ることになった。ゴルンスキーとの面会は問題なかったが、キーナン検事と会うことになると、ソ連側は俄かに色めきだち、ヤゼフ少佐は、今まで見せたことのない低姿勢で「キーナンに云うべき言葉は、慎重に選んで貰いたい」と何度も、念押しした。明らかに自分の取調べの仕方が強引であったことを怖《おそ》れている様子であったが、壹岐も竹村も、キーナンに哀れみを乞《こ》う気持など、さらさらなかった。

キーナン検事との面会場所は、階下の応接間があてられた。キーナン検事側は、通訳と二人の記録係を伴って来、ソ連側はソ連代表部の将校とヤゼフが同席した。キーナン検事は、日本の新聞を通して知る峻烈《しゅんれつ》でアクの強い感じはなく、平凡な法律家という印象であったが、アメリカ人らしく、事務的に質問した。

「ソ連内におけるあなた方の待遇は、どのようなものであるか」

「普通の待遇である」

「普通とは、どのようなことであるか」

「一般的な俘虜《ふりょ》の待遇を受けている」

「秋津中将の自殺について、何か思いあたる点はないか」

竹村少将は、姿勢を正し、

「秋津閣下とは、ハバロフスク出発以前から、四カ月間ずっと、起居をともにして来たが、迂闊《うかつ》にも、閣下の自殺を予測することが出来なかった、それほど閣下の自殺は、静かな覚悟の自決であったといえる」

粛然とした語調で応えると、キーナン検事も一瞬、口を噤《つぐ》み、

「死亡前に署名した故秋津中将の口供書をはじめ、あなた方二人の口供書は、真実に基づいているか」

「日本語とロシア語の微妙なニュアンスの相違を別にすると、内容はわれわれが実際に述べたものである」

「では、参考に伺うが、天皇に拒否権がないということについて、どう考えられるか」

キーナン検事が聞くと同席しているソ連代表部の将校は、

「この場で、そのような質問をすることは適切ではないと思う」

と質問を遮った。キーナン検事の問いかけは、米軍の占領政策と考え合せ、天皇の戦争責任回避の気配が感じられたが、ソ連側は、戦争責任を天皇に帰し、天皇を法廷

にたたせて裁こうとしている意図が感じ取られ、この点で真っ向から、米ソが意見を異にしていることが、壹岐たちにも解《わか》った。

この日から、ソ連側はさらに壹岐たちに対して気を配り、大いに優遇することによって、ソ連に有利な証言をさせようとする意図が露骨になって来た。

或《あ》る日、ヤゼフ少佐が人目を憚《はばか》るように壹岐たちの部屋に入って来、まるで秘密を囁《ささや》くような馴《な》れ馴《な》れしさで話しかけた。

「あなた方も、日本へ着いて一カ月以上になる、その間、家族たちのことを考えぬ日はないと思うから、あなた方が家族に会えるように計らうつもりである」

と云《い》った。壹岐は返事を躊躇《ためら》ったが、竹村少将は即座に、

「ご好意は忝《かたじ》けないが、私の家族は、停戦当時、満州におり、妻と十五歳を頭《かしら》に四人の子供たちであったから、おそらく帰国の途次、死亡してしまっていると思うから、ご配慮無用である」

と応え、壹岐はこみ上げて来る妻子への思いをぐっと耐え、

「せっかくであるが、私の家族も、私が大本営から関東軍へ連絡に発《た》った後、行方不明になっている様子であるから結構である」

と断わった。ヤゼフは薄笑いをうかべ、

「無理なご遠慮には及ばない、われわれの驚くべき努力と情報網によって、あなた方の家族を探しあててあげよう」

まるで骨肉の絆《きずな》を餌《えさ》にして、網にかかるのを待ち受け、手繰《たぐ》り寄せるような云い方をした。

壹岐と、竹村関東軍参謀副長の出廷日が決った。ソ連側ゴルンスキー検事自身が紀尾井町宿舎に現われ、証人出廷日は四日後の九月十八日であることを、告げたのだった。

壹岐は、ゴルンスキー検事が帰ったばかりの、まだきついソ連煙草の匂《にお》いが残っている階下の応接室からテラスへ出た。

仲秋の空は青く澄みわたり、一点の雲の翳《かげ》りもない日本晴れであった。透徹した秋《あき》陽《び》の中に、きらりと光るものが、壹岐の眼前をよぎり、傍らの南天の小枝にとまった。赤トンボであった。薄い羽根が、銀色に燦《きらめ》き、かぼそい胴の赤さが、眼にしみ入るように美しかった。手を伸ばせば届きそうなほどの近さに羽根をやすめている赤トンボを、息をひそめるように見詰め、壹岐は、羨《うらやま》しいと思った。日本の国内に身柄を移されながら、塀一つで隔てられた日本の領域外の場所に拘禁され、為すこともなく放置されていることは、シベリアのいかなる重労働よりも耐え難いことであった。

背後で人の気配がした。竹村少将かと思い、振り返ると、ヤゼフ少佐であった。どこから入手したのか寸法の大きいだぶだぶの背広姿で、壹岐たちに作らせたのと同じ富士絹のワイシャツを着、いかにもロシア人らしい野暮ったさであった。ヤゼフは、壹岐に近寄り、

「壹岐サン、すばらしい朗報です、われわれの誇る情報網と努力によって、やっとあなたの家族の居所が解りました」

耳もとで、囁くように云った。

「家族の居所が――、どこにいるのです？」

壹岐は思わず、聞いた。一昨日《おととい》、ヤゼフから、口供書に記された本籍と現住所に、あなたの家族は住んでいないと伝えられ、心配していた矢先であったのだった。ヤゼフは、壹岐の心につけ込むように、

「やはり、あなたの本心は、妻子の消息を知り、会いたいのでしょう、それならせっかく親切に申し出ているわれわれの好意を拒まず、素直に受け入れることです」

「いや、会いたくない、しかし、どこに住んでいるのだ」

「オオサカ、大阪の住之江《すみのえ》というところで、奥さんは二人の子供さんと暮していますよ」

大阪の住之江——、それは壹岐がはじめて耳にする住所であった。壹岐の郷里である山形県にいるとばかり思っていた妻が、なぜ大阪の住之江というところにいるのか、大阪ならば当然、妻の実家である帝塚山《てづかやま》の坂野大佐の家に身を寄せているべきであった。もしや坂野大佐は死亡、もしくは戦災で家を失い、一族、軍人ばかりである家系であるところから、この戦後の混乱期を路頭に迷っているのではないか、もしそうであるなら、妻の佳子は、どのようにして女手一つで、二人の幼い子供を育てているのであろうか——、壹岐の心は動揺した。

「壹岐サン、奥さんと子供さんに会いますね」

ヤゼフは、壹岐の心を読み取るように云った。壹岐は、応えられなかった。会いたい、妻子には狂おしいほど会いたい。ソ軍の俘虜となり、壹岐なりに生死の世界を越えて来、妻子もまた戦後の混乱の中を生きのびて来、今、会わねば出廷後、再びソ連へ連れ戻され、再び生きて会えぬかもしれない——。しかし、今、妻子に会えば、妻子に会わせて貰《もら》う恩恵によって、ソ連側証人として出廷し、証言をしたと取られるであろう。しかも、ソ連に抑留されている関東軍将兵たちは、いまだ俘虜通信を許されず、家族の消息を知ることすら出来ずにいる時、自分だけが妻子に会うことは、許されぬことであった。

「いや、会いたくない、しかし、なぜ、私の妻子が、大阪の住之江に住んでいるのか、理由《わけ》を知りたい」

と云うと、

「それはあなた自身が会って、聞かれることとです」

ヤゼフは壹岐の心に罠《わな》をしかけるように云った。

「それならば、結構である、これ以上、私の家族のことは口にしないで貰いたい」

きっぱりとした口調で云うと、

「壹岐サン、いつまでも意地を張っていると、あとで後悔しますよ、まあ、よく考えて、奥さんと子供さんに会いたいと思ったら、私に云いなさい、すぐ大阪から呼んであげます」

ヤゼフは、重ねて執拗《しつよう》に云った。

その夜、壹岐は、竹村少将と食卓に向いながら、昼間あったことを話し、竹村少将の家族のことを聞くと、いつものさばさばした口調で、

「奴《やつ》ら、いやにしつこく家族の消息を尋ねているが、やはりまだ満州から帰って来て

いない様子だ、何といっても十五歳を頭に、四人の子供を抱えているのだから、無事に帰れないのが普通だろう」

既に諦めきったように、応えた。そして壹岐の家族については、会えとも、会うなとも云わなかったが、竹村少将の家族が行方もおろか、生死さえも知れぬ時、壹岐だけが、自分の家族と会えようはずがなかった。

それから三日後、極東国際軍事裁判出廷を明日に控えて、壹岐は、朝から部屋に閉じ籠《こも》り、証言内容の整理をしていると、扉《ドア》をノックする音がした。応答すると、ヤゼフであった。

「壹岐サン、あなたに面会を求めている人があります」

「またゴルンスキー検事ですか」

と聞くと、ヤゼフは鳶色《とびいろ》の眼をきらりと光らせ、

「あなたの奥さんとお子さんです、われわれが大阪から連れて来、もう階下《した》で待って貰っている、さあ、会いなさい」

と云うなり、ヤゼフは階下に向って、壹岐の妻の名前を呼んだ。壹岐は、思わず椅《い》子《す》からたち上り、一、二歩、扉の方へ足を運んだが、はっと、自らを呼び醒《さ》ますように足を止めた。そしてわが身を鞭《むち》打つような凄《すさま》じい形相をヤゼフに向けた。

「私は会わない！　妻と子供はすぐ大阪へ帰すのだ、これ以上、私の家族への勝手な振舞いは許さない！」

「なぜです、大阪から一晩かかって来たのですよ、ほら、声が聞えるでしょう」

なお誘い込むように、云った。

「やめろ！　帰すのだ！」

壹岐は耳を塞《ふさ》ぎ、ヤゼフを扉の方へ押し出した。

さすがのヤゼフも気圧《けお》されるように部屋を出、階段を下りた。

壹岐は、階下の様子に神経を研《と》ぎ澄まし、妻と子供の気配を求めた。娘の直子は六歳、下の息子の誠は三歳になっている。誠は母につれられたまま、何も解らぬとしても、直子は、母の手を振り切り、「お父ちゃまは、どこ？」と探し廻る齢頃《としごろ》であった。その直子も、誠も、妻も、この両の手の中に抱き締めたかった。壹岐は、自制心を失い階段をかけ降りそうになる自分の体を、必死に支えながら、なおも階下の様子に耳をすました。応接室のあたりで、ヤゼフの声がし、扉を開け閉めする音が聞えたが、妻の声は聞えず、子供たちも異様な雰囲気《ふんいき》に怯《おび》えているのか、泣声ひとつたてない。軍人の娘として育ち、軍人の自分に嫁《か》して来た佳子は、おそらく、囚《とら》われの身を女子供に曝《さら》したくない自分の胸中を察し、子供たちを宥《なだ》めているに違いなかった。

廊下に、監視兵の足音がし、扉を開けた。

「壹岐サン、あなたの奥さんは、もう帰ります、これはあなたの子供さんからの贈物です」

と云い、千代紙で折った花嫁人形を手渡して行った。壹岐は思わず、掌《てのひら》の上にのせて、頰ずりした。

門の外に車のエンジンの音がした。壹岐は、窓ガラスに、顔をおし当てた。木の間がくれに門の方へ向う妻のうしろ姿が見えた。黒っぽい地味な着物を着、両手に二人の幼な子の手を引いていた。六歳の直子も三歳の誠も、暫《しばら》く見ない間に背丈が伸びていたが、寸法が合わなくなった服からのぞいている手足が瘦《や》せているのが、壹岐の眼に灼《や》き付いた。

車の扉がばたんと締まり、妻子を乗せた車は、壹岐の視界から消え去った。

再びもとの静けさが、紀尾井町宿舎を包んだ。壹岐の眼に初めて涙が噴き出し、掌にのせた花嫁人形を握りしめ、耐えきれぬように慟哭《どうこく》した。

壹岐と竹村少将の乗った車は、午前八時半、市谷台《いちがやだい》の元大本営内に設置された極東国際軍事裁判所へ到着した。

正門には白いヘルメットを冠《かぶ》ったMPが、厳重に警戒を固め、車が門にさしかかると、

「ストップ！」

停止を命じ、裁判関係者であることを一人一人、厳しくチェックした上、通行を許可した。

車は、芒《すすき》の穂が波打つ堤に沿って、ゆるやかにカーブした坂道を上り、台地の上に出た。その途端、前方に曾《かつ》ての大本営の建物が見え、壹岐の心に苦渋が衝《つ》き上げた。日本の戦犯を裁く軍事法廷が、旧陸軍士官学校であり、戦時中は大本営であった建物とは――。連合国の日本人に対する見せしめの意図が感じ取られるようであった。

玄関の車寄せに停ると、重いガラス扉《ど》が開かれた。そこにはソ連代表部の将校が待ち受け、壹岐たちを二階の証人控室に入れた。曾ての参謀総長室と作戦室の中間に位置する会議室で、終戦まぎわまで、何度も出入りして、机の小さなキズ一つに至るまで、記憶に残っている部屋であった。

ヤゼフ少佐とソ連代表部員たちが、慌《あわただ》しく連絡に走り、待たされている間、壹岐は中庭を見下ろした。そこには連合国の裁判関係者や、MPがわがもの顔に闊歩《かっぽ》してい

る。索漠とした思いで瞼《まぶた》を閉じると、終戦の玉音放送を聴いた将校たちが憑《つ》かれたように機密書類を中庭に運び出し、ガソリンをかけて焼き払い、その炎が終夜、天を焦《こ》がしていた光景が甦《よみがえ》り、さらに炎の中に梅津参謀総長の憔悴《しょうすい》しきった顔が、思いうかんだ。その梅津参謀総長は、A級戦犯として被告席に列《つら》なっている。壹岐は刻々と、証人出廷の時間が迫って来るにつれ、いたたまれなかった。

「竹村閣下、連合国はわれわれの証言を、公正に聞く耳を、持っているのでしょうか」

心の乱れを抑えかねて聞くと、

「さあ、どうかな、十日前から始まった日ソ関係の審理で、ゴルンスキー検事は明治三十七年の日露戦争から説き起しているのだ、所詮《しょせん》は法の裁きに名をかりて、勝者の敗者に対する報復的な意図をもった論理によって裁かれると覚悟した方が、間違いないだろうな」

竹村少将らしく、淡々とした口調で云った時、ヤゼフが入って来た。

「今、法廷が開かれた、証人訊問《じんもん》は壹岐中佐から始められる」

と云い、出廷を促した。壹岐は心を鎮《しず》めるように、竹村少将と視線を交わし、

「では、行って参ります——」

廊下に待機しているMPに連行され、法廷へ向った。

極東国際軍事裁判の法廷は、眼の眩《くら》むような強烈な照明の中に、原告である十一カ国の国旗が掲揚され、ウェッブ裁判長はじめ七十余名の法廷関係者が、ぎっしりと雛《ひな》壇《だん》を埋めていた。

大本営講堂であった百坪近い法廷は、東側の雛壇が判事団、真ん中の列に検事席、発言台、通訳席と証人台が並び、西側の雛壇に被告席、下段は弁護団席になっている。被告席には、東条英機《ひでき》をはじめ、板垣征四郎、東郷茂徳《しげのり》、木戸幸一以下、発狂した大川周明、結核で死亡した松岡洋右《ようすけ》を除く二十六名のA級戦犯容疑者が列なっている。

壹岐正《ただし》が入廷した時、ウェッブ裁判長と、ソ連検察陣との間に、何事か緊迫したやりとりが展開されていたが、直ちに壹岐の証人訊問に切りかえられた。

一転して、法廷は水を打ったように静まり返り、壹岐はその中をMPに先導され、断頭台にのぼるような思いで、証人台に上った。ウェッブ裁判長以下、黒の法服をまとった裁判官、キーナン首席検事に率いられた検察陣、清瀬《きよせ》弁護人を中心とする弁護団、そして傍聴席、新聞記者席の視線が開廷以来最も齢若い証人であり、しかもシベリア抑留中の身柄である壹岐に集中した。だが、壹岐自身は、ものものしい軍事法廷の雰囲気に呑《の》まれ、曾ての上司が列《なら》んでいる被告席がどこにあるのかさえ眼に入らず、辛うじて姿勢を正し、日本語の同時通訳を聞くためのレシーバーを耳にあてた。

「証人は、当裁判所規則に基づき、宣誓するよう――」

ウェッブ裁判長が、静かなキングズ・イングリッシュで命じ、耳にあてたレシーバーから日本訳が流れた。壹岐は、予《あらかじ》め教えられた通り、右手を上げ、

「良心に従って真実を述べ、何事も秘匿《ひとく》せず、また何事も隠蔽《いんぺい》しないことを誓います」

と証人宣誓をした。ソ連側検察陣の主訊問には、ローゼンブリット検事がたった。

「あなたの姓名を、告げて下さい」

「壹岐正」

「あなたの年齢は？」

「三十四歳」

「降服以前のあなたの地位は？」

「大本営陸軍部第一部参謀、陸軍中佐――」

壹岐は、苦いものを呑み下すように、応《こた》えた。

「あなたは一九四一年十月から一九四四年二月まで、陸軍部第一部に勤務しておりましたか」

「勤務していました」

「あなたは現在、赤軍の俘虜《ふりょ》ですか」

「そうです」

「あなたの宣誓口供書である日本文の検察側文書を見せます、あなたの署名は自筆ですか？」

ローゼンブリット検事は、壹岐に口供書を見せた。

「そうです」

「この口供書の内容は、すべて確実でありますか」

「確実です――」

壹岐は、ローゼンブリット検事の自信満々たる態度に、反撥《はんぱつ》を感じ、短く応えると、

「裁判長、当検察官は証人の宣誓口供書の全文を、証拠として提出致します」

と五頁《ページ》にわたる口供書を、証拠にさし出した。ウェッブ裁判長が受理する旨《むね》、応えると、ローゼンブリット検事はすかさず、

「当裁判所にご異存がなければ、私は口供書の全文を朗読したいと思います」

と申請した。ウェッブ裁判長は、

「全文を本法廷で読み上げるには、時間がかかりすぎます、必要部分の抜萃《ばっすい》ではいけないのですか」

と云《い》うと、ローゼンブリット検事は、

「すべてが必要かつ重要ですので、全文朗読を許可願います」

重ねて許可を求め、朗読を始めた。

私は元日本陸軍中佐、壹岐正であります。私は昭和十五年六月第五軍（満州東部）参謀となり、次いで、十六年十月参謀本部第一部（作戦部）の部員を命ぜられました。同部には関東軍参謀として転じる昭和十九年二月まで勤務し、昭和二十年四月より再度、帰任しました。以上の間、私の職務に関連して、私自身の知れる事実を次の通り証言致します。
一、参謀本部付の期間中、私は一般庶務事項を行ない、その中には秘密書類の保管、保管期間の過ぎたる書類の焼却をも含んでおりました。作戦計画の保管期間は通常二年であり、焼却する際、私はこれらを一覧し、その概要を記憶しております。昭和十六年春頃、焼却した昭和十四年度の作戦計画書の中には、対ソ作戦計画書もありました。その計画は日ソ戦争の場合、日本統帥《とうすい》部の主なる戦略方策は、東部満州に主力を集中し、極東ソ連に対し、攻勢を取るにあります。

二、昭和十六年十月、参謀本部第一部第二課（作戦課）部員になりましてから、私は兵力運用関係事項および後期においては、作戦計画立案に加わり、また一部の作戦計画は自らも立案しました、これにより私は昭和十六年、十七年度の対ソ作戦計画の内容を承知することが出来ました。

昭和十六年度の計画においては、日ソ戦争の場合、関東軍はその主力をソ連沿海州方向に対し、一部をブラゴベシチェンスク、クイブイシェフカ方向に集中し、また他の一部をハイラル付近に、予備軍をハルピンに集中する予定でありました、戦争第一段階においてウォロシーロフ、ウラジオストック、イマン付近の占領を予定し、第二段階において、北樺太《きたからふと》、黒竜江のニコラエフスク、コムソモリスクを占領する予定でありました——。

ローゼンブリット検事の太い声が、延々と続いた。シベリア抑留下という極限状況の中での取調べに対して、壹岐が心を配ったことは、第一に国家の不利にならぬこと、第二に先輩、同僚、部下の不利にならぬこと、第三番目に自分にも不利にならぬということで、この三点が満たされるならば、なるべく事実を述べることにした。なまじ、偽りを述べ、他の取調べと食い違うと、ソ連側の訊問はさらに執拗《しつよう》になり、時には他に罪を及ぼす場合があるからであった。

――昭和十七年度は、従来の作戦計画の如《ごと》く、攻勢計画であり、作戦は急襲的に開始する予定でありました、同計画においては満州に約三十個師団を集中し、その主力は東部満州に、一部は孫呉《そんご》、ハイラル付近に配置する計画でありました、以上の昭和十七年度の対ソ作戦計画は、十八年度も踏襲されておりました。対ソ戦を行なうか、行なわないのかは私には不明であり、参謀本部第一部員として、作戦計画の軍事関係のみを知っており、政策関係については、私には解《わか》りません。

壹岐の口供書の全文が読み上げられ、ローゼンブリット検事は、着席した。

「弁護人側は、証人を反対訊問に付してよろしい」

ウェッブ裁判長の声が、法廷に響いた。壹岐は、弁護団席の方へ眼を向け、息を呑んだ。弁護団席の一段上の被告席中央に、東条大将が顎《あご》をぐっと引き、微動だにしない姿勢で坐《すわ》っており、その隣に元海軍省軍務局長の岡中将、さらにその向うに梅津参謀総長が、黙然と前方を凝視して坐っている姿が眼に入った。

「では、清瀬弁護人の反対訊問から許可します——」

壹岐の耳もとに、日本語通訳が流れた。

法廷を照らすライトが一段と強烈になり、騒《ざわ》めきが起った。弁護団席からたち上ったのは、日本人弁護団の副団長であり、東条英機の主任弁護人である清瀬一郎弁護士であった。

壹岐は、清瀬弁護人の方を見、胸を衝かれた。既に半白となった頭髪は、油気なくのびきり、よれよれの紺の背広に、一兵卒の履くような古びた軍靴《ぐんか》を履いた曾ての法曹界の重鎮の姿は、まさに敗戦日本を象徴する痛ましい姿であった。

「清瀬弁護人、反対訊問を始めて下さい」

ウェッブ裁判長が、促した。清瀬弁護人は、枯れた淡々とした表情を、壹岐に向け、

「今、読まれた口供書の第五頁目に、対ソ戦を行なうか、行なわないかは、私には不明であり、参謀本部第一部員として、作戦計画の軍事関係以外の政策関係については、解りません——という記述があります、これは政府が、ある国と戦争をする意志があるか、ないかにかかわらず、毎年、年度計画として作戦計画を作り置く慣習であった

ということでありましょうか」

政府と大本営の戦争責任について、まず訊問した。壹岐は、清瀬弁護人の訊問の意図に頭をめぐらせながら、

「お答え致します、政府と統帥部との関係におけるこの最高の問題については、私には解りません、ただ参謀本部においては、毎年、作戦計画が立案されております」

「それではこう尋ねましょう、あなたが作戦計画を作ることに参与されたという供述がありますが、これを作るには、内閣即《すなわ》ち政府の意を受けて、作りましたか、そうではありませんか」

「私どもが作戦計画に関する事務を行なう時は、すべて上官の命を受けてやりまして、直接、内閣とは関係ありません」

「そうすると、ある国に対して作戦計画が定められたということは、その国に対し、戦争する意志を、政府即ち内閣がもっていたという証拠には、ならないでありましょうか」

参謀本部が対ソ作戦を持っていること即、政府が対ソ戦争を考えていることにならないことを、作戦参謀である壹岐の口を通して、抑え込もうとした時、ウェッブ裁判長が、

「清瀬弁護人、これは口供書の範囲内ではありません、彼の階級は、かような証言をする資格をもちません」

と遮った。清瀬弁護人は暫《しば》し、沈思し、

「証人は昭和十六年、十七年の計画について証言されておりますが、十九年、二十年には関東軍の作戦計画は、新たにたてられましたか」

ソ連側が、一方的に口供書から削除した両年度の箇所を衝いた。

「昭和十九年、二十年度とも、作戦計画はたてられております」

「その概略を云うことが出来ますか」

「お答え出来ます、昭和十九年、二十年の作戦計画は、戦術的には守勢作戦であります」

「今、守勢作戦とおっしゃいましたが、攻勢作戦を取った場合でも、必ずしも他の領土を侵略するという意味は含んでおらぬと思いますが、そう解釈してよろしいですね」

清瀬弁護人の老軀《ろうく》には、一方的な連合国の裁きから、日本を守ろうとする執念がたぎっていた。しかし、ソ連検察陣は黙っていず、ゴルンスキー検事が、清瀬弁護人を押し潰《つぶ》すような大柄な体でたち上り、

「只今《ただいま》の質問に答えるには、彼の資格は充分でないという見地から異議を申したてます」

　と云うと、ウェッブ裁判長は頷《うなず》き、
「清瀬弁護人、あなたの只今の質問は、それを聞かねばならぬ正当な理由があるのですか」

　と問い返すと、清瀬弁護人は一歩もたじろがず、
「私は今、守勢作戦という答えを聞きましたが、守勢作戦と攻勢作戦との区別を知る方が、証言が明確になると思うので、証人の答弁を要求したいのであります」

　と云うと、ウェッブ裁判長は清瀬弁護人の申入れを許可した。
「それでは今、裁判所のお許しを得た攻勢作戦を説明して下さい」

　清瀬弁護人が、壹岐に促した。ゴルンスキー検事の射すくめるような眼が注がれ、壹岐は一瞬、口もとが硬《こわ》ばる思いがしたが、
「作戦上の攻勢、守勢ということは、これは単なる作戦的な問題でありまして、作戦上の攻勢が侵略かどうかという問題は、作戦計画の範囲外の、戦争目的の問題になって参ります」

　怯《ひる》まず、答えた。

「次に、あなたの口供書では昭和十六年以降、満州に増兵した記述がありますが、その後、この兵力を外に転用し、減じた事実はありませんか」

と聞いた。昭和十六年の満州の増兵というのは、ドイツの対ソ攻勢開始直後、ソ軍の背後を衝《つ》くために、三十万の兵力を増強したいわゆる〝関特演《かんとくえん》〟、関東軍特別演習のことであった。関特演こそは、ソ連検察陣が、日本軍閥がソ連に対して侵略戦争を準備していたことを徹底的に、執拗に糾弾《きゅうだん》している最大の争点で、当時の陸軍大臣は東条大将、関東軍総司令官は梅津大将であった。清瀬弁護人は、日本側にはたしかに増兵の事実はあったが、ドイツの敗戦によって、関特演のもくろみは脆《もろ》くも崩壊したことを強調し、対ソ侵略の事実のなかった点を、証明しようとしていることが、壹岐に感じ取られた。

「昭和十六年夏、増兵された兵力中、十八年以降においては、対米戦争に相当数、転用されました」

と答弁すると、清瀬弁護人は、わが意を得たように大きく頷き、

「私の質問は、これで終ります」

と打ち切った。壹岐は、ほっと息を吸い込んだ。自分の一語一句が東条大将、梅津大将の罪状にかかわると思うと、全身、緊張で硬ばったのだった。

清瀬弁護人のあとに、まだ他の弁護人の訊問《じんもん》があるらしく、壹岐は証人台から降りることを許されなかった。一刻も早く解放されたい思いで視線を上げた途端、はるか隔たった被告席に坐っている梅津参謀総長の眼と合った。昭和二十年八月十五日の夕刻、停戦の聖旨を関東軍に伝達する大本営特使として、壹岐を新京へ赴かせた直接の上官であり、聖旨伝達後は必ず復命せよと、暗に満州で壹岐が自決することを戒めた人であった。その梅津参謀総長は、今、ソ連側証人としてひき出されている自分に、何を語りかけようとしているのか、壹岐は、必死の面持で見詰め返した時、

「梅津被告の弁護人として、反対訊問を申請します」

弁護団席で、清瀬弁護人と何事か打ち合せていた少壮のアメリカ人弁護人が、ウェッブ裁判長の許可を求めた。

「ブレイクニー弁護人、始めて下さい」

ウェッブ裁判長が許可した。弁護団は日本人弁護人のほかに、連合国で選任した弁護人がおり、彼らはすべてアメリカ人弁護士であることは、壹岐も知っていた。

ブレイクニー弁護人は、長身を壹岐の方へ乗り出し、すぐ訊問を開始した。

「あなたの抑留の状況を、話して下さい」

冒頭から、シベリア抑留のことを聞き、ゴルンスキーはじめ、ソ連検察陣の表情が、

険しくかわった。

「昨年の九月上旬、山田総司令官、秦総参謀長に随行して、ハバロフスクの将官ラーゲリに抑留され、その後、タイシェト第十一ラーゲリ、ハバロフスク郊外の山荘で過しました」

「口供書に関する取調べは、どこで行なわれましたか」

「内務省ハバロフスク地方本部の建物の中で、取り調べられました」

「あなたは監獄に入れられたことがありますか」

「あります」

「どういう理由で、どこに投獄されたのですか」

「理由は定かではありませんが、私の答弁に虚偽があるとして、よく考えるようにと、ハバロフスク監獄に投獄されました」

「あなたは、ほんとうに虚偽の証言をしたのでありますか」

「いいえ、私は事実を申し述べたつもりです」

「すると、監獄に入ったということが、あなたの証言に影響を与えましたか」

口供書の信憑性《しんぴょうせい》を崩しにかかると、

「裁判長！　只今の訊問は、口供書の範囲から著しく逸脱しており、却下を申し立てます」

ゴルンスキー検事が異議を申したてた。ウェッブ裁判長は頷き、

「弁護人は、それ以上、シベリア抑留中の取調べについて、聞く必要があるのですか」

と聞くと、ブレイクニー弁護人は、芯《しん》の強そうな表情で、

「今の質問に答えて戴《いただ》ければ、それで充分であります、証人、答えて下さい」

壹岐は、返事に躊躇《ためら》いを覚えたが、

「私の口供書は、投獄とは関係がありません、どういう待遇を受けようとも、事実を述べるのが、私の真情であります」

きっぱり応《こた》えた。ブレイクニー弁護人は英文の口供書を手にし、

「あなたは、参謀本部第一部で、作戦計画を作ることに参加されましたか」

「参加致しました」

「作戦計画はすべて参謀本部によって立案されますか、あるいは外部からの助力ないしは、助言を受けることがあるのですか」

清瀬弁護人と同じような訊問を、繰り返した。

「参謀本部以外からは、何ら作戦計画立案そのものに対しては、関与がないと思いま

す」

「そうしますと、対ソ作戦計画立案に関しては、関東軍司令官は、かかる計画に対して、関与していないということになりますね」

ブレイクニー弁護人の訊問目的は、その当時の、関東軍司令官であった梅津大将の戦争責任を弁護するためであった。

「その通りです、対ソ作戦計画に関する参謀本部と関東軍との関係は、関東軍総司令官は参謀総長から与えられた命令にもとづき、関東軍総司令官が、自己の作戦計画を立案致します」

一つ間違えば、当時の梅津関東軍司令官の責任は回避でき得ても、時の参謀総長であった故杉山元帥《げんすい》、さらには大元帥陛下、つまり天皇の責任になる事柄であったから、壹岐は答弁に苦慮した。

「次に、あなたは一九四二年(昭和十七年)の対ソ作戦計画というものは、攻勢作戦計画であったと口供書で述べていますが、これらの計画は、〝攻撃こそ最大の防禦《ぼうぎょ》なり〟という格言にもとづいて作られたものであると、了解してよろしいでしょうか」

日本に戦争の意志がなかったことを、ブレイクニー弁護人は、詰めて行った。

「攻撃が最良の防禦手段であることは、戦術の原則であります」

「では、これらのいろいろな作戦——、たとえば、対ソ作戦においては、それを一定の特定時に実行に移すというような条項が入っておりましたか」

「作戦開始を、何月何日から行なうというような具体的日時は、入っておりません」

「では逆に、これらの計画は大本営から命令があるまで、実行すべからずという条項が一札、入っていましたか」

「作戦計画の中には、そういう条文は入っていなかったように記憶しております、しかし、出先軍司令官が勝手にやるべきものでも、絶対ありません」

「それでは、少し遡《さかのぼ》って一九三九年（昭和十四年）の対ソ作戦計画は実行されなかったのですか」

昭和十四年のノモンハン事件に遡って激しく糾弾しているソ連側の主張を崩しにかかった。

「実行されませんでした」

「一九四〇年（昭和十五年）度の作戦も、遂《つい》に実行に移されなかったのですか」

ブレイクニー弁護人は、毎年度の計画が机上のペーパー作戦で、実行に移されなかったことを、証明しにかかった。一つ一つ、事実の積み重ねによる論理的な反証法で、壹岐は優れた法律家の手腕を感じた。

「参謀本部で立案しております対ソ作戦計画は、日ソ全面戦争発生の場合に応ずる作戦計画であり、日ソ戦争は昭和二十年まで起っておりませんので、対ソ作戦計画は、ソ軍が中立条約を破棄した昭和二十年八月八日まで、実行に移されておりません」

壹岐が、云《い》うと、ブレイクニー弁護人は、訊問の成果を充分にあげたらしく、頷き、

「もう一つ、お伺いします、あなたは対ソ作戦の毎年の計画を立案するにあたり、相手方ソビエトの国力、兵力というものを見積る際、どんな資料を基礎としましたか」

ブレイクニー弁護人の質問は、鋭く核心にふれた。

「ソビエトの国力、戦力、作戦能力などについての問題は、参謀本部第二部、つまり情報部において研究されており、詳しいことは知りません」

「しかし、参謀本部第一部、つまり作戦部は、その作戦計画をたてるについて、情報部によって提供されたソビエトの国力を考慮に入れたのではありませんか」

「それは入れます」

「あなたが作戦部に勤務していた当時、ソビエト極東軍および関東軍の両方の兵力の関係の概算を、いかなるふうにしておりましたか」

ブレイクニー弁護人は、日本側の戦力が、ソ軍より劣っていた事実を、証明したいようであったが、ゴルンスキー検事がたち上った。

「ウェッブ裁判長、これは直接、訊問の範囲外でありますので、検察側は異議を申したてます」

ウェッブ裁判長は、左右の裁判官と何事か協議した後、

「証人が立案に参加した作戦計画は、ソビエトの兵力をどういうふうに見積っていたか、これを作戦計画の基礎にしたか、この程度のことは、尋ねてよろしい」

と云うと、ブレイクニー弁護人は、壹岐に向って、返答を促した。

「明確な数字は、覚えておりませんが、昭和十七年頃、参謀本部では極東におけるソ軍の兵力は、地上兵力二十五師団内外と推定したことを記憶しております」

「では、同年度の関東軍の兵力はどうでしたか」

「当時、関東軍司令官指揮下の兵力として、満州にいたのは十五師団であったと記憶しております」

「その後も大体、同じような比率が関東軍とソビエト極東軍との間に、維持されたと考えてよろしいですか」

「私どもが相手軍と味方の軍との兵力を比較します場合には、航空の兵力、地上の兵力、彼我《ひが》の後方兵站《へいたん》の能力、地形、万般の問題について、細かく検討するのが戦術の原則であります、したがいまして彼我の総兵力の比率を今、確実に申し上げることは

出来ません」

「それではあなたが参謀本部に勤務されている頃に、日本軍の兵力というものは、情報部の推定によるところのソビエト軍の兵力よりも、少なかったということは、事実でありましょうね」

ブレイクニー弁護人は、答えを一気に引き出すように、云った。だが元大本営参謀として知り得た情報の中には、いかなる事情でも公《おおやけ》の場で話すことは、許されない国家機密があった。壹岐は答えの時間を稼ぐために、

「お尋ねの意味は、兵員の数についてですか」

と聞き返した。

「そうです、兵員は総兵力の中の一項目です、どんな方法でも結構ですから、あなたの記憶によび起される総兵力を比較してみて下さい」

と云った。壹岐は、全身に脂汗《あぶらあせ》が滲《にじ》み、なお返答に詰った。

「――只今《ただいま》、明確にお答え出来る記憶がありません」

壹岐は、声をふり絞るように云った。ブレイクニー弁護人は、壹岐の心中に気付いたらしく、

「私の訊問は以上です」

と云い、着席した。もう弁護団席からは、訊問者がなかった。

「では、壹岐証人は退廷——」

ウェッブ裁判長が退廷を命じかけると、

「裁判長！」

連合国検事団首席のキーナン検事が、たち上った。

「キーナン首席検事、どうぞ——」

紀尾井町の宿舎へ壹岐たちを首実検に来た時の平凡な法律家という印象とはうってかわり、裁判長をも睥睨《へいげい》するような眼付で、

「検察団を代表して、お願い致したいことがあります、この証人は、ソビエト連邦政府によって抑留され、その管理下にある者ですが、今、暫く、彼をこれまで通りの状態で日本国内に留めておいて戴きたい、と申しますのは、ソビエト国内における別の裁判裁判で、まだこの証人を必要としているらしく、ソビエト当局は本法廷終了後、直ちにに送還する旨《むね》、聞き及んでおりますから」

と云った。壹岐は、我が耳を疑った。ソビエト国内で別の裁判で自分を必要としているというのは、一体、何であろうか——、背筋に戦慄《せんりつ》が奔《はし》った時、

「裁判長！」

清瀬弁護人が、たち上った。

「もし当方において、壹岐証人を必要とする時は、いつでもこの法廷に召喚出来るよう、お願い致します」

と申請した。

「弁護人側がこの証人に対し、召喚状を発せんと欲すれば、それはいつでも許可します」

ウェッブ裁判長は、あっさり許可した。しかし壹岐にとって、たとえ次は弁護人側の証人としてでも、勝者の裁判の法廷にたつことは、耐えられないことであった。

「壹岐証人に、退廷を許します」

ウェッブ裁判長が云い、壹岐は、証人台を降りた。MPに導かれて法廷を出、控室に戻ると、待ちかまえていたように竹村少将が、何か言葉をかけたが、証人台を降りた途端、放心状態になった壹岐の耳には入らなかった。

竹村少将は、落ちついた足どりで壹岐の前を通り過ぎ、法廷へ向った。

その夜の紀尾井町宿舎は、夜遅くまであかあかと灯《あか》りが点《とも》り、いつにない騒《ざわ》めきがあった。

壹岐たちの証人出廷を無事終えて、ほっとしたヤゼフ少佐たちが、任務遂行パーティと称して食後から酒盛りを始め、酔った大声や笑い声が、あたりかまわずまき散らされているのだった。

しかし、二階の壹岐たちの部屋は、重苦しく静まり返っていた。いつものように竹村少将の部屋で食卓に向い合っていたが、証人台にたたされた時の屈辱と、嫌悪《けんお》の思いが咽喉《のど》もとにこびりつき、箸《はし》がすすまない。証人出廷前までは殆《ほとん》ど感情を表に出さなかった竹村少将も、証言を終え、市谷台の軍事法廷から紀尾井町宿舎へ戻って来てからは、一言も話さず、部屋に籠《こも》りきり、食事になっても、わずかにスープとパンを口にしただけで、料理には手をつけなかった。

階下から一際《ひときわ》高い歓声と、床を踏み鳴らす足音が響き、ヤゼフ少佐が自慢のテノールで、ロシア民謡を陽気に歌う声が聞えて来た。

壹岐は、そうした階下の騒めきから耳を塞《ふさ》ぐように、

「ご気分が悪ければ、食卓の上のものを片付けさせましょうか」

と聞くと、竹村少将は、椅子《いす》の背から体を起し、

「いや、彼らが片付けに来るまで、放《ほ》っておけばよい、それより壹岐は、今日の法廷で口供書以外のことを、何か証言させられたか」

はじめて、裁判のことに触れた。

「いえ、出廷まではそのことを一番、怖《おそ》れていましたが、幸い口供書の範囲内で訊問《じんもん》は終りました、竹村閣下はいかがでしたか」

「私の方も、口供書に書かれたこと以外は、何も喋《しゃべ》らされなかった、しかし、ソ連検察側が約束を破り、日本に不利な証言を強要した場合は——と、覚悟を決めていたが、何といっても十一カ国で行なう国際裁判のことだし、米ソの確執も予想以上に深刻なので、ソ連としてはあまり独りよがりのことも出来なかったのだろう」

と云った。口供書以外の証言をさせられぬために、壹岐はハバロフスクにいた時からその旨の請願書を三人連名で出し、ソ連側に書面で確約させようと主張したのに対し、故秋津中将は、約束が守られぬその時は死ねばいいではないかと云い、竹村少将は、その時はその時だと云ったことが思い返された。だが、その竹村少将も、そうは云いながらも、心中、深く死を覚悟していたのかと思うと、壹岐は自身の若さを恥じながら、

「では、反対訊問はいかがでしたか、私の場合は、参謀本部に毎年度、作戦計画があったこと即、日本政府に戦争を行なう意志があったことではないという点が主たるポイントでしたが、閣下の場合は、対ソ情報にも関係しておられただけに、何かと苦慮

されたのではありませんか」

竹村少将は、関東軍参謀副長の前は、陸軍部情報部のロシア課長であった。

「情報関係でソ連側が問題にしているのは、私がロシア課長だった期間、私のところで収集したソ連情報を、当時、東京にいた駐日ドイツ大使館付武官に渡していたことと、そうしたソ連情報を収集するにあたり、モスクワの駐ソ日本大使館付武官を使ったという二点で、日ソ中立条約に反する諜報《ちょうほう》、謀略行為であるというわけだ、しかし連合国同士が情報交換するのは、今までの戦史が示す通り、国際通念であって、原告である十一カ国の連合国間でも、現にやっていた行為であるし、大使館付武官が、駐在しているその国の軍に関する情報を収集して、本国の参謀本部に報告することは、本来の職務であって、日本のみならず、諸外国の武官がすべてやっていることなのだ、弁護団もその点を衝《つ》いて、ソ連がことさらに問題にしている事項は、すべて国際慣習であるという方向に、訊問をして来たので、その通り、その通りと認めたら、ゴルンスキー検事が例の底光りする大きな眼で、睨《にら》み据えておった」

竹村少将はそう云い、眼の端に小気味よさそうな笑いをうかべた。ゴルンスキー検事に睨まれる度に、頰が硬《こわ》ばり、緊張した壹岐は、さすが竹村少将らしいと思いながら、

「で、閣下は、清瀬博士の反対訊問を受けられましたか」

と聞いた。

「うむ、主に対ソ関係のことを聞かれた、清瀬弁護士といえば、たまたま、先日、読んだ日本の新聞によれば、麴町《こうじまち》にあった事務所を空襲で失われ、近所の人たちと一緒に、焼け残った学校の空寮《あきりよう》に入り、やもめ暮しをしながら、市谷台の軍事法廷に通っておられるそうだが、あのご老体にもかかわらず、敢然と連合国の裁判官たちに向っておられる姿は、ごりっぱだ――、敗戦後もなお、国家人としての使命感をもって行動している日本人を眼《ま》のあたりにし、心正す思いがしたよ」

「私も、清瀬博士のお姿には、胸迫る思いがしました、しかし清瀬博士の反対訊問でどんなに厳しく口供書の偏向を指摘され、ソ軍の不当性を証明する証言を求められるかと思っていましたが、ぎりぎりの一歩手前で、ぴたりと止《とど》められました、その点、アメリカ人のブレイクニー弁護人の方が、清瀬博士より峻烈《しゆんれつ》で、納得しかねるのですが……」

壹岐が、胸にわだかまっていたことを口にすると、

「それは清瀬博士の配慮だよ――」

竹村少将は、ぽつりと云い、

「私も最初は気付かなかったが、関特演《かんとくえん》以後の訊問の仕方を聞いて解《わか》ったのだ、つまり清瀬博士は、ソ連に決定的に不利になるようなぬきさしならぬ証言を、ソ連抑留中のわれわれに云わせれば、再びシベリアへ連れ戻された時、どうなるかということを配慮され、万一の報復をも配慮されて、敢《あえ》てわれわれを追い詰めなかったのだと思う」

壹岐は、ようやく呑《の》み込めた。ソ連側証人として出廷しながら、ソ連に不利な証言をした場合、どのような処置を受けるかということについては、ずっと考え続け、内心、絶えず不安を覚えていたのだった。それを清瀬博士が深く配慮しての反対訊問であったとは、壹岐は祖国に帰って、はじめて祖国の心に触れた思いがした。竹村少将も同じ思いらしく、暫《しば》し沈黙し、

「それにしても壹岐、証人台にたった時の気持というのは、言葉では表現出来ないいやなものだな、屈辱感は、敗戦による武装解除やラーゲリでいやという程味わされ、半ば馴《な》れているともいえるが、曾《かつ》ての上官、それも直接、お世話になった上官が、被告として列《つら》なっておられる光景を眼のあたりにした時は、辛《つら》かった――、古代民族の戦勝者は、敗者の将は殺し、士卒は奴隷《どれい》とし、女は妾《しょう》とし、本能の欲するままに振舞ったが、むしろその方が正直で、すっきりしている、法の裁きの仮面の下で、無力の

敗者を虐《しいた》げる近代人の偽善の方がよほど罪深い——」

憤《いきどお》りを嚙《か》み殺すように、惻々《そくそく》とした声で云った。

「A級戦犯として被告席に列《なら》ばれている上官方は、一体、どのような刑に——」

壹岐が聞くと、

「——殆どは絞首刑、もしくは終身禁固刑だろう——」

鉛のように重い声が落ち、竹村と壹岐の言葉が、跡切《とぎ》れた。

不意に階段を乱暴に上って来る足音がし、扉が開いた。酒気で顔を赤らませたヤゼフ少佐であった。酒臭い息をまき散らして、食卓に近付いて来、

「裁判が終ったというのに、貴下らは何をふさぎ込んでいるのか、今、ソ連代表部から、送還の日は少し延びるかもしれないが、いつでも出発出来る準備をしておくようにと指示して来たので、そのつもりで——」

呂律《ろれつ》のまわらぬ口調で告げた。竹村と壹岐は思わず、眼を見交わすと、

「どうやら貴下らは、シベリアへ帰ったら、同胞から国を売ったのではないかという眼で見られるのを心配している様子だね、しかし、すべてわれわれの云う通りにしておれば、貴下らの身辺はわれわれで守るから、心配はいらない」

日本を離れることの衝撃を、ヤゼフは内務官僚らしい解釈をし、馴れ馴れしく誘い

かけるように云ったが、壹岐と竹村は、取り合わずにいると、

「貴下らには、残り少ない日本の夜だろうから、酒を持って来た、さあ、ぐいと飲んで心配ごとは忘れ、早く寝《やす》みなさい」

ヤゼフは日本酒の瓶を食卓の上に置き、部屋を出て行った。

「閣下、私はこれで自室に戻らせて戴《いただ》きます――」

壹岐は一礼し、自室へ引き取ると、机の上に置いている千代紙の花嫁人形を取り上げた。昨日、ヤゼフに連れられ、妻と直子と誠が面会に来た時、証人出廷を前にして、妻子に会うことは、ソ連側の恩情を受けることになり、またシベリアに抑留されている同胞のためにも、会ってはならぬと思い、会わずに妻子を帰したが、今にして思えば、それは証人出廷のことで気持が一杯であったためでもあった。今日、証言を終え、再びシベリアへ送られる日のことを考えると、瞬間、一目でいい、妻子に会いたい、出来ることなら、この窓ガラスを破って脱走したい衝動にすら駈《か》られた。そうした自分の女々《めめ》しさを恥じ、恥じながらも、なお妻子を想《おも》い、壹岐は五体を引き裂かれるような思いに、終夜、苦しめられた。

一週間後の朝、強い風が吹き、雨がガラス窓を叩《たた》きつけていたが、壹岐は、日本へ連れて来られる時に着ていた軍服に着替え、いつでも出発できるように準備を整えていた。

準備といっても、洗面道具と下着だけの簡単なもので、ヤゼフ少佐は日本で作った背広は貴下たちにさし上げると云ったが、ソ連側証人として出廷するために着せられたお仕着のような背広は、二度と手を通したくなかったから、受け取らなかった。その代り、日本にいた間、読んでいた新聞を持ち帰りたいと希望したが、それはソ連の内務省規定にふれるからと、容《い》れられなかった。日本語の活字を読むことが出来るのも、今朝の新聞が最後という思いで、もう一度、その新聞を読み返した。

一面のトップに、「公職適否審査委員会、審査経過を発表」という見出しのもとに、被審査総人員七千九百四十五名のうち、該当者八百九十九名、ただし公職追放令に当然、該当する推薦議員、職業軍人などは含まず、と記され、職業軍人はいかなる公職の下級職にもつけぬことが明記され、戦後の日本社会におかれている職業軍人の立場が、痛切に感じられた。

扉《ドア》をノックする音がした。いよいよ出発かと腰を上げると、そうではなく、私服の監視兵が、急ぎ階下の応接室へ降りるようにと伝えた。竹村少将と揃《そろ》って応接室に行くと、そこにヤゼフ少佐と通訳が並び、その向い側に、喪服を着た初老の日本婦人が、坐《すわ》っていた。

何事かと訝《いぶか》ると、ヤゼフは、

「ゲネラル・アキツの未亡人が、貴下たちに故人の最期《さいご》の様子を聞きたいと申し入れられたので、格別にお取りはからいした」

壹岐は、胸を衝かれ、竹村少将の顔色も動いた。秋津中将の死後、どちらからも口に出さず、痛恨の思いを心底にためて来たのだった。二人は言葉もなく、深く一礼すると、秋津中将が、大陸鉄道司令官に着任した昭和十九年に、娘とともに内地へ帰ったと洩《も》れ聞いている未亡人も深々とお辞儀をし、

「秋津の生前中には、何かとお世話になったことと思います、恙《つつが》なく秋津の四十九日を勤めまして、こうしてお二方さまにお目にかかれますのも、亡《な》き夫の引き合わせと思われます――」

雨の吹きなぐる中を訪れた未亡人の髪は濡《ぬ》れ、涙も涸《か》れ果てたように面窶《おもやつ》れしていたが、軍人の妻らしい、気丈夫さで一語、一語を区切るように云った。

「それにしても、どうして、ここをご承知になったのですか？」

竹村少将は、聞いた。

「実は、先月、突然、ソ連代表部から夫の死亡通知と同時に、遺骨を受取りに来るようにというご連絡があったのです、シベリア抑留中に病死したものと思って参りましたら、ソ連から日本へ連れ帰された翌日、自殺し、遺体は検死後、荼毘《だび》に付されたと説明されました、その時、ふとご同行の方があったことを耳に致し、お名前を伺いましたが、教えて戴けませんでした、けれど、自殺という啻《ただ》ならぬ死を選んだ夫の最期を、せめて一言なりとも知りたいと存じ、何度もソ連代表部へ足を運び、やっと今日、お二方さまにお目にかかれたのでございます」

乱れのない語調で話したが、膝《ひざ》の上に揃えている白い手が悲しみに震えている。

「――そうでしたか、実は今日の午後、私たちは再び、ソビエトへ連れ戻されるところです、まさに亡き中将閣下の霊魂がお引き合わせになったと申すべきでしょうか――」

竹村少将はそう云い、眼を閉じた。

「どのような様子でございましたでしょうか――、軍人としての夫の最期は――」

「亡くなられる前夜は、閣下のお部屋でご一緒に夕食を共にさせて戴きましたが、いつもと変った様子はお見受けされず、私どもに、疲れているだろうから早く寝《やす》むようにと、犒《ねぎら》いの言葉さえ、かけて下さいました、私がもっと注意しておりましたら、或《ある》いはこんなことにはならなかったのでは——と残念でなりません」

「いいえ、代表部の方のお話では、青酸加里による自決と伺いましたが、やはり——」

「検死を行なった方の話ではそのようでした——」

「秋津は、それをどこで手に入れたのでございましょうか」

「それは私もよく解りませんが、考えられるとすれば、停戦後、満州で軍医から入手されたのをずっと持っておられたのだと思います、しかし、ソ連では薬物所持は厳禁されていましたから、収容所では何回となく、身体検査をされ、衣服の縫い目まで調べられたのですから、閣下はどうしてその厳しい検査の眼を逃れておられたのか——、そうしたことを思い合わせますと、かねてからの覚悟の自決と拝察されます——」

未亡人の肩が震え、切れ長の眼から涙が溢《あふ》れ落ちた。壹岐の胸に、熱いものが突き上げて来た。秋津中将の口供書は、どのような問題に触れていたかは解らなかったが、古武士のような秋津中将は法廷でまみえる先輩、同僚のこと、国家のことを、あれこれと思い悩み、考えぬいたあげく、相当、以前から自決する場所と時を考えていたのではないか。敢えてハバロフスクで自決せず、ソ連側証人として日本へ連れ帰られた時点で、自決したのは、三人の中で一番の上官として、勝者の裁きである極東裁判に抗議の意味をもって自決したのだと考えられた。今にして思えば、ソ連側が口供書以外の証言を壹岐たちにさせなかったのも、秋津中将の自決が大きな影響力となっていたのかもしれない――。そう思うと、壹岐は、喪服を着、両手を膝において悲しみに耐えている未亡人の前にいる自分が、激しく責められた。自分が生きて、未亡人の前にいることが罪悪であり、申しわけない思いすらした。

「もう面会時間の三十分は過ぎた」

ヤゼフが面会を打ち切りかけると、未亡人は、必死の面持《おももち》で、

「何か、秋津の遺品のようなものはございませんでしょうか」

「いえ、何分、いつもと変らぬご様子であったその翌朝のことであり、しかも別室にいた私たちは、ご遺体にさえ、お目にかからせて戴けない有様でしたので、何一つ……」

と壹岐が応《こた》えると、竹村少将は、何を思いついたのか、軍服の上着のポケットをまさぐり、ハバロフスクで将官用に配給されたソ連煙草《たばこ》を取り出した。

「奥さん、ありました、亡くなられる前夜、閣下から、喫《す》い残しだがよかったらと、戴いた煙草が一箱あります、軍服に入れていたので、今まで忘れていましたが、思えば、煙草好きの閣下が、一本だけお喫いになった煙草を下さるのは、遺品《かたみ》のおつもりであったのかもしれません――」

煙草の箱をテーブルの上に置くと、未亡人は亡き夫と対面するように暫《しばら》く、身じろぎもせず、煙草を見入り、つと手をのばすと、人前であることを一瞬、忘れ果てたように掌《てのひら》の上にのせ、夫の体温を包み取るように白いハンカチに包み、袂《たもと》へしまい込んだ。

「約束の三十分より、十分過ぎた」

ヤゼフは再び、未亡人を促した。未亡人は心残すように席をたった。

「竹村さまのご家族は、ご無事でお帰りになられましたでしょうか」

「いや、まだ消息不明です――」

竹村少将の声は、曇りを帯びた。

「竹村さまの奥さまのことですから、お子さま方とともにきっと生きのびて、お帰りになられることと存じます」

秋津未亡人は信じるように云《い》い、

「どうか、お命をお大切に遊ばして下さいまし、ご家族のためにも――」

そう云い、最後のお辞儀をした。竹村少将と壹岐は、玄関まで見送った。秋津未亡人は、降りしきる雨の中を門に続く敷石をよろめくように歩き、中ほどで、もう一度、振り返って、壹岐たちに一礼し、門の外へ去った。

午後になっても風雨は止《や》まず、一時は延期と伝えながら、午後五時過ぎ、少し風がおさまると、弁護人側証人として召喚されることを怖《おそ》れるように、慌《あわただ》しく羽田を発《た》たせた。

飛行機の窓の外は、夜の闇《やみ》に包まれていた。ハバロフスクから来る時は、眼の下に鮮明に拡《ひろ》がっていた海も山も、河も、漆黒の闇の中に形を消し、祖国の燈《ともしび》だけが明滅していた。そして来る時は、秋津中将と共に並んでいた座席が、ぽつんと一つ空《あ》いている。今さらのように秋津中将の自決が、壹岐の胸を痛烈に刺し貫き、ソ連側証人として極東裁判へ出廷させられたことは、生きている限り、壹岐の心から拭《ぬぐ》い去ることの出来ぬ苛酷《かこく》な事実であった。

闇の中に、ぽつりと灯《あか》りが見えた。能登《のと》沖を漕《こ》ぎ行く船の漁火《いさりび》のようであったが、それもやがて闇の中に消えて行った。これが祖国との最後の訣別《けつべつ》であり、妻子との永遠の別れになるのだろうか——、壹岐は、吸いつくように窓に顔をすり寄せた。

飛行機は、さらに高度を増し、日本海をあとにハバロフスクに向った。

六章 濁 流

昭和二十三年四月、ハバロフスクに三度《みたび》、春がめぐって来た。

一昨年の秋、極東軍事裁判の証人として日本へ連行され、再びソ連へ連れ戻された壹岐正《いきただし》は、竹村少将とともにハバロフスク郊外の山荘《ダーチャ》に隔離され、爾来《じらい》、一年半、外部に出されることがなかったのだった。東京で行なわれている連合軍の裁判に、再度、証人喚問される場合に備えてというのが隔離の理由であったが、四六時中、ソ連兵に監視され、何らなすことのない生活は、三十五歳の壹岐にとって耐え難い俘囚《ふしゅう》の日々であった。

そうしたある日、壹岐の知らぬ間に、竹村少将が突然、何処《どこ》かへ身柄を移送され、緊張して自分の処置を待っていると、数日後の午後、

「ダワイ、スベシチャーミ(荷物を持て)」

監視兵に急《せ》きたてられ、ジープで山荘を出発させられた。

雪解けで濁流がごうごうと音をたてて流れるアムール河の長い鉄橋を渡り、ハバロフスクの街に入ると、壹岐は左右に眼を凝らした。

一年半ぶりに接するハバロフスクの街は、以前、見られなかった新しい煉瓦《れんが》造りの建物がぽつぽつ建ちはじめ、道行く人々の服装もよくなっている。独ソ戦で疲弊しきっているはずのソ連の意外に早い復興の兆《きざし》に驚き、一年半の空白を痛感するとともに、関東軍七十万の将兵の動向が按《あん》ぜられた。

やがてジープは、街中を通りぬけ、東南に約十キロほど行き、鉄条網が張りめぐらされ、四隅に望楼のある収容所の前で停《とま》った。警備兵の合図で営門が開かれ、壹岐の身柄は収容所側に引き渡され、所持品の検査が行なわれた。

「よろしい、お前のバラックや作業については、お前を迎えに来たあの男が教えてくれるだろう」

収容所の将校は、壹岐の背後を指さした。いつからそこにいたのか、四十そこそこのずんぐり小肥《こぶと》りした日本兵が、じっと壹岐を窺《うかが》うように見ていた。

「ヤスダ、これがイキだ、そっちへ連れて行って、入所手続きをするのだ――」

ソ連将校が命じると、ヤスダと呼ばれた兵隊は、卑屈な笑いをうかべ、

「早速、本部へ連れて行きます、ソ同盟の温かい庇護《ひご》に感謝します！」

と応《こた》え、壹岐を促して、営門を出るなり、壹岐の頭のてっぺんから爪先《つまさき》まで、妙に底光りする眼付で、じろじろと無遠慮に見廻した。

「君は一体――」

壹岐が、不快な思いで聞きかけると、

「私に向って、君とはないだろう、私は民主委員の安田藤吉郎という者だ、まず本部まで来て貰《もら》おう」

ソ連将校に対していた時とは打って変った横柄《おうへい》な語調で云《い》い、歩き出した。長期にわたって不当に抑留されている日本兵がなぜ「ソ連の庇護を感謝します」というような見当違いの阿《おもね》りを述べるのか、そしてこの兵隊が、将校である自分に向って横柄な命令口調でものを云うのか、〝民主委員〟なるものが、この収容所の中でどんな地位を占めているのか、壹岐には理解し難いことばかりであった。

すべて作業に出払っているせいか、収容所内には人影がなかったが、三千坪ほどの鉄条網の囲いの中に、長方形のバラックが六、七棟と、病院、炊事場、倉庫らしき付属建物があちこちに点在し、俘虜の数は、七、八百名と推定された。

「民主本部」と看板が掲げられたバラックの中へ入ると、奥の方で人の気配がしているようであったが、とっつきの事務所のような部屋には誰もおらず、がらんとしていた。しかしすぐに部屋の異様さに気付き、壹岐は、眼を瞬《しばた》いた。正面の壁にはレーニンとスターリンの稚拙な肖像画が掲げられ、左右の壁面に、

世界平和の城砦《じょうさい》、ソ同盟万歳！

メーデーを期し、生産競争を勝ち抜こう！

天皇制打倒！　民主日本の建設！

天皇は帝国主義ホテルの番人だ！

真っ赤な絵具で書いたビラが、べたべた貼《は》りめぐらされている。しかし、何よりも壹岐が強烈な衝撃を受けたのは、天皇の似顔の横に、軍刀と階級章をぶら下げた犬が、尻尾《しっぽ》を振っている漫画であった。天皇は帝国主義ホテルの番人で、将校はその天皇の番犬というのだろうか――、五体が震えるような憤《いきどお》りがこみ上げた。

「あんた、いつまでも、ぼけっと突ったってないで、そこへ坐《すわ》って――」

一旦《いったん》、奥の方へ消えた安田藤吉郎は、部屋に戻って来ると、ストーブに近い机の前に坐り、その前の椅子《いす》を眼で指した。壹岐が憤りを抑えきれぬ表情で坐ると、

「本来なら、入所者には氏名、階級、終戦時の職務、入ソ後の経歴など一通り聞くのだが、あんたのことは特別に書類が廻って来ていてねぇ、壹岐正、元陸軍中佐、経歴は開戦時は大本営作戦参謀、その後、関東軍司令部作戦主任に転じ、終戦前、再び大本営によび戻され、本土決戦の作戦要員となる——、まさに日本軍部の重要人物というところだねぇ」

眼鏡越しに、壹岐の顔と、書類とを見比べながら云った。壹岐が応答せず、黙していると、

「あんた、頭《ず》が高いよ！」

いきなり、声を荒らげた。壹岐は相手の無礼に我慢出来ず、きっとした眼《まな》ざしを向けると、安田藤吉郎は一瞬、怯《ひる》むように顔色を動かしたが、曖昧《あいまい》な笑いでごまかした。

「この収容所の政治部将校から話は聞いていたが、あんた、われわれの民主運動について、ほんとに何も知らないようだね、知らないから、そんな大きな態度でいられるのだろうが、この収容所を支配しているのはもはや旧日本軍の指揮官ではなく、われわれ民主委員だということを、まずよく頭に叩《たた》き込むことだ、当収容所に限らず、どの日本人収容所においても、入ソ当時の旧軍隊体制は打倒され、生活、作業すべての面で平等に、民主的に運営されている、そして今や旧日本軍俘虜は、偉大なるソ同盟

と同志スターリンの温かい配慮によって、働く喜びにひたっているのだ！」

安田藤吉郎は、自らの言葉に酩酊《めいてい》するように、次第に演説口調になり、収容所の現状を説明した。壹岐はその一語、一句に驚愕《きょうがく》しながら、山荘で二、三度、ソ連将校から「日本新聞」と題するタブロイド判の新聞を渡され、読むように強要されたことを思い出した。当時、そこに書かれていることがあまりにも、事実とかけ離れたことばかりであったので、日本人自身が編集した新聞だと云われても信じることができず、ソ連の単なる宣伝文書として気にとめなかったが、今、ここでは現実の生活となっているらしい。壹岐は、全く別の世界に放り込まれたことを知った。

そんな壹岐の胸中を嗅《か》ぎ取るように、安田はにんまりした笑いを滲《にじ》ませ、

「大分、驚いた様子だねぇ、顔色がまっ青じゃないか、その程度の意識で、よくも天皇や東条を弾劾《だんがい》できたものだ」

揶揄《やゆ》するように、云った。

「それは一体、どういう意味なのだ」

由々《ゆゆ》しい思いで、詰問すると、

「ま、いいじゃないか、われわれは何もかも承知の上なんだから、妙に隠しだてなどすると、痛くもない腹を探られ、かえって損な立場になると思うがねぇ」

「君は、何を云いたいのだ、由々しい問題を、そんな卑怯《ひきよう》なもって廻った云い方をせず、はっきり云ったらどうか」

壹岐は、自分の戸惑いを娯《たの》しんでいるような安田が不快であった。

「元大本営参謀たる者が、そんなにこそこそ隠しだてするのなら、云ってやろうか、一昨年《おととし》の秋、日本で開かれている極東裁判に、あんたは元関東軍参謀副長らとともにソ同盟側の証人として法廷に出、東条をはじめとする陸軍首脳部及び関東軍首脳部の罪状をあますところなく糾弾《きゅうだん》したという話は、このハバロフスクでは有名な話なんでねえ」

安田藤吉郎は咽喉《のど》を鳴らすように得々と喋《しゃべ》った。あまりに事実に相違する話であった。

「いい加減なことを云うな！　確かに私は極東裁判に連れて行かれたが、全く事実と相違する——」

怒気を含んだ語調で云うと、安田は聞く耳を持たぬように、大きく手を振り、

「あんたの話は、日本新聞にもちゃんと出ているんだから、たとえ当時の証言が本心からではなく、その場逃れの言葉であったとしても、今さらとやかく弁解せんこと、それよりわれわれ民主委員は、壹岐正の過去がどうあれ、あんたさえその気になれば、

軍国主義思想を立派に克服した模範的同志として迎え、待遇する用意があるのだが、考えてみないかねぇ」

小肥りの体を乗り出すようにして、誘いかけた。壹岐はこんな品性の卑《いや》しい男に見くびられたかと思うと、我慢ならなかった。椅子を蹴《け》るようにたち上りかけると、

「ちょっと、あんた！　われわれは今ここで即答しろとは云わない、だが、あの歌声が聞えるかね」

安田は、がらりと脅迫じみた態度に出、窓を開けた。遠くからどよめくような歌声が聞え、徐々に収容所に向って近付いて来るようであった。

「作業隊が帰って来たんだ、彼らがどう変革したか、ここからよく観察することだ」

自信満々に云った。

夕闇《ゆうやみ》をつんざき、「インターナショナル」を合唱する声は、次第に大きく響いて来た。収容所の鉄条網の外に眼を凝らすと、作業を終えた日本軍俘虜が五人ずつ隊伍《たいご》を組み、赤旗をなびかせ、帰って来る。壹岐には信じられない光景であった。

営門が開かれると、「インターナショナル」の歌声はさらに高まり、赤旗が夕闇の中に、紅《あか》い炎のように揺れ拡がった。やがて隊伍が停り、点呼がすむと、壹岐がたっ

ている民主本部の前の広場に、二百名近い俘虜がどやどやと集合し、円陣を組んで坐り込んだ。夕闇がたちこめ、冷えた地面に蹲《うずくま》った俘虜たちは、蝸牛《かたつむり》のように体を丸めていたが、円陣の真ん中に、若い兵隊がたち上ったかと思うと、

「今日の作業の総括を行なう、サボタージュした者は前へ出ろ！」

声帯のつぶれたドラ声が、辺りにこだました。誰も前へ出る者はなく、円陣はしんと息を殺すように静まり返っていた。

「せっかく自己批判の場を作ってやったのに、素直に出来ない奴《やつ》は、大衆討議にかける、今日、作業をサボったのは誰々か、知っている者は手をあげろ！」

と云うとそれを合図に五、六人の手が競うように上り、口々に名をあげつらった。

「よし、それでは一番、指摘の多かった者が、出て来るのだ！」

真ん中にたっている兵隊が一際《ひときわ》、声を張り上げると、五十を過ぎた痩《や》せぎすの男が、無理矢理に円陣の真ん中へ押し出された。

「もとの官等級姓名を名乗れ！」

両肩のもり上った逞《たくま》しい兵隊は、父親ほど年齢の違う男に、怒鳴りつけた。

「元関東軍第七九九四部隊、部隊長、陸軍大佐、香川恒久」

「元部隊長か！　極反動奴《め》！」

若い兵隊は、唾《つば》を吐きかけるように云い、

「同志諸君！　この反動香川は、入ソ当時バラック長であった地位を利用し、ソ同盟が命じる労働を兵隊たちが疲弊しきっているからという口実で拒否し、他のバラックに労働の負担を負わせて平然としていた曰《いわ》くつきの反動だ！　この際、徹底的に吊《つる》し上げよう！」

煽動《せんどう》するように、まくしたてると、

「異議なし！」

二百名の声が、どおっと呼応し、「青年行動隊」と記した腕章をまいた数名が、眼を吊り上げ、

「反動香川は、作業中に笑った、われわれ労働者農民の祖国ソ同盟のために本気で働いていない、したがって作業ノルマから二〇パーセント引くべし」

「異議なーし！」

「こいつは、休憩時間外に三回、便所へ行った、ソ同盟の建設計画を故意に遅らせるためのサボタージュである！　作業ノルマ二〇パーセント削減！」

「まだある、反動香川は、ノルマ推進のため、粉骨砕身しているわれわれ青年行動隊を睨《にら》み、挑発行為に出た、よってノルマ一〇パーセント削減、総計五〇パーセントを

カットするべし！」

わんわんと、騒ぎたてた。

一わたり批判が出尽すと、リーダー格の若い兵隊は、頃合いを見はからい、

「来たるべきメーデーにのぞんでわれわれの作業ノルマはさらに倍加され、祖国ソ同盟の建設に向って邁進《まいしん》しなければならない時に反動香川はサボタージュ、即《すなわ》ち致命的な反ソ行為を行なった、自己批判しろ！」

と詰め寄った。終始、耐えるように唇をひき結び、遠くへ視線を向けていた香川大佐は、沈黙したままであった。

「なぜ返事をせんのか、口がないのか！　それともわれわれの云うことが可笑《おか》しいのか！」

リーダーは、自分の声に昂奮《こうふん》するようにいきりたち、香川大佐の肩を小突いた。瘦せ細った香川大佐は、よろめきながら、ようやく口を開いた。

「下痢《げり》をしているので、休憩時間ではなかったが、三度、用便したのであって――」

と応えかけると、あとは云わせず、

「なに、人殺し奴！　部隊長の時、お前は何人、兵隊を殺したか覚えているか、そのくせ、おめおめと生き残り、弁解するとは何事だ、お前のような極反動はわれわれで

使い殺してやる！」

拳《こぶし》を振り上げると、近くの兵隊たちは、

「そうだ！　帝国主義の手先、反動は生きて祖国へ還《かえ》すな！」

「白樺《しらかば》の肥料《こやし》にしろ！」

口々に喚《わめ》き、円陣の真ん中にたっている香川大佐に向って、二百名の俘虜たちが、一斉にたち上り、腕を組んでワッショ、ワッショと掛声をかけ、ぐるぐる輪になって廻りはじめ、次第に輪を縮め、錐揉《きりも》むように痩せ細った香川大佐の体をもみくちゃにし、ぐるぐる廻る輪の速度は、独楽《こま》のように速くなった。それはもう理性を失った狂気と殺気に満ちた集団であった。

民主本部の窓から一部始終を見ていた壹岐は、背筋に戦慄《せんりつ》を覚えた。僅《わず》か一、二年の間に、ソ連は見事に日本軍を洗脳していた。

「どうかね、壹岐さん、はじめて見る洗濯デモの感想は――」

民主委員の安田藤吉郎は、壹岐の反応を窺《うかが》うように、言葉をかけた。

「洗濯デモ？　あれはデモではなく、リンチだ」

「あの程度のことはリンチじゃないよ、もっとタチの悪い反動には、ああしてきりき

りデモで絞りながら、体を胴上げし、ばしゃっと地面に叩きつけて、眼を醒《さ》まして
やるのだ、ついこの間も関東軍報道部参謀の谷川というファシストを洗濯胴上げデモ
にかけたら肋骨《ろっこつ》を一、二本折ったようだったねぇ」
歯茎《はぐき》をみせ、けっけっと笑った。事と次第によっては壹岐もそうなるかも知れない
ぞという嚇《おど》しがあったが、壹岐は思いがけず谷川大佐の名前を聞き、心胆が冷えた。
谷川大佐とは二年半前、ウスリー江沿岸の将官ラーゲリで別れて以来、会うこともな
かったが、五十を過ぎた体で将官ラーゲリから、この狂気と殺気に満ちた一般捕虜収
容所へ放り込まれ、肋骨を折られたとは――。入ソ当時、捕虜になった衝撃の中で、
戦争遂行の任務に携りながら、生きのびたことを恥じていた壹岐に「どんなことがあ
っても生きよ、生きて歴史の証人になることが、使命なのだ」と、厳しく云ったのが、
谷川大佐であった。
「谷川大佐は、今もこの収容所におられるのか」
「あいつのように終戦直前まで嘘《うそ》の報道をし、兵隊のみならず民間人をも欺《だま》した奴は、
全シベリアの収容所をひきずり廻して総つるし上げを食《くら》わしてやるために、コムソモ
リスクの森林収容所へ飛ばしてやったよ、では壹岐さん、明日から働いて貰《もら》わねばな
らんので、バラックへ案内させよう」

安田は、吊し上げを終え、どやどや入って来た若い兵隊に耳うちし、壹岐を本部に近い第三バラックへ連れて行かせた。

一歩、バラックに入ると、二百名の俘虜《ふりょ》の臭《にお》いがむっと鼻をつき、与えられた蚕棚《こだな》の下段に腰を下ろすとさらに臭気が臭った。

「壹岐です、よろしく」

左隣の兵隊に声をかけると、

「じ、自分は細野ちゅうます」

気の弱そうな顔に、困惑しきった色をうかべ、視線を逸《そら》した。右隣に声をかけると、これ見よがしに、「ソ連共産党小史」の本を広げ、聞えぬ振りをした。向い側を見ると、同じように知らぬ振りをし、誰一人、壹岐の挨拶《あいさつ》に応えようとする者はいない。そのくせ壹岐が少しでも所持品を整理しかけると、一斉に視線が集まる。壹岐は冷え冷えとしたものを感じながら、体の幅だけの空間に体を横たえ、あてがわれた擦《す》りきれた毛布にくるまった。

消灯時間になり、バラックの中のカンテラの灯《あか》りも消えた。壹岐は今日、眼にした想像も出来なかった情況に神経が昂《たかぶ》り、寝つけなかった。同胞の中に身を置きながら、自分一人だけが異邦人のように扱われている索漠とした思いが、さらに神経を昂らせた。つい一ヵ月前まで谷川大佐は、こうした異様な環境の中で、どのように軍人の節を通し、生き抜いたのであろうか。肋骨まで折られたという一事で察しはついたが、壹岐は無性に谷川大佐が偲《しの》ばれ、その身の上が按じられた。

「壹岐さん――」

不意に人の忍び寄る気配と、おし殺すような声がした。驚いて上体を起しかけると、黒い人影が近寄り、手招きした。

「誰だ――」

息をひそめて聞くと、人影は壹岐の両隣に寝ている兵隊の寝息を窺ってから、

「水島です、総司令部の――」

耳もとで云った。

「おっ、水島少佐か――」

壹岐は、バラックの隙間《すきま》からさし込む光線の中にうかんだ顔の輪郭を見確かめるように云った。関東軍司令部の情報参謀であり、八月十六日の最後の幕僚会議で徹底抗戦を主張した当時二十八歳の最年少の参謀であった。曾《かつ》て紅顔の美青年であった眉目《びもく》秀麗な顔は、眼が落ち窪《くぼ》み、頬が削《そ》げ、名乗らなければ解《わか》らぬ面変りのしようであった。思わず、撥《は》ね起きかけると、

「そのままで――、民主グループの眼が光っていますから、便所に出て下さい、神森《かみもり》中佐もおります」

と云《い》うなり、すうっと離れて行った。壹岐は少し間をおいてから、蚕棚をぬけ出した。戸外に出ると、零下十度位に下っている夜気の中で吐く息は白く、百メートル離れている便所に行く間に、寒さが錐《きり》のように突き刺さって来る。

五十メートルほど行った時、前方の便所から、二人の人影が現われ、壹岐に合図して細い通路を折れた。その後を追うと、人影はバラックの倉庫の前で止った。扉《ドア》に施《せ》錠《じょう》がないのか、音もなく押し開け、すうっと中へ消えた。

壹岐も、うしろから入ると、待ち構えていたように水島少佐が、音をたてずに扉を閉めた。中には、秣《まぐさ》が堆《うずたか》く積み上げられている。そこに、神森中佐は、たっていた。壹岐より一つ齢上《としうえ》だが、陸士、陸大の同期で、停戦時は第三軍の作戦参謀であった。水島少佐同様、痩せていたが、眉《まゆ》が太く、精悍《せいかん》に光る眼は、今も変っていなかった。

「神森、無事だったか――」

思いもかけぬ邂逅《かいこう》に、壹岐は懐《なつ》かしさがこみ上げ、歩み寄ると、神森は突ったったまま黙って、ぎょろりと眼だけを動かし、

「壹岐、貴様は今まで何処《どこ》にいたんだ」

咎《とが》めるように云った。壹岐の着ている軍服は、多少のくたびれがあっても、ここ二年間、労働をしていないことは、神森たちの垢《あか》で黒光りし、衿《えり》や袖口《そでぐち》が擦りきれそうになっている軍服と比べれば、一目瞭然《いちもくりようぜん》としていたし、皮膚の色艶《いろつや》もよかった。老齢の将官クラスならともかく、壹岐のような若い中佐が労働に服していないことは、ソ連の庇護《ひご》の下におかれていた証拠であった。壹岐は、強制隔離とはいえ、神森たちにすまない思いで、この一年半、アムール北岸の山荘《ダーチャ》で竹村参謀副長と過していたことを話した。水島少佐は、

「そうでしたか、ある意味では私たちより辛《つら》い思いであったともいえますね」

と云ったが、人一倍、剛直清廉《せいれん》で鳴る神森中佐は、そのような状況に甘んじていた壹岐を許さぬ厳しい視線を向けた。壹岐はそれに耐え、

「先程、民主委員の安田という男から聞いたが、つい一カ月程前まで、谷川大佐がこの収容所におられたというのは、ほんとうか」

と聞くと、神森はうむと頷《うなず》いた。

「関東軍報道部参謀だったということで、民主グループに目の仇《かたき》にされ、四六時中、いじめ抜かれ、食事の最中にまでスターリンの飯を食うのかと、いやがらせのデモをかけられたが、谷川大佐は奴らにへつらわず、さりとて乗ぜられず、無抵抗の抵抗で、

節を押し通された――」

「だが、洗濯デモをかけられ、肋骨を折られたというお体で、移送されて大丈夫だろうか――」

「俺たちがいたら、絶対に、あんなことはさせなかった、俺も、水島も懲罰班で、奥地の石切場へ行かされ、帰って来てそれを知って、医務室へ駈《か》けつけると、あの忍耐強い人が、脂汗《あぶらあせ》をうかべて、胸痛を訴えておられ、それから三日後、作業から帰って来ると姿はなく、他の収容所へ移されたらしいというのだ――」

神森が憤《いきどお》りを迸《ほとばし》らせるように云った時、不意に、足音がした。巡視に廻る警備兵の靴音が、コツコツと倉庫に近付いて来た。壹岐は、はっとしたが、神森と水島は、壹岐を引きずるように、秣の中へ引き入れ、息を殺した。警備兵の靴音は、倉庫の前に停《とま》った。扉を開け、灯りを一巡、照らしたが、中まで入らず、行き過ぎた。

三人は、ほっと顔を見合せた。神森の硬《かた》い表情も、はじめて綻《ほころ》んだ。壹岐は、秣の上に胡坐《あぐら》をかき、

「一体、ソ連は、たった一年か、二年でどうしてこうまで日本軍を洗脳したのだ?」

と聞くと、神森はぐうっと無念そうに唇を嚙《か》み、

「彼ら一流の巧妙な謀略だ、まず入ソ一年目ぐらいまでは、旧日本軍の組織を維持し、

将校は将校として待遇し、収容所の俘虜代表部も、バラック長もすべて将校を用いた、その方がまだ頭のきりかえの出来ない兵隊たちを働かせるのに都合がよかったからだ、そうしておいて、各収容所に、ソ連の政治将校を配属し、飢えと疲労の極致にあった兵隊たちに、誤った戦争を指揮したのは将校だという批判、反軍感情を盛り上らせ、それが今日の日本軍俘虜のシベリア民主運動の発端になったのだ——」

ぶっ切るように云うと、水島は情報参謀らしく、壹岐のために話を整理した。

「シベリア民主運動の最初の段階は、ソ連政治将校の後楯《うしろだて》による〝友の会〟の組織化で、兵隊たちに趣味の短歌や俳句の会を作らせ、やがてそのグループで壁新聞を出させ、いつの間にか、旧軍に対する批判記事が出るようになり、次の段階では、俘虜の中にいる旧党員たちを集めてタブロイド判の『日本新聞』を発刊させるに至ったのです、はじめのうちは、天皇制打倒と共産主義色一辺倒の記事など、まともに読む者はなかったのですが、何といっても長く日本語の活字に飢え、ニュースに飢えている環境の中で、繰り返し、繰り返し、読まされているうちに、その通りだという考えになり、ソ連の政治将校と結びついて、民主委員会なるものが組織され、収容所を牛耳《ぎゆうじ》るようになったのですよ」

「では、私が今日、会った安田藤吉郎というのは？」

「あれは、藤吉郎という名の通り、ソ連の〝草履取《ぞうりと》り〟です、機を見るに敏で、入ソ当時は自分のバラック長であった香川大佐に対して、当番兵よろしく世話をやいて取り入り、将校食の余禄《よろく》を受けていたにもかかわらず、兵隊たちの間に将校批判が起りはじめると、いち早くソ連側に寝返り、香川大佐がいかに反ソ的であるかを、政治将校に密告したのです、たちまち香川大佐はバラック長からはずされ、安田は活動家《アクチブ》を養成するハバロフスクの党学校へ入り、たった三カ月の即席学習を受けただけで、一人前のデモクラート気取りになり、将校と見ると、片っ端から吊し上げ、民主委員にのし上った男ですよ」

壹岐は、背が低く小肥《こぶと》りで、一見、凡庸な容貌《ようぼう》をしているが、笑うと小ずるさが剝《む》き出《だ》しになり、怒ると眼が、すごむように底光りする安田藤吉郎の顔を思いうかべた。

「もうそろそろバラックへ帰らないと、気付かれます」

水島は、たち上った。互いに時計は持っていなかったが、三十分近い時が過ぎていた。神森はのそりとたち上ると、ぐっと肩を怒らせ、

「壹岐、貴様に云っておきたいことがある、こういう状況の中で、貴様がどう生きて行くか、それは自由だが、もし俺たちを裏切るようなことをしてみろ、許さんぞ！」

壹岐に心を許さないように云った。

「無礼だぞ！　一体、それはどういう意味なんだ」

壹岐も、神森の言葉に気色ばんだ。

「何を云うか！　貴様は極東裁判に、ソ連側証人として出廷し、ソ連の〝ご用証人〟のごとき証言をしただろう、見下げ果てた奴《やつ》だ！」

吐き捨てるように云った。夕刻、民主委員の本部で、安田藤吉郎から、極東裁判の英雄と云われた時以上に、壹岐は激しい衝撃を受けた。

「神森、貴様までが――」

思わず、拳《こぶし》をふり上げかけると、

「壹岐さん、待って下さい、私たちはそのような記事を日本新聞で読んだのです、そして出廷前には、ソ連の好意で家族とも会われたと書かれているのです」

水島少佐は、押し止《とど》めながら云った。

「たしかに私の家族は会いに来た、しかし私は会わなかった」

言下に否定したが、神森も、水島も沈黙したままであった。それは壹岐に対する疑惑そのもののようであった。しかし、星条旗が翻《ひるがえ》り、曾《かつ》ての上官が戦犯として裁かれている日本にソ連側証人として連れて行かれた屈辱、その中でなお且《か》つ、日本人として、軍人としての節義を貫くために、骨肉の絆《きずな》を断ったことは、ある意味では死にも等しい苦しみであり、竹村少将と自分以外には、解らないことであると思いながらも、壹岐は、民主委員たちからは、馴《な》れ馴《な》れしく接近され、同僚たちからは疑惑の眼《まな》ざしで見られている自分の立場を、はじめて知った。

午前六時、起床の鐘が鳴った。レールの切れ端をハンマーでカーン、カーンと叩《たた》く音が収容所に響き、俘虜たちは狭い蚕棚から起き出した。

昨夜、殆《ほとん》ど眠れなかった壹岐も、周囲の兵隊たちに遅れをとらぬよう、体を起し、左隣の細野という兵隊に、お早うと声をかけると、気の弱そうな眼を伏せ、お早うございますと、返事した。右隣の兵隊は便所へ駈け出して行ったのか、もう姿がない。

「おい、そこの元大佐とかいう男！　もさもさするな、いつまで部隊長官舎の夢を見ていやがる！　われわれ労働者農民の祖国ソ同盟強化のため、一刻だって無駄には出来ないんだぞ！」

突然、向いの蚕棚で口汚ない言葉が、飛んだ。見ると、昨夕、吊し上げられていた香川大佐であった。洗濯デモに遭《あ》って体の節々が痛むのか、両足を不自然につっぱって、起き上ろうと努力している。隣の中年の兵隊が見かねるように手をかしかけると、

「反動の世話を焼く暇があったら、ソ連共産党小史を暗記したらどうだ、それとも全部、暗記したのか！」

「いえ、そ、その……反動に手をかしかけたのは、間違っていました」

まるで悪いことでもしたように、自己批判した。

起床の点呼がすむと、朝食の順番が来るまで、二十人一組の班ごとに学習会が開かれ、革命歌の練習が行なわれ、八時、作業集合の合図で、営門広場に五列の隊伍《たいご》を組み、ソ連警備兵の点呼を受ける。出発の号令がかかると、隊のそこここから、

「俺たちは働くぞ！　今日もソ同盟のために！」

「五カ年計画を四カ年計画で完遂しよう！」

若い活動家《アクチフ》たちが、咽喉《のど》も張り裂けんばかりの声をあげ、赤旗を振り廻すと、他の者たちは大声で呼応し、行進をはじめた。壹岐は隊伍の中に組み込まれ、作業場へ向って歩きながら、祖国との連絡を絶たれ、国家という心の拠《よ》りどころも失った民族の精神の脆弱《ぜいじゃく》さを、痛烈に思い知った。自己の確立、独立性の乏しさが、たやすく大勢《たいせい》に付和雷同し、他人を強要したり、強要されても、抵抗出来ず、狂気のようなシベリア民主主義に順応している。

作業場は、収容所から五キロ先のハバロフスク市街地に近い労働者用のアパート建

設現場であった。

低い丘陵を地ならしした三千坪ほどの現場には、既に二、三階まで出来上った煉瓦《れんが》造りの建物が四棟並び、アメリカの援助物資や、ドイツからの戦勝品らしき古びたコンクリート・ミキサー機やトラックが、あちこちで大きな唸《うな》りをたてて廻転し、八百名の俘虜たちは、蟻《あり》のように働いている。

壹岐は、第三棟の建物に配属され、地上に積まれた煉瓦を三階まで運搬する作業を割り当てられた。ナシルカと呼ばれる担架のような木製の運搬具に、一個二キロの煉瓦を二十個積み、二人一組で三階まで細い足場を伝って上って行くのだったが、五往復もすると、木綿の厚い手袋をはめていても煉瓦の重みが掌《てのひら》に食い込み、痛くなる。壹岐の相方は、蚕棚の隣の細野であった。バラックではアクチブたちを怖《おそ》れて、壹岐と眼が合うことすら怯《おび》えているが、一緒に組んで作業をしていると、心根《こころね》の優しい兵隊であることが解った。積込み役のアクチブが、ナシルカに二十個の煉瓦を放り込むと、細野はナシルカのうしろ寄りに積み、前方《まえかた》の壹岐の負担を軽くしていることに気付いた。小柄で瘦《や》せた細野のそうした心配りを壹岐は、何度も断わったが、細野は聞えない振りをして、なおも自分の方に煉瓦を積んだ。

しかし、十往復すると、壹岐の相方は替えられた。組めと云われた相手は、香川大佐であった。まじまじと近くで見ると、五十過ぎての強制労働はこたえるらしく、眼が黄色く濁り、咽喉がぜいぜい鳴っている。壹岐は、一ヵ月前、洗濯デモにかけられ、肋骨を折られたまま、次の収容所へ送られたという谷川大佐の姿を、齢恰好《としかっこう》の似ている香川大佐の上に思い描き、胸が塞《ふさ》がった。

「私は若いですから、うしろに廻ります」

壹岐は、細野が自分にしてくれたように煉瓦を後方《うしろかた》に寄せて、後方を勤めた。一時間ほど休みなく、狭い足場を伝って、三階の煉瓦積みをしている者の場所まで運んでいるうちに、壹岐の手袋は破れ、掌から血が滲《にじ》み出した。

「壹岐君、君にはまだ無理だよ、次からはわしが後方に廻る――」

そう云う香川大佐も骨と皮ばかりの胸が大きく、波うっている。

「いえ、私は馴れぬだけで、体力はありますから、大丈夫です」

壹岐は強《し》いて元気な声で、ナシルカの把手《とって》を持ちかけた時、

「こら！　老《お》いぼれと新米で、何ぐずぐずしてる！」

「サボタージュなんかしてみぃ、ここから突き落すぞ！」

殺気だった声が、浴びせかけられた。煉瓦を運搬する者、煉瓦を積み上げて行く者、セメントを捏《こ》ね合す者、すべて厳しいノルマが課せられ、その作業情況は絶えず監視

に廻って来る民主委員やアクチブたちによって、ノルマ表に記録されるのだった。

何十回目か、運搬しているうちに、壹岐は妙なことに気付いた。自分と香川大佐が持っているナシルカと、『青年行動隊』の腕章をつけたアクチブたちとの大きさが違っているようであった。

「香川さん、どうもあの若い連中のナシルカは、われわれのより小さいようですが――」

と聞くと、香川大佐は、

「ああ、われわれのは〝反動用ナシルカ〟だから、大きいのだよ」

とっくに、何もかも諦《あきら》めきったように応《こた》えた時、

「反動用が、どうかしたのかね」

背後から声がし、振り返ると、民主委員の安田藤吉郎が、底意地の悪い眼を香川大佐に向け、

「あんた、作業第一日目で労働の喜びに浸っている同志壹岐に対して、労働意欲を低下させるような発言をするのは、どういうわけかね」

と云い、忠義面《づら》をして安田の傍《そば》に寄って来たアクチブに、香川大佐の相方を勤めるように命じた。壹岐はむっとし、

「安田さん、私は労働の喜びなんかに浸っていない、むしろ日本人がソ連のためになぜこんな重労働をするのか、理解に苦しむ」

　はっきりと云うと、

「そんな理屈を振り廻せるのは、あんたがこれまでいい目をして、まだほんとうに腹が減ってないからだ、みんなと同じように腹が減って、煉瓦がパンに見え出したら、民主委員の私にそんな言葉は出ませんぜ」

　歯茎《はぐき》を見せて笑った。今朝、薄い粥《カーシャ》を流し込んだだけの壹岐の胃袋は、締めつけられるような空腹に苛《さいな》まれていた。

　作業三時間目に、やっと十五分間の休憩の鐘が鳴った。壹岐は、水島と神森の姿を探した。南側の陽だまりに廻ると、数百名の俘虜《ふりよ》たちが体を寄せ合い、裂けた手袋の修理や傷の手当をしているが、神森と水島の姿は見えない。仕方なく、その場に蹲《うずくま》るように腰を下ろすと、すぐ傍に細野が背中をまるめ、器用な手つきで手袋の修繕をしている。

「細野君、さっきは助かったよ、有難う」

　改めて礼を云うと、細野は照れるように頭をかき、

「糸、まだあまってるから、その手袋の修繕を――」

裂け目に血がこびりついている壹岐の手袋を指《ゆび》さした。

「いや、血で汚《よご》れているから自分でするよ、針と糸を貸して貰《もら》いたい」

と云い、針金の先を尖《とが》らせてみぞを作った針と、ゲートルの糸を撚《よ》り合せて作った縫糸を借り、馴れぬ手つきで繕いをしながら、

「香川さんは、どこにおられるのだろう」

と聞いた。

香川大佐の手袋も綻びが、ひどかったのを思い出したのだった。細野は無言で、アパートの足場の方を眼で指した。休憩時間であるのに、香川大佐が、さっきのアクチブに引きずられるようにナシルカの後方を握って、煉瓦運びをさせられている。遠目にも、香川大佐の足もとはよろよろと危なっかしく、今にも足場から転落しそうな疲れ方であった。そして、その十メートル後から、営々と上って行くもう一組をみて、壹岐は凝然とした。それは神森と水島であった。

「どうして、香川さんと神森たちは——」

思わず、細野に聞くと、

「は、い、い、はんどうだから……」

細野は、蚊のなくような声で答えた。

作業を終えて収容所に帰って来ると、壹岐は体がばらばらになりそうな疲労と空腹で、たっていることが出来ないほどであった。帰営の点呼がすみ、やっと解放され、バラックへ帰れると思っていると、壹岐たちの班長は二十人の班員をそのまま地面に坐らせ、

「同志諸君！　今日一日、祖国ソ同盟の建設に対して悔いなき仕事をしたか、どうか、反省会を行なう」

と一同を見渡した。作業場から収容所へ帰る五キロの道の行進中も、行進間討論と称し、日本の義務教育が取り上げられ、スターリンが指導するソ同盟の教育は最も進歩的で、天皇制下の日本の教育は搾取《さくしゅ》形態を強めるものだときめつけた挙句《あげく》、まだその上、反省会を行なうというのであった。壹岐は、その馬鹿馬鹿《ばかばか》しさに辟易《へきえき》した。しかし、多くの者は、反動と睨《にら》まれ、飢えることを怖《おそ》れて、さらにソ同盟のために労働を強化し、生産性を向上させる発言を、次々に行なった。

反省会は、ようやく終った。

「では、明日から各バラック別の生産競争に備え、全班員の団結を一層、固めよ

う！」

班長がそう締め括《くく》ると、班の食事の順番が来、班員たちはわれ先にと、食堂へ走った。

食堂の前には、既に長い列がならび、入口で民主委員とアクチブが食券を渡していた。木札の食券に１２３４の番号が入り、その日の作業ノルマによって最低１号食から最高４号食までに分れている。ノルマ八〇％以下が１号食で、パンの量にすると二百五十グラム、八一～一〇〇％が２号食でパン三百グラム、一〇一～一二五％が３号食でパン三百五十グラム、一二六％以上は４号食でパン四百五十グラムになり、スープも、それに従って量、中味ともに増減されるのだった。壹岐は、作業ノルマの％を頻《しき》りに気にしていた班員たちの気持が、ようやく呑《の》み込めたが、八百人の俘虜収容所の食糧は予《あらかじ》め定められているから、ノルマ食といえば増食のように聞えるが、実態は強者が弱者の食糧を食い取る〝蛸足《たこあし》給食〟であった。

壹岐は、食券の列にならびながら、自分は午前中は煉瓦運びをしたが、午後はセメント捏ねの楽な仕事に廻されていたから、量の多い食券は貰えないだろうと、さもしい思案をしていると、民主委員の安田が目敏《めざと》く、壹岐の姿を見付け、

「ああ、あんたは４号食——」

と云《い》い、最高のノルマ食の券を渡した。とっさに壹岐は、自分を民主グループにひき入れる誘惑かもしれない、拒否しなければならないという自制心で手が硬《こわ》ばったが、眩暈《めまい》しそうな空腹感には打ち勝てず、食券を受け取ってしまった。安田藤吉郎の顔に、薄笑いがうかんだ。

壹岐は、安田の前を通り過ぎ、カウンターの前へ行った。そこにも行列があったが、六、七人前方で、香川大佐が食券をさし出している姿が見えた。

「反動でも1号食には、ありつけるのか、そらよっ！」

炊事係が、野良犬《のら》に投げ与えるように小さなパンぎれとスープの入ったアルミの食器を乱暴に突き出した。そのはずみにスープがこぼれ出た。

「何をする！　こぼれた分だけよそい直せ」

我慢ならぬように香川大佐が云うと、

「お前がぼやぼやしているからだ、はい、次！」

炊事係は、鼻先でせせら笑い、次の順番を促すと、香川大佐は動かず、

「私はいつも実質的には一〇〇％以上のノルマを働いている、にもかかわらず、最低の1号食しか貰えない、せめてちゃんとよそうべきだ」

と云うと、うしろに列《なら》んでいる若い兵隊たちが、

「お前はスターリンが嫌いじゃないか、そのスターリンから貰うスープが半分に減ったからと、文句いうことないだろう」

「その通り！　老いぼれ、どいた、どいた」

口々にはやしたてているのは、民主委員に覚えのいい青年行動隊の面々であった。

「何とでも云うがいい、だが、私はせめて最低量の1号食を食べねば、スコップを握ることも、寝棚に上ることも出来ない、頼む、つぎ足してほしい」

恥も外聞も、かなぐり捨てるように訴えた。最高の4号食の食券を持っているアクチブたちは、

「まるで乞食《こじき》だな、そんなに食いたけりゃあ、そこへ土下座《どげざ》してお貰いしたらどうだ」

「いや、それより三べん廻って、スターリン万歳！　と云え、そうしたら俺の分を一口、飲ませてやる」

聞くに耐えない罵詈《ばり》雑言《ぞうごん》を浴びせかけたが、止めに入る者は誰一人としていない。渋滞した行列の後方から苛《いら》だった声が上ると、香川大佐は諦《あきら》めたように、半分に減ったスープの食器とパンを持って、カウンターを離れた。壹岐は自分の番が来、4号食のパンと鱈《たら》の切身入りのスープを受け取ると、すぐ香川大佐の姿を探した。だが、何

百人もの人間が一時《いっとき》に入って混雑している中で、容易に見付からない。

「壹岐さん、こちらですよ――」

声の方を向くと、水島少佐が近くのテーブルから声をかけ、周囲の将校たちが席を詰め合せてくれたが、壹岐が坐《すわ》ると、一斉にごくりと唾《つば》を呑《の》み下すような視線が、4号食に集まった。見ると、水島たちのパンは、既に手がつけられているとはいえ、明らかに壹岐より一まわり小さく、スープも殆ど中味が入っていない上ずみのような薄さであった。水島たちは一日中、煉瓦運びをし、休憩時間さえも与えられなかったのだった。壹岐は、安田から4号食の食券を受け取った自分が、惨《みじ》めであった。そして壹岐の働きを知っている水島たちは、不審と羨望《せんぼう》の入り混った視線を4号食に向け、食べものをめぐって、浅ましく、刺々《とげとげ》しい気配が漂った。

「神森は、もう食事をすませたのか？」

壹岐は、白けた周囲の空気に耐えられず、水島に聞くと、

「いえ、営倉入りです」

「営倉入り？　なぜだ」

「さっき、民主委員長に、明日から行なわれるバラック別生産競争は、俘虜《ふりょ》の体をますます消耗させ、生命の危険を伴うから止《や》めるべきだと談判に行ったら、すぐソ連側

の政治将校に密告され、組織的なサボタージュを企《くわだ》てたとして、営倉へぶち込まれたのです」

神森らしい剛直な信念をもった行為に、壹岐は、気圧《けお》される思いがした。

「壹岐さん、こういう状況の中での生き方には、三通りあると思います、一つは神森さんのように徹頭徹尾、旧軍人の信念を貫く人、一つは安田藤吉郎をはじめとする民主委員のように魂までソ連に売り渡す者、もう一つは信念を貫くことも、魂を売り渡すだけの度胸もなく、帰国《ダモイ》のために云われるままに働き、食べ、赤にも桃色にも染まった振《ふり》をしている人で、それが大部分の俘虜の生き方です、情ない日本人の国民性だといってしまえばそれまでですが、そこがソ連につけ込まれる点です」

水島が、芯《しん》の強い静かな口調で慨嘆するように云った時、不意に食堂の中ほどでわっと、喚声が上った。人垣が出来、誰かが踊っているような気配がしたが、よく見ると、香川大佐が四つ這《ば》いに這わされ、首に「極反動」と書いた札をぶら下げられている。三、四人の若いアクチブたちが、四つ這いの老軀《ろうく》を押さえつけ、一人がその鼻先へ葉書を突きつけている。

「欲しけりゃあ、こんどはワンと云え、ワンというまでお預けだ！」

と云い、葉書をひらひらさせた。俘虜通信の返信であった。香川大佐は首を捻《ね》じ向

け、渾身《こんしん》の力を振り搾《しぼ》って起き上ろうとすると、両脇《りょうわき》から押さえつけ、

「やい、香川犬、ワンと吠《ほ》えな、ワンと吠えたら、くわえさせてやる」

口もとすれすれに、葉書をすり寄せた。香川大佐の体が前のめりになり、悲痛な声が洩《も》れた。

「何年も待っていた家族からの最初の返信だ、読ませてくれ！」

「読ませてやるさ、さあ、ワンと吠えて、くわえろ！」

アクチブがせせら笑った途端、壹岐は我慢ならず、たち上り、

「犬はお前の方だ！　いい加減にしろ！」

と迫ると、アクチブは一瞬、怯《ひる》む気配を見せ、その隙《すき》に、壹岐は葉書を奪い返した。

「てめい、何をしやがるんだ！」

アクチブは、壹岐の胸倉を摑《つか》んだ。

「人間らしいことをしたまでだ、文句があるなら、民主委員に云え！」

人垣のうしろで高みの見物をしている安田藤吉郎を指《ゆび》さした。

「なに、われわれの民主委員を侮辱する気か、大衆カンパにかけろ！」

「やってしまえ！」

アクチブたちは激昂《げっこう》し、壹岐を取り囲んだ。壹岐は内心、たじろいだが、

「よし、やるならやれ！　その代り、今日の経緯《いきさつ》は、文書にして収容所長とハバロフスク内務省宛《あて》に提出するぞ」

語気強く云い返した。壹岐を極東軍事裁判へ連行したハバロフスク内務省のヤゼフ少佐から、責任体制の厳しいソ連では、上層部へ文書で直訴されることを非常に怖《おそ》れる空気があることを聞き知っていたからであったが、それは半ば捨身の言葉であった。しかし、アクチブたちは俄《にわ》かに押し黙り、民主委員の安田の顔色を窺《うかが》ったが、安田自身も狼狽《ろうばい》しきった顔をしている。壹岐は、床に這いつくばり、泥靴で踏みつけられた香川大佐の体を起し、首にぶら下げられている「極反動」の札をはずして、家族からの返信を、作業でささくれだった手に渡した。

この日から壹岐は、好むと好まざるとにかかわらず、「極反動」の烙印《らくいん》を捺《お》された。

僅《わず》か一カ月の間に、壹岐は見るかげもなく窶《やつ》れ果てていた。軍服も肘《ひじ》とズボンの膝《ひざ》が擦りきれ、脂汗《あぶらあせ》と埃《ほこり》まみれになり、毎日の労働の激しさを物語っていた。

アクチブたちは、殆《ほとん》ど一日中、壹岐から眼を離さず、朝、作業出発前の赤旗掲揚の時、注目の敬礼をしつつ、赤旗の一節を歌っているか、どうかを確かめるために、壹岐の前にたち、歌わないことが解《わか》ると、直ちに吊《つる》し上げ、歌うまで全員の出発を遅らせ、作業場へ着くまで行進しながら討論する「行進間討論」も、壹岐が参加せずにいると、行進を止め、誰の眼にも壹岐が「極反動」として映るように仕向けた。

作業場に着くと、それまでセメントと砂利と水の捏《こ》ね合せ作業をしていた壹岐を、煉瓦《れんが》運搬の重労働に廻した。既に四階まで出来上っている建物は、足場が高く、急勾配《きゅうこうばい》になり、これまでのようにナシルカでは煉瓦を運べず、一人、一人の背中に木製の負籠《おいご》のようなものを背負って、煉瓦を運ばねばならなかった。

煉瓦工場からトラックが入って来ると、収容所側の作業長の赤髭《あかひげ》が、

「ヤポンスキー、早く集まれー」

大声で命令した。

「ソ同盟のために、今日も頑張ろう！」

青年行動隊の腕章をまいたアクチブたちが、トラックの荷台に飛び乗り、一人、一人の背中にくくりつけた負籠の箱に、煉瓦を入れて行く。壹岐は、三台目のトラックの荷台の前に列んだ。積込み役が、同じバラックで蚕棚《こだな》が隣り合せの細野であった。細野は、小柄で小さい眼を瞬《しばたた》かせ、壹岐の番になると、一個、二個とノルマの十五個の煉瓦を入れながらも、割れた煉瓦を積み入れるのが、壹岐に解った。そして積み終

ると、壹岐の肩に食い込んだ負籠の底を、人目にたたぬように、ぐうっと持ち上げ、たち上りを助けた。壹岐は黙って、眼で礼を云った。口をきくと、細野も反動分子だと、やっつけられるからであった。壹岐は四階までの急な足場を一歩、一歩、攀登《よじのぼ》って行った。壹岐の少し前を、香川大佐の老軀が這うように登って行く。煉瓦を背中にくくりつけ、黙々と登る人間の列は、蟻《あり》のように営々としていた。

やっと四階まで登ると、そこに民主委員の安田が、ノルマ表を書き入れている班長の横にたって、じっと壹岐の方を見詰めていた。壹岐は、安田の存在を無視するように、黙って肩紐《かたひも》をほどき、背中の負籠をおろして煉瓦を置くと、また階下《した》へ降りて行き、トラックの荷台の前に列んだ。荷台の上には細野に代って青年行動隊の腕章を巻いたアクチブがたち、

「ほい来た、元大本営参謀殿のお出ましだ、戦意昂揚《こうよう》と行きましょう」

ノルマ以上の煉瓦を乱暴に、積み入れた。背骨にひび割れるような重味が加わり、前のめりになったが、壹岐はぐいと両足を踏んばり、

「ノルマ通りに入れろ！」

「なに、反動が文句を云うのか」

荷台の上から、云い返した。

「文句ではない、当然の主張だ」

きっとした表情で、詰《なじ》った。

「同志諸君、今なお、われわれの上に胡坐《あぐら》をかいている元大本営参謀がいる、わが収容所の大いなる恥辱だと思わぬか！」

大声で云いふらすと、五、六人の青年行動隊の連中が、ぱらぱらと駈《か》け寄って来た。

「大衆討議にかけろ！」

「荷台の上へ引きずり上げろ！」

壹岐を、トラックの荷台に押し上げた。

「同志諸君！　これがファシスト東条の云いなりになった大本営参謀の顔であり、われわれ兵隊を鉄砲の弾《たま》がわりに使っていた奴《やつ》だ！」

激昂した声でぶった時、民主委員の安田の声が割り込んだ。

「同志諸君！　反動壹岐を、今日は徹底的に吊し上げる義務が、われわれにあると思う」

「そうだ賛成！」

一斉に拳《こぶし》を天に突き上げ、耳を聾《ろう》するような声が湧《わ》き上った。いつもの吊し上げと違う異様な昂奮が感じられた。

「反動、官等級姓名を名乗れ！」

壹岐は、黙って応《こた》えなかった。

「お前、耳がないのか！」

「何とか答えろ、怖気《おじけ》づいたのか！」

四方、八方から、罵声《ばせい》が集中した。

「この野郎、まだ大本営参謀のつもりでいやがる」

「今度こそ、自己批判させろ！」

「極東裁判の証言を、もう一度、ここでやってみろ！」

「引きずり下ろして、もんでやれ！」

あらゆる罵声が投げつけられたが、うおーんと大きな響きになって、何を云われているのか解らない。野次と怒号が次々と続き、頭ががんがん鳴りはじめた時、

「おい、細野、お前がやれ！」

荷台のすぐ下で、安田の声がし、細野が押し出されるように、トラックの荷台の上にたたされ、壹岐と向い合わされた。細野は真っ青になり、体が震えている。いつもアクチブに気取られぬように壹岐を助けている細野であった。

「おい、どうした、手前も反動の味方か」

アクチブが怒鳴ると、細野はわなわなと唇を震わせ、眼をつぶって、思いきったように、叫んだ。

「やい、反動、てめえ、ま、まだ、だ、だいほんえいにいるつもりか！」

「いいぞ、いいぞ、その調子だ！」

アクチブの一人が叫んだ。細野は、壹岐と眼が合うと、すぐ下を向いたが、アクチブに促されると、また叫んだ。

「てめえ、ただものべんしょうほう、まだ解らんのか」

どっと爆笑が起った。小学校もろくに出ていない細野に、誰かが面白がって、唯物《ゆいぶつ》弁証法を、そう教えたらしい。

「参謀殿に、ただものべんしょうほうを、教えてやれ！」

民主委員の安田が、すかさず合の手を入れた。細野はますます緊張して、吃《ども》った。

「い、壹岐、た、ただものべんしょうほうとは、郷《ごう》に入れば郷に従えということだ、こ、ここはソ同盟だぞ、日本じゃねえぞ！　さっさと、じ、じ、自己批判しろ！」

細野は、精一杯の声を振り搾った。わっと喝采《かっさい》が起った。しかし、異様な光景が、壹岐の眼に入った。細野の顔が、泣くようにひき歪《ゆが》み、口から涎《よだれ》のようなものを出し、股《また》のあたりをびしょびしょに濡《ぬ》らしている。緊張のあまり、小便をたれ流しているのだった。吊し上げにいきりたっている群衆は気付いていない様子だが、壹岐は安田のような奴にはつけ込まれぬよう頑として対決していたが、細野のような小心で弱い立場の者には憐憫《れんびん》の情が湧いた。その途端、自分でも思いがけない言葉が口をついた。

「細野君、君の云《い》うことは解った」

と云うと、群衆は一瞬、呆気《あっけ》に取られたようにきょとんと静まり、やがて、どっと喚声が湧き起った。

「大本営参謀が、自己批判した！」

「細野二等兵が、反動壹岐を無条件降伏させた！」

「やった、やった、細野がやった！」

アクチブが頓狂《とんきょう》な声で、叫んだ。

「大本営発表、細野二等兵は、本日、只今《ただいま》、大本営参謀、壹岐正を轟沈《ごうちん》した！」

「参謀とは、横暴、無謀、乱暴のことである！」

「そのほか、でくの棒、けちん棒、あめん棒もあるぞ！」

満場、弥次と爆笑が渦巻き、アクチブたちはますます、勢い付き、

「こんな腰抜けが、大本営参謀だから、戦争に敗《ま》けたんだ、われわれで、もみ潰《つぶ》してやれ！」

と云うなり、よく肥《ふと》った屈強な数人の若いアクチブが壹岐に襲いかかり、荷台から引きずり下ろした。起き上る間もなく、横倒しになった壹岐の体を踏みつけ、蹴《け》った。

「ヤポンスキー、作業中だ、サボタージュか！」

作業長の赤髭が、烈火の如《ごと》く怒り、手にしていた棍棒《こんぼう》を、ふり廻した。ソ連ではサボタージュは厳罰に処せられた。

「解散！　二十四時間カンパに変更！」

アクチブたちは、さっと蜘蛛《くも》の子《こ》を散らすように散り、見物の群衆も作業場に、あたふたと消えた。壹岐は踏みつけられ、泥まみれになり、流れ出た鼻血を拭《ぬぐ》いながら、ようやくの思いでたち上ると、そこに民主委員の安田藤吉郎が、薄笑いをうかべてたっていた。

午後五時、一日の作業が終了して、収容所へ帰ると、アクチブたちはすぐ、

「反動壹岐、これより二十四時間カンパだ、まず便所掃除をしろ！」

と、命令した。二十四時間カンパとは、作業が終っても、営内の掃除や洗濯などの雑用を次々と命じ、片時も休ませないことであった。

「私のノルマは、もう完遂したはずだ」

「反動のノルマは、生きている限り、働くことだ」

アクチブは叫び、壹岐の向い側にいる香川大佐の姿を見つけ、

「老いぼれ、お前はこいつに便所掃除の仕方を教えてやれ！」

と云い、二人に掃除道具を押しつけた。

バラックの外の便所は、地面を深く掘り、そこへ板を渡してあるだけで、朝夕の用便時には、ずらりと尻《しり》が並ぶ。そんな野外便所であったから、零下十二、三度ともなれば、上の方は凍り、糞壺《ふんつぼ》から糞が山のように盛り上っている。壹岐は十字鍬《ぐわ》を振り上げ、コツン、コツンと掘り崩しては、凍った糞を捨てた。昼間の作業で疲れきり、空腹の体にはその一振り、一振りが眼の暗みそうな辛《つら》さであった。やっと半分ほど掘った時、びしゃっと飛沫《しぶき》が飛び、ぷーんと臭気が鼻をついた。下半分は、まだ凍っていず、どろどろの糞であった。思わず、へどを吐きそうになったが、香川大佐は馴《な》れた手つきで、十字鍬を木杓《きじやく》に持ちかえ、肥料取り《こえと》屋のように糞尿を掬《すく》っては、せっせと運搬用の大きな桶《おけ》へ入れた。

「香川さん、私のためにこんな巻添えにして、申しわけありません」

壹岐は、糞尿の臭《にお》いの中で詫《わ》びると、

「何の、私はいつだって、あいつら狂犬のカモにされているのだ、それより壹岐君、安田藤吉郎の君に対する目つきが変っているから気をつけるのだ、ここでは反動の刻

印は死に繋《つな》がることだ、二十四時間カンパされて、自殺したり、気が狂ってしまった者もあるのだ」

香川大佐は、壹岐の身を按《あん》じるように云った。

翌日、日曜日であったが、壹岐、香川をはじめ、反動の烙印《らくいん》を捺《お》されている神森、水島ら十数名は、休むことを許されず、営内作業に狩り出された。

収容所を取り囲む有刺鉄線の内側の立入禁止区の整備であった。これは俘虜《ふりょ》の逃亡を防ぐために、幅二メートルの砂場を設け、踏めば足跡がつくようにしたもので、許可なく近付くと、望楼の上から見張っている監視兵に撃ち殺されることになっている。

壹岐は、黙々と帚《ほうき》で、砂の地をならしながら、有刺鉄線を張りめぐらした杭《くい》の根本に、タンポポが小さな花をつけていることに気付いた。瞬時、眼を奪われていると、

「おい、壹岐——」

第五バラックの神森であった。同じように砂をならす帚を、無器用に手に持ち、眼だけはぎょろりと鋭く光らせ、

「貴様、昨日の吊し上げで、自己批判したというのは、ほんとうか」

壹岐は、黙って頷《うなず》いた。

「なぜもっと頑張らんのだ、俺のように営倉へ何度ぶち込まれても、徹底的に対決せんのだ」

剛直な神森は、憤《いきどお》りを漲《みなぎ》らせた。壹岐は、細野二等兵のただものべんしょうほうという言葉を思いうかべながら、

「彼らの吊し上げは、正気の沙汰《さた》ではない、あんなものとまともに対決してみたところで、何になるのだ、それより時が経《た》てば、あの狂乱ぶりから醒《さ》めるだろうから、それまではまともに相手にせず、体力を蓄え、神経の消耗を防ぐ実《じつ》のある対策をとるべきだと思う」

「実をとる？　つまりその方が合理的だというのか、貴様はいつも、そんな風に、よく云えば柔軟、悪く云えば計算ずくでものを考えて、妥協する利口な奴《やつ》だ、俺は、貴様のそんなところが許せん！」

「しかし、神森、ここでの生活は唯我《ゆいが》独尊ではいかんのだ、自分独りが頑張ることによって、他に迷惑、困窮を与える場合も考えねばならんと思う」

「解っている、それならばこそ、俺は最初は国際公法を楯《たて》にとって、将校は働かんと頑張ったのだが、そうやって働かないでいると、ソ連のやり方では、俺の分を誰かがよけい働いて、俺を食わさねばならん仕掛になっていることが解ったから、俺は、俺

の分を食うために働いているのだ、それで充分で、自己批判などして、妥協する必要はない」

「妥協ではない、私は常に自身のことだけではなく、関東軍七十万の俘虜の将来を念頭において行動している」

「それなら、よけいのこと、もっと武人らしい強靱《きょうじん》な節義を示すべきではないか」

「神森、今は武人としての節義より、日本人同士が密告し合い、殺し合っている狂気の状態の中で、少しでも犠牲者を出さぬことに力を結集する時だ」

壹岐は、強い語調で説得するように云うと、神森は怒気を漲らせ、

「もう、貴様とは口をきかん、腰抜け奴《め》！」

吐き捨てるように云った時、背後で異様な気配がした。壹岐たちと一緒に砂ならしをしていた香川大佐が、地面に倒れ、喘《あえ》いでいる。

「大へんだ、すぐ医務室へ運ぼう」

驚いて云うと、香川は肩で息をつきながら首を振った。

「医務室へ行っても無駄だ、民主委員に牛耳られている軍医は、反動の診療はせん」

「じゃあ、俺が腕ずくでも軍医を引っ張って来る」

神森が云うと、香川は、

「やめてくれ！　私がもう働けんと解ったら、役にたたなくなった軍馬のように、注射で殺される――」

怯《おび》えるように云ったが、神森は医務室へ走った。壹岐はその間に、香川の体を近くの倉庫の陰に移したが、軍医はなかなか来ない。

「み、みず……」

「水ですか、すぐ持って来ますから、このまま、待っていて下さいよ」

壹岐はすぐ、水飲み場へ走った。百メートル程の距離を走り、空缶に水を満たして引っ返して来ると、香川の姿が見えない。慌《あわ》ててあたりを見廻した時、壹岐は思わず、声をあげた。

「香川さん、危ない！」

香川は、つい先程まで帯でならしていた有刺鉄線の手前二メートルの立入禁止地区に向って、ふらふらと夢遊病者のように歩いて行く。近付けば逃亡者と見なされ、望楼の監視兵に撃ち殺される。壹岐はとっさに駈《か》け出しながら、

「危ない！　止って下さい！」

と叫ぶと、一瞬、香川は振り向き、

「呼んでいる、呼んでいる、私の家族が……」

笑いながら云うなり、急に走り出した。疲労困憊《こんぱい》の極の末、発狂したらしい。望楼から監視兵の銃口が、向けられた。

「香川さん、止れ！　監視兵、撃つな！」

壹岐が叫び、近くにいた者たちも、止めに走った時、ダッダッダッ！　望楼の銃口が火を噴き、香川の体は空気の抜けたゴムまりのように頼りなく一回転して、砂場に転がった。望楼から銃を構えた監視兵が降りて来、日本兵たちも駈け寄った。

「撃つなと云ったのに、なぜ撃った！」

壹岐は、監視兵に詰め寄った。

「逃亡しようとしたからだ！」

「違う、病気で気が狂ったのだ、逃亡しようとしたのではない」

「しかし、彼は立入禁止地区の砂場に足を踏み入れた、これが逃亡の証拠だ」

監視兵は、壹岐たちがならしたばかりの砂場に血を噴いて転がっている香川大佐の屍体《したい》を指し《ゆびさ》し、駈けつけて来た警備将校に事情を説明した。

「よろしい、こいつは逃亡者だ、死体を片付けろ！」

警備将校は顎《あご》でしゃくるように云い、死体運搬用の荷馬車を呼んだ。壹岐の体の中を、激しい怒りが奔《はし》った。ぼろぼろになった旧日本陸軍の服を着た香川大佐が、犬猫のように簡単に撃ち殺されたのだ。

「待て！　香川大佐は逃亡者ではない、撃つなと制止した合図を無視し、軍事俘虜を射殺したのは、国際公法にもとる、われわれ日本軍俘虜は、このままでは引き下らない！」

激しく抗議すると、民主委員の安田藤吉郎が割り込んで来た。

「それはおかしい、この収容所は既に日本人の自治によって運営されているから、民主委員本部がすべての判断をし、措置を講ずるのが筋道だ、だが今度の場合、香川が逃亡を企《くわだ》てたことは日頃の言動を見れば明らかで、屍体はソ連側に渡すのだ」

「香川大佐を、疲労困憊せしめ、発狂させたのは君たち民主委員ではないか、せめてわれわれで墓を掘り、葬《ほうむ》ろうとは思わんのか」

「屍体の処理は、ソ連側でする規則だから、われわれは従うべきだ」

安田は平然と云い、監視兵が香川の遺体を荷馬車に積み込むのに、手をかしたが、まわりに集まって来た数百名の俘虜たちは、制止しようとしなかった。

「貴様、それでも人間か！　香川大佐の遺体はわれわれで葬る！」

壹岐は、安田の体を突き飛ばし、荷台に近寄ると、監視兵は壹岐たちに銃口を向け、香川大佐の遺体を麻袋に入れ、荷物のように荷馬車に積んで、運び去った。

＊

その年の夏の終り、壹岐のいる第十一分所に、日本帰還《ダモイ》の噂《うわさ》が拡《ひろ》がった。

春以来、ハバロフスクの駅には、シベリア奥地の収容所から日本軍俘虜をすし詰めにした貨車が毎日のように停《とま》り、ハバロフスク地区に点在している収容所の俘虜の移動も、日増しに頻繁になっていた。最近になって、三キロ離れた第十分所の俘虜が、ハバロフスク駅から、ダモイ列車に乗り込んだらしいというニュースが流れ、次は自分たち第十一分所の番に違いないという期待が強まった。

既に三年近い抑留生活を経、心身ともに疲弊しきっている俘虜たちにとって、年内ダモイは、生きて祖国の土を踏むことの出来る限界線のようなものであった。年内ダモイ組からはずされ、また一冬をこの零下数十度のシベリアで過すことは、厳冬の怖《おそ》ろしさを骨の髄まで知り尽した俘虜たちにとって、死の恐怖であった。

壹岐は作業を終え、食事の順番が廻って来るのをバラックの前の叢《くさむら》に腰をおろして待っていた。七時を過ぎていたが、辺りはしらじらとした白夜《びゃくや》で、収容所の有刺鉄線の柵《さく》を隔てた草原の向うに、駱駝《らくだ》の背のような小山が二つ、ぽっかりと連なり、半透明の乳色の空が、なだらかな山の稜線《りょうせん》まで刷《は》いたように拡がっている。

壹岐は、久しく思い出すことのなかった山形県遊佐《ゆざ》の郷里のたたずまいを思いうかべた。出羽富士といわれる優美な鳥海山《ちょうかいさん》が指呼の間に望める郷里では、りんごが色づき、齢老《としお》いた父母が、自分の帰りを待っているはずであった。しかし、たとえ噂通り、この収容所に帰還命令が出たとしても、自分は他の俘虜たちと同じように帰れるとは、考えなかった。万が一などと思うことは、今後、何年続くかしれない抑留生活に耐えぬく自信を揺がすことであった。

「おい、反動、メシ！」

同じバラックの若い元将校たちまでも、最近では、平然と壹岐にそういう呼び方をした。民主委員たちはダモイを餌《えさ》に、さらに民主運動の強化に拍車をかけ、日本軍俘虜を底なしの狂乱状態に陥《おとしい》れていた。作業場では、ソ同盟の長年の庇護《ひご》に感謝を表するためと、超ノルマの生産競争をしかけ、収容所内では日本に帰還した時、革命の戦士として闘えるためにと、連日、マルクス・レーニン主義の学習を強制し、民主委員に忠誠を誓った者のみが、帰還者名簿に書き込まれると、信じさせていた。

そんな状況の中で、壹岐は同じバラックの者からさえも孤立していた。曾《かつ》て蚕棚《こだな》の隣同士で、何かと壹岐に親切にしてくれた細野も、苦しまぎれに壹岐を吊《つる》し上げてから、壹岐を怖《おそ》れるように他のバラックへ移ってしまい、心を慰め合う相手は誰もいなかった。

壹岐が食堂まで来ると、食券を受け取る列がいつものように一列にならばず、食堂の入口に十数人のアクチブが、ものものしく顔を揃《そろ》え、人だかりしている。何事かと近付いた途端、壹岐は、たち竦《すく》んだ。

昨日まで靴拭《ぬぐ》いが置いてあった食堂の入口に、皇室の象徴である菊の紋章を彫った木の板を置き、その両側にロープを張ってアクチブたちがたち、食堂へ入って来る一人、一人に、

「こいつを踏め！　踏まんと食券も貰《もら》えんし、ダモイも出来んぞ！」

と云《い》い、順番に菊の紋章を踏ませている。誰が彫ったのか、厚い木板に十六弁の菊花が見事に彫り上げられている。

「へっ、穀《ごく》つぶしの天ちゃんの紋かい、屁《へ》のかっぱだぜ！」

アクチブに迎合する兵隊が、泥靴でぐいと踏みつけた。菊の紋章は、泥にまみれた。

「ようし、次！」

アクチブが促すと、元将校だった者も大勢に追随するように、前の兵隊に真似《まね》て、両足で踏んづけた。

「ようし、合格！　次――」

促された中年の兵隊は、真っ青な顔で一歩、足を踏み出しかけ、紋章の板の手前でたち止った。

「どうしたんだ、お前、天皇がこわいのかい、われわれは一銭五厘《りん》の赤紙で狩り出されたんだぞ！　それでも踏めんというのか」

「いや、ただ、自分は……」

「自分はどうしたってんだ、天皇もわれわれも同じ人間なんだぜ」

中年の兵隊は、強い衝撃を受けるように眼をつぶり、やがて思いきったように菊の紋章を踏みつけたが、足もとがぐらりと、ふらついた。

「踏み方が悪い！　しっかり踏んづけて、唾《つば》を吐きかけろ！」

アクチブの一人が怒鳴った。中年の兵隊は、痙攣《けいれん》するようにぴくぴく唇を震わせ、顔を引き吊らせた。

「てめえ、唾が吐けんというのか！　そんな奴《やつ》には、ダモイの切符はやれん、シベリアの白樺《しらかば》の肥料《こやし》になるんだな」

見殺すように云うと、中年の兵隊は、瘦《や》せ細った体をわななかせ、顔面蒼白《そうはく》になりながらも、菊の紋章の上に、ぺっと唾を吐いた。

壹岐は思わず、顔をそむけた。それはまぎれもなく、天皇の踏絵であった。徳川時代の隠れ切支丹《きりしたん》の宗徒に行なったのと同じ踏絵であった。天皇を象徴する菊の紋章を踏む者には、増食と帰還を与え、踏まぬ者は極反動として、さらに酷使し、飢えさせ、祖国帰還の道を断つ。シベリア民主主義の中にある非人間性は、日本人の心をここまで荒廃させてしまったのか――。

やがて壹岐の順番が来た。

「大本営参謀殿のお通りだ！」

待ち受けていたようにアクチブたちが大声を張り上げ、今は民主副委員長に昇格した安田藤吉郎が、

「壹岐、何もためらうことはないだろう、一思いに踏んでしまえば、お前のような極反動でも、ダモイさせてやらんこともないぞ！」

小肥《こぶと》りの体を揺すぶり、嘲笑《ちょうしょう》した。壹岐は、安田の下卑た顔を見据え、

「直ちにこの御紋章を取り除け！　日本民族の恥とは思わないか」

かろうじて憤《いきどお》りを抑えた声で云うと、

「民族の恥だと？　われわれの祖国は、今やソ同盟以外にはない、日本へ帰ることは、天皇島に敵前上陸することだ、菊の紋章を踏めんような腰ぬけが、日本へ帰って、何が出来ると思うか！」

安田自身が、ダモイに昂奮《こうふん》しているかのようにいきりたっている。

「壹岐、天皇の紋章を踏め、踏まんと、最低の1号食もやらんぞ！」

体を維持して行くためには最低の食事は必要であったが、たとえ飢死しても、菊の紋章は踏めようはずがない。壹岐にとって菊の紋章は、陸軍幼年学校を志してから二十数年にわたる人生の結晶であった。

壹岐は、つと体を屈《かが》めると、毎日の重労働でぼろぼろになった軍服の袖《そで》で、泥靴に汚《よご》された菊の紋章の汚れを拭い取り、両手で紋章の板を横へ動かそうとした途端、背後からどっと襲いかかられた。とっさに身を躱《かわ》そうとしたが、数人の体が、壹岐の背に組みつき、壹岐は紋章の上に抑え込まれた。もがけば、もがくほど、重味が加わり、圧死しそうな激痛と目眩《めくら》みの中で、

「壹岐、とうとう踏んでしまったではないか、これでお前も一巻の終りだ！」

安田の嘲《あざけ》る声がし、続いて、

「踏ませたぞ、大本営参謀が、天皇の踏絵をやったぞォ！」

「極反動が、菊の紋章を尻《けつ》に敷いたぞ！」

どっと津波のような喊声《かんせい》が上った。壹岐の体中に狂暴な怒りが噴き上げて来た。壹岐の体を押さえつけているアクチブたちの手が昂奮でゆるんだ隙《すき》に、壹岐は起き上り、

たち上りざま、

「おのれ、卑怯者《ひきようもの》！」

と云うなり、安田の衿《えり》がみをひっ摑《つか》み、食堂の床にぶち投げた。安田の口と鼻から鮮血が噴き出、顔が恐怖にひき吊ったが、壹岐は狂ったように、倒れた安田の体を引き起しては床にぶち投げた。瘦《や》せ衰えた体で、ふらふらになりながら安田に迫る壹岐の姿は、鬼気迫るものがあり、あまりの凄《すさま》じさに、アクチブたちは、後退《あとずさ》りしたが、壹岐は、ぐったり無抵抗になった安田の体をなおも乱打し、首を絞め上げた。

「壹岐、止《や》めろ！　殺す気か！」

頭の上で声がし、安田の首を絞め上げている壹岐の手を両側から、強い力が引き離した。神森と水島であった。壹岐は、我に返り、顔面血まみれになって、動かなくなった安田を見た。神森は素早く、うつ伏している安田の顔を仰向け、眼底を見定めた。

「大丈夫だ、死んでいない、壹岐、早くバラックへ帰れ、あとは俺たちが、うまく始末をつけておく」

早口で促し、水島も、

「壹岐さん、さ、早く――」

壹岐の体を食堂から押し出しかけた時、慌《あわただ》しい靴音がし、自動小銃をかまえた数人の警備兵と政治将校が、駈《か》けつけて来た。もはや事態を取り繕うことは出来なかった。

政治将校は、現場を一瞥《いちべつ》すると、険しい顔つきで、

「このファシスト奴《め》！　営倉へぶち込め！」

警備兵に命じ、壹岐は、その場から営倉へひったてられた。


営倉は、収容所の中の北の端にあり、暗く、冷え冷えとして、湿《し》けていた。

壹岐にとって、営倉入りは生れてはじめての経験であった。軍人でありながら、営倉へ入ったことはもちろん、人を入れたこともなかった。少尉《しょうい》、中尉時代には、教官として多くの兵隊を預かって教育し、賞罰の権限を与えられていたが、一度も兵隊を営倉処分にしたことがなかったから、営倉内を見る機会もなかったのだった。それだけに壹岐は、堅固な板囲いの中を、異様な思いで見廻した。食事の出し入れと監視をかねた小さな窓枠が一つあるきりで、藁敷《わらじ》きもなく、しんしんとした冷気と湿気が這《は》い上り、到底、じっと坐《すわ》っておれない。たったり、坐ったり、手足を擦《こす》ったりして、ようやく体温を保ったが、長い時間が経《た》つと、手足がだるくなり、空腹がこたえた。

夜になると、寒気と空腹はさらに激しくなり、食事を待ったが、なかなか運んで来

ない。もともと俘虜《ふりょ》の給食は、飯を食ったその時から既に腹が減っているから、寒い営倉の中での欠食は、凍死につながることであった。壹岐は、大きな声を出して、監視兵を呼んだが、応答はない。何度目か、呼んだ時、一つ隔てた房からもの音が聞えた。板に耳を寄せると、たしかに一つ隔てた房から、ごそごそと人の動く気配がする。誰か先に営倉へ入れられている者がいるのだった。壹岐は、板に口をすりつけ、

「もしもし」

と呼びかけると、

「誰ですか、あなたは――」

声が返って来た。若い知的な感じのする声であった。

「第三バラックの壹岐正という者です、あなたは？」

と聞くと、応答がない。もう一度大きな声で、

「第三バラックの者です、あなたは、どのバラックの人ですか」

重ねて呼びかけると、今までごそごそしていた物音が、ぴたりと止《や》んだ。

「もしもし、私は民主委員に睨《にら》まれて、営倉に入れられたのですが、あなたもそうですか？」

と云うと、

「私はそんなのではない、外には監視兵がいるかもしれないのに、そんな大きな声で話しかけないで下さい、迷惑します」

押し殺した声で詰《なじ》り、あとは息をひそめるように沈黙したままであった。明らかに極反動と見なされている壹岐と話すことを怖れているのだった。ソ連の収容所という大きな牢獄《ろうごく》に繋《つな》がれ、さらにその中の営倉という二重、三重の鎖に繋がれながら、なお且《か》つ、民主委員の耳目を怖れて、同じ日本人の呼びかけにすら応《こた》えず、息をひそめている姿は、シベリア民主運動に人間性を圧殺されてしまった惨《みじ》めな人間の姿であった。しかし、壹岐自身とて営倉へぶち込まれて、連日連夜、執拗《しつよう》に繰り返されるシベリア民主運動から解放され、ほっと心が安らいだことは否《いな》めなかった。板の上に寝転んだり、眠られぬまま輾転《てんてん》としていると、深夜になってから、監視兵が黒パンと水を持って来た。冷えきった体に冷たい水がしみ入るように通ったが、十数時間ぶりに口にするものであった。

翌日、一つ置いて向うの男は出され、壹岐は、終日、寒さと飢えに耐えた。収容所の北隅にある営倉からは、収容所の広場で行なわれる大衆カンパの叫びが聞えて来る。

「反動を帰すな！」

「天皇島上陸！」

「スターリン大元帥《だいげんすい》、万歳！」

絶叫とそれに続く革命歌が、ダモイを前に、ここを先途《せんど》と繰り返されている。殆《ほとん》どの者が早く帰国したい一心で、民主運動に追随し、中にはアクチブに積極的に協力し、自分の仲間を売って、ダモイの切符を手に入れようとしている。一刻も早く帰国したい一心から、日本人が日本人を売り、死に追いやった事実は、シベリア抑留の汚辱の歴史として残るだろう。

三日目も、黒パンと水だけの営倉食を食べ、寒さに震えながら、体を消耗しないように床に寝転んでいると、深夜、突然、けたたましく、カン、カンとレールの鐘が打ち鳴らされた。不意打ちの所持品検査や逃亡者が発覚した時、鳴らされる非常点呼の合図であった。壹岐は板壁の隙間に耳をおし当て、耳をすました。ラーゲリの広場に、続々と人が集合する騒《ざわ》めきが聞え、やがてロシア語で声高に喋《しゃべ》る声がしたかと思うと、

「万歳！　ダモイだ！」

「帰国だ！」

わっと、どよめきが起った。そしてすぐインターナショナルの合唱が起った。それは帰国出来る率直な感謝の思いと、帰国組からはずされまいとする狂おしいばかりの願いを籠《こ》めた歌声であった。

壹岐は、複雑な思いで板壁から離れた。全員が帰還できるようにと祈りながら、この日を待たずに餓死し、病死し、あるいは香川大佐のように発狂して、非業《ひごう》な死を遂げた将兵が哀れでならなかった。

ふと、営倉の扉《ドア》がコトコトと鳴るのに気付いた。監視兵かと思ったが、それにしてはカツン、カツンという高い靴音がしない。強い風が吹きつけている気配もない。小窓の傍《そば》へ行き、外を見ようとした時、

「壹岐さん、水島です――」

小さく囁《ささや》いた。ダモイに狂喜している騒ぎにまぎれて、やって来たらしい。

「大丈夫か、どうしたのだ？」

壹岐は、あたりに気を配りながら、低い声で聞いた。

「私はダモイの名簿からはずされ、どこか奥地へ出発させられる様子ですから、お別れを告げに参りました」

「神森も、一緒か」

「いえ、神森さんは、今日、いつの間にかどこかへ連行されました――」

「そうか――、しかし神森のことだから、どこへ行っても彼らしく節を曲げずに、強く生きぬくだろう、水島君、お互いに生きて祖国へ帰ろう」

万感の思いをこめて、云うと、

「壹岐さんこそ、どうかお元気で――」

水島は、小窓の格子《こうし》の間からパンと砂糖をさし入れた。それは水島が一日のノルマとして受け取る給食から、割いたものであった。

「いいよ、私は営倉に入れられているから、労働はない、君は重労働に服しているのだから、持ってい給《たま》え」

と押し返すと、

「いえ、受け取って下さい、もう互いに別れるのですから――」

そこには生きて祖国に帰ろうと云いながらも、再び生きて会えぬかもしれぬ今生《こんじよう》の別れが籠められていた。壹岐は、黙ってパンと砂糖を受け取った。何か云おうとしたが、こみ上げて来る思いで、言葉にならなかった。水島も同じ思いらしく、感慨無量の思いをこめて、壹岐の顔を見詰め、

「ではお元気で――」

別れの言葉を告げ、足早にたち去って行った。

その翌日から、収容所の中はさらに狂気じみた革命歌と大衆カンパが続き、帰国のために身体検査を受けるべく、医務室の前に並んでいる時まで、討論をし、帰国の荷

物を作りながらも、インターナショナルを絶叫しているのが、営倉内にいる壹岐にまで聞えて来、まるで狂人の集団の様相を呈していた。そして五日目、遂《つい》に彼らが待ちに待ったダモイの日であった。

朝から赤旗掲揚、敬礼、スターリン大元帥とソ同盟万歳を三唱した後、インターナショナルを歌いながら、五列縦隊になって、営門を出て行く姿が、営倉内の壹岐からも見えた。ソ連から支給された綿入れの詰衿《つめえり》の服を着、荷物を背負った帰還者たちの背を、折から降りはじめた雨が濡《ぬ》らしていたが、タッ、タッ、タッと足音も高く、営門を出て行く帰還者のうしろ姿は、陽が光り輝き、躍っているような生気に満ち溢《あふ》れていた。ハバロフスクからナホトカへ着けば、そこに祖国から迎えに来た船が、日章旗を翻《ひるがえ》して待っているはずであった。壹岐は思わず、営倉の窓枠を握りしめ、暫《しば》し、堪え難い望郷の思いで、帰還の列を見送った。次第に遠ざかる姿を見詰めながら、壹岐は自分は、関東軍将兵七十万の最後の一兵卒の帰還まで見届けてからでなければ、還《かえ》れぬのだと、自分の心に云《い》いきかせた。

七章　戦　犯

壹岐《いき》は営倉から出された。

昨夜来の雨は上り、雲の切れ目から射《さ》してくる秋陽《あきび》は、五日間の営倉入りで湿《し》けた体に快かったが、昨夜のうちに大半の俘虜《ふりょ》が帰還してしまった収容所は、廃墟《はいきょ》のように静まり返り、通路のぬかるみに幾百となくしるされている帰還者たちの靴跡が、取り残された壹岐の心を、生々しく引き裂いた。

「荷物を持って、出発だ」

警備将校が、壹岐の所持品をぽいと渡し、営門へせかせた。そこに待っていたのはジープではなく、窓のない箱型の囚人護送車であった。

一時間ほどして、降ろされたところは、ハバロフスク市内の「白監獄」と呼ばれている監獄の中であった。もう一つの「赤監獄」が一般犯罪の未決囚と、政治犯を含む既決囚を収容しているのに対し、白監獄は政治犯の未決囚を収容していることは、三年前、極東軍事裁判の取調べのために投獄された時に知ったが、今また、投獄される理由をはかりかねた。

身体検査を終り、長い迷路のような廊下を看守に引きたてられ、突き当りの鉄の扉を開いた。そこには、ずらりと監房が並び、壹岐は十九番目の房へぶち込まれた。ロシア人、ドイツ人、ポーランド人など四、五名が入れられている狭い雑居房であった。

「今、関東軍はどんどん帰還しているというのに、なぜお前はぶち込まれたのだ」

一番、齢《とし》の若そうなロシア人が、聞いた。

「解《わか》らない、収容所の日本人が帰還した翌日、突然、囚人護送車でここへ連れて来られたのだから――」

「すると、お前は戦争中、諜報《ちようほう》関係だったのか、監獄へ来る日本人《ヤポーネツ》の大半は特務機関や憲兵、警察官、外交関係者だ」

その言葉に、壹岐ははじめて、思い当るものを覚えた。シベリア民主運動で、諜報、特務機関、外交などに携った者は〝前職者〟と呼ばれ、ことあるごとに激しい吊《つる》し上《あ》げを食ったのは、当初からソ連の報復目的の意図に副《そ》っていたことになる。

「私は、諜報関係者ではなく、作戦参謀だが、ソ連にしてみれば同じ部類の人間だろう、で、あなた方は何の容疑で、入れられているのだ」

身振りを入れたロシア語で聞くと、年長者らしいドイツ人が、体を乗り出し、

「貴下は、作戦参謀か、私もスターリングラード攻防戦に出る前は、ドイツ参謀本部勤務の参謀中佐で、大島駐独大使をよく知っている」

一同を下目《しため》に見るような態度をしていたドイツ人は、急に壹岐に親しみをこめた表情で、話しはじめた。壹岐は、大島駐独大使が、極東軍事裁判でA級戦犯に指名されたことを話すと、ドイツで行なわれたニュルンベルク裁判も、勝者の一方的な裁判であることを、憤《いきどお》りをもって語った。

「しかしだね――」

二人の会話に、ロシア人が言葉を挟んだ。

「あなた方は、自分と戦った敵国によって裁かれ、投獄されている、しかし、私の場合は、自分が命を賭《と》して戦った祖国ソ同盟によって裁かれ、投獄されている、私は元ソ連赤軍の中尉《ちゅうい》であり、忠実な党員であり、今次大戦では勇敢にドイツ軍と闘った、それがレニングラードの激戦で捕虜になり、ドイツ軍の捕虜収容所に入れられ、終戦後、解放されてフランス、イタリアで働いていると、祖国は諸君を祖国防衛戦争の英雄として迎え、栄誉を与えて好遇する、家族も待っていると云《い》われ、その言葉を真《ま》に

受けて帰国したら、ドイツのスパイになっていた売国奴《ど》として、国家叛逆罪《はんぎゃくざい》で投獄されたのだ、また私の友人は国営農場《ソフホーズ》の一団員だが、収穫後の取残し馬鈴薯《ばれいしょ》を一晩、自宅の庭へ置いていたのを、密告され、国有財産の収奪、即《すなわ》ち反革命罪だと逮捕され、政治犯としてチタの強制収容所へ送られている、これじゃあ、わが国の囚人の数が三千五百万というのも、もっともな話さ」

忿懣《ふんまん》をぶちまけるように話した。壹岐は自分も乗せられたことのある囚人護送列車の超満員ぶりを思い出し、頷《うなず》くと、向い側に坐《すわ》っているポーランド人が、半白の髪をかき上げ、

「そうすると、囚人はこの国の人口の約五分の一というわけか、国家建設のために、囚人ほど安価で、忠実な労働者はないというのが、帝政ロシア時代からの伝統だが、革命後は他国にまでその〝囚人濫造《らんぞう》政策〟が及んで来るのだから、義憤を感じる」

と云った。

「あなたは何の容疑で――」

壹岐が聞くと、

「私はワルシャワの官吏でね、役所の会議でソ連批判をした翌日、家へ帰る路上で突然、近付いて来たゲー・ペー・ウーの車に拉致《らち》されたのだ、戦後、ポーランドは国を

あげて反ソで、一刻も早くソ連の支配から解放されたいと願っている、自分の国にありながら、絶えずソ連の影に怯《おび》え、玄関のベルが鳴る度に、ゲー・ペー・ウーではないかとびくびくする生活ほどみじめで重苦しいものはない――」

重い嘆息を洩《も》らし、あとはおし黙った。

「それでも、あなた方には祖国があるから羨《うらやま》しい」

沈黙を破るように、初老の白系露人が云った。

「われわれは未決囚といっても、いずれ強制収容所行きは免れないが、あなた方は刑を終えれば帰ることの出来る祖国がある、しかし、私たち白系露人は永遠に流浪《るろう》の民だ――、ハルピンで離散した家族とも、祖国があれば、いつか会えるという希望も持てるが、流浪の民は、一度、別れれば再び会うことはないだろう」

湿《しめ》りを帯びた口調で、語った。壹岐は、胸が抉《えぐ》られるような思いがした。ハルピンにいた白系露人の悲運は、日本の敗戦とかかわりのある問題であった。

その翌日、白系露人は看守に呼ばれて出て行ったきり、戻って来ず、一カ月後にはポーランド人が連れ去られ、壹岐の番が来たのは、翌昭和二十四年三月の深夜であった。

監獄の中庭から再び囚人護送車に乗せられ、連行されたのは、ハバロフスク内務省であった。玄関を入ったホールの壁に、スターリンとベリヤの肖像画が掲《か》かり、深夜だというのに、人の気配があちこちで感じられる。

ホール横の階段を上り、廊下を区切った事務室のようなところで、警備将校に名前を照合されてから、取調室へ入れられた。正面の机に取調べの将校、その横に背広を着た通訳が坐り、三年前の極東軍事裁判のための取調べの時と同じであったが、何のための取調べであるのか、壹岐にはまだ解らなかった。

「オ前ハ壹岐正《イキタダシ》ダネ？　ソコヘ坐ッテヨロシイ」

通訳が、椅子《いす》を示し、壹岐が坐ると、法務大尉《たいい》の肩章《けんしょう》をつけた取調官は底光りする鋭い眼付きで、じっと壹岐を見、

「私は、予審判事のシャーノフ大尉だ、ソ同盟はお前を戦犯容疑で拘引し、本日より取調べをはじめる」

と告げた。壹岐は、頬が硬《こわ》ばった。A級戦犯は極東軍事裁判で裁かれ、B、C級戦犯については、各国現地政府の判断によって行なわれることは知っていたが、一方的に日ソ中立条約を破棄して攻め入って来たソ連が、戦闘らしい戦闘も交えていない日本軍を三、四年間も抑留した上、戦犯云々《うんぬん》を云い出すなど、考えも出来ぬことであっ

た。

「取調べには正直に、ありのままに応《こた》えることだ、そうすれば、ソ同盟の寛大な処置を受けられるが、もし虚偽の陳述をするならば、お前は二度と日本へ帰れないだろう」

シャーノフ大尉は、最初から高圧的な態度を示した。深夜の呼出しも、取り調べられる側の心理的圧迫感を計算してのことらしい。

「まず、お前が一九四一年から四四年にかけて、大本営参謀だった当時の情報部ロシア課のことについて聞く、当時のロシア課長は誰であったか」

「私が属したのは作戦部であり、情報部のことは関知しない」

素っ気なく応えると、

「それでは、次に非常に興味ある質問をする、作戦参謀であるはずのお前が、一九四三年にわが国へ潜入し、情報活動を行なったのは、いかなる理由によるものか」

壹岐は一瞬、言葉に詰った。たしかに昭和十八年、壹岐は密命を帯び、渡航した。当時ソ連は、独ソ戦で苦戦しており、ソ連指導部はモスクワに残っていたが、大使館などはボルガ河畔のクイビシェフへ後退しており、壹岐はクイビシェフの日本大使館へ行ったが、まさか秘密裡《り》の渡航まで調べ上げられているとは思っていなかった。

「確かに私は一九四三年五月から八月にかけて、貴国を訪れた、しかしそれは当時、クイビシェフに移った駐ソ日本大使館の武官室の業務、人事に関する本国からの連絡事項を伝えるためであって、云われる如《ごと》き情報活動を目的とするものではない」

断固とした口調で押し返すと、

「すると、その時のパスポートは当然、当時のお前の身分である参謀本部勤務、陸軍少佐、壹岐正であるわけだが、わが国の外務省には、該当する人物の登録がない、この点についての説明を聞きたい」

眼を光らせ、じわりと攻めにかかった。壹岐が応えられずにいると、

「この外交官を、お前は知っているか」

顔写真を貼付《てんぷ》した入国書類を、眼の前に突きつけた。それは髪をのばし、背広を着た三十一歳の壹岐正の顔写真にほかならなかったが、身分証の欄には外務省書記生、高原弘と記されている。壹岐は観念せざるを得なかった。

「私だ――」

と認めると、シャーノフはぐいと体を乗り出し、

「そうだろう、軍人のお前が外交官になりすますには、まず丸刈りの頭を、何カ月間

かかって長髪にすることからはじめねばならぬ、ということは、それほど重大な諜報目的があり、綿密な計画のもとにわが国へ潜入したわけだ、その時のお前の任務が何であったのか、詳細に話せ」

「任務はさっき云ったように、駐ソ日本大使館付武官の人事に、本国の意図を正確に伝えるため以外の何ものでもない、外交官に身分が変っているのは、独ソ戦の最中《さなか》であることから、軍人の身分のままでは要らざる誤解を受けるので、外務省に出向の形をとったまでだ、日本では外交伝書使と云い、国際慣習としても、クリエールという呼び名で、貴国をはじめ、各国間で公式に認められていることである」

と開き直ると、さすがにシャーノフは口詰った。

元来、外務省役人が渡航する場合、国際慣習としてどの国の税関でもその荷物はチェックせず、フリー・パスにしているので、秘密書類を携帯するには、絶好のルートであった。しかし、戦時下ともなると、軍事的な極秘文書、暗号書の類《たぐい》を携帯することが多く、あわせて相手国の戦力、戦略を実地に調査、情報収集する目的のためにも、外交官より、軍人自身が行く必要があり、各国とも外交官の身分証を持った軍人が、外交伝書使に任じて、入国することがしばしば行なわれた。

壹岐が特に外交伝書使に任じられたのは、独ソ戦の戦況、ソ満国境周辺のソ連兵力および連合軍へのソ連参戦の動向を探ることが、主目的であった。

取調室の時計は午前二時を指している。シャーノフは一旦《いったん》、口を噤《つぐ》んだが、それでひっ込むような予審判事ではなかった。

「国際慣習など、この際、関係のないことだ、その時、お前は単独でわが国へ入国したのか、それとも誰かと一緒であったか」

「同じ参謀本部の上官と一緒であった」

どうせ知られていることには、正直に応えた。

「では、どういう経路でクイビシェフへ行ったのか」

「ウラジオストックからハバロフスクへ行き、そこからシベリア鉄道でクイビシェフへ着いた」

「車室《クペー》には、白系露人は乗り合わせていなかったか」

「途中で乗って来たかもしれぬが、記憶してない」

「よく思い出してみろ、イルクーツクで関東軍のスパイをしている白系露人が同乗して来、シベリア鉄道で輸送されているソ軍兵力について、情報をもたらしたであろう」

日本軍がソビエト、ドイツの情報収集に白系露人を使っていたことは事実であり、壹岐がクリエールに任じた時も、列車内で白系露人と接触したが、認めるわけにはいかない。

「そんな事実は全くない、同室者とは風景の話以外にした覚えはない」

「それは取りも直さず、ソ同盟の秘密軍事施設の情報収集ではないか、いくらお前がしらを切っても、同乗者の中に、お前たち二人の行動に不審感を持った者がおり、内務省へ届け出ている、その届出によると、お前ともう一人の同行者は、十二時間交替で、シベリア鉄道を行き交う列車を観察し、兵隊、武器を乗せた列車については、その時間、行先、数量を克明に書き記していたというではないか」

シャーノフは、畳み込むように迫った。外交伝書使が概して二人一組であるのは、二十四時間の観察を必要とされるからであったが、シャーノフが外交伝書使を国際慣習として認めないと言明している以上、否認し続けるほかなかった。

「同行者と話したり、窓外を見ていたら、貴国はすべて諜報というのか、全く身に覚えのないことだ」

突っ撥《ぱ》ねたが、シャーノフは壹岐を黙らせ、次の訊問《じんもん》に移った。

「クイビシェフの駐ソ日本大使館では、誰に会い、どんな文書を渡したのか」

壁時計は三時半を廻っていたが、シャーノフは一刻も休ませなかった。壹岐は固い木の椅子に夜を徹して坐らされていることの苦痛とともに、次第に頭がぼんやりして来た。

「駐ソ日本大使館で会ったのは、東《あずま》大使、牛場参事官、そして林武官、五味武官補佐官であり、携帯文書は外務大臣から大使に宛《あ》てた親書と、陸軍、外務省の暗号書だ」

「外務大臣から大使宛の親書の内容を云え」

「大使宛の親書は、われわれには窺《うかが》い知れない」

不測の事故を慮《おもんぱか》り、その内容は口頭で教えられていたが、壹岐は首を振った。

「まだ嘘《うそ》をつく気か！　だがお前の周囲は、既に証拠と証人で取り囲まれている」

「それなら、その証人と証拠を見せてほしい」

一歩、引けば、二歩、三歩と乗じて来るのが彼らの習性であるので、壹岐は、踏んばり通した。シャーノフは苛《いら》だった形相で、荒々しくペンを走らせ、

「これが、今日の取調べの調書だ、通訳が読んで聞かせるから、サインしろ！」

と云った。通訳が読み上げる調書を聞いて、壹岐は唖然《あぜん》とした。外交伝書使に任じた壹岐は、スパイに仕立て上げられている。

「こんなでたらめな調書には、サイン出来ない」

言下に拒否すると、シャーノフは遂《つい》に怒りを爆発させた。

「四時間半にわたって調べたことを、お前は無視し、サインしないというのか！　それでどうなるか解っているのか！」

壹岐がもはや、応えないと解ると、

「これから先は長いのだ、暫《しばら》く反省の時間を与えるから、ゆっくり考えろ！」

云うなり、警備兵を呼び、連れて行けと命じた。

吹雪の荒れ狂う暗い早朝の道を、壹岐は囚人護送車に揺られ、もとの白監獄に戻されたが、壹岐が入れられたのは、それまでの雑居房ではなく、独房であった。

独房の中で一カ月が過ぎた。

灰色の壁面に囲まれた陰々とした独房にも、明り採りの小窓はあった。天井に近い高さであったから、外界を覗《のぞ》くことは出来ないが、日中は鈍い光が射《さ》し込んで来る。壹岐は、小窓に動くものを感じた。眼を上げると、雀《すずめ》が一羽、窓枠にとまっている。壹岐は久しぶりに心が明るみ、雀の動きを眼で追った。

羽虫をとるように、小さな嘴《くちばし》を羽根のつけ根や、胸の下にさし入れ、せわしく突ついていたかと思うと、細い小さな足で頭部を、ち、ち、と囀《さえず》るようにかいている。その愛らしい動作に、壹岐は、ふとわが子の姿を連想し、背を伸び上らせた途端、雀はぱっと飛びたってしまった。

いいようのない寂寥感《せきりようかん》が胸にこみ上げた。壹岐は再び灰色の壁に向い、寂莫《せきばく》とした思いに耐えていたが、救われようのない孤絶の思いをぶっつけるように、両の拳《こぶし》で、壁を叩《たた》いた。その壁面には曾《かつ》て、この独房で呻吟《しんぎん》した人々が、苦しみと恨みをこめて書いた言葉が、書き残されている。投獄の際、厳重な所持品、身体検査によって一切の刃物、金属類は取り上げられているはずであったが、漆喰《しつくい》がはがれ、剝出《むきだ》しになった壁面には、釘《くぎ》やガラスの破片などで、無数の言葉が刻まれている。

如何《いか》なる運命のいたずらぞ!

飢餓、恐怖、運命、囚人

お母さん!

殺さば殺せ!

生きている、一九四九年四月、森川　武

壹岐が判読でき、その意味が解《わか》るのは、ごく限られていたが、そこには呪《のろ》いと恨みと苦しみ、絶望の極致におかれた人間の言葉が書き列《つら》ねられている。そのどれもが同じ運命にある壹岐自身の叫びであったが、一際《ひときわ》、高い壁面にかすかに読み取れるロシア語の文字が、壹岐の眼を捉《とら》えた。

Да《ダー》*, бог*《ボーグ》 *не*《ニエ》 *существует*《スシチエストヴーエット》*!*（神は存在せず！）

この独房の中で神の存在を否定した人の凄惨《せいさん》な叫びが聞えて来るようであった。しかし、この凄惨な状況の中で、何かに縋《すが》らずに生きることが出来るだろうか――、むしろ、神を信じるが故《ゆえ》に、この地獄の苦しみに耐えかねて神の存在を確かめ、神の心を呼び起し、神に助けを求めるための絶叫のように思われた。

やがて小窓から陽の光が消え、天井からぶら下っている裸電球が点《つ》いた。投獄されている者のための灯《あか》りではなく、看守が監視するための灯りであるから、翌朝、陽が射し込むまで終夜、消されることのない電灯であった。

突然、がちゃりと、独房の鍵《かぎ》がはずされ、熊《くま》のような大男の看守が顔を覗かせた。

「ダワイ！」

出ろと命じた。

「また、今夜から取調べが始まるのか」

と聞くと、そうだと頷《うなず》いた。

「私は、まだ夕食をしていない、夕食のカーシャ（粥《かゆ》）が来るまで、待って貰《もら》いたい」

夜を徹しての長時間にわたる取調べを受けねばならぬことを考え、そう頼むと、看守は、同情するような顔をしたが、

「夕食の配給は、今日は遅れているから、お前の要求は聞けない、護送車はもう来ているのだ」

と促した。独房を出、看守について長い迷路のような廊下を歩き、やがて出口にまっすぐ続く直線の廊下に来た時、薄暗い廊下の向うから、足もとがふらふらになり、歩行も出来ぬような人間を、二人の看守が両側から抱えるようにして、運び込んで来る光景が眼に入った。壹岐とは逆に、今まで内務省で苛烈《かれつ》な取調べを受けて、戻って来た者らしい。よほど参りきっているのか、意識不明のように、首をがくりと前へ垂れている。壹岐を連行している看守は、慌《あわ》てて声を上げ、双方の未決囚が顔を合わせぬよう合図したが、途中、折れ曲る廊下はなかった。向うの看守は、二人抱えでその男の体を後向きにし、顔をぴたりと廊下の壁におしつけた。そのただならぬ様子で、壹岐は、相手が日本人に違いないと思った。

「まっすぐ前を見て歩くのだ！　少しでも横を向くと、明日から地下の営倉入りだぞ」

看守は、壹岐の腕をぐいと捩《ねじ》り上げるようにし、ぐんぐん歩を早め、後向きにされている男との距離は次第に、縮まって来た。関東軍の将校らしく、真後ろまで来た時、壹岐は思いきってたち止まると、がくりと首を垂れていたその男も壁面におしつけられていた顔を、壹岐の方へ捩《ね》じ向け、二人の視線が合った。憔悴《しょうすい》しきっていたが、間近で見ると、壹岐より遥《はる》かに若く、一途《いちず》に思いつめた悲壮な光が眼の中に溢《あふ》れていた。おそらく任官したばかりで関東軍に配属され、捕虜になった将校らしい。まだ少年のような幼ささえ残っている。頑張るのだ——、壹岐は眼で強く励まし、看守に腕を引っぱられて、行き過ぎかけると、突如、背後から、

「機動旅団、陸軍少尉《しょうい》堀敏夫、死刑！」

絶叫するような声が、起った。思わず振り返ると、二人の看守が少尉の口をふさぎ、乱暴にひったて、壹岐もひったてられた。

錐揉《きりも》まれるような思いで、二、三十メートル行くと、

「陸軍少尉堀敏夫、銃殺刑！　福岡の父母にお伝え下さい！」

再び、血を吐くような声が、追って来た。刑が決ったのか、それとも恐怖で錯乱状

態に陥っているのか――。

「堀少尉だな！　解《わか》った、最後まで頑張るのだ！　私は――」

壹岐も叫び、名乗ろうとすると、看守の手が壹岐の口をふさいだ。そのまま二人の距離は隔てられ、壹岐は護送車に押し込まれた。


夜のハバロフスク内務省には、明るい灯《あか》りが点《つ》き、取調室に入ると、予審判事のシャーノフ大尉が、通訳を従えて、待ち構えていたように、

「暫く、ご無沙汰《ぶさた》だったが、どうかね、少しは体力が回復したかね」

薄笑いをうかべて、聞いた。

「ご覧の通りだ」

壹岐は、げっそりと窶《やつ》れた顔で応《こた》えると、

「強情をはるからだ、どうせ戦犯はまぬがれないのだから、今後の取調べには、もっと素直に協力したらどうだ、そうすれば、昼食は、白パンとチーズの特別食を与えるし、随時、煙草《たばこ》も与える」

見えすいた餌《えさ》をちらつかせた。

「せっかくのご好意だが、ご遠慮する、私は貴国が一方的に日ソ中立条約を破って、攻め入っておきながら、戦犯を告発する取調べをすること自体、納得できない上に、目的のためなら手段を選ばない貴官のやり方は承服しかねる、私の方こそ、今後の取調べは、朝からにし、監獄の就眠時間までにきり上げて貰いたい」

と云《い》った途端、シャーノフは頰を引き吊《つ》らせ、

「つけ上るな！　いつまでも反抗していると、マガダンへ送るぞ！」

と威嚇《いかく》した。マガダンは、ソ連の凶悪殺人犯でも、その地名を聞いただけで、震え上る極北の流刑地《るけいち》であった。壹岐が黙すると、威嚇が功を奏したと思ったのか、シャーノフは訊問を開始した。

「お前は、大本営参謀本部で、作戦計画に参画したことを認めるか」

「認める」

「開戦時に、お前が担当した作戦は何か」

「シンガポール、マニラ攻撃作戦だ」

「そんな抽象的な表現では解らない、如何《いか》なる作戦目的のために、どれだけの兵力を、どの地点へ送ったのか、その作戦開始のため、いつ頃から軍隊の行動が開始されたのか、それらについて、すべて具体的に述べるのだ」

シャーノフは、椅子《いす》の肘《ひじ》に両手をのせ、一項目ずつ、ゆっくり区切るように促した。

日米開戦における参謀本部の作戦計画は、当時、二十九歳であった壹岐が、十数人の作戦要員の一人として心魂を打ち込んだものであった。壹岐は、半ば公知されている骨子だけを頭の中で整理して、口を開いた。

「日米開戦の緒戦《ちよせん》において、大本営が計画した作戦は、海軍の真珠湾奇襲に続いて、陸軍のシンガポール、マニラ攻略にあった、シンガポール攻略にあてた兵力は、第二十五軍十五万、マニラ攻略には第十四軍十万で、情勢の逼迫《ひつぱく》した十一月初旬からは内地、満州、支那《しな》各駐屯地から輸送船団を組織し、海南島沖合、台湾澎湖《ほうこ》島《とう》沖合などに集結させ、和か、戦《せん》か、日米両政府間の交渉の結果を待機させた、和の場合は直ちに引き揚げ、戦の場合は真珠湾攻撃開始後、一時間乃至《ないし》二時間でマレー半島に上陸し、さらに二時間後にルソン島上陸を開始するというのが、大本営の作戦の概要だ」

「二十万もの兵力を秘密裡《り》に南方へ移送するには、よほど以前から綿密な作戦計画をたてねばならないが、いつ頃からたてていたのか」

シャーノフは、日本が如何に侵略的であったかを証拠づけるように聞いた。

「日米間の情勢が悪化した六月頃からだ」

さらりと逃げかけると、

「そんなはずはない、もっと以前から準備されていたはずだ」

「たしかに参謀本部の任務は、国家が如何なる軍事的な決定をしても、直ちにそれに即応できるように平素から準備しておくことで、毎年度、情勢に応じた修正を加えつつ、机上の作戦プランはたてている、しかし、このようなことは日本のみならず、どの国の参謀本部においても同じはずである」

と突っ撥ねると、シャーノフはいまいましげに、

「では、日本の対ソ作戦について聞く、お前が今云った通りだとすれば、参謀本部において、当然、毎年度、対ソ作戦が机上プランとして作られていたわけだな」

「その通りだ」

「では、一九三一年の満州事変以降一九四五年までの毎年度の対ソ作戦の内容を云え」

「私は一九四一年から参謀本部勤務になったのだから、それ以前の対ソ作戦は全く関知しない、それ以後も、対米作戦の担当の方が長く、関東軍参謀に転出する前、一年しか関与したことがないので、その年度だけについて話す」

と云い、ソ満国境の防禦《ぼうぎょ》作戦について述べた。シャーノフは細い眼を光らせながら、詳細に聞き糺《ただ》したあげく、壹岐を暫く休憩させ、頻《しき》りにペンを動かしていたが、やお

ら、顔を上げると、

「大本営で作戦計画に関与したお前の罪は、ソ同盟刑法第五十八条四項の資本主義幇《ほう》助《じょ》罪に相当する、今日の訊問はこれまでにするから、署名しろ」

と調書を突き出した。

「それは納得できない、日本人である私が、資本主義国家である日本の国防のために遂行した行為に対して、ソ連の国内法を適用するなど荒唐無稽《こうとうむけい》であり、国際法に違反する」

頑として云い張ると、シャーノフは、

「敗者に納得も、国際法もない！ 何が正しいか、悪いかをきめるのは、ソ同盟だ！」

いきりたった声で、怒鳴りつけた。壹岐はあまりの馬鹿馬鹿《ばかばか》しさに、二の句がつげずにいると、シャーノフは、壹岐が黙認したものと解釈し、

「では次の訊問に移る、お前が大本営参謀本部から、関東軍司令部に転出した一九四四年以降、関東軍に機動旅団が編成されたが、この事実を認めるか」

壹岐は、直感的にこれは答えの難しい問題を持ち出されたと、思った。しかし、つとめて平静に、

「認める」

と云うと、

「機動旅団編成を提案したのは、お前なのか」

「私一人ではない、しかし、その編成計画には参画した」

「どういう目的で、編成された部隊なのか」

シャーノフの眼が、蛇《へび》のように光りはじめた。

「敵の背後に潜入し、交通線の遮断、司令部、砲兵に対する夜襲、倉庫その他軍用施設の破壊などを目的として、編成した部隊である」

「部隊の本拠が所在していたのは、どこだったのか」

「満州の吉林《きつりん》である」

「兵力及び旅団長、参謀の名を挙げよ」

壹岐は、じわりと脂汗《あぶらあせ》が滲《にじ》む思いがした。外交伝書使に任じたこと、大本営参謀として大東亜戦争の作戦に関与したことは、どのように調書がでっち上げられても、あくまで自分自身に関してのみの罪状で、他の関東軍将兵に及ぼすところはなかったが、機動旅団の問題は、答えよう如何《いかん》で、機動旅団全員に累《るい》が及ぶ危険性がある。

シャーノフの視線が、まっすぐ壹岐を見、

「黙秘しても、当局は既に機動旅団長と連隊長の氏名を知り得ており、機動旅団は五千名で、謀略部隊であることを突き止めている、もちろん、この旅団の編成に参画したお前も、認めるだろうな」

「機動旅団の編成の目的は、先程、述べた通りであって、断じて謀略部隊ではない」

断固として云うと、

「この機動旅団に対してお前が、関東軍司令部の作戦主任であった時、謀略実行の命令を下したことまで解っているのだ、素直に認めろ！」

「一方的にきめてかかる前に、機動旅団の行動の主体というものを、正しく理解して貰いたい、まず機動旅団は正規の軍隊であって、制服を着用し、あくまで軍隊として行動する、たとえばその行動地域が敵の背後であり、その使用兵器が爆薬、焼夷《しょうい》剤を主としても、その行動は作戦行動である」

「敵の背後に潜入して、破壊謀略を行なうことが、謀略部隊とどう違うのだ、同じではないか！」

シャーノフは語気を強め、畳み込むように云った。

「いや、違う、国際法でいう破壊謀略とは、非軍人または平服を着た軍人が行なうもので、制服を着た正規の軍隊の行なうものは、あくまで作戦行動である」

壹岐も負けずに押し返すと、シャーノフは分厚《ぶあつ》な法律書を開き、

「ソ連刑法第五十八条九項によれば、〝謀略とは爆薬または焼夷剤を以《もっ》て、国家施設、交通線、司令部などを破壊焼却するをいう〟と定められており、軍服、平服の如何などは無関係である」

頭から断定した。

「ソ連の国内法がどうあれ、私は日本の軍人で、戦犯容疑で拘束されているのだから、国際法によって裁くべきである、国際法によれば、関東軍の機動旅団は、謀略部隊などという疑いは生じないはずだ」

壹岐は、必死に抵抗した。

「黙れ！　お前はわがソ同盟の法律を侮辱する気か！」

「そんな気持は毛頭ない、しかし、何度も云うように戦犯という特殊の条件を、少しも考慮せず、自国民に対する、または自己の主権下に行なわれた行為に対すると全く同じく、自国の法律をそのまま適用しようとするところに納得がいかないと云っているので、その点を理解して貰いたい」

壹岐は、シャーノフをこれ以上、激昂《げっこう》させないように、強いて静かな口調で云ったが、逆にシャーノフはますます激昂し、

「お前は度《ど》し難いファシストだ！　特別に反省する時間を与えてやるから、頭を冷や

して来い！」

と云うなり、警備兵を呼び、何事か、わめき散らすように命じた。

二重窓の外は真っ暗だったが、壁時計は午前五時を示している。徹夜の取調べに壹岐は、疲労困憊《こんぱい》し、ようやくたち上ると、警備兵は、壹岐を引きたてるように廊下へ連れ出し、階段の方ではなく、さらに奥まった廊下の方へ連行した。

薄暗い廊下の突き当りまで来ると、両側に洋服ダンスのような長方形の箱がならび、警備兵はその一つの鍵をあけ、扉を開いた。服でも着替えさせるのかと思うと、

「入れ！」

高さ二メートル、幅五、六十センチの木の箱の中に、壹岐の体を押し込んだ。

直立の姿勢しかとりようのない狭い〝洋服ダンス〟の中に、箱詰め状態にされたまま、数時間が過ぎた。

入れられて二、三十分もすると、徹夜で取調べを受けた直後だけに、足腰が痺《しび》れるように痛くなり、大声で叫びたい衝動に駆《か》られたが、実際には声を出す力もなく、背を板にもたせながら朦朧《もうろう》とし、いつの間にか意識を失うように、たったまま眠った。

背中に強い痛みを感じて眼をさました壹岐は、僅《わず》かに背をずらした。入れられた時は午前五時で、真っ暗だったが、いつの間にか板の接目《つぎめ》や小さな節穴から、微《かす》かな光が流れ込んでいた。

意識がはっきり甦《よみがえ》って来ると、箱の中に澱《よど》んでいる人体の饐《す》えたような臭気に襲われ、嘔吐《おうと》を催した。天井には空気ぬきのために、穴があいていたが、何年間にわたって、どれだけの人間を箱詰めにしたのか、板に臭気がしみ込んでいるようであった。

嘔吐とともに尿意を催し、壹岐は痺れ切った足で床を蹴《け》り、拳《こぶし》で扉を叩《たた》いた。が、応答はなく、あたりは物音一つしない。この箱詰めのまま、自然死させられるのかと思うと、さらに全身の力を振り搾《しぼ》り、手と足で板を叩き続けた。

「静かにしろ！　何の用だ？」

外から、声がした。

「便所へ行きたい」

天井の穴に向って云うと、一旦《いったん》、足音は遠のいたが、やがて戻って来、がちゃりと鍵をあけた。

外に出された途端、目眩《めくら》みし、痺れた足腰がもつれて、壹岐はその場に、踞《うずくま》ってしまった。

「こら、たつんだ！」

警備兵は、壹岐の腰を蹴ったが、蒼白《そうはく》な顔色をみて、さすがに驚いたらしく、手をかして便所まで連れて行った。

排尿すると、ようやく蘇生《そせい》したような気持になり、足腰が屈伸できる便所がまたとない自由の天地のように思われた。

午後から再び取調べが始められた。机を隔てて向い合った途端、シャーノフは、

「どうだ、すべて喋《しゃべ》る気持になったかね」

呑《の》んでかかるように云った。箱詰めにされた時は、最悪の事態を考え、慄然《りつぜん》としたが、要はこれも合法的な〝拷問《ごうもん》〟であることが解ると、無性に腹がたった。

「貴官は戦犯をも拷問によって、思い通りの供述をさせようというのか」

「ソ同盟に拷問は存在しない、お前が入っていたところは、調査のために必要な臨時隔離待機所だ、私はお前一人を取り調べているわけではないので、調査には必然的に待機が伴うのだ」

平然と云いぬけし、

「待機がいやなら、取調べに協力すればよいではないか」

と自供を勧めた。

「何度云われてもそれは無理な要求である、機動旅団が作戦部隊だということは、関東軍作戦参謀が一番よく知っている、これが事実だ」

壹岐は、きっと眼を据え、昨夜来の主張を繰り返した。

「そうか、ではまた待機して貰《もら》わねばならんぞ」

シャーノフは、洋服ダンス入りを云った。全身を棒しばりにされるような苦しみは、これ以上、耐え難かった。しかし、同じ塗炭の苦しみに責め苛《さい》なまれ、取り調べられているであろう機動旅団関係者のことを考えると、壹岐は、洋服ダンスが自分の棺《ひつぎ》になることをも、覚悟しなければならぬと思った。

「たとえ何度、洋服ダンスに入れられても、私は言を曲げることは出来ない」

と応えると、シャーノフは暫《しば》し、穴のあくほど壹岐の顔を見詰め、

「ふん！　大きな口を叩いたが、何日、持ちこたえられるかやってみるがいい！」

憎々しげに云い、早々に取調べを打ち切った。

その後、壹岐は、シャーノフの前に引き出される度に、洋服ダンスの拷問にあった。回を重ねるにつれ、二時間しか耐えられなかった箱詰めに、三、四時間は耐えられるようになったが、身動き出来ぬ直立の姿勢のために全身鬱血《うっけつ》し、痺れ、いてもたってもおられなくて、絶叫したい衝動に駈られるが、それが過ぎると精神の混濁が来る。

せめてもの救いは、夜になれば監獄の独房へ帰って、寝《やす》めることだが、神経痛のような症状が顕著になり、夜半、一旦、眼を醒《さ》ますと、容易に寝つけなくなった。

洋服ダンスの拷問は、連日七日間、続いた。その日、白監獄の独房から出され、取調べもなく、いきなり、洋服ダンスに入れられた壹岐は、体中の痛みに脂汗をうかべて耐えているうちに、ふと眼前が火の海のように真っ赤になり、幻覚に陥った。ソ軍が侵入した新京の街を、在留邦人が火だるまになって逃げまどい、子供を抱き、髪を乱した母親が狂気のように壹岐に向って救いを求め、壹岐が救いの手を伸ばそうとすればするほど、火の手に阻《はば》まれ、炎に焼かれ、怨念《おんねん》に引き吊《つ》った顔が、壹岐に迫って来た——。

「おい！　ヤポンスキー、静かにしないか！」

突然、外から大声がし、壹岐は幻覚から醒め、意識を取り戻した。体中にべっとり脂汗が滲んでいた。

「ダワイ！　取調べがはじまる」

看守は、扉を開け、壹岐をかつぐようにして、取調室へ運んだ。

シャーノフ予審判事は、壹岐の朦朧とした顔を見るなり、

「私が、誰であるか、解るかね？」

薄笑いをうかべ、

「これから通訳に調書を読ませるから、よく聞くのだ」

シャーノフは云い、通訳を促した。壹岐の主張は、一切容《い》れられていず、関東軍機動旅団は、謀略部隊だときめつけられている。

「さあ、署名するのだ、署名さえすれば、今日で何もかも終了だ」

シャーノフは、ペンを押しやった。

「いや、そういう貴官の作文に署名など出来ない、何度、云われようとも、機動旅団は謀略部隊ではなく、れっきとした作戦部隊だ」

壹岐は、峻拒《しゅんきょ》した。シャーノフの顔から自信にみちた薄笑いが消え、烈火の如《ごと》く怒り出したが、機関銃のようにまくしたてる罵詈《ばり》雑言《ぞうごん》は、全く意味不明であった。

「壹岐サン、サインナサイ、ワガ国ノ文豪ゴーリキノ言葉ニ、運命ヲ押シマゲルコトハ出来ナイ、運命ガ人ヲ押シマゲルノダ、トイウノガアリマスヨ」

通訳が、見かねるように云ったが、壹岐は黙殺した。やがてシャーノフは、

「お前は一体、何に対してそれほど忠誠を誓うのか、機動旅団の将兵にか、関東軍か、それとも日本国に対してか」

理解に苦しむように、聞いた。

ろ」

「そのすべてに対してだ」

「しかし、お前一人、強情を張ってみたところで何になる、それよりこれを読んでみろ」

いきなり、俘虜《ふりょ》通信の返信を、壹岐の前に示した。規定通り、漢字と片仮名の文面だが、それはまぎれもなく、妻の筆跡であり、はじめて受け取る通信であった。壹岐は激して来る思いを抑え、一字、一句を吸い取るように、読んだ。

昭和二十三年十二月九日付ノ通信ニテ、ハジメテゴ無事ノゴ消息ヲ伺イ、安堵《あんど》致シマシタ。直子ハ小学生デヨク勉強ガ出来、誠モ、モウスグ小学校ヘ上ル齢《とし》ニナリマシタガ、悲シイオ知ラセヲ致サネバナリマセン。山形ノオ舅《とう》サマハ、アナタノゴ帰国ヲ心待チニサレナガラ、一昨年二月三日、風邪カラ肺炎ヲ引キ起サレ、逝《い》カレマシタ。ドウカオ気落シナサイマセヌヨウ。子供タチハアナタノオ写真ヲ机ノ上ニ飾リ、幼少ナガラモ父ニ対スル誇リヲ強ク持ッテオリマス。ゴ無事ナゴ帰国ヲオ待チ致シテオリマス。

読み終った壹岐の眼に、滲むものがあった。昨年、六月、ハバロフスク第十一分所にいる時、家族全員の消息を正直に報《しら》せてほしいと書き送った俘虜通信に対して来た返信で、日付からして、妻の葉書は半年以上、内務省で握りつぶされていた様子であった。終戦の詔勅《しようちよく》の下った翌朝、別れの言葉を告げる暇《いとま》もなく新京へ飛び、そのまま抑留された自分の身の上を、齢老いた父はどのように按《あん》じ、死の床で心を残して、息をひき取ったかと思うと、申しわけない思いで一杯であった。一方、子供たちが健《すこ》やかに成長していることは、何にもかえ難い喜びであった。

三年前、極東軍事裁判にソ連側証人として、東京へ連行された時、ソ連側の手配で紀尾井町《きおいちよう》の宿舎まで訪ねて来た妻子に会わず、二階の窓から垣間見《かいまみ》た二人の子供は、背丈こそ伸びていたが、瘦《や》せ細った手足であったことが、眼底に灼《や》きついている。今も時折、子供たちが、栄養失調になっているのに、与える食もなく、死にかかっている夢を見、ぐっしょり寝汗をかく時すらあるのだった。壹岐は暫《しば》し、機動旅団のことも、洋服ダンスの拷問のことも忘れ、直子と誠の成育した姿に思いを馳《は》せた。

「家族が、こんなにもお前の帰国を待っている、さ、署名するのだ」

耳朶《じだ》を撫《な》でるようなシャーノフの声がし、ペンを握らされた。壹岐は、ふらりと心が揺らいだ。その動きにつけ入るように、

「二人の子供は、可愛《かわい》いさかりの齢頃だろうな、男の児《こ》はお前にさぞ、似ているだろ

う」

シャーノフは、聞いた。壹岐は話せば涙がこみ上げそうで、唇を固く引き結んだ。

「私の子供たちも同じ齢頃だよ、今が父親を一番必要とする時期じゃないかねぇ」

じっと壹岐の眼を覗《のぞ》き込み、追いつめるように、云《い》った。思わず視線をそらすと、

「日本へ最近、行ったことのある政治部員の話では、戦死者の未亡人や、消息不明の将兵の妻たちは、生活苦からどんどん再婚しているらしい、お前が帰国した時、新しい父親が出来ていたという悲劇が起らないことを、同じ齢頃の子供を持つ父親として、私は助言するがねぇ……」

予審判事という立場を離れたような、しみじみとした口調で云った時、壹岐の心は波立った。そんなことがあり得るはずがないと、強く打ち消しながらも、この先、何年も帰国出来ぬ間に、万一、自分の家庭を失ってしまうようなことになれば……という不安に襲われた。

しかし、ここでシャーノフの要求通りに署名しても、ソ連は自分の身柄を釈放し、帰国させてくれようはずがない。それどころか、機動旅団編成当時の作戦主任である自分の自白を最大限に利用し、多くの同胞を地獄の苦しみに陥《おとしい》れるであろうと思うと、シャーノフの狡猾《こうかつ》な取調べに戦慄《せんりつ》を覚えた。

壹岐は黙って、ペンをシャーノフに押し戻した。その途端、シャーノフの表情は豹変《ひようへん》した。

「お前の子供たちは、お前のようなファシストの父を持ったことを恥じるだろう、なぜならば国際情勢が変化して、やがて日本も共産主義国家にならざるを得んからだ」

脅《おど》かすように云ったが、壹岐はもはや応えなかった。シャーノフが何と云おうと、妻の通信に、子供たちは父の写真を机の上に飾り、誇りにしていると記されている。その写真といえば、軍刀を持ち、参謀肩章《けんしよう》を吊《つ》った陸軍中佐の写真に違いない。その写真の父を、子供たちが誇りに思っていてくれることは、今、壹岐が命を賭《と》す思いで、自供を曲げないでいる心の支えであった。

シャーノフは、

「お前のような奴《やつ》には、もはや一片の情状酌量の余地もない、今からせいぜい、心の準備をしておくことだな」

と云い放つなり、荒々しくたち上った。

その翌日から、壹岐は一度もシャーノフに呼び出されることはなく、独房におき忘れられたように捨て置かれた。洋服ダンスの拷問で衰弱しきった体力は、僅《わず》かずつ回復したが、二カ月以上も何の取調べもなく放置されていると、日本軍俘虜はすべて帰還し、自分一人だけが残されているのではないかという思いが、壹岐の心を不安にした。

以前には、天井近くの明り採りから洩《も》れて来る淡い光が救いであったが、今は薄陽《び》さえも心を不安にかきたて、子供たちのことすら考えなくなり、終日、頭を抱え込んで踞っている日が多くなった。

白夜《びやくや》が続く九月初めになっていた。壹岐は四カ月ぶりでハバロフスク内務省に呼び出され、そこで軍事裁判にかけられた。その日は、昭和二十四年九月九日であった。法廷の正面の壁にスターリンとベリヤの写真が掲げられ、その左右に赤旗が掲揚され、中央の大きな机に法務少佐の肩章をつけた裁判長をはじめ、三人の裁判官が並び、ついで通訳と書記が各一名ずつ控えていた。弁護人はなく、検事も列席しない非公開の裁判であった。

壹岐が看守に連行されて、軍事法廷にたつと、真ん中の法務少佐の裁判長が、開廷を宣言し、壹岐の国籍、姓名、階級を確かめた後、いきなり判決文を読み上げた。

「検事側より提出されている起訴状に基づき、判決を申し渡す。

一、日本軍陸軍中佐、壹岐正は、一九四三年、参謀本部勤務の軍人である身分を偽り、外務省書記生としてクイビシェフへ潜入したことは、ロシア共和国連邦刑法第五十八条九項の反ソ諜報罪《ちょうほうざい》に相当する。

二、同被告は、一九四〇年十二月から一九四四年二月までの三年間余にわたり、参謀本部作戦参謀の任にあり、大東亜戦争の作戦に関与したことは、同五十八条四項の資本主義幇助罪《ほうじょざい》に相当する。

三、同被告は一九四四年、関東軍司令部作戦参謀として、機動旅団編成に参画し、作戦命令を下したことは同五十八条九項の反ソ諜報罪に相当する。

以上の罪を綜合《そうごう》し、戦犯壹岐正に強制労働二十五年の体刑を科する、これらの罪は本来、死刑に相当するが、ソ同盟では人道上、死刑を廃止しているので、二十五年の刑をもって、これにかえる」

裁判長は、仰々しく判決文を読み上げ、通訳がそれを壹岐に伝えた。理屈も何もない一方的な判決であった。

「以上の判決に異議があれば、上告を認めるが、どうするか」

裁判長が、壹岐に聞いた。しかし、上告することはこの裁判を認めることでもあった。

「戦犯を現地国で裁判する協定があることは知っているが、無条件に現地国の国内法を適用することは承知できない、たとえば資本主義国家の軍人である私が、国家のために忠誠を尽し、働いたことが、何故《なにゆえ》に貴国の国内法である資本主義幇助罪に問われるのか、国際法や、戦犯という特殊な条件を前提とした裁判のやり直しを求める」

と主張すると、裁判長は、

「当裁判所は、新しい国際協定に基づいて戦犯を裁いており、貴下はそれを知らないだけのことである」

にべもなく、云った。

「では、新しい国際協定の条約文を聞かせてほしい」

壹岐は、半信半疑で詰め寄ると、

「当裁判所は、この法廷で説明する必要を認めない、貴下は上告しないものと認め、本法廷を閉廷する」

一方的に、閉廷を宣言した。

壹岐は、その場にたち尽し、憤怒《ふんぬ》をたぎらせて、正面のスターリンの肖像を見た。僅《わず》か十五分の裁判で、二十五年の刑が科せられるとは――。こんな理不尽な人間を愚《ぐ》弄《ろう》した裁判が、文明国ならずとも、世界のどこにあるというのか。これから先、二十五年といえば壹岐は六十二歳まで重労働に服さねばならない。シベリアでこの体で、二十五年間、生き長らえるとは思わなかった。もし生き長らえられるとしても、生ける屍《しかばね》となって、ソ連のために重労働に服するくらいなら、いっそ銃殺刑にされたいと、壹岐は心の中で叫んだ。

＊

ハバロフスク駅は、列車輸送される女囚の群れで、喧騒《けんそう》を極めていた。壹岐たち男囚の横を女囚たちが五列縦隊で通って行くのを見ているだけでも、既に千人以上を越え、その服装も、古くなった木綿の労働着の者もおれば、差し入れものらしい派手な上衣やスカートをつけている者もおり、持ちきれないほどの荷物を持っている。そして女囚の列が少しでも停滞して、たち止まると、道ばたに待機させられている男囚たちは、忽《たちま》ち昂奮《こうふん》して、眼をぎらつかせ、

「よう、別嬪《べっぴん》！　こっちへ来なよ！」

「ピンクのスカートのおねえちゃん！　その下が見えりゃ、なおいいぜ！」

猥褻《わいせつ》な言葉を投げつける。女囚たちも顔を紅《あか》らめるどころか、さらに男たちをそそるように、腰をくねらせ、

「そういうあんたたちのを、先にお見せよ！」

「そうさ、口だけ達者な甲斐性《かいしょう》なし！」

黄色い声で応酬《おうしゅう》し、中には男たちの眼《まな》ざしだけで欲情し、スカートの裾《すそ》をめくって、太腿《ふともも》を露《あら》わにする者さえある。白昼、こうした肉欲の塊のような男女の呼応の凄《すさま》じさに、壹岐たち日本人の戦犯は、啞然《あぜん》としながらも、その一方で見送りに来た家族との別離に泣く女囚の姿に、眼を奪われた。

「ママ！　ママ！」

壹岐たちの前を七、八歳の少年が、母を呼んで走って来た。

「あっ、イワン！」

女囚の列から、擦りきれたぼろぼろのオーバーをまとった女が飛び出して来た。

「ママ！　肩かけを持って来た、お婆《ばあ》ちゃんが編んだんだよ」

息をきらせながら、包みを渡すと、

「イワン、元気で——、十年の刑が終ったら、すぐお前のところへ飛んで帰るから、お婆さんと待っているんだよ」

少年を抱きしめた。

「ママ！　行かないで！　パパは二十年の刑、僕はどうなるの、お婆ちゃんが死んだら、独りぼっちだ！」

まだ七、八歳の少年は、泣き叫ぶように母の胸に縋《すが》った。

「イワン！ そんなこと云ってママを苦しめないで！ お願い、ああ、イワン！」

女囚は胸にしがみついて来る少年を抱きしめて、泣いた。一体、何の罪で父親は二十年、母親は十年の刑を受け、強制収容所へ送られて行くのだろうか、人間の世界にこんなことが行なわれていいのだろうか――。自らも戦犯として二十五年の刑に処せられ、男囚の群れの中に放り込まれた壹岐は、五体が震えるような憤《いきどお》りを覚えた。

「ダワイ、スカレエー！（早く行け）」

警備兵が怒鳴り、女囚の列は再び動きはじめた。

「ママ！ 行かないで！」

少年は、母親の腕に縋ったが、警備兵が母子《おやこ》を引き離した。その拍子に少年が、母の肩にかけたグリーンの肩かけがずり、路《みち》に落ちたかと思うと、周囲の女囚たちが、肩かけを奪うようにわっと群がった。少年の母親は奪われまいとして地面を這《は》い、髪を振り乱し、悲鳴を上げ、八方からのびる手を遮った。その時、女囚の群れから鋭い声が上った。

「お前さんたち！ その肩かけは、坊やのおっ母さんにお返し！ 私が許さないよ！」

女囚たちの手が、一斉に止まった。壹岐は、声のする方を見、思わず、眼を見張った。真っ赤な絹のブラウスに、ネッカチーフを巻いた女囚のボスがたっていたが、どこをどう流れて来たのか、その赤い生地は、日本の女ものの着物の裏地に使う紅絹《もみ》であった。赤いブラウスのボスの一言に、警備兵にさえ、楯《たて》をつく女囚たちの群れが、しぶしぶ、グリーンの肩かけを少年の母親に返した。派手な身装《みなり》をし、濃い口紅を塗った女であったが、壹岐はすがすがしいものを感じた。

ハバロフスクを出た囚人護送車は、北に向って走り続けていた。十五輛《りよう》編成の鋼鉄製の列車の大半は女囚で、男囚が詰め込まれているのは、そのうちの二輛だけであったが、鉄格子《てつごうし》で檻《おり》のように仕切った各房には、二十人以上の囚人が詰め込まれた。

壹岐たち十名の日本人戦犯のいる房には、他に七名のロシア人と、蒙古《もうこ》人、ウクライナ人、アルメニア人などが入っていたが、その中で特権をほしいままにしているのは、殺人や強盗前科何犯といった面《つら》がまえのロシア人たちで、三段になった寝棚《ねだな》の一番上を陣取って、壹岐たちの所持品をじろじろと物色し、少しでも抗《あらが》おうものなら、

「素寒貧《すかんぴん》のカントンスキー奴《め》！　ヨッポイマーチ！（汝《なんじ》の母を姦《かん》せよ）」

ロシア語の最も卑猥《ひわい》な罵倒《ばとう》を浴びせかけ、凄味《すごみ》をきかせた。物色されても、もはや何一つ盗《と》られそうなものを持っていない日本人たちは、本気で怒る気にもならず、見て見ぬ振りをしたり、度胸のある者は、そんな手合《てあい》に巧みに接近して、時折、煙草《たばこ》を貰《もら》い、皆に分配したりした。

十名の日本人戦犯は、皆、ソ同盟の一方的な軍事裁判で二十五年乃至《ないし》、二十年の刑を受けた情報関係者と元満州国法務部の官吏だった。壹岐がこの九名と一緒になったのは、昨年九月に刑を受けた後、放り込まれたハバロフスクの赤監獄の雑居房で、その中には、ハバロフスクの監獄の通路ですれ違った時、看守の制止もきかず「機動旅団、陸軍少尉《しょうい》堀敏夫、福岡の両親によろしく伝えて下さい！」と血を吐くように叫んだ齢若《としわか》い堀少尉もいた。各人、その職責、階級の軽重にかかわらず、五十八条の「資本主義幇助罪」や「諜報謀略罪」というソ連の国内法を適用された者たちであった。

列車は、のろのろとした鈍行で、途中、何度も引込線に入っては、止まりして、沿海州を北に向った。鉄格子の向うの小窓から雪の密林地帯《タイガー》が見え、コムソモリスクを過ぎると、東へ向きを変え、四日目の午後、ソフガワニに着いた。

ソフガワニは、海に臨んだ港町で、シベリア全土から列車輸送して来た囚人を極北の流刑地マガダンへ、船で送るための移送中継所《ペレシルカ》があるところだった。列車から吐き出された囚人の列の上には、四月の陽の光が降りそそいでいたが、長い監獄暮しと、苦しい列車輸送で弱っている壹岐たちの体には、その陽ざしがこたえ、咽喉《のど》が乾き、道の両側に残っている泥に汚れた雪を、むさぼるように食べた。

町を出、山間《やまあい》の坂道を、喘《あえ》ぎ喘ぎ上って行くと、曾《かつ》ていたハバロフスクの収容所とは比ぶべくもない大きなバラックが、びっしり並び、望楼が林立し、巨大な囚人の町であった。第五収容所の営門をくぐった途端、壹岐たち日本人戦犯はもはや自分たちが、周囲の凶悪な刑事犯や、政治犯と全く変らぬ流刑《るけい》の徒であることを、現実に思い知った。

収容所の中は、大きな丸太組みのバラックと、広場が交互に続き、さながら民族の見本市のような多種多様な人種が、群れをなしてのし歩き、寝そべり、博打《ばくち》のトランプに興じている。その囚人の坩堝《るつぼ》の中で、やがて北洋の氷が解け、マガダン行きの輸送船に乗せられる日まで過さねばならぬのかと思うと、諦《あきら》めていたはずの行末が、俄《にわ》かに不安になって来た。

翌朝、囚人バラックから起き出し、戸外へ出た壹岐は、鉄条網の辺りに屯《たむろ》している男たちが、道を隔てた女囚バラックの方へ、固唾《かたず》を呑《の》むような視線を向けていることに気付いた。壹岐も鉄条網の方へ近寄った途端、ぎくりと足が停《とま》った。女囚バラックの軒下や物置の陰に、ぼろ布や毛布をかぶった女囚たちが、二、三十人ずつ折り重なるように横たわり、その上に霜が降り積もり、白い小山のようになっている。

「どうしたんだ、死んでいるのか」

横にいる男に聞くと、

「いや、寝ているんだ」

「どうして、戸外に——」

「バラックへ入りきれないで、あぶれた奴《やつ》だ、女というのは、男より惨忍《ざんにん》さ、男なら詰め込んでも入れてやるのにさ」

と云《い》っていると、警備兵が現われ、

「起きろ！　豚ども、いつまで寝ているのだ！」

白い小山のように盛り上った女囚たちの尻《しり》や腰を銃の台尻で小突いた。

「なにさ！　朝っぱらから妙なところを小突くんじゃないよ」

「この助べえのインポテンツ奴《め》！」

口汚なく云い返しながら、霜に湿った毛布や衣類を干しはじめたかと思うと、別の方で、

「なんだって、お前、妙な云いがかりはお止《や》めよ！」

甲高い声がし、肥《ふと》った女が、瘦《や》せた小柄な女を罵《ののし》った。

「お願いです、返して下さい、それは私の坊やが届けてくれたものです！」

縋るように云っているのは、ハバロフスクの駅で、ママ行かないでと、子供に泣きつかれた女囚であった。

「ふん、ここじゃ、お涙頂戴《ちょうだい》は通らないよ、グリーンの肩かけは一つじゃないよ」

と云うなり、毛糸の肩かけを、かっ攫《さら》って、バラックの中へ姿を消した。

肩かけを奪われた女囚は声を上げて泣いたが、周りの女囚たちは無関心に、自分のスカートや上衣を脱いで、陽のあたる柵《さく》に干し、中には下着姿で、男たちが見ているのもかまわず、手鏡を出して念入りに化粧する女囚の姿は、はっとするほど艶《なま》めかしい。

移送中継所の日々は、一般ラーゲリのように作業がないだけに、日本人にとって、これからの行末だけがますます重く頭にのしかかり、絶えずそのことが話題になった。

「聞けば、このソフガワニに送られている囚人は昨年の秋以来、六、七万もいるらし

い、ここからマガダンへ船で送られた後、自分たちはどこで働かされるのでしょう」

一番齢若い堀が、心配そうに云うと、ロシア語が巧みな元満州国官吏の立花が、

「ロシア人たちの話を綜合すると、北氷洋に注ぐコルイマ河を中心に広大な地下資源地帯があり、ウランや金を採掘する鉱山が各所に開発されているらしい、ことにウラン鉱山へ送られる囚人は、汚染されて数カ月で死んでしまうらしい」

と語ると、一同、顔を青白ませた。

「しても仕方のない想像は、やめよう――」

壹岐は、窘《たしな》めるように云いながら、ここに集結している囚人たちが、何かというと徒党を組んで殴《なぐ》り合い、殺人までやってのけているのは、明日をも知れぬ命を思い、自暴自棄になっていることに、今更のように気付いた。

夜ともなれば、男囚たちは警備兵を買収し、あるいは脅《おど》し、女囚バラックのところへ忍び込んだり、鉄条網越しに女たちを求めた。女囚たちも、遂《つい》にここまで流されたという絶望的な思いから、見も知らぬ男たちの求めに縋りつくように、鉄条網越しに情を交わし合った。

「ワシーリイ、私がアンナだよ、お前さんだろう？　昨日、会いたいとボスにことづけたのは？」

「そうさ、ここへ着いた時からずっと眼をつけてたんだ、停電になったら、こんな鉄条網ぐらい越えて、お前のところへ行くよ」

「ほんとかい！　そんなこと云って、もし他の女と浮気したら、絞め殺してやるから！」

「しないよ、だからお前のものを見せてくれよ！」

男囚が叫ぶと、女はくるりとうしろ向きになり、ぱっとスカートをめくった。望楼から照らしている眩《まば》ゆいばかりのサーチライトの中で、男根を刺青《いれずみ》した臀部《でんぶ》が、白く浮き上った。男囚の中から口笛が鳴り、今にも鉄条網が押し破られそうな殺気が漲《みなぎ》った。その途端、望楼の銃が火をふいた。囚人たちは、悲鳴をあげ、我先にと逃れたが、一人平然と、鉄条網の傍《そば》から離れない女囚がいた。

オーバーをひっかけていたが、赤いブラウスを着た豊満な女は、ハバロフスクの駅前で見た女囚のボスであった。壹岐が近付いて行くと、道路越しに、

「おや、お前さんも、奴《やつ》らの発砲が恐《こわ》くないと見えるね、ヤポンスキーのサムライかい？」

「そうだ、君こそ、女ながら、なかなかの勇気だね、政治犯《ポリト・ザク》なのか」

と問い返すと、女はルージュの濃い唇を歪《ゆが》め、

「そんなお上品なんじゃないさ、あたしゃ、女囚ラーゲリで生れ、国立孤児院でスターリンの子供とか云われて育てられたけど、そこで教わったことは、生きて行くにはまず盗みをしなきゃあならないってことさ、だから孤児院を脱走したあとは盗み、かっぱらい、売春の常習犯で、十五年の刑を食《くら》ったのさ」

ふてくされるように云ったが、サーチライトに映し出されるその顔は、まだ若々しさが残り、よく見ると二十六、七歳であった。

「で、両親は？」

「もともと、パパが間抜けなのさ、党の粛清でモスクワで銃殺刑にされたとかで、母も姉もラーゲリへ送られ、とっくに行方不明、私はママのお胎《なか》の中に入ったまま、ラーゲリ送り――だけど、今や女囚のボスだよ」

と云い、ブラウスの衿《えり》もとを押し広げた。白い胸に、男女交合の刺青が彫られている。

「なぜ君らはそんなものを――」

壹岐は、たじろぐように云うと、

「一旦《いったん》、女囚になると、二度と娑婆《しゃば》の女として生きられなくするために彫られるのさ、あんたこっちに、ヤポンスキーの女囚が一人いるよ、呼んでやるから待っていな――」

と云うなり、スカートの裾をひるがえした。壹岐は信じられなかった。日本人によく似た朝鮮人か、蒙古《もうこ》人の女であろうと思っていると、

「ヤポンスキー、連れて来たよ」

さっきの女囚の声がした。瘦せ細ってよれよれの服を着、ぼんやりとした視線で壹岐を見た。

「日本の方ですか」

壹岐が、大声で確かめるように聞くと、

「はい、日本人です――」

空《うつ》ろな声で、頷《うなず》いた。壹岐は絶句した。極北の流刑地に送られる何千、何万人の囚人の中に、日本の女がいたとは――。

「名前は？　どこにあなたはいらしたのです？」

「奉天にいました、夫は軍属で――」と云いかけ、

「いえ、いいのです、私はもう……」

言葉を跡絶《とぎ》えさせ、不意に両手をうしろへ隠した。そのはずみに女の手首に入っている刺青が眼に入り、衿もとにも黒いものが見えた。おそらく体中いたるところに入れられているらしい様子が窺《うかが》われ、その無惨《むざん》さに壹岐はかける言葉がなかった。

四月半ば、マガダンへの輸送が遂《つい》に始められた。冬の間、北洋の海を固く閉ざしていた氷が解け、航海が可能になったのだった。

十名の日本人のうち、壹岐をはじめとする五名が、マガダン行き第一便の船に乗せられることになった。どういう仕分けでそうなったか解《わか》らなかったが、ハバロフスクの雑居房から、生活を共にした十名は、出発する方も、あとに残る者も、生きて再び会えぬかもしれぬそれぞれの運命に、暗澹《あんたん》とした思いを抱いて、短い別れの言葉を交わした。

「自分も、壹岐さんと一緒に行きたいです……」

齢若い堀が、心細げに云い、顔を歪ませた。二十一歳で、敗戦を迎え、青春の盛りを極北の流刑地で、今後、何年も過さねばならぬことを思うと、哀れであった。

「弱音を吐くな、祖国は決して、われわれを見殺しにはしない！」

壹岐は、皆を力付けるように云い、第一便で輸送される七千人の囚人の列の中に入った。

港に下りて行く坂道は、五列縦隊の囚人でびっしり埋められ、冷え冷えとした青緑色の湾内に、大きな貨物船が数隻《せき》、停泊しているのが見下ろされた。港に着き、七千人の囚人を輸送する船は、四千トンの二隻のおんぼろ貨物船だけであることを知って、囚人たちは口々に騒ぎたてたが、周囲を警備隊で厳重に固められた中では、抵抗のしようもなく、壹岐たちの列が船の甲板に上ると、棍棒《こんぼう》を持った警備兵が、家畜を追うように囚人たちを船倉に追い込んだ。

ソフガワニの港は、氷が解けても水温は零下の冷たさであった。船倉の周りの鉄板は、囚人たちの吐く息が凍って、真っ白になり、木材を積んだ船底に、板を張り渡しただけの床の上には、何千人もの囚人がひしめき、少しでも楽な座席を確保するために、屈強な刑事犯たちは、腕力にものを云わせて、前からいた者を追い散らし、追われた者は、さらに自分より弱い者を押し退《の》け、暴力と悲鳴で、阿鼻叫喚《あびきようかん》の騒ぎであった。

「ぼやぼやしていると、席がなくなってしまうから、小便桶《おけ》の横ですが、まず空いてるところに坐《すわ》りましょう」

元満州国官吏の立花が云った。海が荒れれば、十日以上かかるといわれる航海であった。壹岐たち五名は、小便桶の横に坐り込み、ほっと一息入れた。

マガダンへの航路は、間宮海峡の北部が浅くて通れないから、樺太《からふと》の南端を迂回《うかい》し、宗谷《そうや》海峡からオホーツク海へ向って、北上するのだった。その時、せめて祖国の島影を見、別れを告げたいというのが、壹岐たちの心情であったが、一日一回、食事を与えられる時間以外は甲板へ上れず、一日中、船倉に押し込められている状況では、望むべくもないことであった。

三千五百人の体温と汚物の悪臭に加えて、船が揺れ、壹岐たち日本人は、狭い一隅に芋虫《いもむし》のように体を寄せ合い、船酔いで苦しむ立花たちを介抱した。せめて一杯の水を飲ませてやりたいと思っても、足の踏み場もなく、人に埋まった中を甲板の昇降口まで行くことすら出来ず、食事の呼出しの順番まで待つしか仕方がなかった。ようやく船の揺れが少なくなった夜明け近く、壹岐たちに、乗船後初めて食事の順番が廻って来た。

甲板に上ると、十何時間ぶりに新鮮な外気が快く、船酔いでぐったりした立花たちも、蘇生《そせい》したように大きく息を吸い込み、食事の列にならんだ。

食事といっても、素焼きの器に、粥《カーシャ》を一杯貰《もら》えるだけであったが、食器がなくなり、各自のかぶっている帽子を出せと云われた。

壹岐は、思わず、手が怯《ひる》んだが、空腹には勝てず、垢《あか》と脂《あぶら》にまみれた帽子を出し、その中へ粥を受けた。

さすがに、すぐには口に出来ず、暫《しば》し躊躇《ためら》った後、壹岐は眼をつぶって、ぐいと咽喉へ流し込んだ。ロシア人たちは帽子の縁《へり》についた分まで舐《な》め取った。まさに奴隷船《どれいせん》そのもののような凄《すさま》じさに眼を背けた時、墨色の濃淡の雲の端に、かすかな光芒《こうぼう》が見えた。

日の出であるらしい。太陽の位置から船は東方に航海しており、ここがまぎれもない宗谷海峡なのだった。壹岐たちは寒さも忘れ、水平線の果てを凝視した。やがてかすかに見分けられる島影は、北海道に違いなかった。

「日本だ――」

震えを帯びた声が上った。壹岐以外の日本人にとっては、満州の戦線に出て以来、始めて見る祖国の島影であり、抑留後の苛酷《かこく》な運命を呪《のろ》いながらも、唯一《ゆいいつ》の心の支えになっているものであった。壹岐も、涙でくぐもる島影に、食い入るような視線を向けながら、不意に海に飛び込みたい衝動に駈《か》られた。

この海を泳げば、そこに祖国があり、妻子がいる――。しかし、この寒流の中へ飛び込めば、五分と生きておれぬことも事実であった。

壹岐も、そして他の四名も、慟哭《どうこく》の思いで、祖国の島影に別れを告げた。

八章 地の果て

強制労働二十五年の刑を受けた壹岐《いき》は、シベリアの極北、ラゾの囚人ラーゲリへ送られ、一年半経《た》っていた。

ラゾは、オホーツク海の北岸にあるマガダンから、さらに北西に隔たった北緯六五度の〝囚人の墓場〟と呼ばれる流刑地《るけいち》であった。一年のうち、九カ月が冬で、一日に数時間、薄陽《うすび》がさし、あとは氷の霧がたちこめ、雪と氷に閉ざされ、輸送路が凍結して、陸の孤島となる。六月に入ってやっと雪が解けはじめるが、見渡す限りの岩山には、一本の樹木だに育たず、農作物も出来ず、草が生えるだけで、僅《わず》かな地表を残して、北は永久凍土地帯《ツンドラ》につながっている。

ラゾの囚人ラーゲリは、そうした極北の流刑地の一つであり、鉱山の近くにあるラーゲリは、十数棟のバラックがマッチ箱のように列《なら》び、ラーゲリの外に見えるものは岩山とボタ山だけで、生きものの気配すらない。

壹岐は、布が破れ、綿がはみ出した黒い囚人服を着、背中にＯＨ５－３２０３７の囚人番号を貼りつけ、僅か一年半の間に、骨と皮のように痩《や》せさらばえ、毛髪は抜け、歯《は》も抜け落ち、三十九歳という年齢が信じられない程、凄惨《せいさん》な姿に変り果てていた。地下数十メートルの坑内労働は、一日二交替、十二時間労働で、坑内に入ると、十二時間、飲まず、食わずで働かされ、ラゾ鉱山は、さながらこの世の地獄であった。

カーン、カーン、カーン——、レールの端きれを叩《たた》く起床の鐘がなった。十月下旬の午前六時は、真っ暗で、バラック内は五燭光《しょっこう》ぐらいの薄い電燈《でんとう》が一つだけ点《つ》いているが、二重の鉄格子《てつごうし》がはまった窓には氷が凍《い》てつき、天井と壁の隙間《すきま》には氷柱《つらら》が下っている。

今日も零下四十度ぐらいであった。軍事俘虜《ふりょ》時代はほぼ零下三十度になれば、作業休止であったが、極北の囚人ラーゲリは零下六十度以下か、一寸先も見えない大吹雪にならぬ限り、作業休止はない。

壹岐は朝が来たのを呪《のろ》いながら、眼をあけた。頭と足の前後にキの字型に丸太を組み、二段に板を張り渡しただけの粗末な寝棚《ねだな》には、バラックの顔役以外は、マットも毛布もない。たまに配給されても、マットは囚人間で売買され、毛布は酷寒の作業に出て行く時に、帯のように細く切って〃足巻き〃に使ってしまうからであった。そのために、殆《ほとん》どの囚人たちは、防寒靴を枕《まくら》に外套《がいとう》を着込んだまま、ごろ寝し、警備兵が扉を開くまでは、排便にも自由に出られない。就眠時間中は逃亡防止のため、バラックの外側から施錠《せじょう》されているのだった。

鍵《かぎ》の音がし、屈強な警備兵が入って来た。

「いつまで寝てるんだ！　鐘の音が聞えんのか！」

棍棒《こんぼう》を振り廻し、まだ寝ている者を容赦なく殴りつける。銃を持って入らないのは、強盗殺人などの凶悪犯に、強奪される危険があるからだった。

起床とともに、食堂で黒パン四百五十グラムと、腐ったキャベツの葉っぱがうかんだ酸《す》っぱいスープを飲んで、囚人たちは急いで作業出発の用意をする。ごろ寝したままの外套の上に、トナカイの毛皮の外套を重ね、縄で腰廻りを結び、頭をマローズ(冬将軍)にやられると、発狂してしまうから、防寒帽の下から眼だけを出して、ぼろ布で頭と顔面を掩《おお》い、手には綿入れ手袋、足には毛布の〃足巻き〃にフェルト製のカートンキンを履き、営門前の広場に集合し、手をうしろに組んで、出発の点呼をうける。

「アレクセイ」

営門長が囚人の名前を呼ぶと、

「イワノビッチ・ドブロンフスキー、一九〇六年生れ、五十八条九項（諜報罪《ちょうほうざい》）、重労働二十年、OH5-21195——」

呼ばれた囚人は、自分の父称と姓、生年、そして罪名と刑期、囚人番号を答えなければならない。

しかし日本人は、名前ではなく、姓の方を呼ばれた。

「イキ」

「タダシ、一九一二年生れ、五十八条四項（資本主義幇助罪《ほうじょざい》）、九項、重労働二十五年、OH《オー・エヌ》5-32037《・ピャチ》」

壹岐も、うしろ手を組んで五列縦隊の列に加わる。囚人番号は人間性を微塵《みじん》に打ち砕き、敗北と諦《あきら》めの奈落《ならく》に突き落してしまう。最初、囚人番号を服に貼りつけられ、囚人番号を呼ばれた時、強い衝撃を受けた壹岐も、今は馴《な》れ、諦めきっていた。点呼が終ると、囚人たちは営門の外に待ち構えている警備隊に引き渡される。

「囚人に告ぐ！　一、行進中の会話を禁じる、一、行進中は手をうしろに組み、列を乱すことを禁じる、一、もし列を乱した場合は、逃亡を計画したものと認め、警告な

し に発砲銃殺する！」

警備隊長が、毎朝、繰り返す訓示を与えてから、

「ヤースナ？（解《わか》ったか）」

と囚人たちを睨《にら》み廻す。

「ヤースナ（解った）――」

前列の何人かが、仕方なく応《こた》えると、はじめて出発であった。

薄暗い空から、粉のような雪が音もなく降りしきっていた。その中を、ありとあらゆるぼろ布を体にまきつけた囚人たちの列が、武器を持った警備兵と軍用犬に取り囲まれて、のろのろと出発して行く。その列はもはや人間というより、鎖につながれた家畜のようであった。

壹岐は、その列の中を歩きながら、よく今日まで一年半も、命を繋《つな》いで来れたものだと思った。最初の半年間は、ボタ山の石炭の整理、鉱石と土砂との分離などの地上作業に従っていたが、一年前、地下の坑内作業に廻されてから、急速度に衰えて来ている自分の体調を知っていた。全身に何ともいえない倦怠感《けんたいかん》と関節の痛みに続いて、全く陽にあたらない皮膚が青白く乾燥し、歯茎《はぐき》から出血するとともに、歯根が腐ったように歯が一本、二本と抜け落ちて行く――。壊血病の症状らしかったが、一切《きれ》の生

野菜も口にできない極北の地では、じりじりと体を蝕《むしば》まれて行く原因がわかっていても、どうする術《すべ》もなかった。

四キロの道を歩き、有刺鉄線を張りめぐらせた鉱区の営門に辿《たど》りついた時、囚人たちの着衣は、すっぽり雪をかぶり、体は氷漬けにされたように感覚を失っていたが、暖をとる時間は、許されない。器具置場で各自、鶴嘴《つるはし》もしくはスコップとカンテラを持つと、班ごとに入坑がはじまる。ラゾ鉱山には、十二時間交替の囚人が常時、二千人働いているのだった。

壹岐の属する三十人の班の班長は、一同が器具を携えて揃《そろ》うと、いつもと異なる坑道へ入った。事前に何の説明もないが、新しい鉱区に作業場が変るらしかった。班長は、刑事犯の囚人で、片眼で、手首に狼《おおかみ》の刺青《いれずみ》をしているところから、〝片眼の狼〟と呼ばれ、怖《おそ》れられていたが、獰猛《どうもう》な性格の反面、親分肌の義侠心《ぎきょうしん》を持っており、他の班長も一目おく存在であった。

班の囚人たちは、〝片眼の狼〟のあとについて、竪坑《たてこう》を降りて行った。まっ暗な穴の中で、岩盤に松の丸太を打ち込んだだけの危なっかしい梯子《はしご》を降りるのは、一苦労であった。ことに体の衰えの激しい壹岐は、まずカンテラと鶴嘴を丸太の横木の両端にかけ、カンテラの灯《あか》りをたよりに、一段降りては、またカンテラと鶴嘴を次の段におろして、一段ずつ降りるのが、精一杯であった。その上、梯子の横木は、囚人のノルマ仕事で、杜撰《ずさん》なものであったから、危険でよけいに早く降りられない。

ふと壹岐は、自分の班から取り残されてしまったことに気付いた。一旦《いったん》、この複雑に折れ曲った迷路のような坑内ではぐれ、下手に動き廻ると、二度と地上に這《は》い上《あが》ることも、人に見つけ出して貰《もら》えぬことも、囚人たちの話で聞き知っていた。ぐらぐらする梯子の途中に、壹岐はカンテラをかざし、竪坑の下を見たが、薄い灯りでは足もとを照らすのがやっとで、その先は底なしの闇《やみ》であった。じっと耳をすましても、上からも下からも、人の声は響いて来ない。奈落の底という言葉が壹岐の頭を掠《かす》めたが、不思議に恐怖はなかった。この動物同然の囚人生活の中で、人生への希望や執着は、とっくに消え失《う》せてしまっていた。

「おーい、ヤポンスキーはいるかぁ！」

下の方から、〝片眼の狼〟の声がこだまして来た。

「梯子の途中だ、暫《しばら》く待ってくれ！」

と応え、再び一段、一段と降り、やっと梯子を降りきったが、急いだため、下肢ががくがく震えて、とまらない。

〝片眼の狼〟は険しい眼つきで、

「お前、梯子の途中で居眠りしていたのか！　女囚でも、お前みたいに手間はかからんぞ！」

と云《い》うなり、壹岐の頬をぶん殴り、壹岐は、仰向けにひっくり返ったが、

「女囚とは何だ！　体が弱って、遅れただけのことだ、日本の将校に向って、女囚呼ばわりするなど、許さんぞ！」

大声で云うと、〝片眼の狼〟は、

「馬鹿《ばか》野郎！　お前がいないことに気付いた連中が、はぐれたんじゃねえかと、心配してるんだ！　ごたくをならべる前に、早くついて来い、お前一人のために作業開始が遅れ、ノルマが低下するじゃねえか、間抜け奴《め》！」

濁声《だみごえ》で怒鳴り返した。そう云われてみると、壹岐は、〝片眼の狼〟の立場が解った。

「いや、迷惑かけてすまない——」

と云い、起き上ると、

「すまないなどという言葉は、この地獄の底じゃあ、不必要だよ」

素っ気なく云い、壹岐の鶴嘴をひったくるように持って、足早に歩き出した。

班の新しい受持鉱区に着くと、囚人たちは、地面に蹲《うずくま》って待っていた。ロシア人十四人のほかは、ウクライナ人、アルメニア人、キルギス人、ポーランド人、朝鮮人、

中国人であったが、鉱石の粉がしみついて、一様に黒味がかった紫色の皮膚をしている。〝片眼の狼〟は一同を見廻し、

「みんなよく聞け！　この奥には小さい坑道が放射状に五つある、各坑とも既に爆破されているから、三十人のうち二十五人は、トロッコで各坑の鉱石を、今たっているこの地点まで運び出せ、残り五人はそれを、この先七百メートルの搬出口まで持って行くのだ」

坑内にわんわん響くような声で云い、懐中電燈を一同のうしろの方向にあてた。それまで暗くて解らなかったが、レールを敷いた坑道が灯りの中に、ぽっかりと浮かび上った。

「では、作業をふり当てるぞ」

と云い〝片眼の狼〟は一人一人の持場とノルマをきめ、すぐ作業にかからせた。

壹岐は、三人の囚人と第四坑道に配置された。一人は元新聞記者であるハンガリーの政治犯、一人は生れたところが女囚ラーゲリで、特技は、かっぱらいと靴底のゴムを燃やして煤《すす》を取り刺青をすること、という十九歳のロシア少年、そしてもう一人は国有財産の横流しという無実の罪で投獄され、チタの囚人ラーゲリで囚人同士の争いに巻き込まれて、ほんとうの殺人罪になった元内務省役人であった。ノルマは一人一

トン積みのトロッコ五台であった。

壹岐たちは、カンテラを岩盤にかけ黙々と鶴嘴で鉱石をかき集め、スコップで掬《すく》い、トロッコに放り込んだ。その度に濛々《もうもう》とした砂塵《さじん》が舞い上り、咽喉《のど》や眼に襲いかかって来る。鉱石は石炭より硬《かた》く、鈍い光を発し、何であるか、教えられていなかったが、囚人たちも知ろうとはしなかった。下手に知れば、どんな嫌疑をかけられ、刑期が増えるかしれないからであったが、壹岐は曾《かつ》て地上作業でこの鉱石が最終工程では、ゴマ粒ほどの黒光りする粒になり、飛行機でどこへともなく運び去られるところから、ウランではないかと、睨んでいた。

渾身《こんしん》の力を振りしぼって一掬い、トロッコに放り込んでは休み、呼吸を整えては、また一掬いするのが、やっとの壹岐は、他の三人が二時間半ほどで満杯にする一トン積みのトロッコに六分目ぐらいしか積むことが出来ない。しかも、速度は落ちる一方で、鉱石をスコップで掬い上げる力がなくなり、一塊ずつ両手で持ち上げて、トロッコに投げ入れた。

三時間ほどかかって、ようやくノルマの分量を入れると、力を振りしぼって、トロッコを押した。全身の骨が軋《きし》み、内臓が捻《ね》じれそうで誰かに手をかして貰いたいのは、やまやまであったが、囚人ラーゲリでは、他人の助けをかりないことが不文律であった。

五十センチ、一メートルと、トロッコは少しずつ進みはじめた。近くで鶴嘴を振っていたハンガリー人の元新聞記者は、そうした壹岐に気付くと、

「それ行け！ 赤髭奴《あかひげめ》！」

スターリンの仇名《あだな》を口にし、壹岐のトロッコをどんと、押した。トロッコは勢いを得て、進みはじめた。

「スパシーボ（ありがとう）」

壹岐は礼を云い、五百メートル先の中継地点まで押して行くと、図体《ずうたい》の大きな男が、軽々と受け取り、うおっと、獣じみた声を上げて、はずみをつけると、トロッコは下りのレールの上をぐわーんと凄《すさま》じい音をたてて、滑走して行った。壹岐にはどう頑張ってもかなわない〝力の世界〟であった。

二台目のトロッコを〝片眼の狼〟に貰い、第四坑区に入ると、壹岐は、黙々と蟻《あり》のように休まず働いたが、適当に休んでいる他の三人とは速度が開いて行くばかりであった。気が焦《あせ》り、大きな鉱石を、歯を食いしばって両手で持ち上げた途端、口中に生ぬるいものが溢《あふ》れた。掌《てのひら》に、口中のものを吐くと、どす黒い血が混って、歯が抜け落ちていた。上唇の感触で、前歯だと解った。壹岐は、抜け落ちた前歯を、カンテラの

灯りに照らした。琺瑯質《ほうろうしつ》は半ば腐り、根は細りきっている。

「おい、ヤポンスキー、そんなに根を詰めて働くことないぜ、俺たちは、どうせこの先、長いんだからな」

さっきからスコップを放り投げ、鼻歌を唄《うた》っていたロシア少年が、ませた口をきくと、元内務省役人が、その少年に、

「お前さんは気楽でいいな、これが人間の生活と思っているんだから——、その点、俺はな、まだお前が女囚ラーゲリで寝小便をたれている時、大祖国防衛戦争とか、何とかおだてられて、最前線で命がけでドイツ軍と戦っていたんだぞ、それを無実の罪で——」

いつもの話をはじめると、ロシア少年は、

「おっさんの愚痴は、もう聞きあきたよ、それよりも腹が減ったな、鉱石が黒パンに見えてくるぜ」

と云った時、足音が響いて来た。〝片眼の狼〟が見廻りに来たらしく、三人は一斉にたち上り、スコップを握った。

「お前たち、またさぼっていただろう！　ノルマをあげんと、腹減っても、めしは食えねえんだぞ！」

ぎょろりと光る片眼で、睨みをきかした。

やっと十二時間労働が終り、坑道の外へ出ると、夜の空を星が埋めていた。

その星明りの中を、壹岐は器具置場の方に向って、足を急がせた。同じラゾ鉱山にいるもう一人の日本人を探すためであった。器具置場の方へ近付くと、暗がりの中でカンテラの灯りが幾つも揺れ動き、もう夜間作業組が到着し、入坑を待っていた。その中に、曾て壹岐がタイシェト第十一収容所で出会い、山林伐採やバム鉄道敷設《ふせつ》の労働を共にし、壹岐と同じ重労働二十五年の刑を受けた寺田少佐が、いるのだった。

寺田は、器具置場の前で、壹岐を待っていた。曾ての逞《たくま》しかった体軀《たいく》は、痩せさらばえていたが、「他に日本人のいないラゾでは、自分たち二人が、日本そのものを代表しているのだ」と口ぐせのように云い、この世の地獄そのもののような囚人生活の中にあっても、その信念を曲げない強靱《きょうじん》な心を持った軍人であった。

壹岐が手をあげて合図すると、

「変りありませんか？」

と聞いた。壹岐たち朝組が作業に出ている間、壹岐の寝棚に寺田が寝ているが、こうして顔を合わせ、言葉を交わすのは、作業交替時の僅《わず》かな時間だけであった。

「この通りだ、寺田君こそ、夜間作業が続いて、大丈夫か」

「私はあなたのように、華奢《きやしや》ではありませんからね」

寺田は笑い、壹岐の口もとに気付き、

「また歯がぬけたのですか」

「うむ、ちょっと力んだ途端、ぽろっと――」

「壊血病を軽く見ていると、命取りになりますよ、早く診て貰われた方が――」

そう云う寺田の口もとも、前歯が何本も欠け、老人じみた相になっていたが、

「そのうちに、診て貰おう――」

と頷《うなず》くと、

「では――」

寺田は、壹岐の眼の中を凝視するように云い、入坑の列の中へ消えて行った。壹岐はそのうしろ姿を、見送った。僅か数分だけの出合いであったが、互いに明日知れぬ命であることを思い、壹岐は、いつもこれが今生《こんじよう》の別れになるかもしれぬ思いをもって、言葉を交わし、その姿を見送っていた。

極北の冬の朝は暗く、氷の霧がたれ込めていたが、壹岐は綿入れの上に、トナカイ

の毛皮の外套《がいとう》を重ね、よろめく足どりで、ラーゲリの医務室へ向っていた。今日こそはどんなことがあっても、医者の診断を受け、作業休を貰うか、軽作業に変えて貰うかしなければ、倒れてしまいそうであった。

バラックを五十メートルほど離れると、突如、壹岐の体に、眼の眩《くら》むような強烈なサーチライトが当てられた。挙動不審者への警戒燈で、ラーゲリの通路には、まだ人影がなく、望楼の上の監視兵は、逃亡者と怪しんだらしかった。壹岐は、強烈なサーチライトに眼眩みし、暫《しば》し、棒だちになったが、防寒帽を目の下までおろし、やめてくれと両手を振って合図すると、サーチライトの光は数メートル後退したが、壹岐が再び歩き出すと、執拗《しつよう》に後ろ姿を照射し続けた。すべてが凍結し、陸の孤島となってしまったラゾから逃亡することは、死を意味することで、誰が逃亡など企《くわだ》てるというのだ——。

医務室の前まで辿りつくと、診察時間の一時間前というのに、二十七、八人が軒下に板切れをしき、蹲るように坐《すわ》っていた。作業休を貰える者は、一日に二十人ときめられているので、既にこの中の七、八人は作業休からはずされるはずで、壹岐はがっくりした思いで、列に並んだ。昨年の十月あたりから急速に壊血病がすすみ、毎日、鉱山へ行く四キロの徒歩行進でさえ、落伍《らくご》しそうになりながら、それでも今日まで医務室で診察して貰う決心がつかなかったのは、医者の診察をうけるためには、どんな酷寒の中でも、医務室が開くまで、長時間、屋外で待たねばならぬことと、たとえ待って診察をうけたとしても、必ずしも作業休が貰えるとは限らないからであった。しかも、診察を待っている間に、朝食は必ず他の囚人に食べられてしまい、朝食ぬきで十二時間労働に従事せねばならず、診察をうけに行くこと自体、体の擦りきれた囚人には、命がけのことであった。

午前七時半、医務室の扉が開かれると、五十数人に膨れ上った囚人の列が動き出し、各自、自分の前列の動きを、食い入るように見詰めた。

「サフロフスキー、OH5−2799」

名前と囚人番号が呼ばれ、一人、一人、医務室へ呼び入れられる。一人、一分ぐらいの早さで、救われたような表情で出て来る者、虚《うつ》ろによろけるような足どりで出て来る者、その一瞬の表情で作業休を貰えた者と貰えなかった者との区別がつく。壹岐は、次第に近付く自分の番を、緊張して待った。

「イキ・タダシ、OH5−32037」

壹岐の囚人番号が呼ばれ、医務室の中へ入ると、裸になった囚人が列《なら》んでいる。肛《こう》門《もん》が見えるまで痩《や》せさらばえた囚人の列は、もはや人間の列というより、骸骨《がいこつ》の列のようであった。壹岐も服を脱ぎ、囚人で医者の助手をしている朝鮮人に検温され、次いで老いぼれたロシア人の医者の前にたった。医者は、小さな木のラッパのような聴診器を、壹岐の肋骨《ろっこつ》の浮き出た胸にあて、

「異常なし――」

にべもなく、はねた。

「いや、このところ私の歯のぬけ方はひどい、そして腕にもこんな斑点《はんてん》が出、壊血病がかなり進んでいるのではないかと思う」

と云い、右腕の関節の内側に、紫色をした円型の斑点を見せた。囚人同士の会話と異なり、医者に症状を訴え、理解して貰うには、言葉の障害は大きかった。

「――歯がぬけるのは、齢《とし》のせいだ」

医者はその前に何か云ったが、医学上の専門用語はさっぱりわからず、当惑して、たち尽していると、

「次――」

と呼んだが、壹岐は諦《あきら》められず、

「私はまだ三十九歳で、歯がぬけ落ちる齢ではないし、この腕の斑点は壊血病の症状だと思う、もう歩くことさえ、やっとの体力しかない――、何とか治療してほしい」

再度、強く訴えると、

「作業を怠けたい奴《やつ》は、皆そう云うが、お前たちのような囚人相手では、三八度五分以上の熱がある者しか、わしは信じん、お前も治したければ、作業をまじめにすることだ、そしたらたくさん食べられ、病気もせん」

面倒くさそうに云い、話が全くかみ合わぬうちに、次のアルメニア人が壹岐を押しのけ、医者の前にたった。

壹岐は、奈落《ならく》へ突き落されたような真っ暗な気持で、外へ出た。

営門の前では、作業へ出発する点呼がはじまろうとしていた。壹岐は、朝食ぬきの冷え切った体で隊列に加わった。鉱山の作業場へ行く四キロの道が、今日ほど遠く、辛《つら》く思われたことはなかった。かちかちに凍りついた道は、少し油断すると、足を滑らせ、壹岐は何度も転びかけては、周《まわ》りの囚人に支えられ、どうにか気力だけで歩いていたが、じりじりと列伍から遅れはじめた。三キロ近くになると、自分の班から百メートル以上、落伍し、周りはすべてなじみのない他のバラックの囚人たちばかりになったが、囚人たちは相身互いの精神で、列を見張っている警備兵に気付かれぬよう、列をずらせてくれた。

しかし、体力の限界に来ていた壹岐は、突然、ぐらりと目まいがし、二、三歩、前につんのめった途端、軍用犬のシェパードが凄じい唸《うな》り声をたてて、飛び出して来、警備兵が銃口を向けた。犬と銃口を避ける力もなく、もう駄目だと思った瞬間、

「ヤポンスキー、ブイストレエー！（早く）」

という叫び声とともに、地面にへたり込んだ壹岐の衿首《えりくび》を、誰かが鷲掴《わしづか》みにし、列伍の中へ引きずり込むと、すぐ別の二人が、両脇《りょうわき》から壹岐の体を吊《つ》るようにして、歩いた。シェパードは毛を逆だてて吠《ほ》え続け、警備兵は、

「そのOH5‐320 37を出せ！」

銃を振り廻し、喚《わめ》きたてたが、囚人たちは誰一人として取りあわず、黙々と列伍は進行して行った。

暗い坑内で、壹岐は渾身《こんしん》の力を振りしぼり、鉱石の塊をトロッコに積んでいた。仲間の囚人たちの好意で、暫《しばら》く、坑内の片隅で休ませて貰《もら》い、少しは体力が回復したつもりでも、作業ノルマは遅々としてはかどらず、眼の前の大きな鉱石の山を見ると、眼眩《めくら》みし、スコップを投げ出しそうになるが、せめてノルマの半分でも果さなければ、薄いキャベツのスープにさえありつけない。

壹岐は、体がへたりそうになると、妻と子供の名前を呼びながら、鶴嘴《つるはし》とスコップ

を振い続けた。こんな自分の姿を見たら、妻や子供たちは目を掩《おお》い、声を放って泣くであろうが、今の壹岐を僅かに支えているものは、もはや永久に会うこともないかもしれぬ妻子への骨肉の情であった。

四時間がかりで、ようやく一トン積みトロッコを一杯にし、中継地点まで押して行くと、〝片眼の狼《おおかみ》〟の班長が、

「壹岐、お前、大丈夫か？」

さすがに心配そうに聞いた。壹岐が黙していると、

「作業休を貰えなかったのは、どういうわけだ」

「医者に、私の訴えがわかって貰えなかったようだ――」

「へん！　どうだか！　あの老いぼれには袖《そで》の下《した》をつかませなきゃあ、作業休にしてくれないという評判だぜ、それなら俺が、収容所の作業長にかけあって、明日からラーゲリの洗濯場へ廻してやろう、あそこなら体が楽なはずだ」

他の囚人たちの前では露《あら》わに見せない心配りをしてくれた。囚人の作業の中で、一番楽でうま味があるのは炊事係で、次が洗濯係であったが、人の汚れものを洗う仕事に従事することは、壹岐には耐えられなかった。

「せっかくだが、洗濯の仕事はどうも――」

と口を濁すと、班長は不機嫌になった。

「なにを！　洗濯係が不満というのか？」

「いや、好意は有難いが、自分はいやしくも日本の将校だ——」

「なるほど、将校たるもの、洗濯など出来んというのか、お前さん、いいとこあるぜ！　それじゃ、将校がやっても、みっともなくない地上作業を、考えておいてやろうじゃないか」

〝片眼の狼〟は、たちまち気をよくし、胸を叩《たた》いた。壹岐は、ほっと救われる思いで、空になったトロッコを、持場の坑道の中へ押して行きながら、寺田のことを思った。昼間の十二時間作業と比べれば、夜間作業の方はずっと体にこたえるはずで、寺田の最近の窶《やつ》れ方《かた》は、自分より甚しかった。そんな寺田を見捨てて、自分だけ地上作業に替るわけにはいかないし、班の違う二人の日本人が揃《そろ》って地上作業に移れる望みは皆無であった。そうなれば班長の好意は好意として、死ぬまで、この坑道の中で働かなければならないのだろうか——。

やっと十二時間労働を終え、竪坑《たてこう》の梯子《はしご》を這《は》い上《あが》り、地上へ出ると、壹岐は寺田の姿を探した。いつものように器具置場の前で、壹岐を待っていたが、かさかさに乾いた顔に、白い塩分のようなものが浮き出、妙にぼんやりとしていた。

「寺田、上って来たよ――」

声をかけると、

「ああ、壹岐さん――」

力のない、虚ろな眼《まな》ざしを、上げた。

「工合が相当、悪そうだな、熱があるんじゃないのか」

「いや、別に――、それより壹岐さん、あんなに勧めたのに、医務室へ行かなかったのですか」

「いや、行ったことは、行ったんだが――」

壹岐が、医務室でのことを、かいつまんで話し、

「そんなわけで、作業休は貰えず、空腹の十二時間労働で、今日こそは、坑内で参ってしまうのではないかと思った――」

思わず、弱音を吐くと、力のない寺田の眼が、かすかに動いたが、

「そうでしたか、自分は壹岐さんが出て来られるのが、いつもより遅いので、何かあったのではないかと、気を揉《も》んでいましたが、ほっとしました、では――」

ぽとりと、落ちるような口調で云《い》った。

「おい、寺田、君の方が大分、参っているよ、どうなってもいいという覚悟で、休ん

でしまえ」

悪い予感のようなものが胸をよぎり、止めると、

「いや、今日、仮に休めても、明日は働かなくてはならないし、その翌日も、そのまた翌日も働き続けねばならない……」

喘《あえ》ぐように云い、寺田は、鎖に繋《つな》がれているような重い足どりで、坑道の入口へ向った。


丸太を十字型に組み、板を張り渡しただけの二段式〝飛行ベッド〟で壹岐は体中を南京虫《ナンキンむし》に咬《か》まれ、痒《かゆ》さで眠るどころではなかった。人間が横たわると、血の匂《にお》いを嗅《か》ぎつけるように、パラパラと天井から落ちて来、丸太の割れ目、寝棚《ねだな》の板間からも、這い出して来るのだった。壹岐の横に、寝ている白系ロシア人は、いつものように平気で寝入っているが、壹岐はあまりの痒さにがまん出来ず、起き上ると、すでに血を吸って、小豆大《あずきだい》にふくれ上った南京虫が、板の上に散らばり、その間を縫うように、数えきれぬ南京虫が、赤黒い列をなし、壹岐の体めざして、蠢《うごめ》いて来る。入ソ以来、南京虫には絶えず悩まされ、ラゾへ送られた当初も、一晩、四百匹、五百匹と取った

ことがあったが、今はその余力はなく、背中にくらいついている南京虫を、囚人服の上から押し潰《つぶ》すのが、せいぜいであった。もし服を脱ごうものなら、より強い人体の匂いを嗅ぎつけ、どれだけの南京虫が群がってくるかしれない。どんなに痩せさらばえ、貧血していても、ラゾの南京虫は、最後の一滴まで血を吸い尽さない限り、決して離れないのだった。

やがて、壹岐は眠りにおちこんだ。

どれほどの時間がたったのか、いきなり強く、揺さぶられ、

「ヤポンスキー、起きろ」

という声で、朦朧《もうろう》と眼を醒《さ》ました。

「お前の友達が怪我《けが》をして、お前に会いたがっている、すぐ医務室へ来い」

警備兵が云った。

「寺田が、怪我を――」

壹岐は、はね起きた。

「命は大丈夫か」

「そんなことは解《わか》らん、俺は医務室の助手にこっそり頼まれて、お前を呼びに来たんだ」

警備兵は、声を低めて云い、バラックを出ると、壺岐に病人の振《ふり》をしてついて来いと云い、医務室の前まで来ると、姿を消した。

急いで中へ入ると、同じ囚人だが、元外科医という朝鮮人の助手が、血まみれになったゴム手袋を脱ぎながら、隣室から現われた。

「知らせて戴《いただ》いて、有難う、寺田の怪我の様子は？」

と聞くと、

「ともかく、行ってあげなさい、とても会いたがっている様子なので、いつもの老《お》いぼれ医者がいないのを幸い、警備兵を買収して、呼んだのです」

怪我のことについてはふれず、静かな眼ざしで、隣の診察室を指《ゆび》さした。そこには同じ東洋人同士の心情が籠《と》められており、壺岐は礼を述べ、そっと診察室の扉を押した。

誰もいない診察台の上に、寺田は右手をぐるぐる繃帯《ほうたい》で巻かれ、横たわっていた。

「寺田、大丈夫か」

傍《そば》に駈《か》け寄ると、寺田は落ち窪《くぼ》んだ眼を、薄くあけた。

「――来て下さいましたか」

「どうしたのだ、この怪我は……、右手だけなのか」

ほっとして聞くと、寺田は弱々しく笑った。

「壹岐さん、怪我ではないのです……、私は、自分で、自分の指を、切り落したのです――」

「なに、自分で、自分の指を切断……」

壹岐は、絶句した。

「そうです……、もう作業が辛くて、苦しくて、何とかしてこの重労働から逃れたい、ただ逃れたいという一心で、やってしまったのです――」

そう云うなり、寺田は、張り詰めていた気持が一挙にくずおれるように、咽喉《のど》もとを震わせ、慟哭《どうこく》した。壹岐は、もはや言葉もなく、寺田の枕《まくら》もとにたち尽し、自らの眼からも、涙が溢《あふ》れ落ちた。作業から逃れたいというその一言は、寺田のみならず、壹岐も、そしてラゾ鉱山で働く囚人すべての血の叫びであった。

やがて寺田の慟哭がやみ、自分で自分の指を切断するに至った経緯《いきさつ》を、跡切《とぎ》れ、跡切れに語りはじめた。

「ご心配をかけてはいけないと思い、強がりを云っていましたが、実は私は数カ月前から、三八、九度の熱が続き、ふらふらの毎日でした、それで、今日の夕刻、睡眠時間を削って、命がけで医務室の診察の列にならんだのですが、列の中に、休みたい一心から、温めた煉瓦《れんが》を脇《わき》の下に挟んで、検温を受けた囚人が見付かったため、診察は打ち切られ、後に列んでいた者は全員、夜八時からの夜間作業にかりたてられたのでした、今日、器具置場の前で壹岐さんに会い、しっかりしなければと思い直しましたが、壹岐さんと別れると、今日こそ最期《さいご》だ、自分は今晩、坑道の中で死ぬのだなという予感がしました、しかしそう思った途端、あさましくもこのままぼろの囚人服をまとい、背中と膝《ひざ》に囚人番号を記されたまま、シベリアの土と化してしまうぐらいなら、たとえ片輪になっても、生きのびて、家族の待っている祖国に帰りたい思いに駈られ、その衝動を抑えることが出来なくなりました——、地下の夜間作業から逃れ、死から逃れられる道……、それは自らの指を切り落して、重労働のできない片輪になるしかありません、私は壹岐さんと一旦《いったん》、お別れした器具置場へ引き返し、ひそかに斧《タポール》を盗み出して、外套《がいとう》の下に隠し持ち、坑内で指を切り落すために、竪坑の梯子を下り、坑道へ入って行きました。しかし、一歩、一歩、坑道の奥へ進むにつれ、曾《かつ》ては国家のために身命を捧《ささ》げた軍人がとうしろめたくなり、指を切る決心が揺らぎ、隠し持っていた斧を一旦、坑道に捨てたのです、ですが、作業がはじまり、熱のために朦朧として来ると、妻と三人の子供の顔がうかび、私を手招きしているのです……、そうなると、もはや眼に見える岩盤の一つ一つが、指を切り落す台に見え、周囲の仲間たちが、トロッコを押し出して行った隙《すき》に、ふうっと魅入られるように、斧を捨てた場所に歩いて行き、右手の手袋を脱《と》って平らな岩盤の上に乗せ、一思いに斧を振りおろしました。その瞬間、ぱっと赤い血が飛び散り、右手の親指だけを残し、四本の指がなくなっていました。「これで生き残られる――」激痛の中で、そう思うと、自分はその場に昏倒《こんとう》してしまったのです……。

そこまで話すと、寺田は、長い間、黙していたが、やがて、

「私のことを、口ほどでもない情けない奴だと、笑って下さい、あなたがはじめて、タイシェトのラーゲリへ来られた時、伐採の斧の使い方一つ出来ず、これで生き残っていけるのかと危《あや》ぶんだ私が、先にこんなことに……」

自嘲《じちよう》するように、云った。

「いや、私だって、こんな地獄のような状態があと十日、いや五日続けば、君と同じように、指を切り落したかもしれない――」

壹岐は、胸の底から噴き上げて来る憤《いきどお》りを迸《ほとば》しらせるように云った。指を切断し、片輪にならなければ、生きられぬようなところが、この人間の世界のどこにあるというのだろうか。壹岐自身も、今朝、医務室の診察の列に加わっている間に、朝食を誰

かに奪い盗《と》られて、空腹のあまり、作業所へ行く列伍から落伍し、危うく軍用犬に嚙《か》みつかれそうになり、銃殺されかけたのだった。

白く凍りついた二重窓の向うに、雪が音もなく降りはじめた。生あるもの、すべてを凍りつかせるような無惨《むざん》な雪であった。

それから三日目、寺田は壹岐が作業に出ている間に、いずこへともなく連れ去られた。囚人仲間の話では、故意に身体障害者《インワリッド》となり、作業を逃れようと図った者は、サボタージュ罪で、さらに北のラーゲリで、永久強制労働に処せられる運命にあるということであった。

壹岐は、この極北の流刑地《るけいち》で、日本語を話すこともなく、唯《ただ》一人生きて行かねばならなかった。

*

寺田が、ラゾ鉱山の囚人ラーゲリから去り、何カ月かが過ぎた。日本の年号が変っていなければ、昭和二十八年になる。

七月になると、地表に凍結していた氷雪はすっかり解け、ラゾは春を通りこして、一挙に夏の季節であった。冬の間は昼間、二、三時間しか出なかった太陽が、逆に真夜中に一、二時間、沈むだけで、昼も夜もしらじらと明るく、見渡す限り茶褐色の岩肌にも、僅《わず》かに緑の草が這うように、地表を彩《いろど》る。

壹岐は、〃片眼の狼〃の班長の計らいで、地下の坑内作業から、地上の鉱石選別作業に替えて貰い、夕刻、作業から帰ると、食用になる草を探しに、ラーゲリ内を一巡するのが日課となっていた。農作物が育たないラゾでは、生野菜の一切れもなかったから、夏の間に生える草が、貴重なビタミン源で、芝生のように先の尖《とが》った固い葉の多い野草の中から、食べられそうな草を、若芽のうちに摘《つ》んで、茹《ゆ》でて食べるのであった。

その日も、壹岐が草探しに出かけようとしていると、食堂の方から、数人の囚人が、大声で何か叫びながら、壹岐たちのバラックの方へ、転がるように走って来た。はじめは、また囚人同士の暴力沙汰《ざた》かと思ったが、ウラー！ウラー！という歓声に、各バラックの中の囚人たちは、どやどやと外に飛び出して来た。

「どうしたんだ！」

大声で口々に、聞くと、

「ウラー！　髭《ひげ》が死んだぞぉ！」

咽喉も破れんばかりの声が、返って来た。

「え！ スターリンが死んだ？ ほんとうか！」

一同が、半信半疑の表情をうかべていると、走って来た囚人たちの中で、元モスクワ大学の化学の教授だったという政治犯が、

「昨日、セミチャン飛行場に着いた飛行機の中に、スターリンの国葬の写真が載っている新聞があったのだ！ 奴《やっこ》さんは三月に死んでいたんだ！」

昂奮《こうふん》しきった語調で報《しら》せると、黒山の人だかりとなった囚人たちは、一斉に、

「ウラー！」

「ウラー！」

どよめくように、歓声をあげ、

「助かったぜ！ 重労働二十五年の刑なんか、糞食《くそくら》えだ！」

「これで、娑婆《しゃば》へ帰れるんだ！」

誰かれなしに狂ったように抱き合い、踊り出した。壹岐もその歓喜の渦の中で、もみくちゃにされながら、スターリンはほんとうに死んだのだろうか、もし仮に事実だとしても、内務省を牛耳っているベリヤが生きている限り、自分たちは解放されないのではないかという思いが、頭の芯《しん》にこびりついていた。

「おい、壹岐、スターリンが死んだというのに、嬉《うれ》しくないのか」

バラックの寝棚《ねだな》で、一緒に寝ている白系露人のアレクセイが、頬を紅潮させ、壹岐の肩を揺さぶった。

「だが、ラーゲリ側は、スターリンの死をどうして、黙っていたのだろう」

「われわれがサボタージュや、反乱を起すのを怖《おそ》れて、隠していたんだろう、その証拠に、ラーゲリ側はわれわれの騒ぎにすっかり怯《おび》え上り、モスクワから何の連絡もないし、そんな新聞の報道は信じられんと、懸命に否定しているが、何しろその新聞たるや、プラウダだからね」

「しかし、ベリヤは健在なんだろう？」

「あんなうじ虫は、スターリンが死ねば、後継者によってすぐ粛清されてしまうさ、というより、もうやられてるんじゃないか、これで君らのような外国人の戦犯は、まっ先に祖国へ帰されること、間違いなしだ！」

アレクセイは祝うように、一層、強く壹岐の手を握りしめた。日本へ帰還出来る希望など、ラゾ鉱山へ流刑されて以来、とっくに消え失《う》せてしまっていただけに、思いがけぬ喜びが、壹岐の胸を浸し、温かい血潮が甦《よみがえ》って来るようであった。

「アレクセイ、君たち政治犯だって、この際、すぐに裁判の不当性を訴えて、判決の撤回を要求するのだろう？」

白系露人というだけで、反国家罪の刑をうけているアレクセイに云《い》うと、

「もちろん、われわれ政治犯は今夜からでもすぐに、横の連携をもち、たち上るだろう、だが、万々一、神のおぼしめしで釈放されるようなことになっても、私には君のように帰るべき祖国がない、スターリンが死んだからといって、共産主義政権がひっくり返るわけじゃないからな」

と云い、寂しそうな笑いを残して、壹岐の傍を離れた。

その翌日から囚人たちは、目にみえて働かなくなり、ラーゲリ側も手をこまねいていたが、十日後、突然、全囚人を集め、収容所長が正式にスターリンの死を発表した。

「偉大なるスターリン大元帥《だいげんすい》は、一九五三年三月五日、その輝かしい生涯を閉じられた、ここにその死を悼《いた》み、一分間の黙禱《もくとう》を捧《ささ》げることを、諸君に要望する」

猪首《いくび》の収容所長は、重々しい口調で云い、自ら率先して、壇上に掲げられた黒枠のスターリンの肖像画に黙禱をし、将校たちもそれに倣《なら》ったが、囚人たちはマホルカ(刻みたばこ)を喫《す》う者はあっても、誰一人、黙禱などする者はなく、大赦令《たいしゃれい》の噂《うわさ》をひそひそと話し合った。或《あ》る者は減刑を、或る者は即時帰還を夢みて、黙禱のあとに発表されるであろう赦令を待った。

収容所長は、芝居じみた仰々《ぎょうぎょう》しい黙禱をすませると、大きな咳払《せきばら》いをし、

「スターリン大元帥の逝去《せいきょ》に伴い、後継者マレンコフ最高幹部は、その遺徳を偲《しの》び、大赦令を発表された、静聴せよ」

と告げると、騒《ざわ》めいていた囚人たちは私語をやめ、水を打ったように静まりかえった。

だが、発表された赦令は、刑事犯は三年以下、政治犯は五年以下の刑の者に限ってのみ適用されるという信じ難いものであった。誰もが聞き違いをしたのではないかと、我が耳を疑い、暫時《ざんじ》、奇妙な沈黙が続いたが、

「くそ！　それが大赦令かよぉ！　こんな地獄に、三年や五年以下のものがいるはずないだろう！」

「また胡麻化《ごまか》しやがったな、クレムリンのインチキ野郎ども奴《め》！」

囂々《ごうごう》とした非難と呪《のろ》いの声が巻き起ったが、収容所長は、適用者の一人もない大赦令を早口で発表し終ると、次に、新しい国内法により外国籍の囚人は、ロシア人とラーゲリを別にすることになったから、本日、移動させる旨《むね》を伝え、自動小銃をかまえた警備隊に守られて、そそくさと姿を消した。

混乱しきった中で、壹岐は収容所長の言葉の意味がよく呑《の》み込めないまま、茫然《ぼうぜん》とたちつくしていると、アレクセイが寄って来、

「イキ、早く移動の準備をするのだ」

と促した。

「用意といっても、何もないが、移動というのは、どういう意味だ」

あまりにも性急な事態の変化に、戸惑うと、

「もちろん、祖国帰還を前提とした移動にきまっている、マレンコフも、最近の国際情勢には、今までのように横を向いておられないからな」

と云い、バラックに帰ると、日本人《ヤポーネツ》は壹岐一人だから、名前を聞き逃さないように自分も傍にいてやると、アレクセイは終始、壹岐の傍にいた。

午後になると、政治将校が、ドイツ人、ハンガリー人、ポーランド人などの囚人の名前を次々に呼び、営門広場に集合を命じたが、壹岐の名前は、いつまでたっても呼ばれない。堪《た》まりかねて、アレクセイが、政治将校に壹岐のことをかけ合ったが、埒《らち》があかず、第一陣が、あとに残るロシア人囚人から祝福の拍手を受けて、出発して行った。

何度目かに入って来た政治将校が、たった一人残っていたフランス人の名前を呼び上げ、早く広場へ行けと急がせた。バラックの中は、ロシア人以外、外国人は朝鮮人三名と壹岐一人になった。アレクセイは、政治将校の傍へ駈け寄り、

「朝鮮人三名と日本人《ヤポーネッ》の将校が一名残っている、まだ名前が呼ばれないが、ちゃんと名簿に載っているだろうな」

名簿を覗《のぞ》き込むように云った。

「朝鮮人は今度の移動には入っていないし、日本人《ヤポーネッ》は当ラーゲリにはいない、以上で今回の移動名簿は終りだ」

政治将校がそう応《こた》えた途端、壹岐は顔から血が引く思いがし、

「私は日本人だ、日本の戦犯として収容されているのだ！」

と叫ぶと、政治将校は、壹岐の方を振り返った。

「囚人番号と名前は？」

「OH5―32037、イキ・タダシ、日本人《ヤポーネッ》」

力を籠《こ》めて云うと、さすがに驚いたらしく、移動名簿をはじめから繰り、調べたが、

「いや、名簿には、日本人《ヤポーネッ》は記載されていないから、いないのだ」

と首を振った。アレクセイと周囲の囚人たちは、

「そんな馬鹿《ばか》なことはない、彼は日本軍の中佐《ポドパルコーブニク》だ、事務所へ行ってもう一度、調べ直せ」

口々に騒ぎたて、政治将校は一同の剣幕に気圧《けお》されるように、壹岐を連れて事務所

へ向った。

その間にも、三台目、四台目の外国人囚人を乗せたトラックが、次々に出発して行く。壹岐は、気が気でなかった。

事務所で、国籍別の名簿が、もう一度、繰られたが、日本人《ヤポーネッ》の国籍は、なかった。

「私が日本人であることは、バラック内はもちろん、作業班の全員が知っている、囚人カードを調べて見てくれ!」

壹岐は、気が狂いそうな焦躁《しょうそう》の中で迫った。政治将校はすぐ囚人カードを調べにかかったが、暫《しばら》くして、細い眼が鋭く光った。

「お前はここから出ようとして嘘《うそ》をついているな、お前は朝鮮人ではないか」

と怒鳴るなり、壹岐の衿《えり》がみをひっ摑《つか》んだ。壹岐はその手を振り払い、

「何を云うか! 私は日本の将校だ、その囚人カードを見せて貰いたい」

と云い、ぐいとカードを覗き込むと、壹岐の囚人番号と氏名、刑期の下に、まぎれもなく「朝鮮」と国籍が誤記されている。

「どうだ、これでもお前はまだ、日本人だと云い張るのか」

「私は日本人だ! そちらが誤記しているのだ!」

「当ラーゲリを侮辱する気か! お前はカードが間違いで、日本人《ヤポーネッ》だということを、

何をもって証明できると云うのか」

政治将校は、大声でまくしたてた。理屈にもならぬこの粗雑さ――、しかし、日本と遥《はる》かに隔たったこの極北の地で、囚人番号しかない自分に、如何《いか》なる方法で自分の国籍を立証せよというのだ――、自国の国籍を失うことは、まさに命を断たれることと同じであった。壹岐は魂を失ったように、呆然《ぼうぜん》とその場にたち尽した。

日本の国籍を失い、朝鮮の国籍にされてしまった壹岐は、その後、ラーゲリ側に何度も抗議して、収容所長に国籍調査の陳情書を提出しても、梨《なし》の礫《つぶて》であった。壹岐をよく知る〝片眼の狼《おおかみ》〟や白系露人のアレクセイ、それに朝鮮人グループも、壹岐に同情し、彼はわれわれの同胞ではない、日本人だと主張しても、一旦《いったん》、書き替えられた国籍は、改められることがなかった。

無惨な日々が過ぎ、九月の半ば、初霜が降ったかと思うと、ラゾにはもう冬が訪れかけていた。そして壹岐は、作業の編成替えで、地上の鉱石選別作業から、再び坑内作業に逆戻りした。

マレンコフ政権になってから、従来の奴隷《どれい》のような苛酷《かこく》な強制労働は幾分、緩和され、曾《かつ》ての十二時間労働は、昼夜三交替の八時間労働に軽減されたが、壹岐には、もうどうでもよいことであった。地下数十メートルの暗闇《くらやみ》の坑道で、鉱石をトロッコに積み込み、運び出して行く壹岐の心の中は、あたりの闇よりも暗く、冷たく凍りついていた。

相変らずの飢餓や、強制労働はもはや、壹岐を苦しめなかった。考えることは、どうしたら早く死ねるか、それだけであった。

「イキ、そんなに無茶に働くな、体が潰《つぶ》れるじゃねえか」

見廻りに来た〝片眼の狼〟は、注意した。

「大丈夫だ！」

壹岐は、そう応えながら、死ぬために一刻《いっとき》も休むことなく働いている自分を知っていた。

「いい加減にしろ、お前に死神がついているみたいで、この俺でも気味が悪いぜ、気持は解《わか》るが、人間生きている限り、そう悪いことばかりじゃねえよ！」

力づけるように云い、

「今日はもう少ししたら、この上の坑道で、ハッパがかけられる、危険はないと思うが、もし危ないと思ったら、すぐ中継地点まで出て来るんだ、いいな」

念を押すように注意して、去った。

壹岐は、〝片眼の狼〟がいなくなると、さらに自らの体を酷使するように鉱石をトロッコに積んでは、運び出す作業に没頭した。

三台目のトロッコを運び出し、四台目のトロッコの傍《そば》にカンテラを移動して、鶴嘴《つるはし》を振《ふる》いかけると、遠くの方から、ドドーン！　という音が聞えて来た。さっき、〝片眼の狼〟が云っていたハッパが、かけられたのだなと思い、さして気にもとめず、鶴嘴を振っていると、再びドドーン、ドドーン！と、鈍い地鳴りが起り、数分後に、さらに地響きが伝わって来た。ダイナマイトが炸裂《さくれつ》し、岩盤が崩れる音にしては異常だと気付いた時、びしっ、びしっと、岩盤が不気味な軋《きし》みをたてはじめ、壹岐は、鶴嘴の手を止めた。

上の坑道のハッパのあおりで、もしや落盤が――と思った瞬間、強い横揺れがし、体が地面に叩《たた》きつけられ、凄《すさま》じい轟音《ごうおん》が響き、坑内は真っ暗になった。

「逃げろ！　落盤だ！」

「死ぬぞ！　退避しろ！」

岩石の崩れる音とともに、争って逃げる人声と悲鳴が聞えた。壹岐は岩盤にしたたか打ちつけた腰の痛みでたつことも出来ず、ようやく一、二メートル這《は》い出しかけたが、地揺れは強まるばかりで、周囲の岩盤の亀裂《きれつ》音も、次第に強まって来る。恐怖の中で、壹岐は不意に、死ぬなら今だと思った。そう思うと覚悟をきめ、腰骨の激痛に耐えて、上体を起した。胡坐《あぐら》を組みたかったが、脛《すね》のあたりに鋭い痛みがあり、手を触れると、作業ズボンを通して生温かい血糊《ちのり》のようなものが、べっとり感じられる。かなりの出血のようであった。

壹岐は、眼を閉じた。暗闇の中で、なおも坑内が揺れ、逃げまどう囚人たちの悲鳴が、きれぎれに聞えて来る。間近な暗闇の中から、壹岐を呼ぶ声がした。

「イキ、逃げろ！」

〝片眼の狼〟の呼びかけであったが、壹岐は応えずに眼をつぶった。すぐ眼の前の岩盤が凄じい音響をたてて崩れ落ち、壹岐は巨大な力で押しつぶされる痛みを感じ、意識を失った。

ぞっと凍りつくような冷気で、壹岐は眼を開き、あたりを見廻しかけ、うっと呻《うめ》いた。体全体が痛みに包まれ、筋肉を動かすだけで、激痛が襲って来る。

もう一度、眼を見開くと、眼の上には薄墨色の大空が拡《ひろ》がり、野外に寝かされているようであった。壹岐は、混濁した意識の中で視線を動かした。自分の周囲に何人もの人間が、血まみれになって横たわり、呻いている。白兵戦の戦場さながらの光景であったが、壹岐はまだ、自分がどのような状況にいるのか、解らなかった。

「おっ、イキ、気がついたか」

すぐ眼の上に、ぎょろりとした眼が光った。〞片眼の狼〞であった。

「お前、助かったんだぜ！　引っ張り出した時は虫の息だったが、左足の骨折だけで、奇蹟《きせき》的な命拾いだ、創口《きずぐち》の出血は、まだ止まらんから動くな」

と云い、言葉を詰らせた。壹岐は、落盤の坑内から助け出されたことを知った。今までぼんやりとしか感じなかった痛みが声を出しそうな強烈な痛みになって襲って来た。

また、死に損ったのだった。壹岐は激痛の中で、この先もまた朝鮮国籍のまま、日本へ帰る望みもなく、シベリアの囚人として、生きて行かねばならぬ自分の運命を呪《のろ》った。

その時、墨色に昏《く》れなずむ天の一角が、白光が射《さ》したように明るくなったかと思うと、瞬《また》く間に、北極圏の方向の空に、真紅の光の帯が現われ、ピンク、紫、オレンジ、黄、ブルーと七色の光の帯に拡がって行った。オーロラであった。

北極圏の空を七色に染めたオーロラは、刻々とその壮麗さを増し、まるで七色のカーテンが大空に揺らめくように、大きく揺らめいた。そして七色の光の中から、壹岐の耳を搏《う》つものがあった。それは「生きて歴史の証人となれ」と云った谷川大佐の言葉であり、その声が、天上の声のように響いて来たのだった。壹岐は、その声に応えるように空を仰ぎ、この先、如何なる苛酷な運命が待ち受けていようと、生きて祖国に帰らねばならないと、心に誓った。

＊

雨戸を通して、夜明けの光が射し込んで来た。シベリアの回想から醒《さ》めた壹岐は、そっと雨戸を開けた。しらじらとした夜明けは、ラゾの白夜《びゃくや》にも似た白さであった。妻と子供たちは、まだ安らかな寝息をたてていたが、遠くから牛乳配達の音が聞えて来た。壹岐は、二カ月後に始まる第二の人生に思いを馳《は》せた。

九章　門出

「行っていらっしゃいまし」

壹岐《いき》は、妻の見送りを受けて家を出た。シベリアから帰還後三年目の三十四年二月、近畿商事へ出社する第一日目の朝であった。

子供たちも、今日からお父さんもお仕事ね、と喜んでいた。しかし、南海電車の住《すみ》之《の》江《え》駅から大阪に向う電車に乗った壹岐の心は、まだ重かった。十四歳で陸軍幼年学校へ入って以来、四十六歳まで軍以外の社会を知らない自分が、果して商社になど勤まるのであろうか――。陸士、陸大を通じて軍人は金銭を口にせぬ者とされ、同期の者同士で飲みに行って、割勘で支払う時でも決して一円という金銭の呼称は用いず、一メートルという云《い》い方をする教育を受けて来た自分が、商社という最も商いの激しい社会に入って行くことの悩みが、壹岐の心に尾を曳《ひ》いている。

近畿商事の扉を押し、指示されていたように三階の人事部へ行くと、若い社員たちの訝《いぶか》しげな眼が、壹岐に集まった。くたびれた背広を着、弁当を入れた風呂敷《ふろしき》包みを持った中年の男の姿が、奇異に映ったからであった。壹岐は、入口に近い女子社員に、人事部長への取次を頼むと、今、来客中だから暫《しばら》く待っていて下さいといわれた。拭《ふ》き磨かれた床に、ずらりと机を並べ、殆《ほとん》どが二十代の男女社員で、ところどころに課長らしい管理職の姿が見えるが、それも三十五、六歳の若さであり、部屋の雰囲気《ふんいき》といい、そこに働く人たちといい、壹岐とは全く別世界の人間のようであった。

やがて人事部長室へ呼ばれた。縁なし眼鏡をかけた痩《や》せぎすの人事部長は、入って来た壹岐の顔を一瞬、驚くようにまじまじと見詰めた。四十六歳にしては、頰が削《そ》げ、皮膚の色が老人のように土色に乾いて老《ふ》け、シベリア抑留十一年間の凄惨《せいさん》さが窺《うかが》われる。着ている背広も寸法の合わぬ古めかしいものであり、手にしている弁当の包みにも帰還者らしいつつましさがあった。人事部長は、社長がよりにもよって世間から冷たい眼で見られている元職業軍人を採用するのが、納得ゆきかねるような表情で、

「あなたの職名は、社長室付嘱託ということになっていますが、何か特に希望される仕事は？」

「いえ、私はご承知のように、軍歴しかないものですから、これといって何も――」

謙虚に壹岐が応《こた》えると、

「そりゃあ、商社のビジネスそのものは無理でしょうが、シベリア抑留の体験を生かして、ソ連貿易の調査計画とか、何か？」

「いや、何分、抑留拘禁の身でしたから、そのようなことは一向に――」

人事部長は、黙った。これまで中年の中途採用で何の特技も持たない人物を採用したことがなかったからだった。机の上の辞令を取り、

「あなたの給与は本俸三万三千円、手当を入れて四万五千円です、あなたの齢《とし》にしては少ないかもしれませんが、まあ当分、これで――」

事務的な口調でいった。十一年間、シベリアに抑留されていた壹岐にとっては、四万五千円という給与が高いのか、低いのか、金の価値が解《わか》らなかった。それより、ここで自分に出来る仕事が、何であるかを知りたかった。

「それで、私の配属される部署はどういう部門ですか」

「まあ、当分、ぶらぶらして貰《もら》うしか仕方がないでしょうね」

素っ気なく応えた時、部長席の電話のベルが鳴り、受話器をとって一言、二言、応答したかと思うと、

「はあ、承知致しました、ただ今、入社手続が終りましたから――」

と云った。

俄《にわ》かに鄭重《ていちょう》な語調で応え、受話器をおき、

「こちらが済んだら、社長室に来るようにという連絡があったから、行って下さい」

と伝えた。

七階の役員室受付へ行くと、社長秘書が足早に出て来、

「社長は、綿糸部長と用談中ですが、入って下さい、社長の体があくことなどめったにありませんから」

と云った。奥まった社長室の扉は開かれていた。絨毯《じゅうたん》の床に縦七、八十センチ、横四メートル程の大きいグラフを広げ、その前に両足を踏んばるようにしてたっている大門一三《だいもんいちぞう》と、グラフを挟んで社長と向い合っている綿糸部長の姿が見えた。大門は、壹岐に気付いたように、ちらっと視線を向けたが、入れとも、入るなとも云わなかった。壹岐は、許されることなら、大門が足を踏んばるようにして見ているものが何であり、何を考えているかを知りたかったから、許しを得るように一礼して、社長室へ入った。

大門の前に広げられているグラフは、昭和三十年以降の相場の上り下りをグラフ化した罫線《けいせん》で、値が上った時は赤線、下った時は青線で引かれ、赤青二色の線が複雑な上下線を描いている。大門は生きもののように流動して上向いている赤線を追いなが

ら、

「今の情報は、確かか」

「はい、今、来日しているアメリカの棉花《めんか》の大手エージェントであるアンダーソン社から得た情報で、彼らが日本政府と接触した感じでは、日本の原棉の輸入の自由化は早いと見ておりますし、私自身も通産省は、自由化の機会を待っている段階だと睨《にら》んでいます」

金子部長は、確信を持った応え方をした。

「しかし、この罫線の動きから見ると、まだ相場は若いし、大相場になる可能性があると思うがな――」

大門は、思案するように云った。大門の頭の中には、今まで輸入制限されていた原棉が自由化され、どんどん入って来れば、紡績がコスト・ダウンで売り急いで来、市況変化を来たすと考える一方、現実面では、原棉の絶対量が不足している現在、国内需給の関係からみると、たとえ輸入自由化になっても、まだまだ綿糸の相場は強いという二つの見方が交錯していた。

「それで、原棉の産地の値動きは？」

「メキシコからのテレックスによりますと、昨日の相場は三十セントを、ちょっと割っています」

「ふうむ、そうか——」

大門は、両足を突っぱったまま、ぐうっと睨み据えるように、罫線を見た。その顔には、進撃か、撤退かを判断する軍司令官のような緊張感が漲《みなぎ》っていた。壹岐の脳裡《のうり》に、大本営参謀本部の作戦室の畳三畳大の作戦地図がうかんだ。作戦をたてる時も、地図の上に、青が友軍、赤が敵軍と色分けした駒《こま》を置き、あらゆる敵軍の動きを考慮して赤駒を動かしながら、それに対応する青駒の配置を考えるのだった。進むか、退くか、大局を摑《つか》みつつ、その場でどちらかを即座に判断し、実行に移さねばならない点は曾《かつ》て壹岐たちが作戦をたてた要諦《ようてい》と、全く同じであった。

大門の大きな声が、部屋に響いた。

「いや、わしの勘では相場はまだまだ伸びる、引き続き買いや！」

数分にして、年始めから、買いまくっている大量の玉《ぎょく》をさらに買い持ちする決断を下したのだった。その決断がもし間違った場合、どれほど手痛い打撃を受けるかは、二カ月前、壹岐が面接に来た日、聞き知った相場の例から、ほぼ推測された。

大門は、煙草《たばこ》を口にくわえ、うまそうに喫《す》った。

「金子君、とうとう煙草やめたそうやな」

「そんなこと、社長の耳に入りましたか？　やめた方が、相場勘にはいいようで——」

金子部長は、照れるように云った。

「わしも、綿糸部長をやってた時、酒も煙草も止《や》めた時期があった、二日酔では相場勘が狂うからな、けどあんまり無理するなよ」

犒《ねぎら》うように云うと、金子綿糸部長は意気に感じるように頷《うなず》き、社長室を出かけて、はじめて壹岐に気付き、怪訝《けげん》な顔をした。

「紹介しておこう、わしの話してた元大本営参謀で、シベリアに抑留されてた壹岐正《ただし》君や」

大門が云うと、金子部長は改まった表情で、

「ご苦労さまです、私も南方で、レイテの生き残りです」

と挨拶《あいさつ》した。レイテ決戦は、日本軍が壊滅的な敗北を喫した戦いであった。壹岐は申しわけない思いで深い一礼をした。

「壹岐君、相場いうもんは、明日どうなるかわからんどえらい生きもので、今まで何人の綿糸部長が失敗し、ノイローゼになって脱落したかしれん、君もおいおい解って来るやろけど、さしあたり君がやりたいと思うことは、何や」

大門は、昨年暮の面接の時とは異なり、社長と一嘱託というびしっとした態度で接

した。壹岐も姿勢を改め、

「勝手なお願いがあります、商社の勉強をさせて戴《いただ》くかたわら、大阪府立図書館へ通わせて戴きたいと思います」

「図書館へ？　商社関係の資料なら、図書館へなど行かんでも、当社の調査部にびっしりある」

「いえ、私はシベリアに抑留されていた十一年間の新聞の縮刷版を読んで、その間のブランクを埋めたいのです」

「ほう、毎日、十一年間の新聞を読むというわけか」

大門は、驚くように問い返し、

「むろん、結構や、自由に勉強して貰《もら》うことになってるから――」

と云い、金子部長の方を向き、

「誰か手のあいている者に云うて、社内見学をさせてあげ、机は繊維部のどこか適当なとこに――」

「え、繊維部に？」

金子部長は、いかにも場違いの人間のように、壹岐を見たが、大門は、

「うちは繊維から発足した商社やから、繊維の空気を吸うておくのは当然や」

と云うなり、客を待たせているらしい隣の応接室へ入って行った。

社長室を出ると、壹岐は金子綿糸部長に随《つ》いて、繊維部へ下りて行きながら、その人柄に爽《さわ》やかなものを感じた。世間の眼はとかく職業軍人には冷たく、殊《こと》に民間人で戦場に狩り出された者は、反感さえ強い中で、壹岐に向って、ご苦労さまでしたという言葉をかけたのは、金子部長がはじめてであった。

二階の繊維部の前まで来ると、わっと熱気のようなものが湧《わ》いている。布見本のような各種の布が積み上げられ、机の間を人間が忙しくたったり、坐《すわ》ったりし、電話のベルが絶え間なく鳴り、聞き馴《な》れぬ言葉が耳に飛び込み、ターバンを巻いたインド人やアメリカ人らしいバイヤーたちの英語が、社員たちの大阪弁にまじって聞えて来る。

金子部長は布見本が積み上げてあるカウンターの前まで来ると、

「壹岐さん、繊維の仕事はまず、生地の判別からはじまるのですよ、これ、何だと思いますか」

臙脂《えんじ》色《いろ》の布地を手にとって見せた。光沢があり、柔らかい手ざわりであった。

「絹でしょう」

壹岐が大真面目《おおまじめ》に応えると、

「いや、ナイロンですよ、では、こちらは何だと思いますか」

紳士物らしい、グレーの生地を示した。

「毛織物ですか」

「いえ、アクリルです」

と云い、金子部長は言葉をついだ。

「これからは世界の人口の増加に対して、綿、羊毛、絹などの天然繊維だけでは、その需要に追いつけなくなり、合成繊維の時代に入って、合織をいかに取り扱うかが、繊維の業績を左右する時代になるのですよ、したがって、われわれ商社の人間は、これまで絹、毛、木綿の天然繊維しか扱っていなかった問屋、機屋《はたや》、メーカーに頭の切替えをさせると同時に、国内、外における合織の販路を拓《ひら》く、これが繊維を例にとった場合の商社の仕事ですよ」

と説明したが、いきなり繊維の話を持ち出された壹岐は戸惑い、商社機能なるものも容易に理解出来なかった。そんな壹岐の表情に気付いた金子部長は、

「まあ、おいおい、日々の実務を通してわかりますよ、あなたの机はそのあたりに置きましょう」

と云い、繊維部の中程だが、太い柱の陰になったあたりを指《ゆびさ》した。それは、壹岐が

ひっそりと坐るのに、ふさわしい場所であった。

出社第一日目を終えて帰宅した壹岐は、いつもの癖で、郵便受けに手を入れ、玄関の鍵《かぎ》を探しかけると、

「お父さん、お帰りなさい」

誠が、中からガラス戸を開けた。

「ただいま、今日からはお前たちの方が迎えてくれるのだったね」

壹岐は台所から出て来た妻の佳子《よしこ》と、娘の直子にも微笑《ほほえ》みかけた。昨日までは働きに出ている妻と子供たちのために七輪で火をおこし、掃除をして、帰りを待つ身であったことを思い、ほっと救われる気持であった。

「あなた、お疲れでしょう、さ、早くお着替えになって――」

妻の佳子は、甲斐甲斐《かいがい》しく、壹岐のうしろに廻って上衣を取り、手編みのカーディガンを着せかけ、直子は食卓の用意をした。四畳半と六畳の二間に台所がついた市営住宅であったが、花瓶に水仙が生けられ、食卓には一尾だけだが、小さな鯛《たい》の尾頭付《おかしらつき》が運ばれ、壹岐の再出発を喜ぶ家族の気持が、滲《にじ》み出ていた。

食事がはじまると、

「お父さんは、今度の会社でどんなことしはるの？」

直子が、女の子らしい好奇心で聞いた。

「まだ、きまっていないよ、第一、お父さんは会社のこと、まだ何も解らないから
――」

と応えると、誠が、

「お父さん、仕事が気に入らなくても会社やめてはいやだよ、そうしないと、お母さんがまた勤めに行かなくてはならないから――」

心細げにいった。

「なんだ、誠、お前は男の子のくせに、神経が細すぎていけない、男の子というものは、もっと凜々《りり》しくなければならない」

と窘《たしな》めながら、壹岐は、シベリア十一年間の辛酸《しんさん》は、自分の帰還を待った妻と子供にも、同じ辛苦の歳月であったことを今さらのように感じた。壹岐の就職と入れ替るように大阪府庁の勤めをやめ、白いエプロンをかけて家にいる母親の存在が、子供たちには、よほど嬉《うれ》しいらしい。壹岐は、つと、手を伸ばして、娘の着ているブラウスの袖口《そでぐち》にさわった。

「これ、何という生地なんだ」

「毛よ、古いけど、私の好きな柄やの」

「じゃあ、そのスカートは？」

「これは少し、アクリルが入っている合織よ」

「ほう、これが毛とアクリルの合織の生地かい」

壹岐は、眼を近付けて、眺めた。

「あなた、それがどうかしまして？」

妻の佳子が、訝《いぶか》しそうに聞いた。

「実は今日、社内見学をして、最初に繊維部というところで、布地を見せて貰ったが、絹と思った生地がナイロン、毛と思ったのがアクリルという合成繊維だと説明され、繊維部の第一歩は、繊維の判別だと云《い》われたものだから、つい――」

と云うと、箸《はし》を持つ妻の手が、止まった。

「あなたが布地を――、馴れぬお仕事で、さぞかし……」

言葉を詰らせ、子供たちに気取られぬように、そっと涙ぐむ妻の気配が感じ取られた。壹岐が近畿商事への就職を決心した時、「あなたにとって防衛庁へ行かれることが一番の近道だと覚悟しておりましたのに、よく決心して下さいました」と云った妻の言葉が、思い出された。

「何を云うんだ、私のような者を懇望して下さった会社だ、それに軍人であった私が、それ以外の仕事に携わる時、一から苦労するのが当り前じゃないか」

　壹岐は、笑い飛ばすように云い、

「それより、お前には随分、苦労をかけたな、今度の会社の給料で、やって行けるかどうか解らないが、ともかく今暫く、辛抱してくれ」

　と云うと、

「いえ、家計のことならご心配なく、それよりあなたも毎日、ご出勤ともなれば、洋服一着でも、新調しなくては――」

　服装を気遣うように、云った。

「いいよ、私は身なりをかまわない方だし、第一、十一年間着たきり雀《すずめ》の生活に馴れてしまったから、着替える方が面倒だよ」

　と云うと、食卓に笑いがたった。

　食事が終ると、壹岐は、みかん箱に新聞紙を貼《は》りつけただけの粗末な机に向った。昭和三十一年十二月、ソ連から最後の引揚船で、壹岐と共に帰還した谷川大佐に、就職を報告する手紙を書くためであった。

膝《ひざ》を正し、硯《すずり》を引き寄せると、壹岐は筆をとった。

謹啓　寒冷の砌《みぎり》、ご壮健にてお過しのことと存じ上げます。小生、帰還後、二年間、浪人生活を致しおりましたが、この度、小生如《ごと》き者を招聘《しょうへい》下さる会社あり、種々、熟慮した末、近畿商事に小生の第二の人生を托《たく》す決心を致しました。たまたま小生の部下の就職先も昨年暮をもって、全員決定致しました点も、今回の決心の一因であり、加うるに身一つ、栄養失調の体で帰還した小生を今日まで支えてくれた妻へのいたわりもいささか感じおります。

もとより共にシベリアより帰還した者の中には、なお職もなく、病苦に喘《あえ》いでいる人々もいることを顧みますと、心苦しい思いですが、大兄に小生の就職をご報告申し上げます。

そこまで書くと、壹岐は、筆をとめた。壹岐の胸に、極北の流刑地《るけいち》ラゾの坑内で落盤に遭い、九死に一生を得た後、マガダンを経て、ハバロフスクに帰り着き、そこで谷川大佐とめぐり合い、日本へ帰りつくまでのなお三年間の辛酸が、まざまざと胸中を去来した。抑留十一年の長きにわたるソ連の非道さに、千五十名の日本人戦犯が死を決してたち上り、帰還への道を拓《きりひら》いたハバロフスク事件を思う時、壹岐は心騒ぐものを覚えた。

十章　祖　国　へ

昭和三十年十月中旬——、異国の地で果てた者にも、生きてなお戦犯として抑留されている者にも、既に十年の長きにわたる歳月が流れていた。

ハバロフスク郊外の大ベトン工場建設の現場は、周辺に、逃亡阻止と眼隠しを兼ねた高い板塀がめぐらされ、その中で今日も二百五十名の日本人囚人たちが働かされていた。

どんよりと曇った空の下で、高さ二十メートルの起重機が動き、日本人囚人たちは、各班ごとに持場の穴掘り、ブロック積み、煉瓦《れんが》積み、窓枠作りなど、土方から石工《いしく》、煉瓦工、大工、左官のあらゆる作業を行なっていた。十年の長きにわたる強制労働で、病弱者が増え、十年前と同じ作業ノルマは日本人の体力をますます低下させたが、一週間前に行なわれた体位の等級検査で、数十名の病弱者が一級繰り上げられて、戸外作業に狩り出されていた。

壹岐《いき》は、煉瓦積み係で、一日七百個がノルマであった。

左手で煉瓦を取り、右手で鏝《こて》を持ってセメントでめじを入れ、鏝の柄でとんとんと叩《たた》いて、すぐ次を積む。ここ二年ほどで、すっかり煉瓦積みの勘どころを覚え、今では本職の左官なみの腕前になっていたが、既に四十三歳になっており、身体《からだ》は重労働と栄養失調で五十代並に衰え、長期抑留者特有の青黜《あおぐろ》い乾いた皮膚に、陰鬱《いんうつ》な皺《しわ》が刻まれていた。

それでも二年前までの極北の流刑地《るけいち》ラゾでの地獄のような生活を思えば、同胞と共に働き、日本語を話し合えることは、何にもまさる喜びであった。ラゾ鉱山で寺田少佐が指を自ら斧《おの》で切断し、身体障害者《インワリッド》となって何処《いずこ》へともなく連れ去られてから、ただ一人の日本人となり、いつの間にか日本の国籍から朝鮮の国籍に変えられ、帰るべき祖国を失った絶望の日々は、ハバロフスクへ送還されてからも時折、夢に見、魘《うな》された。もし落盤事故が起り、負傷してマガダンの病院へ送り込まれ、医師に日本人と認められていなければ、壹岐は北緯六五度の極北の鉱山で、屍《しかばね》となるまで働かねばならない運を辿《たど》ったかもしれなかった。マガダンの病院からハバロフスクへ送られ、日本人収容所で元関東軍報道部の谷川大佐をはじめ、神森《かみもり》、水島、そして当番兵だった丸長《まるちよう》と八、九年ぶりに再会した時、壹岐は抑留後、はじめて生きていたことの喜びを味わったのだった。

黙々と煉瓦積みを続けていると、隣で壹岐以上に器用に鏝を動かしている元機動旅団の堀敏夫が、

「壹岐さん、私たちはいつか、ほんとうに祖国へ帰れるでしょうか」

ぽつりと、聞いた。戦犯としてハバロフスク第一分所に抑留されている千五十名の俘虜《ふりよ》の中で、敗戦の僅《わず》か一カ月前、二十一歳の少尉《しようい》で関東軍機動旅団に配属された堀は、最年少とはいえ三十一歳になっていたが、青春の盛りを抑留生活の中で過して来たせいか、瘦《や》せこけていても、純真無垢《むく》の少尉そのままの澄んだ眼をしていた。

壹岐は新しい煉瓦を手に取りながら、

「大丈夫だ、今は日ソ交渉が跡絶《とだ》えているから、日本の政府もどうしようもないが、必ず帰れる日が来るよ」

励ますように云《い》うと、

「この間、福岡の両親から捕虜通信の返信が来ました、父はもう六十四歳、母は六十歳で、生きているうちにお前の顔が見たいと書いてありました——、僕も両親には一目、会いたいです」

そう云われ、壹岐は戦犯の容疑で取調べを受けていた頃、ハバロフスクの監獄で、深夜、看守に引ったてられて長い廊下の向うから来た日本人将校が、壹岐と擦れ違いざま、看守の制止を振り切り、「機動旅団陸軍少尉、堀敏夫、死刑！　福岡の父母にお伝え下さい！」と血を吐くように叫んだ声と姿を思い出しながら、

「ご両親が君の無事な姿をご覧になったら、さらに寿命が延びられるよ」

と云うと、その向うから丸長が、

「帰ったら、すぐ嫁さん探しをせんといけまへんな、堀さんは好男子やから、どっと花嫁候補が集まりますでぇ」

冷やかすように云うと、堀はぱっと頬を染めた。ラーゲリの蚕棚《こだな》で、誰かが男女の秘めごとなどを話しはじめると、堀は二十一歳の少尉そのままの純情さで顔を紅《あか》らめ、ラーゲリ内の売店にいるロシア娘にも、まともに口をきけない有様だったが、年長者に対しては誰彼なく、父親のように敬い、手助けしていた。

壹岐は午前中のノルマが九分通り出来上ると、血圧が二〇〇以上にもかかわらず、作業に狩り出されている元満州国官吏の立花の方を見た。六十歳を超えて、足もとがおぼつかない上、視力も衰え、煉瓦の壁はうねうねと曲って、体《てい》をなしていなかった。

「立花さん、あとで私たちがお手伝いしますから、体を休めていて下さい」

壹岐が声をかけると、丸長も、

「それでは、あきまへんわ、あのソ連のえてこに見付かったら、どやされまっせ」

と云った。猿のような赫《あか》い毛深い顔をし、日本人捕虜に苛酷《かこく》なノルマを課し、その実績で出世しようとしているソ連将校のトプチン中尉のことで、蛇蝎《だかつ》のように忌嫌《いみきら》われていた。

「少々、曲っていても、とも角、やれるところまでやるよ、やらないことには、誰かの肩に、私たちのノルマがかかるのだから――」

立花が云い、再び煉瓦積みをはじめると、騒々しい軍靴《ぐんか》の音がし、

「そこの老いぼれ！　この積み方はなんだ！」

噂《うわさ》をしていたトプチン中尉が、やって来た。立花が黙っていると、

「お前、わざと煉瓦をいい加減につんで、工場を潰《つぶ》す気か？　やり直せ！」

と云うなり馬鹿《ばか》力で、せっかく積んだ煉瓦の壁を、足で蹴《け》り潰してしまった。

「トプチン中尉、こんな風に壊したら、あとで積み直すのに時間がかかり、工事が遅れるじゃないか、それではあなたがお困りだろう」

壹岐は憤《いきどお》りを抑《おさ》えて云うと、

「遅れれば、その分だけ、時間延長すればいい、ともかくさっさと積み直せ」

捨て台詞《ぜりふ》を残し、次の作業班を見廻りに行った。

「人でなしのえてこ、死んでまえ！」

丸長は毒づいたが、堀は、崩れた煉瓦を、立花のために、きれいに取り除きはじめた。

どんよりした雲間から、時折、氷雨《ひさめ》のような雨がぱらつき、気温がぐんぐん下って来た。壹岐たちは、囚人帽を眼深《まぶか》にかぶり、立花のノルマもこなすため、凍える手をこすり合せ、煉瓦積みの速度を早めた。曾《かつ》てのシベリア民主運動が猖獗《しょうけつ》を極めた時代と異なり、日本人同士の間には老人と病弱者をいたわり、健康で生きて日本へ帰るための心の絆《きずな》が強く結ばれていた。

壹岐たちが、壊された煉瓦の基礎積みをしている間、立花たち高齢者は木切れを集め、焚火《たきび》をたいて、凍えた手を温め、昼食に備えて、ドラム缶に湯を沸かしにかかると、

「お前ら、また怠けているな！　火を消して、働くのだ！」

再び姿を現わしたトプチンが、火の傍《そば》でほっと人ごこちのついた人たちに、棍棒《こんぼう》を振り廻した。

「無茶や、こんな寒なって、高血圧の老人に働かすのん」

丸長が身ぶり、手まねで云うと、

「このトプチンに文句をつける気か、名前をいえ！　もうあと十年の刑を加算するよう、収容所長に届け出てやる」

猿面をひき歪《ゆが》ませ、丸長に鉾先《ほこさき》を向けた。丸長は慌《あわ》てて、

「そんな殺生《せっしょう》な！　わてが悪おました」

平謝りに謝ると、トプチンはつけ上るように、立花たち高齢者に向って棒切れを振り廻し、

「お前らはいつも碌《ろく》に仕事せんくせに、頭《ず》の高い爺《じじい》だ、お前らのような怠けものがソ連の国有財産である木で焚火をするなどもってのほかだ！」

と云うなり、ドラム缶の湯をひっくり返し、棒切れで焚火を蹴散らし、火を消してしまった。

それまで黙って、壹岐とともに立花たちのノルマの煉瓦積みをしていた堀は、作業の手を止めたかと思うと、トプチンの前にたった。

「この人たちは、もともと戸外作業に出せない病弱者で、吹きざらしのトラックで作業場まで往復するだけが、やっとの体だ、それを考えれば、僅かの間、焚火して暖をとるのが、何故《なぜ》、悪いのだ、囚人といえども、われわれは日本の軍事俘虜であり、ソ

連のやり方はあまりに国際法を無視している」

正面きって、難詰《なんきつ》すると、

「戦犯に国際法などあるか、日本の戦犯は死ぬまでこき使ってやるのだ」

トプチンはペッと唾《つば》を吐きつけ、踵《きびす》を返して行きかけると、

「待て！　人非人！」

堀は叫ぶなり、トプチンに組みついた。いつの間にか手に斧を持っている。

「何をする、助けてくれ！」

トプチンの体が逃れるように前へ泳いだかと思うと、背中へ斧が振り下ろされ、ギャッと押し潰されるような悲鳴が上り、鮮血が飛び散り、トプチンの体が、地面にうつ伏した。一瞬の出来事であった。返り血を浴びた堀は、呆然《ぼうぜん》と突ったっていたが、不意に我に返るように、斧を手に持ったまま走り出した。

「堀、どこへ行くのだ！」

壹岐は、堀のあとを追った。血走った眼で壹岐を振り向き、

「壹岐さん、お願いです、このまま見逃して下さい！」

堀は、走りながら叫んだ。

「早まるな、堀！」

さらに追い縋《すが》るように云うと、

「死なせて下さい、武士の情けです——」

哀願するように云った、武士の情け——、その一言に、壹岐の足は止まった。ソ連の将校を殺害し、ソ連側につかまって銃殺刑に処せられるより、自ら死なせてやる方が、武士の情けだという思いが、壹岐の胸を掠《かす》めた。が、

「堀、止まれ！」

と叫びながら、後を追い、丸長や、他の作業班の神森、水島たちも事態を知って、駈《か》けつけて来たが、若い堀の足には追いつけなかった。

堀は建設現場の隅にある起重機に向って走り、二十メートルほどある起重機の鉄塔を異様な速さで登って行った。やがて起重機の頂上のデッキにたった堀は、下に駈け寄って来た人々に向い、

「皆さん、私は今、日本人として成すべきことを成し、日本人としてりっぱに死んで行きます、皆さんは日本人としてりっぱに生き、祖国へ還《かえ》って下さい、今日、私がしたことは正しい信念に基づいて行なったことですが、もし皆さんに迷惑がかかることになれば、許して下さい」

震えを帯びた声で云い、腰にぶら下げている手拭《てぬぐ》いを取って、左の手首を斧で切り、

自らの血で日の丸を染め、起重機の腕《アーム》にしばりつけた。そして鉄塔を登って来る壹岐たちに気付くと、起重機のデッキに出る蓋《ふた》を締めた。これでもう救出されないと安心したのか、落ちついた声で、

「皆さん、どうか、私がこの世で歌う最後の歌を聞いて下さい」

と云い、直立不動の姿勢を取り、

海ゆかば水《み》漬《づ》く屍《かばね》
山ゆかば草生《む》す屍
大君の……

死に臨んで歌う声が、朗々として空を震わせた。この歌を歌い終った時、堀はデッキから身を躍らせて自決してしまうのだった。壹岐は必死に鉄塔を攀《よ》じ登り、神森と水島、丸長も続き、力を合せて、デッキを塞《ふさ》いでいる蓋を押し開けようとしたが、動かない。

「堀、思い止まれ！　君の帰還を待っている両親のことを考えろ！」

と叫ぶと、堀の歌声は一瞬、跡切《とぎ》れたが、さらに歌い続いた。

堀の全身全霊を籠《こ》めた歌は、次第に終りに近付きつつある。地上にたつ二百五十名の日本人たちは五体が押し拉《ひし》がれそうな慄《おのの》きの中で、堀を見上げ、肺腑《はいふ》を抉《えぐ》るような惜別の歌声に佇立《ちよりつ》している。

大君の辺《へ》にこそ死なめ
顧みはせじ……

歌声は高く、低く、殷々《いんいん》として四辺を圧した。そして次第に堀の声が嗄《かす》れ、嗚咽《おえつ》に変って来、地上の人々も嗚咽した。

遂《つい》に歌声は終った。辺りは森閑と静まりかえり、堀は従容《しようよう》としてデッキの端に一歩、足を進め、身を翻《ひるがえ》した。

堀の体は二十メートル下の地上へ叩《たた》きつけられた。呆然自失していた日本人たちは、駈け寄り、

「しっかりするのだ！」

声の限りに呼んだが、堀は絶命していた。

事件に気付いた警備兵の一団は、すぐ駈けつけて来、

「ソ同盟の将校を殺害したその犯人を、引き渡せ！」

銃口を突きつけ、迫った。

「彼はもう死んでいる！　堀の遺体はわれわれの手で葬《ほうむ》る」

二百五十名の日本人たちは、堀の遺体の前にたちはだかると、警備隊長が、

「ならん！　即刻、引き渡すのだ！」

昂奮《こうふん》しきった顔で、声を荒らげた。しかし、起重機の上の堀を救うことが出来ず、その体が地上へ落下して行くのを、むざむざと眼《ま》のあたりにした壹岐や神森たちも、五体が引き裂かれるような悲しみと憤りで、震えていた。

「これは単なる殺害事件ではないのだ！　トプチン中尉に非があるのだ！　作業に出してはならぬ老齢、病弱者を狩り出し、その上——」

壹岐が云いかけると、警備隊長は、

「理由の如何《いかん》は、当局が調査することだ、われわれ警備隊は、ソ同盟将校を殺害した犯人を逮捕することが任務だ、その死体を寄こすのだ！」

猛《たけ》り狂うように云った時、トプチンの血まみれの体が担架に乗せられ、壹岐たちの横を通り過ぎたが、大きな呻《うめ》き声《ごえ》を上げ、両手を動かしている。

「トプチンは死んでいない、命に別状はないはずだ」

神森が云うと、

「黙れ！　そいつの死体を引き渡さんと、お前たちを射殺するぞ！」

警備隊長は、至近距離の神森と壹岐に、銃を向け、引き金に手をかけた。

「撃てるものなら撃ってみろ！　そのかわり、日本軍俘虜を射殺したお前も、ラーゲリ送りになるぞ！」

神森が捨身の構えで、一歩、前進すると、警備隊長は怯《ひる》んだ。その途端、二百五十名の日本人たちは、

「堀の死を無駄にするな！」

「そうだ、われわれは堀の遺志を継ぎ、非道な待遇が改まるまで作業拒否するぞ！」

悲憤の声が起り、堀の遺体を、板の上に載せ、一斉にベトン工場の建設現場から引き上げた。

ハバロフスクの丘に夕陽が沈み、西の空が茜色《あかねいろ》に染まりはじめた頃、丘の中腹にある日本人墓地に向って、荒木《あらぎ》の棺《ひつぎ》を運んで行く囚人たちの列があった。頭《こうべ》を垂れ、黙々と丘の斜面を上って行くその列は、わずか七人にすぎないが、黒い囚人服と逆光

線のために、切絵のように黒いシルエットを描き、異国の地に、同胞をまた一人、葬らねばならない悲しみが、そのシルエットに深く漂っていた。

やがて棺の列が止った。小さな台地の上に、幾百とも数えきれないシベリア松の墓標が夕陽の残光の中に、たっていた。日本人墓地で、墓標に記された番号と氏名は半ば消え、盛土《もりつち》が窪《くぼ》み、枯葉が散り敷き、荒れるに任されていた。

「ダワイ、スカレエー！（早くしろ）」

列のうしろから銃を持って随《つ》いて来たソ連警備兵が、茫然《ぼうぜん》とたたずんでいる列に向って、せきたてた。棺の前方を担《かつ》いでいるのは、壹岐と水島であり、後方は神森と丸長で、親しかった友人が十字鍬《ぐわ》とスコップを肩にかついで棺の後に続いていた。そして列の一番うしろに、ふらふらと今にも倒れんばかりの足どりで随いて来ているのは、立花であった。

壹岐たちは、墓標がまばらな場所で棺を下ろし、墓を掘りはじめた。秋冷の季節で、土はまだ凍結していなかったが、赤土の土壌は固く、渾身《こんしん》の力を振り搾《しぼ》らねば、十字鍬やスコップが入らない。十分もすると、囚人服の背中にまで汗がにじんだが、神森も水島も、誰一人として手を休めなかった。

棺が入る大きさの穴が掘り上ると、立花はくずおれるように、その場に蹲《うずくま》った。

「堀、お前の遺志は必ず継ぐぞ――」

神森が、絶句するように云《い》ったが、壹岐は別れの言葉が出なかった。学徒出陣の二十一歳の少尉《しょうい》のまま、散って行ったならまだしも、それから十年の人生の盛りの時期を監獄とラーゲリの中で過し、なお純真無垢《むく》のまま、残留抑留者のために逝《い》き、シベリアの土と化してしまう堀が、あまりに痛ましかった。

やがて棺を埋め、土をかぶせ、丹念に盛土をした上に、墓標をたて、野辺の花を手向け、合掌した。あたりはいつか黄昏《たそがれ》が迫り、木枯を思わせる風が、谷から音をたてて吹き上げていたが、西方の空は墨色の雲の間からなお茜色のまばゆいばかりの光箭《こうせん》が洩《も》れ、地平線を真紅の光の帯が染めていた。

まさに昏《く》れ落ちんとする夕陽の残光の彼方《かなた》から、死に臨んで歌った堀の切々たる歌声が聞えて来るようであった。

その夜、各作業場から戻り、堀事件を伝え聞いたハバロフスク第一分所全員は、明日から作業拒否することに決議した。それに対して収容所側は糧秣《りょうまつ》配給を直ちに三〇パーセントカットするぞと脅《おど》かし、常時、空腹の囚人に飢餓という鞭《むち》を加えようとしたのだった。日本人たちの憤《いきどお》りはさらに燃え上り、深夜、再度、各バラック長、班長四十数名が食堂に集合した。神森は一同を見渡し、

「明朝、ハバロフスク内務省の囚人管理課長がラーゲリに来るという情報が入った、奴《やつ》らは切崩しに来るつもりだろうが、俺はソ連側との最初の正式交渉の場という考えで、彼らに臨みたいが、どうだろう？」

ハバロフスク内務省の囚人管理課長といえば、三カ月前、朝鮮人の収容所で起った作業拒否を僅《わず》か二日で切り崩した老獪《ろうかい》極まるドルギー中佐で、壹岐は内心、来《きた》るべきものが来たという思いを抱き、

「私も神森の意見に賛成だ、そのためには事前に交渉の中心となる代表者を選び、こちら側が交渉の主導権を握ることだと思う」

と云うと、

「たしかに交渉に当って、皆がばらばらに発言したのでは効果がないので、中心になる人は必要です、われわれの闘いは今日で終るものではないから、今後の運動に備え、この際、団長を選ぼうではないですか」

第三バラック長の大場が提案し、すぐ団長選びが合議された。体力的に四十五歳以上は無理だということから、五名の候補の名が上り、最終的に、壹岐と神森の名前が

残った。

「こうなったら、票決というより、お二人で話し合ってきめて戴《いただ》いたら、どうでしょう、私たちは、壹岐さん、神森さん、どちらが代表になられても、信頼してこれからの行動を進めて行けます」

第五バラック長の水島が云うと、全員が賛同した。

「団長は私に引き受けさせて戴きたい、堀君は私の作業班だったし、今から思えば彼とは浅からぬ縁《えにし》があったように思うのだ」

壹岐がきっぱり引き取ると、

「いや、団長は俺がやる」

横から神森が、遮るように云った。一同は戸惑うように、神森と壹岐を見比べたが、神森はすっくとたち上り、

「皆さん、団長は是非、私に引き受けさせて戴きたい、壹岐の気持は解《わか》るが、第一分所の代表者はこの神森剛だし、幸か不幸か、私は両親と死別しており、妻子は満州から引揚げの途次で死亡し、六無斎《ろくむさい》の身だ、心残りもない」

短いが、その言葉の中に、神森らしい剛直さと、潔《いさぎよ》さが漲《みなぎ》っていた。作業拒否はサボタージュと見なされ、国家叛逆罪《はんぎゃくざい》に問われるソ連では、団長になることは、死を覚

悟しなければならぬことであった。

食堂を埋めたバラック長、班長たちは云うべき言葉もなく、押し黙った。壹岐の胸にも、親もなく、妻も子もない六無斎の身と云った神森の言葉が強く響き、今まで妻子の死亡を口にしなかった神森の強靱《きょうじん》な精神に搏《う》たれるとともに、その言葉の中に、お前には祖国で待っている妻子がいるではないかという、壹岐に対するいたわりがあった。

「しかし、神森――」

壹岐が云いかけると、神森は、

「団長は俺がやるかわり、壹岐は副団長として俺の舵《かじ》をとって貰《もら》いたい、そして俺に万一のことがあれば、次は君がやってくれ」

心を決めた眼《まな》ざしで云い、

「もちろん、ここにいるバラック長、全班長も俺を助けて、闘いを推進してほしい」

と訴え、一同は強く頷《うなず》いた。

翌朝八時、ハバロフスク内務省囚人管理課長のドルギー中佐が収容所に来、バラック長全員に、収容所長室へ呼出しをかけた。

曾《かつ》てのスターリンにかわって、ブルガーニン首相とフルシチョフ第一書記の肖像画を掲げた部屋で、ドルギー中佐は、所長と政治部将校を同席させ、傲岸不遜《ごうがんふそん》な態度で、坐《すわ》っていた。囚人を人間扱いしない総元締であるだけに、入って来た日本人たちを見下すような表情で見、

「諸君らは一体、何を要求しているのかしらんが、囚人は作業に出なければならない、しかも集団で作業に出ないということは、ソ連邦の法に触れるものだ、速やかに作業に出、要求があるなら合法的な手段に訴えるべきだ」

冒頭から、威圧するように云った。通訳は日本人側から、元満州国外交部ロシア課長の阿倍をたてていたので、阿倍がドルギー中佐の言葉を通訳すると、団長の神森が口をきった。

「私たちは、もちろんこのような作業不出場が、合法的であるとは考えていない、しかし、昨日、ベトン工場建設現場で起った堀事件は、単に一日本人がソ連現場監督に暴力をふるったという偶発的な出来事ではなく、堀がしなければ私、もしくは他の誰かが、必ず堪忍袋《かんにんぶくろ》の緒を切ったであろう、われわれはそれほど追いつめられている」

烈々とした口調で云うと、ドルギーは言下に、

「諸君は囚人であり、われわれは官憲である、囚人が昨日の如《ごと》く官憲に向って、凶器をふるうことは極刑に値することだ、そして囚人である諸君らがそのような要求をすること自体、罪に値することだ」

と撥《は》ねつけた。

バラック長全員が憤然とする中で、壹岐が発言した。

「ドルギー中佐、囚人管理課長であるあなたまで、事態解決に誠意を示されないのは残念でならない、十年余、抑留に耐えて来た日本人が、なぜこのような行動をとらねばならなかったか、収容所当局がどのような管理をして来たか、また私たちの要求は何かということを、今日は是非とも聞いて戴きたい」

厳しい視線をドルギーに向け、言葉を継いだ。

「私たち全日本人が、こうした行為に出た最大の原因は、一週間前に実施されたコミソフカ（軍医による体格検査）によって、医者が屋外作業は無理だと診断した八十数名中、六十五名を、第三建設現場監督のトプチン中尉が、強制的に営外作業に出したことに端を発している、このような病人狩出しは今にはじまったことではなく、何度、収容所長に改善を申し入れても、聞き入れてもらえず、今年に入って既に五名の病人が作業狩出しが原因で死亡している、これでは病弱者のみならず、僅かに健康を保持し、作業に従事している者といえども、生命の危険を覚えずにはおられない、私たち生きんがための最低の要求として、当局に対し、次の事項を要求したい。

一、健康管理に関する事項

①発熱三十八度以上、高血圧一八〇以上、神経痛、痔《じ》等の患者の戸外作業を免除。

②五十一～五十五歳の高齢者の戸外作業免除、五十六歳以上の戸内作業免除。

③医務室の人道的改善、作業休の決定に関して医師以外の干渉を受けない。

二、重症患者、高齢者を至急、帰国させること。

以上のように私たちの要求は、生命維持のための最低限の要求であるから、要求が満たされるまで、全員作業拒否を続ける」

と云った。それはドルギーが来るまでにまとめた日本人一人、一人の迸《ほとばし》り出る気持そのものであった。

ドルギー中佐をはじめ、収容所長と政治部将校は、苦虫を噛《か》みつぶしたような顔で通訳を聞き終るなり、

「これは暴動である！　まさにソ同盟に対する反動的暴動である！」

ドルギー中佐は、机を叩《たた》いた。呆気《あっけ》に取られる日本人に、さらに声を荒らげ、

「こんな暴動は、お前たちだけでやれるはずがない、お前たちの背後に誰か黒幕がい

て、澄んだ水をかき濁しているに違いない、お前たちは、そんな黒幕に惑わされることなく、直ちにこの不服従状態を停止して、作業に出ろ、そうすれば今日のサボタージュに関しては、処罰しない」

と云った。神森はぐうっと太い眉《まゆ》を上げ、

「われわれの背後には誰もいないし、何者にも惑わされていない、われわれは囚人管理課長であるあなたが来所されることを聞き、全員の総意をまとめ、心からなる請願をしたまでである、暴動という言葉は取り消して貰いたい」

「お前は誰だ、名前を云え」

ドルギーは真っ赤になって、詰問《きつもん》した。

「神森剛、交渉の代表に選ばれた者である」

「その隣は誰だ」

「壹岐正《ただし》、副団長だ」

「なるほど、お前たち二人がこの暴動の煽動者《せんどうしや》であり、主謀者か」

憎々しげに叫び、

「今から日本人全員の点呼をとる、至急、広場に整列させよ」

突然、命令した。一同、思わず、顔を見合せた。話合いは一方的に、これで打ち切り、点呼で整列させておいて、今、名前を聞いた神森をはじめ、ここにいるバラック長たちを拉致《らち》する意図が見て取られた。収容所の警備兵は約二百名おり、実力行使をかけられれば、まんまとドルギーの思うつぼにはまるか、最悪の場合は、忿懣《ふんまん》の渦巻いている日本人全員が、ソ連兵と正面衝突する事態が発生し、何百名かの日本人が殺傷されるかもしれない。神森は、ドルギーに向い、

「今に及んで、全員点呼とは、何のためであるか、説明願いたい」

「むろん、作業出場のためである」

ドルギーは、ぬけぬけと云った。

「われわれは何度も繰り返して云うように、さっきの要求事項を受け入れて貰わぬ限り、作業には出ない、ドルギー中佐、あなたは、もっと積極的に作業拒否の根本原因を究明すべきである、たとえば、収容所の独立採算制が、いかにわれわれ日本人を圧迫し、苦しめているかを、ご存知ですか」

神森は、ここぞとばかりに膝《ひざ》を進めた。ドルギーの顔に、戸惑いの色がうかんだ。

ソ連の収容所では、囚人が働いて得た労賃によって、収容所一切の管理費が賄《まかな》われていた。したがって囚人は、その労働所得によって、自分の食費、被服を負担するばかりでなく、収容所の諸設備の維持、病院運営、医薬、入院費はいうに及ばず、千五

十名の日本人および中国人、朝鮮人の囚人計千三百名に対して、二百八十名にのぼるソ連側職員、警備兵などに要する費用の一部まで背負わねばならない。したがって入院患者や老齢者、病人が少ないラーゲリは自《おのず》から収入が多く、収容所側の囚人に対する風当りも比較的ましであるが、その反対の場合、医療、食糧は悪く、ますます病弱者が増え、収容所の運営維持が悪化するから、病弱者まで作業場に狩り出すことになるのだった。

「ドルギー中佐、独立採算制におけるわれわれ日本人収容所と、他のソ連人収容所との根本的な違いが、どこにあるか、お気付きですか、それはソ連人収容所の場合は、常に行なわれる移動《エタップ》によって、労働力に新陳代謝が行なわれ、十年前も、現在でも、収容所の収入に大差はないのです、これに反し、われわれ日本人の場合は、労働力の交替が絶対に行なわれない、十年前のわれわれの平均年齢は三二・六歳であったが、現在の平均年齢は四二・六歳となっている。これで十年前と同じ荒仕事をするのであるから、どんなに頑張ってみたところで、同一の収入を得ることは出来るはずがない」

神森が云うと、元経理将校の第六バラック長の松原が、すぐあとを受けた。

「その上、日本人に支払われる賃金の中から収容所運営維持費として四百五十六ルーブルが天引かれ、実際に手に残るのは六、七十ルーブルしかない、しかし、われわれはこの天引額四百五十六ルーブルについて大きな疑問を持ち、過日、収容所長に説明を求めたところ次の通りであった」

机の上に、数字を並べたメモを広げた。

食費	二百六十	ルーブル
被服費	五十	〃
寝台その他器具損料	二十	〃
文化費	十	〃
運搬費（食料薪炭《しんたん》等）	十六	〃
入浴費	二十五	〃
便所掃除費	十五	〃
税金	三十	〃
人件費	十五	〃
光熱費	十五	〃
計	四百五十六	〃

「以上ですが、まず食費は街の小売物価に比べて高価であり、被服費は殆《ほとん》ど警備兵のお古で、二年に一回、新品が貰える程度、寝台その他器具損料については失笑に値し、文化費も書籍一冊、新聞一部も支給されず、運搬費、便所掃除費に至っては、すべてわれわれの手で行なっているはずである、なお税金に至っては、世界のどこの国に、囚人が税金を払う国があるか、まさに噴飯ものである、このような経費の差引は、不当搾取《さくしゅ》以外の何ものでもない」

具体的な数字を示して詰め寄ると、さすがにドルギー中佐も、反駁《はんばく》できず、押し黙った。壹岐はさらに、

「事態がここに及んでは、私共に対するソ連政府の取扱い上の大改革が必要であり、モスクワ中央の指示を得て、抜本的な処置を取られることを希望する」

とどめを刺すように云《い》うと、

「つまるところ、お前たちの今日の行動は、一刻も早く帰還したいがための帰国促進運動であり、中絶している日ソ交渉の側面的な再開戦法か」

ドルギーは、ぎらりと眼を光らせた。

「違う、私たちは冒頭に述べたように病人に対する人道的な扱いを要求しているので

あって、私たち自身の帰国については、何らの要求もしていない、それこそ日ソ交渉が成立し、晴れて帰れる日まで、如何《いか》にして生命を維持するかという最小限の要求をしているのである」

壹岐は、きっぱりとした口調で云いきった。事実、壹岐たちは、日ソ交渉で暗礁《あんしょう》に乗り上げている領土問題と引っ替えに、自分たちの帰還を早めることなく、むしろ国家と民族のためなら、帰国が遅れることは耐え忍ぶというのが、一致した意見であった。

ドルギーは、席を蹴《け》るようにたち上り、

「お前たちとは、もはや話し合いをする余地はない」

衛兵たちに守られて、傲然《ごうぜん》とたち去った。

＊

その後、事態は膠着《こうちゃく》状態のまま年が明け、収容所側の眼を胡麻化《ごまか》し、貯蔵していた糧秣《りょうまつ》も底をつきかけた頃懲罰措置が出された。懲罰食は黒パン四百グラム、雑穀五十五グラム、野菜（漬物）五百グラムで、その他、ソ連のラジオ受信、新聞閲覧禁止、集会禁止の命令が出、バラック長たちは再び食堂へ集まり、高血圧のため、医務室へ入院していた谷川大佐も、会議に加わった。

団長の神森は怒気を漲らせ、

「奴《やつ》らの考えでは、闘争四カ月目で結束がゆるんで来たところに加えて、われわれが食い延ばしして来た糧秣も底をつきかけて来たことに狙《ねら》いをつけて、懲罰命令を出し、一挙に切崩しをかけて来たのだと思う、日本人は元来、強く押せば引っ込む民族だと舐《な》めてかかっているのだ」

忿懣やるかたない口調で云うと、

「だが、この懲罰命令は現地側の判断か、それともモスクワからの指令だろうか――」

第五バラックの水島が、首をかしげると、第三バラックの大場は、腕を組んだ。

「ハバロフスク現地はわれわれの作業拒否を、果してモスクワ中央へ報告しているだろうか、仮に報告していたとしても、以前、ハバロフスク内務省の囚人管理課長ドルギー中佐がわれわれに放言したように、目下、中絶している日ソ交渉を再開させるためにサボタージュしている程度にしか、報告していないと思うし、警備兵を買収してモスクワのソ連最高会議幹部会議長、赤十字社社長宛《あて》に出した請願書も、途中で握りつぶされていると思う、そうでなければ闘争四カ月も経《た》って、モスクワ中央から誰も事態の調査に派遣されて来ないのが不自然だ、壹岐さんはどう考えますか」

「私も今回の懲罰命令は、現地判断によって出されたもので、われわれの正しい請願運動の本質は、ハバロフスクで握りつぶされたままになっていると思う、したがってこの懲罰命令にまともに対処しては、不利だ」

「では、壹岐はどういう対処の仕方をすればいいと思うのだ」

神森が、腕組みをしながら、聞いた。

「第一は、日ソ交渉が再開されるまで、収容所側との交渉を長びかせることだ」

「しかし、問題はいつまでこんな事態が続くかということですが」

一人が、心もとなさそうに云った。

「一応、考えられる時期としては、二月か三月だ、というのは、この第一分所で請け負わされているベトン工場やアパート建設がストップし、完成が遅れるから、ハバロフスクの役人たちは、工事遅延の理由をモスクワへ報告しなければならない、そのぎりぎりの期限が二月乃至《ないし》三月のはずだ、もっともモスクワ中央がこうした事態を知っても日ソ交渉が再開されぬ限り大幅な待遇改善は望めないだろう」

壹岐はそう云い、一旦《いったん》、口を噤《つぐ》んだ後、

「が、一同の結束が緩まぬうちに、われわれは何らかの術《て》を打つべきだ、それには、〝現地を叩いてモスクワ中央をたてる〟という戦術に出て、一刻も早くモスクワ内務省をハバロフスクへ引きつける策を考えることだ」

と云うと、神森が太い吐息をついた。

「なる程、モスクワの大物をひきつける術《て》か、無抵抗の抵抗という基本路線で、果してそんなことが可能だろうか」

「ある――、それは集団絶食を表明することだ」

谷川の静かな声がし、一同の視線が集まった。

「われわれ千五十名は既に捕虜名簿に記載されている、千五十名が集団絶食を表明することは、国際的な人道上の問題となるから、モスクワが無視することはもはや出来なくなる」

「しかし、一日、二日ならともかく、何日続くともしれぬ絶食などすれば、〝生きて祖国へ帰る〟というもともとの闘争の意味がなくなるのではないでしょうか」

第六バラックの松原が、疑問をさし挟んだ。

「だから私はあえて集団絶食を表明といっただろう？今から再び糧秣の貯蔵を考え、収容所側に見つからぬよう、体力を最低、維持する食糧だけは食べねばならん」

「だが、少量とはいえ、食べれば排便の処理が出て来ますが、この辺の対策は――」

神森が云うと、谷川はすました顔で、

「ちょうど寒い時で、便はすぐ凍ってしまうから、麻袋に詰め、屋根裏にためておいて、捨てればいい」

と応《こた》えると、一同、苦笑し、なるほどと頷《うなず》いた。集団絶食こそ、まさに無抵抗、消極の積極戦法以外の何ものでもなかった。直ちに集団絶食の準備に入った。

炊事班は日本から送られて来た慰問品で、収容所の糧秣係を買収し、糧秣を倉庫から運び出しては、屋根裏へ隠し、各自も配給の黒パンを残し、ペーチカで焼いて乾パンを作って蚕棚《こだな》の藁蒲団《わらぶとん》の中へ隠した。

その一方で、入院許可の出ない病弱者、高齢者たち三百数十名を、二つのバラックに収容して「絶食不実施バラック」にし、毎日、着々と絶食突入の準備を進めて行った。

そして夜は夜で、各バラック長は団本部に集まり、集団絶食に至る経緯をしたためたモスクワ宛の請願書の作成を繰り返した。壹岐は、元満州国外交部ロシア課長の阿倍と、ソ連最高会議幹部会ウォロシーロフ議長宛の請願書を草案していた。

請願書　一九五六年一月十五日

尊敬するウォロシーロフ議長閣下！

ハバロフスク収容所第一分所日本人千五十名は、昨年十月二十六日から作業拒否の方法により、再三、再四、ソ連邦政府に対する請願運動を行なっております。何故《なぜ》かかる行動に出ざるを得なかったかについての詳細は、再三再四の請願書の提出により、既に閣下に対して報告致しております。しかるに本事件発生以来、今日に於《お》いても、中央からの何らの回答に接しておりません。しかしながら私たちは閣下によって公正なる解決がなされることを確信して参りましたが、去る一月十日、収容所側は私たちに対し懲罰命令を発するに至りました。ここにおいて私たちは閣下による本件の正しい解決を得る手段として、自己の生命をなげうち、絶食による方法で請願を余儀なくされたのであります。

そこまでしたためた時、不意にバラックの扉《ドア》をノックする音がした。

「ここを開けて下さい、私たちは第七バラックの中国人と朝鮮人の代表です」

低い声で云った。同じ収容所内に二百五十名の中国人と朝鮮人がおり、いつも日本人に対して反感を剝出《むきだ》しにしていたから、用心深く扉を開くと、夜の闇《やみ》の中に二人の黒い人影がたっており、バラックの中へ入るなり、

「われわれも、あなた方、日本人の闘いに参加させて戴《いただ》きたい」

あまりにも、唐突な申し出に神森や壹岐たちは、戸惑い、返事が出来ずにいると、中国人の方が、

「われわれは今日まであなた方、日本人を軽蔑《けいべつ》していたことを詫《わ》びます、正直なところ、シベリアに抑留されてから私たちが見た日本人は、ソ連からどんな無謀な扱いを受けても、一言の文句も云わず、これが曾《かつ》て、私たちが東洋の兄貴分としてたてて来た日本人かと情けなく思い、日本人を頭から馬鹿《ばか》にし、軽蔑しました、しかし、今回の作業拒否、集団絶食の挙を聞き知るに及び、同じ東洋民族としての誇りを感じると同時に、是非、われわれも一緒に行動させて下さい」

謙虚に曾ての非礼を詫び、共に行動する熱意を訴えた。壹岐の胸に、東洋人同士の温かい血の触合いを覚えたが、

「有難う！　今まで何かと迷惑をかけた私たちに協力を申し出て下さってお礼の言葉もありません、だが、私たち日本人は今回のような行動を起しても、祖国はそれを理解し、受け容《い》れてくれます、しかし、あなた方の場合は、ソ連での行動が、そのままあなた方の祖国において国家叛逆罪《はんぎゃくざい》とみなされる危険がありますから、ここで私たちと一緒にたち上り、ことなきを得ても、帰国後、あなた方の身の上に、必ず迷惑がかかることが明らかです、したがって皆さんの気持は有難いが、今までも迷惑をかけた

上に、さらに新たな迷惑をかけることはしのびません」

東洋の友の厚情に感謝しつつも、彼らと日本人たちの立場の相違を説いて、申し出を辞退すると、落胆の面持《おももち》を見せたが、

「解《わか》りました、ではせめてわれわれの食事を節約して、あなた方日本人に分けたり、収容所側の情報を収集したりする協力をさせてほしい、そして私たちが生きて祖国に帰ることができたら、私たちがこの眼で見た日本民族の真実を伝え、東洋民族の誇りにしたいと思います、どうか最後まで雄々しく闘って戴きたい」

と云い、激励の手をさしのべた。

周到な準備が整った一月十九日、壹岐たちは、絶食宣言書を収容所長に手渡し、各バラックは収容所側の人間を入れぬため、扉に閂《かんぬき》をさし込み、机や椅子《いす》まで使ってバリケードを築いて、絶食闘争に入った。

時を移さず、収容所長は警備兵をひき連れて、呼びかけた。

「諸君！　直ちに集団絶食を中止することを望む、七百名もの人間が、集団絶食することなど、いまだ曾てソ連の歴史にもないことである、諸君との会談を再開し、請願を聞く用意があるから、集団絶食を実施しているバラックの扉を開くことを望む！」

と告げたが、扉を開いて出れば、いつものソ連式で話をなし崩しにされるにきまっていたから完黙し、回答が出るのを待った。

しかし、その翌日も、翌々日も、収容所長や政治部将校の呼びかけの言葉には、具体的な解決策は何一つ、含まれていなかった。

一週間が過ぎた。

収容所側は、手をかえ、品をかえ、慰撫《いぶ》懐柔の術《て》をうって来た。絶食バラックは一日四枚の乾パンを湯で浸して咽喉《のど》を通すだけであったが、体力の消耗に反比例して、空腹の音《ね》を上げるどころか、モスクワの全権来所近しという中国人からの情報を得ると、本ものの絶食に移り、頑として水しか口にしない者も出て来た。

十日目の未明、靴を履いたまま寝ていた壹岐は、突然、揺り起された。

「壹岐さん、収容所の向うから異様な音がします」

バラックの屋根裏の壁に穴を開け、交替で不寝番にたっていた者が告げた。壹岐は、撥《は》ね起きて、屋根裏へ駈《か》け上《あが》り、小窓から外を見ると、青白い雪明りの中に、二千人近い軍隊と数台の戦車、消防車が、収容所に向ってきている。

「起きろ！　武力弾圧だ！」

「扉と窓を固めろ！　あるだけのものを積め！」

寝込みを襲われた日本人たちは下着のまま、机や椅子のバリケードの上に、マトラツ（わらぶとん）や毛布、枕《まくら》まで積んだ。戦車と消防車は、収容所の前にぴたりと停《とま》り、営門内の広場に拡声器付きトラックが入って来、日本語の布告文を流した。

「日本人に告ぐ！　ソ連邦内務次官ミハイロフ中将命令！　諸君らの周りには兵力二千を配置した、如何なる理由があるにせよ諸君は戦犯という自分の身分を忘れ、ソ連邦の法を無視し、重大な誤りを犯している、無謀な抵抗を即座に中止し、戸外へ整列せよ、十分間の猶予《ゆうよ》を与える！」

予期しないソ連の態度であった。凍った窓の外はまだ夜が明けず、真っ暗であったが、望楼からサーチライトが照らし出され、その光の中に、将校が兵を指揮して各バラックの周りに包囲隊形を作らせ、戦車がキャタピラーの音を轟《とどろ》かせ、収容所内に押し入って来るのが見えたが、どのバラックも扉を開かず、誰一人として出る者はない。

拡声器が再び鳴った。

「最後にもう一度勧告する！　われわれはソ連最高機関の代理人である、今からでも遅くはない、戸外に整列せよ、そうすれば諸君の中から犠牲者は一人も出さない、これが最後の勧告だ！」

と怒鳴ったが、皆、決意を固め、じっと身動き一つしない。その瞬間、バラックの扉が、めりめりとハンマーで押し破られ、どっとソ連兵が雪崩《なだ》れ込んで来た。忽《たちま》ち入口のバリケードは押し潰《つぶ》された。それでも日本人たちは手にした木片を振りかざして応戦したが、一人の日本人に三、四名のソ連兵が、わっと喚声を上げて躍りかかった。灯《あか》りの消えたバラック内で、棍棒《こんぼう》で殴りつけ、足で蹴《け》り、床をひきずる音がし、悲鳴と怒号が乱れ飛んだ。再び拡声器が鳴った。

「これより放水する、抵抗をやめて出て来ぬと、全員凍死だぞ！」

その警告が終るか、終らないうちにサーチライトが、各バラックをかっと照らし出し、消防車から一斉に水が浴びせかけられた。零下二、三十度の厳冬の中で、放水されれば一瞬にして体が凍りつき、凍死を免れない。

「うわっ！　冷たい、死ぬ！」

「壹岐さん、助けて、もうあかん！」

丸長の悲鳴も聞えた。凍え上る日本人たちをソ連兵は、牛蒡《ごぼう》抜きして次々と戸外へ放り出し、トラックへ追い込んだが、壹岐は数名の兵隊に押えられ、自動小銃を持っている隊列の中へ投げ込まれた。そこには同じように牛蒡抜きされた神森はじめ各バラック長、班長も集められていた。

暴虐《ぼうぎゃく》の限りを尽くした数十分が終った。

午前五時半頃だが、四辺《あたり》の闇は暗く、肌を刺す冷気も厳しい。

怒号と悲鳴がやみ、しんと静まり返った収容所の中を、やがて戦車が、勝利をおさめた戦場から引きあげて行くように、闇の中に消えて行き、消防車も去った。収容所に残ったのは、入院中の患者と、絶食非実施バラックにこもった病弱者、高齢者三百数十名だけで、団長の神森と、壹岐たち四十二名のバラック長、班長は一人残らず、ハンガー・ストライキの煽動者《せんどうしゃ》として、収容所管理本部に連行され、自動小銃の列の中で、唇を嚙《か》みしめていた。夜襲のような卑怯《ひきょう》な弾圧をかけて来たモスクワ内務省次官ミハイロフ中将は、ストライキ鎮圧の名人であった。昨年六月、中央アジアのカラガンダ囚人ラーゲリで発生した大暴動にも未明、多数の戦車を繰り出してバリケードをおし潰し全裸でスクラムを組んで立ち向う女囚たちをも、容赦なくキャタピラーの下に轢《ひ》き殺し、言語に絶する非道な鎮圧の仕方は、シベリア全土の囚人ラーゲリを震《しん》駭《がい》させた。

「カミモリ、収容所長室へ来い」

神森は警備兵に取り囲まれ、連行されて行った。

それきり神森は帰って来なかった。あたりがようやく薄明るくなった頃、ミハイロフ中将が数名の随員を従え、肥満した姿をあらわし、壹岐たちを自分の前に整列させた。

「私が、内務次官のミハイロフ中将だ、諸君らの代表者からは、今、話を聞き、ことの経緯を聞いたが、君らに何か要望があれば聞こう、但《ただ》し、発言者は一人だけにしてくれ」

しわがれた声で云《い》った。壹岐は一歩、進み出、

「日本人全体の代表者である団長と、われわれとを、別々にして会われる閣下の意図はどこにあるのです？　まずそれをお答え戴《いただ》きたい」

一人だけ連行された神森の身に不安を抱いて聞くと、ミハイロフは、

「ストライキの団長と諸君らを、私は区別して考えている、私はストライキの主謀者の意見がどの程度、諸君ら、ほんとうの日本人の声と一致しているか、知りたいのだ」

「ストライキの主謀者という考えは誤っている、この事件には主謀者も、計画者もない、長期抑留されている全日本人から湧《わ》き上った声を、われわれは彼を代表にして、

あなた方に伝えて貰《もら》っているだけである、今、閣下は、喋《しゃべ》るのは誰か一人だけにしぼってほしいと云われたが、私がお話しします」

壹岐が引き取るように云うと、

「よろしい、で、君の云いたいことは？」

「われわれは、これまで幾度となく、モスクワ中央政府、ソ連邦赤十字社に対し、請願書を書き送って来ました、それにもかかわらず、閣下はなぜ一回の会見もなく、いきなり武力をもって弾圧されたのですか」

と云うと、ミハイロフは部下に命じて、泥まみれになり、紙が破れているプラカードを持って来させて、ぐいと壹岐の眼前に突きつけた。「ロシア人入るべからず」と書いたプラカードであった。

「このプラカードが、すべてを物語っている、日本人はソ連の領土内に日本の租界をつくったからだ」

ミハイロフは、許し難い語調で云った。

「租界をつくったなど、心外極まる、私たちが書いた絶食宣言書を一読して戴ければ、そのプラカードの意味は解《わか》るはずである、何もわれわれはロシア人全部の立入りを拒んだわけではなく、われわれに対して非人道的な扱いをする収容所の職員に対して表明したのです」

「だが、日本人は本日の行動によって、わがソ同盟に重大な侮辱を与え、体面を穢《けが》した、表面は集団絶食を宣言しておきながら、実際には多量の食糧を隠蔽《いんぺい》し、食べていたではないか」

囚人の血を吸い尽くしたような脂《あぶら》ぎったミハイロフ中将の顔に、怒気が満ち、壹岐を睨《にら》みつけたが、壹岐は怯《ひる》むことなく、

「われわれは、絶食宣言して以来、収容所から糧秣《りょうまつ》を受領していない、その意味から公式上の絶食ということが出来る、しかし、本質はそういった形の問題ではないはずである、われわれが集団絶食という手段によって果そうとしている究極の目的が〝生きて帰国する〟ということにある以上、可能な範囲で体力の減退を防ぐのは認められるべきだと思う」

断固とした語調で云い、

「しかも絶食という手段をとったのは、現地官憲に何度、待遇改善を要求しても聞き入れられず、われわれは最後の手段によって、責任あるソ連中央の人物を迎えて、公正な審議、判断を仰ぎたかったからである、にもかかわらず、貴官はわれわれの言を聞くことなく、現地官憲の言のみによって、武力弾圧を加えられたことを甚《はなは》だ遺憾《いかん》に

思う、貴官をはじめモスクワ内務省は、一度でもわれわれ日本人の請願書に眼を通されたことがあるのですか」

「ある、だが、日本人の書いた請願書は、いずれも外交文書としての内容を備えている、一体、誰が書いたのか」

ミハイロフは、重大問題のごとく聞き糺《ただ》した。

「われわれが考えることを、ありのままに書いただけで、外交文書であるとか、どうとか、そんなことは全く意識していない、事実なら誰でも書けるものである」

壹岐がまっすぐ、ミハイロフの眼をとらえて云うと、黄色く濁りを帯びた中将の眼に冷やかな色が奔《はし》ったが、

「他に、何か頼みたいことはないか」

尊大な口調で聞いた。

「何もありませんが、今日の事件で、日本人側に怪我《けが》はなかったですか」

と、壹岐は聞いた。

「ない」

「では、ここに残されている非絶食組の病弱者および高齢者は、充分に保護して戴きたい」

「よろしい」

「それとハバロフスクにおける日本人収容所の状態をよく知って戴くために、われわれが作成した資料を詳細に読んで、今回の事件の本質を把握して、われわれの希望をかなえて戴きたい」

「よし、諸君らのいう資料を読み、要求に応じられるものは、応じよう」

ミハイロフは鷹揚《おうよう》に頷《うなず》いた。

壹岐はその日から、ハバロフスクの白監獄の独房に投獄された。日本人を煽動《せんどう》して不服従運動を行ない、収容所の秩序を乱した罪で、禁固一年に処せられたのだった。団長の神森も、他のバラック長、班長そして通訳、翻訳係までが、同じ刑で、長い抑留生活の果てに、再び監獄の独房に投ぜられたが、唯一《ゆいいつ》の望みは日ソ交渉の再開であった。その日まで——、壹岐たちは、ひたすらその日を待った。

＊

冬将軍《マローズ》が吹きあれる昭和三十一年十二月十八日朝、日本へ帰る最後の抑留帰還者を乗せたトラックが、ハバロフスク第一分所を今まさに出発しようとしていた。

営門周辺には収容所長、政治部将校をはじめ、全職員、警備兵が見送りのために集まり、従来とうって変ったにこやかな笑顔で、十台のトラックに分乗した六百九十八名の日本人に向って手を振り、別れの言葉をかけた。

壹岐たち日本人は、帰還のために支給された新品の防寒帽に、黒綿入れの詰襟服を着、複雑な思いをしながら、表面は笑みをうかべて、さようならを繰り返した。一月十九日に自分たちの生命を守るためにたち上ったハバロフスク事件が武力弾圧された後、それまで跡絶《とだ》えていた帰還が再開され、ハバロフスク第一分所に収容されていた千五十名のうち約半数は、壹岐や神森たちが投獄されている間に逐次《ちくじ》、帰還して行ったが、十月十九日、日ソ交渉が妥結するにおよんで、それまでなおモスクワ周辺、バム沿線、コルイマ地区に抑留されていた人々も、ハバロフスクに集結させられたのだった。

壹岐は三台目のトラックの一番うしろに坐《すわ》り、十一年四カ月の抑留生活に耐えぬいて来た人々の顔を見渡した。その中にはラゾ鉱山で、二年にわたる夜間十二時間労働の果てに、遂《つい》に自らの指を切断し、地獄のような重労働から逃れようとし、さらに北の凍土《ツンドラ》地帯に送られて、辛うじて生き残った寺田の姿もあった。

「ヤポンスキー、ダスヴィダーニヤ！（さようなら）」

若い娘たちの声がした。収容所の売店の売子たちで、乱舞する雪の中で、体を伸びあがらせ、しきりに手を振っている。

「スパシーボ！（有難う）、ダスヴィダーニヤ！」

日本人たちも大きく手を振った。

やがてトラックの隊列は、エンジンの音を響かせ、マローズの中を出発した。街道を走り、市内の目抜き通りに入ると、深い雪の中に、煉瓦《れんが》造りの近代的なアパートや、公共の建物が聳《そび》え、入ソ当時とは比ぶべくもない整った街並みに生れ変っている。しかし、ハバロフスク随一の威容を誇る共産党学校も、市立病院も、広場も、そして道路までも、その殆《ほとん》どは、十一年間にわたる何十万もの日本人捕虜、囚人によって建設され、建物の煉瓦一個、一個に、道路の石畳一つ一つに、日本人の汗と血と、そして命までも籠《こ》められているのだった。壹岐の胸に、ベトン工場の建設現場で、苛酷《かこく》な労働を強いられた病弱の高齢者をかばって、ソ連将校と争い、傷つけ、自らは、海ゆかば――を従容《しょうよう》として歌い、若い命を断った堀敏夫の姿が思いうかび、その時の肺腑《はいふ》を抉《えぐ》るような歌声が甦《よみがえ》って来るようであった。

ハバロフスクの駅に着き、壹岐は一緒のトラックに乗っていた人々を引込線に待機している列車に乗り込ませていると、

「おい、壹岐、壹岐ではないか！」

先の方の車輛《しゃりょう》の窓から、聞き覚えのある太い声がした。振り向くと、ソ連の高級将校用とばかり思っていた一等車輛の車窓に、秦《はた》総参謀長と竹村参謀副長の顔が見えた。あまりの思いがけなさに、壹岐は暫《しば》し、窓枠に入った肖像画を見る思いがした。秦総参謀長は、陸軍随一のソ連通であったため、モスクワ近郊のソ連で最も苛酷な監獄に監禁され、シベリア抑留七十万将兵の中で最もひどい扱いを受けていると聞いていたが、昔日《せきじつ》の豪胆な威容は見る影もない。竹村副長も、一まわりほど体が小さくなったようであった。

窓の下に駈け寄り、

「ご無事でなによりです――」

それ以上、言葉にならず、立ち尽くすと、

「君たちこそ、ハバロフスクでは大へんだったらしいな、モスクワで聞いて、よくぞたち上ったと思ったぞ」

「しかし、有為の青年を失いました、委細は船の中で――」

壹岐は一礼し、発車しかける列車に飛び乗った。

列車はハバロフスク駅を発車して翌日、ナホトカに着いた。潮風の匂《にお》いがし、眼前に海が開けたと思うと、夢にまで見た興安丸が岸壁に停泊している。湾内は氷に閉ざされ、甲板も舷側《げんそく》も氷で真っ白であったが、船尾に揚げられた日の丸が、鮮やかに翻《ひるがえ》っていた。

「万歳！」

突如、叫ぶような声が湧き起り、一同、声を放って泣いた。我に祖国あり——、十一年余、一日として祖国のことを忘れた日はなく、祖国を思い、家族を想《おも》い、孤独の監獄の中で、或《ある》いは日本人の誰もいないラーゲリで、幾度、涙にむせんだことだろうか——。

壹岐は滴《したた》り落ちる涙を拭《ぬぐ》いもせず、寒風にひるがえる日章旗をいつまでも見上げた。

乗船の時間になった。重症患者は担架で運ばれ、友の肩をかりてようやく列にならんでいた病弱者たちは、乗船の名前が読みあげられると、まるで神がかりにあったように、友の肩から手を離し、タラップを駈け上るように上って行った。生ある世界へ一刻も早く辿《たど》り着こうとする人間の不思議な生命力であった。

やがて神森の名が呼ばれ、壹岐の名も呼ばれた。壹岐は、一歩、一歩、踏みしめるように、タラップを上った。

翌朝、興安丸は静かに氷を割って湾外へ出た。白く凍結した大地が次第に遠ざかり、流氷の海に遠く近く、海鳴りがした。それはあたかも祖国を夢みながら、シベリアの曠野《こうや》に朽ち果てた亡《な》き戦友の声のようであった。船がソ連領海を出る時、一同起立し、万感胸に迫る黙禱《もくとう》を捧《ささ》げた。誰の胸中にも、十一年余の悲惨な抑留生活が今さらのように甦り、堪《た》え難い数々の思いが、脳裡《のうり》にうかぶ——。壹岐は眼を閉じ、いつの日か、シベリアに眠る戦友の遺骨を抱いて帰る日が来ることを念《ねが》った。無惨《むざん》な最期《さいご》を遂げた人々の魂はその日まで、やすらぐことが無いであろう——。

海の色はいつの間にか青くなり、寒風もやわらいだ。まぎれもない日本の海であった。

十一章　再　出　発

朝の通勤ラッシュにもまれ、壹岐正《いきただし》は堺筋高麗橋《さかいすじこうらいばし》のバス停で下車した。近畿商事に就職がきまり、身分は社長室嘱託だが、繊維部に配属されて勤務する第一日目であった。

歩道の両側には、それぞれの職場に向う人々の列が、列《つら》なり、壹岐も通勤者の中を近畿商事に向って歩きながら、ふとシベリアのラーゲリから作業場へ出て行く隊列の中を歩いているような錯覚に捉《とら》われた。

二月とはいえ、朝の陽ざしは明るく、若い女性の華やいだ姿や、瀟洒《しょうしゃ》な身なりの男たちは、黒い綿入れ服を着せられた囚人たちの列とはおよそ程遠いものであったが、十一年余にわたる抑留生活は、帰国後、二年余を経た今もなお、牢固《ろうこ》として壹岐の脳裡《のうり》にこびりついているのだった。

高麗橋の交叉点《こうさてん》から北へ百メートルのところに、近畿商事の建物があり、正面玄関の壁に掲げられた大時計は、壹岐が入った時、八時半きっかりを指していた。就業時間三十分前に会社に着いたことにほっとし、エレベーター脇《わき》の階段から二階の繊維部へ、壹岐はゆっくりと上った。

階段を上り、二階の全部を占める繊維部に入るなり、壹岐は眼を見張った。まだ出勤者は少ないと思っていた部屋には、既に殆《ほとん》どの社員が出揃《でそろ》っていた。昨夜のうちに入って来たらしいテレックスや電報の束を抱えて、各部署に配り歩く者、電報の束をくりながら電話口にかじりつき、大声で早くも商談らしきものを開始している営業マンなど、活気に満ち、壹岐のあとから出勤して来るのは、せいぜい女子社員であった。

壹岐は、正面の窓ガラスを背にずらりと並んだ部長席の中から、金子綿糸部長の姿を探した。金子部長は上衣を脱ぎ、業界紙に眼を通している。その一つ隔たった繊維貿易部長の机の前では、壹岐が配属されている繊維輸出課の山本課長が、何事か、叱責《しっせき》されている姿が見てとれた。壹岐が柱の陰にあたる自分の机の前に腰を下ろすと、

「おい、山本課長が、部長に大分、しぼられてるやないか」

若い社員が話し合う声がした。二人ともよれよれのワイシャツで、腰に手拭《てぬぐい》をぶら下げている。

「そうすると、僕らの計算、間違ってたんやろか、徹夜して四回目には縦バランスと横バランスの帳尻《ちようじり》もやっと合ったというのに――」

背の高いもう一人が、首をすくめた。

「そやけど一回位、勘弁して貰《もら》いたいわ、なんし期末に向って、毎日、毎日の商品バランスはややこしなる一方、ここ連日三晩も徹夜や、特に昨日の商品バランスは四回目の計算で帳尻が合うたのが、今朝の四時――、やっと地階《した》の宿直室へ寝に行ったら満員で、押入れで寝たろと思って開けたら、ここも一杯、しようがないから、また上へ行って、応接間の椅子《いす》に布見本を毛布がわりにぐるぐる巻きにして寝たけど、風邪ひいてしもうたわ」

「君はさっきまで寝てられたからいいけど、僕は今朝は掃除当番で、一旦《いつたん》、朝七時に起きて、みんなの机を拭《ふ》いたり、灰皿、屑《くず》入れの掃除したから、頭ががんがんする、ま、掃除だけは四月に新入社員が入って来るまでの辛抱やけどな」

二人のそうした会話から、壹岐は八時半には、既に男子社員の大半が出社しており、仕事を開始していることが、呑《の》み込めた。突然、壹岐の頭の上を何かがかすめ飛んだかと思うと、

「おい、お前たち、いつまでたったらそろばん玉がまともに弾《はじ》けるようになるんだ！

英語の、フランス語のという前に、そろばん塾へでも通うたらどうや！」

上司に叱責された山本課長が分厚な帳簿を、壹岐の頭越しに若い社員に投げ返し、計算のやり直しを命じたのだった。そして自分は、受話器を取り上げ、ダイヤルをタイプを打つような早さで廻し、

「もしもし、大阪紡さん？　内線二七六」

受話器を左肩と顎《あご》の間で支え、両手で電報の束から、数枚を抜き出し、愛想のいい声で、

「あっ、衣笠《きぬがさ》部長ですか、近畿商事の山本です、毎度！　今朝はどないです？　えっ、もう七社も部長の前に買付けに並んでる？　脅《おど》かさんといて下さいよ！　実は今、コンゴから大量のオファーが入電しましてん、いや、そんな程度やありませんわ、コットン・プリント原色大柄二十万ヤード、大至急、手当てしたいんですわ、九時までにまだ十五分あるし、買付けの順番は何とかうちが、いの一番ということに――、すぐうちの者をおたくへ走らせます、その他、香港《ホンコン》、南米からの引合いも持たせてますよって宜《よろ》しゅうに――」

早口にまくしたて、がちゃんと電話をきるなり、

「おい、石原――」

頭をGI刈りにした二十五、六歳の社員を呼び、買付表を渡し、

「すぐ大阪紡の衣笠部長のところへ走ってくれ、もう七社程、並んでるいうから、九時前には必ず衣笠さんの一番前に坐《すわ》り込むのやぞ」

「今、八時四十八分——、間に合いますやろか」

呼ばれた社員も、そう云《い》いながら、もう上衣をひっ摑《つか》んだ。

「ともかく素っ飛んだら何とか滑り込める、先に順番待ってる他社《よそ》の奴《やつ》が文句云うたら、便所で唸《うな》ってましてんと云うたらええ、アフリカ向けの船は十日後に出るんやろ？　至急とあるから、何が何でもその船に乗せるのや！」

課長が云うと、石原は飛び出して行った。

九時十分前になると、女子社員も全員出社し、布見本を大きな鞄《かばん》につめ込んで出て行く者、来日中のバイヤーと聞き馴《な》れぬ言葉で商談の時間の約束をしている者、伝票を抱えて右往左往している者など、広い部屋の中を縦、横、斜めに人が動き、電話のベルが鳴り響き、タイプが叩《たた》かれる。壹岐はそうした繊維部のむんむんするような活気からぽつりと取り残されていたが、九時になると、大門《だいもん》社長に願い出て許可された図書館へ行くために、ノートを風呂敷《ふろしき》に包み、金子部長の席へたって行った。

九時半から二十番手の相場がたちはじまる準備をしていた金子部長は、初めて壹岐

のことを思い出したようだった。

「放《ほ》ったらかしで、悪かったですね」

「とんでもありません、みなさん大変な多忙さで――、私はこれから図書館へ行かせて戴《いただ》きます」

「図書館へ？　あ、そうでしたな、十一年間の新聞の縮刷版を読むとは、正直云うて、人の出来ないしんどいことですねぇ」

金子部長は感じ入るように云った。

「いえ、入社早々、恐縮ですが、当分の間、朝九時から昼まで、勝手させて戴きます」

壹岐は一礼し、会社を出た。

堂島川沿いの道を歩き、中之島の大阪府立図書館へ着くと、一階奥の新聞閲覧室へ入った。

新聞閲覧室には、学生が一人、いるだけで、森閑と静まり返っている。壹岐は奥まった机に坐り、新聞の縮刷版が並んでいる書架を見渡した。シベリア抑留十一年の空白を新聞で埋めようと考えたのは、なまじ歴史学者や評論家の主観の入った著書を読むより、その間に起こった事柄の事実を読み、咀嚼《そしゃく》し、分析したいからであった。だが十一年もの新聞全部を読むことは、不可能であり、読むポイントをきめてかからねばならない。幸い一般的な国際情勢に関しては、抑留中、ソ連と東独の新聞を読むことは許されていたから、偏向した記事とはいえ、国際政治の大きな流れは摑むことが出来た。したがって主に日本国内の変化に絞り、それがどのような経緯を経て今日に至ったかを、追って行くことだった。

壹岐はまず新聞を読むポイントを頭の中で整理すると、五つの項目に短縮し、ノートに記した。

一、わが国の国体は、敗戦後、どう変化したか
一、新憲法とは、どのようなものか
一、新しい義務教育とは、どういうものか
一、国家予算は年々、どう変っているか
一、元軍人は敗戦後、どう生きているか

壹岐は、書架の前にたち、毎朝新聞昭和二十年下期の縮刷版を手に取った。あまり読む者はいないらしく、新しい製本のまま、埃《ほこり》をかぶっている。壹岐は黒く汚れた指をハンカチでぬぐってから席に戻り、頁《ページ》を繰った。

壹岐が最初に眼をとめたのは、昭和二十年九月二日、天皇が降伏文書を詔書として発布し、東京湾上のアメリカ戦艦ミズーリ号上において、降伏調印式が行なわれた写真と記事であった。

連合国代表としてマッカーサー最高司令官はじめ、中国、英国、ソ連、豪州、カナダ、仏、蘭《らん》、ニュージーランド各国代表が列席、帝国代表は政府代表として重光外相、統帥府《とうすいふ》代表として梅津参謀総長が出席して、調印式は厳粛裡に行われた。

壹岐は降伏受諾の署名のペンを執っている重光外相のすぐうしろで、参謀肩章《けんしょう》を吊《つ》った軍服姿ではあるが、軍刀をはずした梅津参謀総長が佇立《ちょりつ》している姿を見、思わず、眼が曇《くも》った。

日本占領が始まった日であり、翌日の閣議では、東久邇宮《ひがしくにのみや》首相が、戦争の経緯の概要と、困難な時局に処する政府の所信を帝国議会で声明するとともに、敗戦について

国民は総懺悔《そうざんげ》すべきであると語っていた。そしてその頁の右下に、

急告　特別女子従業員募集　衣食住
及高給支給　前借ニモ応ズ
東京銀座　特殊慰安施設協会

という広告が眼についた。敗戦国の汚辱の汚点《しみ》のような広告であった。壹岐は、その穢《きたな》い汚点を払い退《の》けるように、頁を繰り、九月九日付のマッカーサー元帥の日本管理方針に関する正式声明に眼を向けた。

一、聯合軍《れんごうぐん》最高司令官は必要と認めた場合日本政府に対し指示を与え、米国占領軍は原則的に日本政府によるその指示の遂行を保証するための機関として行動する。

一、現存の日本経済は聯合国国民の目的が達成される必要の範囲内においてのみ統制される。

一、占領軍の主要目的の一つは、日本の軍国主義および軍国的国家主義の根絶と共に、自由主義的傾向を奨励することにあり、言論、新聞、宗教および集会の

自由は、占領軍の軍事的安全を維持するために必要である場合のみ制限――。

そしてこの三日後、マ元帥が、「日本はこの敗戦で四等国に転落した」と言明した記事が載っていた。

ミズーリ号艦上の降伏調印から、僅《わず》か十日間ほどの動きの中にも敗戦の奔流に押し流された日本の姿が見て取れた。

壹岐は要点をノートし、時計を見た。いつの間にか、正午になっている。最初に縮刷版を読むポイントを整理し、五つの項目をつくって読みはじめたものの、予想した以上に長い時間がかかりそうであった。図書館通いは午前中であったから、急いで図書館を出た。

近畿商事へ戻り、昼休みでがらんとした繊維部で、弁当箱を開いて食べていると、すぐ前の電話が鳴った。勝手の解《わか》らぬ壹岐は、箸《はし》を止め、電話をとるべきか、どうか躊躇《ためら》っている間に、ベルは止《や》んだ。ほっとして箸を動かしかけると、また電話が鳴った。壹岐は思いきって受話器を取り上げた。

「毎度！　佐藤さん頼んます！」

早口の大阪弁が、耳に飛び込んできた。まだ繊維部の社員の名前を知らない壹岐は、戸惑った。

「今、席におりませんので、後程、調べまして――」

「調べるも、何も、おたくとこの社員でっしゃろ、あんたみたいなとろとろしたんは、話にならん、女の子でもええから、替ってぇ！」

「ところが、只今《ただいま》、昼食時間で誰もおりませんので、後程、事情の解った者に、お電話をかけ返させますが――」

と云いかけると、

「調べるとか、事情とか、ええ加減にしてほしいわ、こっちは大至急の電話でかけとるのや、今から云うことメモして、そっちから返事して貰いまひょ、先日、依頼の――」

早口で用件を云いかけた。

「待って下さい、私はまだ――」

「まだどないした云うねん、こっちは英語で喋《しゃべ》るいうんやないでぇ、日本語や、メモしてや」

と云うなり、用件を一気に伝え、

「以上、伝言頼んまっさ、こっちは丸栄繊維の田中や、あんたは誰やねん？」

「私は壹岐と申しますが、今のお電話の内容は――」

と云いかけると、がちゃりと電話が切れた。壹岐には、電話の内容が、さっぱり解らなかった。〝先日、依頼した二月十日……たなおろしが……倉庫の帳簿の……手形で頼みたし〟とメモはしたものの、聞き馴れぬ言葉が多く混り、途方にくれた。相手が非常に急いでおり、重要そうな気配が感じ取られるだけに、馴れぬ自分が電話に出たことを後悔したが、ともかく佐藤なる人物に連絡をつけることであった。

弁当をしまうと、今朝、大阪紡績へ飛び出して行った石原が帰って来た。早速、電話の件を話すと、

「あんたの云いはること、さっぱり解らんわ、もっと解るように説明して下さいよ」

「それが、それが私には意味不明で――、二月十日、棚から何かを下ろすので、手形がどうとかで……、大至急、佐藤さんから電話をほしいということで――」

壹岐は見たところ、いかにも眼はしのききそうな石原が補足して、推察してくれるかもしれないと、口ごもると、石原は狐《きつね》につままれたような表情で、

「佐藤は出張やけど、ほんまにそんなけったいな電話、かかって来たんですか」

疑わしげに、聞き返した。

「内容はともかく、電話は確かに――」

そう応《こた》えながら、壹岐は情けなかった。

「棚から何か下ろすと、今、云いはったけど、相手の人は、正確にはたなおろしというたんやないですか」

「そうです、だから――」

だから棚から下ろすと云ったではないかと、壹岐は多少、むっとした思いで云うと、石原の方が、さらにむっとした表情で、

「壹岐さん、あんたは商売のこと、ほんまに解らんのですね、今後、電話、とらんといて下さい、迷惑しますからね」

と云うなり、揉《も》み手をせんばかりにして現われた初老の客に、

「どうぞ――」

やや不愛想な声をかけ、商談をはじめた。

部屋の中は、中央の相場表に後場《ごば》の値がたちはじめ、騒《ざわ》めきが拡《ひろ》がった。あまりの周囲の多忙さに、壹岐も何か手伝いたい気持がしたが、さっきの失敗を考えると、せめて暗号文のような商業用語に馴染《なじ》もうと、営業マンと客が交わしているはじけるよ

うな言葉に聞き耳をたてたが、一向、解らず、誰かに聞こうにも、女子社員までが一刻の余裕もない様子だった。壹岐に感じられることは、どうやら大量の商品が、大きな金額で売買されているらしいということであったが、どんなに詳細に部屋を見廻しても、見本のような各種の布切れはあっても、商品そのものはなく、どういう仕組で、営業が成りたっているのかも、不思議でならなかった。

一時間ほどして、石原が数組の客をこなし、壹岐の前を通りかかった時、壹岐はさっきの電話のことを聞いてみた。

「その後、例の電話は、かかって来ましたか?」

「ああ、今しがた僕のところへ廻って来たけど、一体、さっき電話に出た奴《やつ》は何やねんと、えらい剣幕でしたわ」

「そうですか――、どうも」

と云いながらも、ほっとすると、

「失礼やけど、あんたは軍人の前は、何をしてはったんですか」

じろりと、壹岐を見下ろした。

「最初から軍人を志して、軍歴以外、何もないが――」

と云うと、若い石原は解《げ》しかねるように、

「それで、最終校はどちらで？」

「陸軍大学校だ」

「へえぇ、そんな大学ありましたんか、そこで何を専攻しはったんです？」

壹岐は、二の句が継げなかった。戦後の青年には、壹岐がこの繊維部で行なわれている仕事が解らないのと同じように、壹岐の人生が全く理解出来ぬようであった。壹岐は砂を嚙《か》む思いで黙り込んだが、石原はそんな気持など斟酌《しんしゃく》せず、

「元軍人さんがよりにもよって、百戦練磨の繊維へ、なんで放り込まれはったのか、理解に苦しむなあ、第一、商売の言葉からして全然、解らんでしょう？　さっきのたなおろしの意味解りましたか」

「いや……」

「あんたの口ぶりだと、どこかに棚があって、そこから品物を下ろしたり、上げたりしているように思うてるらしいけど、たなおろしは店卸《たなおろ》しと書いて、三月と九月の決算期に行なう在庫調べのことですわ」

壹岐の顔をまじまじと見詰めながら、云《い》い、

「あんたみたいな軍人上りは、防衛庁へでも入った方がよかったのに――、その齢《とし》で商売の言葉一つ解らん商社に入ったのは無理や、不幸や」

と云うなり、たち去って行った。四十六歳にして第二の未知の世界、しかも生活の

かかった人生であるだけに、壹岐は惨《みじ》めな気持に叩き落された。

夕食がすむと、娘の直子は銭湯へ行く金盥《かなだらい》を抱え、

「お父さん、お風呂《ふろ》に行かない？」

と誘った。

「よし、行こう、誠もおいで」

と声をかけると、

「僕は夕方、隣のおじさんに連れて行って貰《もら》ったよ」

と云うなり、読んでいた少年雑誌に顔を戻した。帰還後二年たっているのに、誠はまだ何となく父親に馴染まない。壹岐が帰国した時、舞鶴《まいづる》へ妻に連れられて出迎えに来た誠は、頰がこけ、歯が抜け、黒い綿入れの服を着た壹岐を見て、「僕のお父さんと違う」と云い、抱きかかえようとすると、後退《あとずさ》りしたのだった。誠の眼には、十一年間、毎日、写真で見ていた参謀肩章を吊り、軍刀の柄《つか》に手をかけた陸軍中佐の父の姿と、現実の父の姿とがあまりにかけ離れ、幼い心が無惨《むざん》に打ち砕かれたらしい。帰

還直後はしばらく時間をかければと思っていたが、今なお、姉の直子のように甘えてくれないのが、壹岐には寂しかった。

市営住宅のたち並ぶ道から、大和川《やまとがわ》の堤防沿いに歩き出すと、夜風が容赦なく吹きつけた。首に毛糸のマフラーをぐるぐる巻きにした直子は、壹岐に体を寄せ、

「お父さんが会社勤めをして、お金がたまったら、まっ先にお風呂をつくってね」

「内風呂《うち》か――、よし、つくってやるよ」

市営住宅の壹岐の近所でも、風呂をつくりつけるところが、多くなっていた。

「いつ頃、つくれそう？」

直子は声をはずませ、父の腕を揺ぶった。壹岐は返答に困った。風呂を作るのにどのくらいかかるか、またそれが壹岐の給料の範囲内でどれぐらいたてば出来るものか、見当がつかなかった。

「お父さんはよく解らないから、お母さんと相談して、出来るだけ早くつくってあげよう」

「きっとお母さんも大喜びやわ、長い間、苦労しはったんだもの――、府庁へ勤める前は、内職をしたり、働きに出たり、大へんだったの……、だからお母さんの体が楽になって、喜ばれることをしてあげて――」

壹岐は、娘の言葉に頷《うなず》きながら、帰還後、言葉少なにしか、留守中の苦労を語らない妻であったが、娘の言葉を通して、妻の苦労が今さらのように偲《しの》ばれた。銭湯の前で、男湯と女湯に別れ、いつものように三十分後に出会って、家へ帰ると、火鉢の上の薬罐《やかん》が、白い湯気をたてて、しゅんしゅん滾《たぎ》っていた。壹岐が火鉢の前に坐ると、妻の佳子《よしこ》は熱い番茶をいれた。

「あなた、今日はいかがでしたの」

壹岐は昼間、電話一本まともに取れず、若い社員から「あんたみたいな商売の言葉も解らん人が、中年で商社に入るのは無理や、不幸や」と云われたのを思い出し、惨めな思いが胸を横切ったが、顔には出さず、

「何もかもはじめての珍しいことばかりだ――、このお茶、おいしいねぇ」

さり気なく、話をそらしかけると、佳子は夫の心の動きを読み取るような視線で、

「でも、お帰りになった時から、少しふさいだ顔をしてらしたから、何かあったのかと思って――、あなたは、どんな大切な時でも、何も云って下さらないくせがありますわ」

佳子は、ぷつんと言葉を切った。終戦の玉音放送があった日の夜、大本営から「今から用務でちょっと出張する」というだけの電話をし、新京へ飛びたったまま、十一

年間、帰って来なかったことを云っているのだった。

「お前だって、留守中の苦労について、多くを語らないじゃないか、さっき直子に、お母さんが苦労したから、早く家に風呂をつくって楽をさせてあげてと、云われたよ」

しみじみとした思いを籠《こ》めて云った。

敗戦の年の八月から、佳子は二人の子供を連れて、壹岐の生家、山形県の鳥海山麓《ちようかいさんろく》へ行っていたが、僅か半年の間に、姑《しゆうとめ》と舅《しゆうと》を相ついで亡《な》くし、壹岐の兄の代になったので、義兄の家に世話になっていることが憚《はばか》られ、佳子の実家のある大阪帝塚山《てづかやま》へ引きあげて来たのだった。しかし、陸軍大学校の教官であった佳子の父をはじめ、兄弟一族、軍人ばかりであったから、忽《たちま》ち戦後の生活に窮し、帝塚山の家を売り払って、河内長野《かわちながの》の奥へ引っ込むことになったのだった。佳子はたまたま抽選であたった大和川の大阪市営住宅に入り、和裁の内職をして、二人の子供を育てていたが、それでは生計がたち行かなくなり、駅前の商店の手伝いまでしている時、陸士、陸大で壹岐と同期で、南方から帰還後、防衛庁に入った川又伊左雄《かわまたいさお》の世話で、大阪府庁の民生部世話課の勤め口を得たのだった。

「軍人の娘に生れ、軍人の妻になり、世間知らずのお前だけに、人一倍、辛《つら》い思いをしたろう」

壹岐は、現在の自分に思い合せるように云うと、

「ええ――、それもあなたが、ご無事で帰られる日までという希望があったからですわ」

佳子はそう云い、顔を伏せ、眼に涙を湛《たた》えた。

「佳子……よく辛抱してくれた」

壹岐は、胸が締めつけられる思いがした。

「私、あなたがお帰りになり、こうして、就職なさった途端、張りつめていた気持が一度に緩み、弱虫になったようですわ、あなたがいらっしゃらない間は、口惜《くや》しい時だけしか、泣きませんでしたのよ」

表情を取りつくろうように云い、

「あなた、秋津中将のご遺族から、お手紙が来ていますわ」

と云い、茶簞笥《ちゃだんす》の上の段から白い封書を取り出した。秋津中将は、終戦の翌年の秋、極東軍事裁判のソ連側証人として、壹岐と竹村少将とともに、ハバロフスクから東京へ連行され、その夜、青酸加里自殺を遂げた人であった。

手紙の差出人の住所は、京都市左京区桜木町一ノ四六、秋津千里《ちさと》となっている。壹

岐はソ連代表部の宿舎に訪ねて来た未亡人の悲しみに打ちひしがれた喪服姿をまざまざと思い返しながら、封をきった。

突然、ご書状をさし上げます失礼をお許し下さいまし。私は故秋津紀武《のりたけ》の娘でございます。壹岐さまには十一年ものシベリア抑留からご無事でご帰還遊ばされ心からお喜び申し上げます。かねがね母から亡父の最期《さいご》をご存知の方として壹岐さまと竹村さまのお名前をよく伺っておりましたが、その母も昨年、亡くなりました。実は先日、上京の際、竹村さまをお訪ね申しあげましたところ、次の日曜日にご所用で京都へお越しになり、私宅へもおたち寄り下さり、亡父をお詣《まい》り下さるとのことで、その節もし壹岐さまのご都合がおよろしければ、久しぶりに会って話したいから誘ってほしい旨《むね》のおことづけがございましたので、不躾《ぶしつけ》ながらこのような書状をさし上げさせて戴《いただ》く次第でございます。もしそのような運びにして戴けますならば亡父にとってもこの上ない喜びと存じます。面識もない者が突然このような書状をさし上げます失礼の段は、亡父に免じてお許し下さいまし。長年、ご無理を重ねられたお体のこととて、くれぐれもお大切に遊ばしませ。

秋津千里

壹岐の瞼《まぶた》に、黒い喪服の衿《えり》もとから透けるような白い首を見せ、哀《かな》しげに面《おもて》を伏せて、雨の中を去って行った秋津未亡人の姿と、この手紙をしたためた秋津千里という女性の姿が、重なり合うようであった。

その翌日も、午前中、中之島の図書館で新聞の縮刷版を読み、壹岐は一時前に、近畿商事へ帰った。

「壹岐さん、今、お帰りですか」

玄関を入ると、うしろから声がした。振り向くと、頭をGI刈りにした石原慎二であった。

「君は、どこからの帰り？」

石原が手に提げている書類袋に眼をとめると、

「神戸の税関でちょっとトラブルがあって、船積課でけりがつかんので、米つきばったみたいに頭下げて来たんですわ、われわれ商社は、士農工商の〝商の字〟ですよって、役所にはいつも、ぎゅうぎゅう、締め上げられますわ」

と云い、足早に階段を上りながら、

「われわれに比べたら、壹岐さんは朝から図書館通いで、結構なご身分ですねぇ、僕ら入社一年目は朝七時に来て掃除、二年目は自転車のうしろに反物をくりつけて丼《どぶ》池筋《いけすじ》の問屋へ配達したり、集金させられたり、とてもやないけど、恥ずかしゅうて他の企業へ就職している大学の同窓生には云えん丁稚《でっち》仕事からさせられましたからね」

口ではそう云いながら、一向、苦にならぬあっけらかんとした語調であった。石原の口からぽんぽん飛び出して来る士農工商の〝商の字〟〝丁稚仕事〟という言葉に壹岐は、呆気《あっけ》に取られ、この高麗橋《こうらいばし》周辺のビルの中でも、最も近代的な近畿商事の建物と、その中で行なわれている商社の仕事というものが、さらに解《わか》らぬものに思えた。

壹岐は、席に坐《すわ》るなり、

「会社の全般的な仕事の内容とか、規模というものを知るには、どんなものを見れば、私のような素人《しろうと》にも、理解しやすいだろうか」

と聞いた。石原はちょっと、首をひねったが、

「新入社員用に会社の業務を説明したパンフレットもあるけど、手もとに有価証券報告書があるから、さしあたりこれでも見といて下さい」

と云い、引出しの中から有価証券報告書を取り出し、忙しげに課長席の方へ飛んで行った。

壹岐は、はじめて手にする有価証券報告書なるものの頁《ページ》を繰った。まず会社の目的の項目を見た。

①海外物資の輸入および販売業
②問屋業および代理業
③度量衡ならびに衛生用品の輸出入および販売業
④自動車の売買および修理業
⑤損害保険代理業
⑥不動産の売買、賃貸業ならびにその仲介および管理業
………

壹岐は、読み進むにしたがい、会社の目的なるものに、見当がつきかねた。次に事業の内容を見、主な取扱商品種目に眼を通すに至って、壹岐はさらに驚いた。棉花《めんか》、羊毛から生糸、化・合繊、繊維第二次製品、または米、砂糖、畜産物の食品あたりまでは、そこに商品があって売買されるという感覚で捉《とら》えられたが、ヘリコプター、航空機、電子機器に至ると、一体、どのような売買の仕方をするのか解らなくなる。

しかし、一旦《いったん》、海外事務所の項になると壹岐は眼を輝かした。ニューヨークをはじ

めとするアメリカの主要都市、南米、豪州、ヨーロッパの主要都市、アフリカ、近東、東南アジアなど五十一都市の支店に、二百六十名の社員が駐在している。今まで軍隊を動かす感覚でしか、外国を見なかった壹岐は、この世界の五十一都市を拠点として、ビジネスが展開されているのかと思うと、これだけ広い土俵が、この近畿商事にあるのなら、もしかして将来、自分なりの働き場所を得るのではないかと、心が明るんだが、それも一瞬のことであった。

財務諸表の頁になり、日本円、US$《ダラー》、ポンド、マルク、フランが入り混った数字の並んだ表を見ると、項目自体、理解し難いだけに、全くのお手上げで、説明を聞かなければどうにもならない。顔を上げると、ちょうど石原が席へ戻って来た。

「ちょっと、聞きたい点があるのだが――」

声をかけると、面倒そうな顔をしながらも、壹岐の傍《そば》に来、

「どうせ流動資産の、固定資産のという言葉が解らんのでしょう、そんなんどうやって説明したら解るのです？」

煙草《たばこ》に火を点《つ》けながら、云った。

「もちろん、一つずつについて聞いても解らないから、会社の経営内容全体が把握できるような箇所を選び出して、君流に説明して貰いたいのだけど――」

壹岐が頼むと、

「えらい難しい質問やけど、そんなら損益計算書の方を見はったらよろしいわ」

石原は、煙草をくわえたまま、壹岐に代ってその項目の頁を手早く繰った。そこには売上高、売上原価、その他の営業収益など壹岐にも、理解できる項目が並んでいる。

「なるほど、まず近畿商事の半年の総売上高は、二億一千二百七十一万九千七百三十一円というわけですね、これに対する支出は――」

壹岐は長たらしく桁《けた》の並んだ数字を読み上げながら、次の項目を探すと、

「そやから、壹岐さんにものを教えるのは手間がかかるのや、この数字の単位は、千円ですよ」

げんなりするように石原は、云った。

「単位が千円――、そうすると、総売上高は二千百二十七億――」

壹岐は絶句した。最近の新聞に来年度の国の当初予算が、はじめて一兆五千億円台にのったと大々的に報ぜられ、貨幣価値がまだ頭にしみついていない壹岐にもその桁の大きさが強烈に残っていただけに、民間会社一社で国の当初予算の約七分の一に迫る売上がある企業など、壹岐には信じ難いことであった。壹岐は一呼吸入れてから、

「最近のいわゆる一部上場の大会社というのは、皆、こんな国家予算の何割かにあた

るような売上なんですか」

と聞くと、石原は、

「いや、商社だけですよ」

煙草をふかしながら、こともなげに云《い》い、

「壹岐さん、まあ、そうびっくりせんと――、売上の数字だけ見てたら、そら日銀より金持やけど、ここを見て下さい、当期純利益は八億二千八百六十五万三千、総売上に対する当期の純利益は、僅《わず》か、〇・三八％というわけですよ」

「ほう、純利益がたった〇・三八％？」

壹岐は理解しかねた。

「そりゃあ、その間にいろいろありましてねぇ、それが商社機能ということですけど、僕、壹岐さんの家庭教師している暇、ありませんわ、まあ、とくと見てて下さい」

と云うなり、再び忙しく席をたった。

壹岐は戦前の大企業の一般的な純利益というものを考えてみる時、〇・三八％という数字はどう考えても、一桁ずれているように思えた。三・八％ならともかく、これだけの規模と社員を抱えた会社の純利益が〇・三八％であることに奇異な感を覚えた。

「壹岐さん、一丸《いちまる》常務がお呼びです」

女子社員が、伝えに来た。一丸常務は繊維担当役員で、一カ月前から欧州、アフリカ方面へ海外出張に行っていることは壹岐も、聞き知っていた。部長席が並んだ中央の一際《ひときわ》、大きな机の常務席へ行くと、真っ黒に陽やけした大柄な体軀《たいく》の一丸常務が坐っており、壹岐が挨拶《あいさつ》すると、

「あんたのことは、さっき上で大門社長から聞きましたよ、こう云うては何やけど、あんたのような人が繊維部に放り込まれるのも迷惑やろうが、それ以上、こっちも迷惑やけど、決まった以上、仕様がありませんわな、ところであんたは毎日午前中、図書館通いして新聞を読んではるいうことやが、スーダンの人口、どのぐらいか知りませんか」

唐突な質問をした。

「いえ、知りませんが――」

「私は今度、ヨーロッパとアフリカを廻って来たんやが、アフリカの人口の増え方というのは、実にもの凄《すご》い、たとえばガーナでは三年前行った時、三百五十万だった人口が、今は四百三十万人――、たった三年間で八十万も増えとる、日本の駐在大使はまだ人口調査など的確に出来る体制にないから、そんな数字マユツバですよと云うけど、西アフリカ一帯に大きな勢力をもつフランスのＡＦＣ社のパリ本店副支配人が丁

度、ガーナに来ていて、一緒に昼食した時、アフリカの人口の増加率は非常に高いので有望だ、ことにスーダンなどあなたの会社にとって、いいマーケットですよと教えてくれたのですぐ飛んで行ったら、プロペラ機で一時間とかからぬ所でさえ、一糸もまとわん人間ばかりで、そのあたりの人口を聞くと、三百万とも四百万とも云うんですわ、この丸裸の人間に男はパンツ、女は腰巻を一枚ずつ着せたとしても、一体どの位の布が売れるか、そう思ったらぞくぞくして来てねぇ」

息つく間もなく一気に喋《しゃべ》りたてた。壹岐は毒気にあてられたように、たち尽していると、

「ところで壹岐さん、なんでこんなに急激に人口が増えるか、解りますかねぇ」

「いえ……」

「まだ電気がないから、子供をつくる楽しみしかない上に、徐々に独立国になって衛生管理が行き届き、生んでも歩止《ぶど》まりがようなったというわけで、人口の増加ほどわれわれの商社に魅力的なもんはありませんわ、はっはっはっ！」

あたり憚《はばか》らぬ大声で笑い飛ばし、

「ところで、あんたの方から何か希望があったら、今のうちに云うといて貰いたい、私は明日からまた東京やから」

壹岐は暫《しば》し、口ごもった後、

「実は、商業用語の意味を覚えたり、有価証券報告書を見ても、一向、会社の事業の内容がつかめませんので、実地にいろいろ学びたいと思いまして――、さしあたり繊維部では物がどのような経路で動いているか実地に知るために、輸入された原棉が糸になり、織物になり、問屋に流れ、あるいは輸出されていく物流のルートを、順番に私自身の足で辿《たど》ってみたいのですが、そのような便宜を計らって下さいませんか」

と申し出ると、

「ものについて歩く、――商社機能がそれで解るとは思えんが、ま、やらんより、やった方がましですやろ、早速、誰か若い者に案内させるとして、せいぜい頑張りはることや、えらい自信のないことを云うてはるようやが、私も学生時代は外交官志望でわざわざフランス語を専攻したけど、試験におちて人生設計が狂うてしもうた一人ですわ、しかし人間、順応の動物や、商社マンいうのは仕事を覚えたら最後、止《や》められん面白《おもろ》い仕事ですわ」

と云うなり、かかって来た電話で、もう別の話をはじめた。

壹岐は、自分の机に戻りながら、毒気を抜かれるようなアフリカの話にも増して、最後の一丸常務の一言が衝撃であった。壹岐はどう思っても、元軍人の自分がそんな変身がとげられるはずがなかった。これこそ、言葉一つわからない不幸どころか、根本的な人間の資質の問題であった。

＊

壹岐が京都を訪れたその日、洛北《らくほく》の街には昨夜来の雪がまだ解けず、うっすらと残っていた。

市電の桜木町の停留所で降りると、教えられたように、北へ上る道を歩いた。あたりは昔ながらの静かな住宅街で、屋根や生垣に積った雪が、薄ら陽の中で滴《しずく》をしたたらせている。五分程行くと疏水《そすい》の分流らしい小川に出た。両岸に桜並木が続き、石の小橋を渡った次の筋の奥まったところに、「秋津」と表札を掲げた家を見つけた。七、八十坪の敷地に三十坪ほどの平屋造りのひっそりした家構えであった。

ベルを鳴らすと、暫《しばら》くして門の引戸が開き、手伝いのような老女が顔を出した。

「壹岐です、時間に遅れまして——」

と云うと、

「お待ちしてましたんどっせ、えろう遠うにお思いやしたやろ、さあ、どうぞ——」

内《うち》へ招じ入れた。玄関の沓脱《くつぬ》ぎには男物の靴がきちんと揃《そろ》えられ、竹村少将は既に来ている様子であった。竹村少将とはシベリアからの最後の引揚船で帰還し、舞鶴で別れて以来、一度も会っていなかった。大阪と東京とに住いを異《こと》にした者同士が相会う余裕は、経済的にも、時間的にも十一年間のシベリア抑留者たちにはないのだった。

「お足もとのお悪い中を、ようこそ、お運びになって下さいました」

うちらから声がし、薄暗い内玄関に、臙脂《えんじ》の着物を着、丈長の黒髪をきりっと束ねている若い女性が出迎えた。

「秋津の娘でございます、先日は不躾《ぶしつけ》なお手紙をさし上げましたにもかかわりませず、ようこそおこし下さいました」

と云い、濃い睫毛《まつげ》を伏せた。白磁を思わせるような色の白さと、面長《おもなが》な顔の輪郭は秋津夫人似であったが、眼鼻だちのくっきりした容貌《ようぼう》は、秋津中将の血を濃くひいているようであった。

「大阪に住いながら、ご遺族がこちらにおいでとは存じ上げず、ご霊前にお詣《まい》りもしませんで、大へん、失礼しました」

詫《わ》びるように云うと、

「私どもこそ、父が何かとお世話になりながら、ご帰還のお喜びも申し上げませず、ご無礼にうち過ぎました、竹村さまが先程からお待ちかねでございます」

千里はそう云い奥の前栽《せんざい》に面した座敷の襖《ふすま》を開いた。そこには竹村が座敷机から体を乗り出すようにして、壹岐を待っていた。

「やあ、壹岐、久しぶりだな、元気そうで何よりだ、まずご霊前へ――」

竹村は、生来の爽《さわ》やかな表情で云った。書院造りの一間床《いっけんどこ》の横に、仏壇が置かれ、燈明《とうみょう》が点《とも》されている。壹岐は、仏壇の前に坐り、線香をたむけた。一条の煙が、故秋津中将の位牌《いはい》のまわりに静かにたゆとうようにたちのぼった。

壹岐は激して来るものに耐えるように、合掌した。十一年余にわたる抑留生活で、一番思い出したくないことは抑留一年目の昭和二十一年九月に、ソ連側証人として、極東軍事裁判の法廷に連行されたことであった。ハバロフスク近郊の山荘に元大陸鉄道司令官であった秋津中将、関東軍参謀副長であった竹村少将とともに軟禁され、最後の最後まで証人出廷することを拒否し続けながら、なお且《か》つ、日本へ連行されることが決まった時、秋津中将は、「かくなる上は、各人がその意志を主張し、もしその意志に反せねばならぬ時は、死ねばいいではないか」と、淡々とした口調で云ったが、その言葉通り、出廷を前にして、ソ連代表部の宿舎で青酸加里による自決を遂げたのだった。

壹岐は、秋津中将の位牌を凝視した。死の前日まで運命をともにしながら、遺体に

接し、合掌することさえ許されなかっただけに、万感の思いを籠《こ》めて長い合掌を終ると、壺岐の背後に控えていた秋津千里は、

「お心の籠ったお詣りを賜わり、父もさぞ喜んでおりましょう――、有難う存じます」

かすかに語尾を震わせて云った。髪を梳《す》き上げた額の下の大きな眼に涙があふれそうに湛《たた》えられている。遺族にとっても、秋津中将の死は、どれ程、辛《つら》いことであっただろう――。壺岐は返す言葉もなく、無言で一礼し、竹村と向い合った。

「帰還後はじめて、竹村さんとお会いするのが、秋津中将のご霊前とは……、何かのお引合せのような気がします」

と云うと、すでに六十二歳を数え、帰還後も一向、抑留の衰えが回復しない様子の竹村は、

「うむ――、これで幾分、気持の整理がつくかもしれない」

自らに云いきかせるように言葉少なに頷《うなず》き、あとはおし黙ったが、千里が茶菓を運んで来ると、

「千里さん、壺岐君を呼んで戴《いただ》いて有難う、こういう機会がなければ、もっと何年も会えずにいるかもしれませんからね」

明るい口調で云った。

「いいえ、私の方こそ、父の最期《さいご》をご存知の方にお詣りして戴き、嬉《うれ》しゅうございますわ、先日、たまたま上京致しました折、竹村さまの研究所をお訪ねしてようございました」

千里もそう云い、はじめて笑顔を見せた。

「研究所と云いますと、竹村さんは今、どちらに?」

壹岐が、言葉を挟むと、

「一年程前から、中ソ問題研究所に勤務しているのだ、私のような無骨者には、今の日本で出来る仕事といえば、情報関係しかないんでね」

さらりと云い、千里のたてたお薄《うす》をうまそうに、啜《すす》った。中ソ問題研究所は曾《かつ》て陸軍有数の中国、ソ連通のグループが集まって出来た研究所で、ソ連関係の情報参謀をしていた竹村らしい筋の通った第二の人生であると思った。

「で、壹岐君は今、どうしているのだ、聞くところによると、興安丸で帰って来た部下の就職の世話に奔走して、まだどこにも勤めていないとかだが――」

心配するように、聞いた。

「いいえ、おかげさまで昨年暮には一応、部下たちの就職もきまり、ちょうど半月前から近畿商事に勤務しております」

竹村と違い、必ずしも自ら志した第二の人生ではなく、みじめな思いを舐《な》めている連日であったが、強いて明るい口調で応《こた》え、お薄の茶碗《ちゃわん》を手にした。

「それを聞いて安心した、実は君がいつまでも就職しないと聞いて、心配していたのだ、いろいろ心に潔《いさぎよ》しとしないこともあるだろうが、十一年間苦労させた家族にこの上犠牲を強いることは、あまり褒《ほ》めたことでもないからね」

軽い笑いに紛《まぎ》らわせて、竹村は云ったが、その言葉の中には、壹岐の妻への温かい心配りがこめられていた。

二人の言葉の切れ目に、千里が空になった抹茶《まっちゃ》茶碗をそっと引きかけると、

「これは千里さん、お父さまのお詣りと称して、壹岐君との再会のよもやま話に熱が入りすぎ、退屈されたでしょう」

竹村が云うと、

「いいえ、私、竹村さまと壹岐さまのお話を、父が生きていたら、やはりこうしたお話をするのだろうと思って、伺っておりましたの、でも正直申しまして、ご家族の方々がお羨《うらやま》しい――」

千里は、気性の凛々《りり》しそうな眼に、ふっと寂しい微笑《ほほえ》みをうかべて、云った。

「お母さまが亡《な》くなられてから後、ご家族は？」

ひっそり静まり返っている家の気配に気付いて、聞くと、

「兄と私の二人でございますが、兄は僧籍に入りましたので、現在は私一人でございます」

「あなたお一人――」

兄が僧籍に入ったという限り、何らかの深い事情があるようだが、それにしても二十代半ばと思われる若い女性が一人住いしていることに、壹岐は驚くと、横から竹村が、

「それより私は、帰還した時、体が衰弱しきって、東京の家に帰るなり三カ月程、療養していたんだが、床離れしたその日、奇《く》しくも千里さんが訪ねて来られ、父の最期のことを聞かせてほしいと云われた時は、驚きました、名乗られるまでもなく、あなたのお顔を見て、すぐ秋津中将のお嬢さんだということが解《わか》りましたよ」

二年前を顧みるように話すと、千里は張りのある黒い瞳《ひとみ》を、仏壇の方へ向け、

「私、母から竹村さまと壹岐さまから伺った父の最期を、何度も聞いておりました、しかし、父が自決した時、私はまだ女学生でしたので、母からの伝え聞きだけでは納得出来ず、自身の耳で直接、伺いたかったのです」

と云い、昭和二十一年から以降十年間、シベリア抑留者の帰還名簿が報道される度に、竹村と壹岐の名前を探していたこと、そして最終帰還者の中に二人の名前を見つけ、住所を調べると、壹岐の方は解らなかったが、竹村の方は、世田谷《せたがや》の住所がすぐ解り、一応、落ち着いた頃を見計らって、竹村家を訪ねたことを壹岐に話した。その一途《いちず》な千里の気持に、壹岐は強く搏《う》たれ、

「そうでしたか、あなたも十年間――」

十年間、父上の自決を納得出来ず、苦しんだのですか――と云いかけ、口を噤《つぐ》んだ時、玄関の方で、人の気配がしたかと思うと、襖が開き、手伝いの老女が顔を覗《のぞ》かせた。

「あの、西陣の旦《だん》那はんがお越しやしたんどすけど、どないしまひょ」

と聞く間もなく、白髪が僅《わず》かに残っている頭のてっぺんまで桜色に艶々《つやつや》しく光った和服姿の男が入って来た。

「困りますわ、突然、いらっしゃるなんて――」

千里は詰《なじ》るような表情で云い、戸惑っている壹岐たちに、

「叔父の秋津紀次《のりつぐ》でございます、こちらはいつも父のことでお話ししている竹村さまと壹岐さまです」

と紹介すると、

「これは、これはえらいご無礼致しまして――、兄の紀武の最期の時には、えろうご厚誼《こうぎ》にあずかったそうで、おおきに有難うさんでございました」

秋津紀次は、鉄無地の結城《ゆうき》の対の和服姿を俄《にわ》かに改め、深々と一礼した。故秋津中将とは似ても似つかぬ風貌《ふうぼう》に、竹村と壹岐は再び顔を見合せると、その気配に気付いたのか、

「私は兄の紀武と違いまして、西陣の織物の方をしております、もともと秋津の家は、先々代からの西陣の織元どっさかい、ほんまなら兄が家業を継ぎますのやけど、軍人を志しましてなあ、弟の私が継ぐことになったようなわけで――」

秋津紀次は、変っているのは兄の方だと云《い》わんばかりに、桜色の顔を振った。

「それははじめてお伺いしました、中将のご様子から、軍人のご一族とばかり思っておりましたので」

竹村が苦笑するように云うと、

「兄は、女《おなご》の着物や帯など織るのは、男子生涯の仕事やないと云うて、小さい頃から家業を継ぐのを嫌がっておりましてなあ、父親がそんなんどっさかい、この娘《こ》もちょっと、変っとりまして、二十七にもなって嫁にいきもせんと、かと云うて、うちの方

の商いを手伝うてくれるでも無《の》うて、女だてらに土いじりなどして、気がしれまへんわ」

千里の方を見て、嘆息した。

「私の打ち込んでいる陶芸の道を、土いじりだなんて、叔父さん、ひどすぎるわ」

千里は大きく切れ上った眼じりを、叔父の方にきっと向けて云った。

「ほう、陶芸を――、女の方が陶芸を志されるとは、お珍しいですね」

壹岐が云うと、秋津紀次はわが意を得たりとばかりに、

「あんたさんもそうお思いやすか、せめてお茶のお師匠はんとか日本画家になるならともかく、土のかたまりをひねくりまわして、この手、見てやっておくれやす」

茶碗を持っている千里の手を、眼で指した。

「あら、私の手がどうか致しまして？」

千里が、叔父の前に両手を出すと、

「ふん、今日はお客さんやからきれいにしてますけど、たいがい爪《つめ》の間や、掌《てのひら》の筋の中に土をつけて、知らん者が見たら、女土方《どかた》どすわ、わたしの娘《こ》やない云うても、兄も嫂《あによめ》も亡くなって、今は父親替りしてますさかい気が気やおへん、お二人方でよう意見してやっておくれやす」

大真面目《おおまじめ》なだけに、実の娘以上に千里を愛《いと》おしんでいる様子が見て取れたが、

「叔父さん、お客さまの前でもうこれ以上、云いはったら、ほんとに怒りますよ」

千里は遠慮のない云い方で、叔父の話を遮った。秋津紀次は姪《めい》の鉾先《ほこさき》をかわすように、

「お詣りにおいで戴いた方に、えらい不謹慎なようどすけど、せっかく京都までお越しやしたんどっさかい、これからどこぞご案内さして貰《もろ》うてから、祇園町《ぎおんまち》へでもお伴《とも》しまひょ」

と誘ったが、竹村は、

「せっかくのお誘いですが、夕刻、京都で仕事関係で人と会う約束をしておりますので――」

「ほんならどこかご案内だけでもさせて貰いまひょか、仏さんもお二人方にお詣りしてもろて、充分、満足してはります」

重ねて、誘った。竹村は壹岐の方を向き、

「私は二十年程前の冬、この洛北の奥の大原にある三千院へ行ったことがあり、雪庭の美しさが印象深く残っている、そこへご案内して戴きたいが、君は？」

と聞いた。壹岐が同意すると、

「三千院の雪景色を賞《め》でようとは、お二人方とも大変な粋人ですな、表に車待たしておりますよって、三千院を見た帰りに、どこぞで雪見酒としゃれまひょ」

秋津紀次は浮きたつように云い、千里にもお伴するように云いつけた。

高野川《たかのがわ》の流れに沿って、車はつづら折の若狭《わかさ》街道をゆっくり上って行った。街中では薄《う》っすら積っていた程度の雪が、大原の里に入ると、次第に深くなり、清流と楓《かえで》で有名な洛北の景勝地は雪の中で、一幅の墨絵を見るような幽玄な眺めであった。

やがて比叡《ひえい》の山なみが間近に迫り、車は三千院の参道前で停《とま》った。

「ここからはちょっと歩いて貰わんなりまへん、底冷えがきつおすよって、風邪をひかんようにしておくれやす」

秋津紀次はそう云いながら暖房のきいた車からおりると、身震いするようにあずまコートの衿《えり》もとを合わせた。千里も淡いピンク色のショールに白い顔を埋めるように歩き出したが、竹村と壹岐にとっては、さほど耐え難い寒さではなかった。

三千院は、緩い石畳の坂を上りきったところに、城砦《じょうさい》のような石垣をめぐらせ、参道から一際《ひときわ》、高いところに聳《そび》えたっている御殿門と呼ばれる山門は、寺院の門というより、城門のような猛々《たけだけ》しさを持っている。壹岐は、その山門を振り仰ぎながら竹村の好む寺らしいと思った。

秋津紀次は、山門に至る途中で足を止め、

「この辺は、藤原時代から浄土を求める人々の遁世《とんせい》する、いわば念仏の聖地でして、勝林院《しょうりんいん》、来迎院《らいごういん》、寂光院《じゃっこういん》など天台宗の有名な寺院が多うおます、天台宗ではそれらを魚山《ぎょさん》という山号で総称し、魚山の本坊がこの三千院というわけどす」

何度も人を案内しているらしい馴《な》れた口調で説明した。そう云われて見廻すと、まわりはひっそりとした寺町で、雪の中に寂《さび》たたたずまいを見せている。

山門をくぐり、人影のない庫裡《くり》で案内《あない》を乞《こ》うと、暫《しばら》くして若い僧が姿を現わし、案内にたとうとしたが、秋津紀次は、

「いや、何べんも来て、勝手を知ったとこですよって、自由に観《み》させて貰いまっさ、拝観料どす」

懐《ふところ》から祝儀《しゅうぎ》袋をぽんと出し、あっ気に取られている僧侶《そうりょ》を尻目《しりめ》に、すたすたと拭《ふ》き磨かれた廊下を歩き出した。

長い廊下を幾つも折れ曲り、正殿に足を踏み入れると、眼前に雪の庭が拡《ひろ》がった。

壹岐は思わず、眼を洗われるようにたち止まった。暗緑色の杉苔《すぎごけ》の上に、雪が白い

びろうどのように降り積り、葉を落した楓の大樹の枝は雪が凍りつき、氷の花が咲いているようであった。そして広い雪庭の中央には、三千仏の壁画が描かれている往生極楽院が、屋根に雪をおき、正方形の端正なたたずまいを見せている。

「何もかも昔と同じだ――、年々歳々花相似《はなあいにたり》、歳々年々人非レ同《ひとおなじからず》、という言葉が、今日ほど身にしみて感じたことがない――」

めったに感情を表に出さない竹村が、しみじみとした感慨を籠《こ》めて呟《つぶや》くように云った。たしかに自分たちには、あまりにもいろんなことがあり過ぎた。壹岐は三千院を訪ねるのは初めてであったが、竹村のように再び二十年後、ここに来た時、自分は第二の人生である商社マンとして終りを全うしているだろうかと、急に心もとない思いに駈《か》られた。

「竹村さん、往生極楽院の阿弥陀《あみだ》さん覚えてはりますか」

秋津紀次が云うと、

「優しい美しさがいつ見てもいいですね、藤原時代の弥陀の来迎思想がよく解りますね、今日も見られますか」

「ずうっと開いてます、この雪庭を渡って拝んで行きはりますか」

「是非とも――」

竹村が頷くと、秋津は正殿の階段に置かれた下駄を、竹村と壹岐のために揃《そろ》えた。秋津千里は下駄を履きかけ、さっきから一言も話さず、庭園の左側に迫った比叡山を見詰めていた。

竹村や壹岐たちが歩みかけても、千里はじっとその場にたち尽している。

「どうか、なすったのですか」

壹岐が声をかけると、千里は、はっと我に返ったように、

「あの比叡の山に、兄が入山致しております、今日も荒行に耐えていると思うと……」

くぐもるような声で云った。

「僧籍に入られる前は、お兄さんは――」

と聞くと、

「やはり軍人でございました、終戦後ルソンから帰還しましたが、入り直した大学を半ばにして、突然、出家致しました、山に籠《こも》ってもうこと十年、下界へは下りて参りません」

壹岐は、凝然たる思いで聞いた。軍人の第二の人生にそういう生き方があったのかと思うと、衝撃であった。

「叔父は、あの通りの人ですから、兄を弱い奴《やつ》だと怒っておりますが、私は逆に強い

人だと思っていました、でも壹岐さんや竹村さんのことを考えますと、私は人生で何が強くて、何が弱いのか解らなくなりました――」

千里はそう云い、瞬《また》きもせず、壹岐を見詰めた。

翌日の京都は、くっきり晴れ渡り、固く冴《さ》えた朝の陽ざしの中に、雪のとけた家々の屋根が、鱗《うろこ》のように光っている。

秋津千里は、こげ茶のセーターに、スラックスを穿《は》いた姿で、鏡に向い、背中まで垂れている長い髪をブラッシュして、うしろで一つに束ねると、口紅をひいた。それだけで千里の顔は、ぱっと華やぐ。

家の中は、手伝いの老女のかねがいないので、ことりと物音一つしない。その静けさが寂しいと思う時もあるが、今朝の千里は、かねのお喋《しゃべ》りに煩《わずら》わされることなく、昨日、見た三千院の雪景色の美しさと、亡父の知友である竹村と壹岐が、それぞれの感慨をもって降り積っていた雪を眺めていたことを思い出し、久しぶりに父の遺品である青磁の香炉をたいてみようと思った。

その香炉は、奥の座敷の床の間に置かれていた。深く澄んだ水の青さをそのまま映し取ったような見事な青磁であった。父が関東軍第三軍司令部に勤務していた時、軍人の力では中国の宋《そう》の壺《つぼ》は無理だが、香炉なら買えると云って求めたもので、常に官舎の床の間に置き、激務の合間に、じっとその前に端坐《たんざ》して賞《め》でるように眺め入り、千里と兄の清輝《せいき》も、この香炉だけは悪戯《いたずら》をして、手をふれてはならないと厳しく云い渡されていた。やがて終戦の前年、大陸鉄道司令官に着任した時、父は何故《なぜ》か、母と千里に帰国を命じ、青磁の香炉だけは身辺を離さず、大切に持ち帰るようにと托《たく》したのだった。そして母と千里が、日本へ帰る前夜、久しく香をたいたことのない父が、僅《わず》かに残っていた香をたいていたことを覚えている。

戦後、父の生家である京都の叔父を頼り、今、住んでいる家を見つけて貰い、その日から床の間に青磁の香炉を置いて、自決した父を偲《しの》んでいるうちに、千里の心にいつしか陶器に対して強く惹《ひ》かれるものが芽生え、女子大の文学部を卒業すると同時に、母や叔父の反対を押しきって、五条坂の工房へ入ってしまったのだった。

香の煙が絶えた。時計を見ると、九時を過ぎている。千里は急いで戸締りをして、家を出た。

桜木町から市電で二十分ほどの五条坂の中ほどに、千里の通っている叶頼山《かのうらいざん》の工房があった。間口三間ほどの一見、仕舞屋《しもたや》風の表構えであったが、引戸を開けると、通《とおり》庭《にわ》が五、六間、奥まで通り、その一番奥が、工房であった。千里は、静かに工房の戸を開けた。

十坪ほどの工房は、板の間とたたきに二分され、板の間には三台の轆轤《ろくろ》が据えられ、師匠の叶頼山は、奥の轆轤の前で黙々として仕事をしている。優れた作品をものしながら、有名にも、芸術院会員にもならないのは、叶頼山の生来の偏屈さにもよるものであったが、千里にはそれが名声も、栄達も求めず、一つの道に打ち込んでいる人間の得難い姿勢に見られ、弟子入りして五年たっても、毎朝が始めて入門した時の心の引き締まりを覚える。

そして師匠の隣で、十三歳から弟子入りし、二十年間、師匠の助手を勤めている佐久間もまた一徹で、純朴な人柄であった。

千里は、三番目の轆轤の前に坐《すわ》り、一昨日《おととい》、形を創《つく》った抹茶茶碗《まつちやぢやわん》の糸底の削りに取りかかった。糸底が上になるように轆轤に茶碗をかぶせ、かんなを手にしかけると、

「それ、ものになってへんで」

むっつりした叶頼山の声がした。千里は、はっとした。自分自身は久しぶりに会心の轆轤まわしが出来たと思っていた矢先だけに、師の一言が、堪《こた》えた。

「先生、私は――」

と云いかけると、叶頼山は、白髪の額の下に、厳しい眼《まな》ざしを据え、

「何も考えんと、無の心で、もう一度見てみい」

そう云われ、轆轤に伏せた抹茶茶碗を窓際《まどぎわ》の台の上に置き、じっと眺めたが、飲み口から胴、高台に至る線と形は、すべて意図した通りの出来ばえに思えた。

「ですが、形はほぼ整っていると思うのですけれど——」

と云うと、

「いや、壺と違うて、茶碗には難しい技術がいらんから、つい形で勝負しようとする、そういう気持が強ければ、強いほど器に人間の卑《いや》しさが出、無という茶の心からはずれる——、茶碗作りは、自分が土にめり込んで行くこと、それ以外、考えたらあかんのや」

ぽつり、ぽつりと云い、

「そやから、その茶碗は土がのびてへん、土が形に押しつぶされてる——」

と云い、あとはもう轆轤に向った。そう云われて、師の言葉の一つ一つが、千里の心に強く響いた。

千里は、轆轤の前からたち上ると、たたきの材料置場から新たな陶土を取り出し、土《つち》揉《も》みをはじめた。工房の内は、陶器の罅《ひび》割《わ》れを防ぐために程よく暖房されていたが、

土は氷の塊のように冷たかった。時々、湯で手を温めては土を揉んだ。俗に土揉み三年と云われ、土をこなすことが陶芸の基本であったが、女にとっては相当な力仕事であった。千里は、叶頼山の門下に入って三年間、土揉みと、工房や窯《かま》まわりの掃除をし、陶芸家としてなるか、ならぬかの最初の関門をくぐり抜け、四年目からようやく兄弟子の佐久間が使っている轆轤を、佐久間が帰宅したあとだけ、使わせて貰えるようになったのだった。そして叶頼山からやっぱり女はあかんと、突き放されたり、軽侮されても、しがみつくように教えを乞い、ようやく見どころのある奴と、轆轤を一台貰って、絵皿のような平《ひら》もの、壺のような袋ものを手がけるようになるまでに、五年の歳月が瞬《また》く間に過ぎ去っていたのだった。

荒揉みが終ると、千里は冷えきった手を湯で温め、捻《ね》じ揉みにかかった。櫓《ろ》を漕《こ》ぐように腰と足を使って、手早く二百回ほど揉むのがこつであったから、千里の白い顔はみるみる紅潮し、額が汗ばんだ。捻じ揉みが終ると、轆轤の中心に土を置き、電気のスイッチを入れると、銅壺《どうこ》の温水で手を濡《ぬ》らしてから、両手で土を挟み上げるように円錐《えんすい》状に盛り上げ、掌《てのひら》の中で土を摑《つか》むように土取りをする。千里は、抹茶茶碗をつくる量を掌の中で測るようにして土取りをし、左手にどべをつけ、親指で中心を少しずつ窪《くぼ》ませて行く。慣れないうちは土がきれたり、中心がずれたりしたものであったが、今の千里には、自分の掌の中で土が面白いように延び、轆轤の回転につれて形を整えて行く余裕があった。

やっと抹茶茶碗の口が広がり、だんごベラで内側を整え、なめし皮で縁を撫《な》で、さらに無駄な線や凹凸を整えてから、これでよしと、糸きりをすると、師匠の声がした。

「さっきのとよう比べてみい、展覧会に出品するのにそれなりの心構えが大事や」

「えっ、私が展覧会へ出品……」

「そうや、ここへ来た時はお嬢さんの道楽かと思うてたけど、秋の新人展まではまだ充分、日があるから、茶碗でも、壺でも、何でもええ、今からはそのつもりで轆轤をひくのや」

千里の胸に、喜びが満ち溢《あふ》れた。瞬く間に流れ去った五年といっても、途中で、何度、挫折《ざせつ》しかけたかもしれなかった。それが毎年、秋、東京の上野美術館で行なわれる陶芸新人展へ出品出来るのだった。昨日、竹村と壹岐に向って、叔父が「まるで女土方ですわ」と嘆いた言葉を思い出し、ほのぼのとした笑いが、千里の頬にたちのぼった。

＊

大阪丼池《どぶいけ》の近くにある「大阪三品《さんぴん》取引所」の綿糸相場は、午前九時三十五分から二十番手の立会いが始まっていた。壹岐は、見学案内をしてくれている石原に随《つ》いて、中へ入ると、約百坪の広さの市場には、四十社ほどの仲買店の代表が、犇《ひしめ》き競《せ》り合うように正面の高場《たかば》の取引員に向って売り買いの手を振りかざしている。その林立するような仲買人たちの手振りを読み取るように、

「大松《だいまつ》十枚（一枚＝二梱《こうり》）売り、日吉《ひよし》五十枚売り！　浪花《なにわ》二十枚売り！」

高場に坐っている市場係員は、寸秒おかずに手振りを読み取り、大声で呼び上げ、時々ぱーんと拍子木のように柝《き》を打つ音が、高い天井に響き渡る。壹岐にはその手振りも、高場の云っていることも理解出来なかった。

「一体、これはどういうことなんだ」

と聞くと、石原はＧＩ刈の頭に手をやりながら、

「さっき説明したやないですか、いいですか、大阪の綿糸の売買は、この取引所を通して行なわれているのですが、それらは全部、通産大臣に登録された仲買店を通してやるわけです、うちの近畿商事を例にとって云《い》うと、金子綿糸部長が立会いの時間に

なると、二台の電話を両耳で使い分けて、買いと売りをしてますが、あの電話はうちの委託を受けた仲買店、もしくはこの市場に出ている店の代表者に直接繋《つな》がっているわけで、仲買人たちは刻々と変って行く値段をあの頭にかけている電話のレシーバーを通して、自分たちの店もしくは金子部長に知らせながら、売りや買いの指示を受け、高場に向って手を振るわけですわ、もちろん、その他にも仲買人はあらかじめ丸藤《まるふじ》商事や五井《ごい》物産などよその商社、紡績をはじめ、一般大衆の売買まで引き受け、その都度、手振りして売買してるわけです」

「なるほど、で、近畿商事の注文を受けている仲買人はどこにいるのです？」

いきりたつように手を振っている仲買人たちの方を見て聞くと、

「うちが主に使っているのは立会場の真ん中あたりにいる色は白いけど、柴犬《しばいぬ》みたいに機敏そうな男がいますやろ、大松という店ですが、それ以外にも日吉とか、浪花など数店を使ってます」

「なぜ、そんな複数の仲買店を使うのだね」

「そら、専属の一店だけやったら、近畿商事の動きが他社にまる解《わか》りになってしまうからですよ、金子綿糸部長の腹は、大量の買い注文する時でも、大松一本にせず、数店に分散して手を振らせ、値の動きにつれて、反対売買させることによって、柝打ちまでに注文玉《ぎょく》を調整しているのですわ、そうせんと、相場のうま味が取れませんからね」

壺岐はなるほどと、頷《うなず》いた、軍の作戦でいうなら、さしずめ陽動作戦ということだろうか——。大門社長が、いつか罫線《けいせん》を見ながら売りとか、買いとか、金子部長と話していた光景がうかんだ。

次の三十番手の立会いが始まるまで、四十社ほどの店を代表した六十名近い商品仲買人は、控室に入ったり、店と忙しく電話連絡していたが、さっき石原が柴犬のように機敏だと評した大松商店の仲買人が、足早に寄って来た。

「毎度！ 今朝は例のアイゼンハワー大統領の対外物資援助の発表が強《つよ》材料になって、ちょっと賑《にぎ》わいそうですわ」

「すると、一週間前の、米棉花《めんか》が豊作で棉花相場が安くなりそうやという弱《よわ》材料は、吹っとぶというわけですか」

「まあ、そういうとこですかな」

と相槌《あいづち》を打つと、三十番手の立会い時間を報《しら》せるベルが鳴り、大松は急いで踵《きびす》を返した。

「原棉の豊作、凶作以外にも、アメリカの大統領のニュースまで、この綿糸相場には響くんですか」

壹岐が驚くように聞くと、

「当り前ですよ、世界の天候、政治、戦争、公定歩合の上げ下げから、大きな玉をたてる会社の社長が、癌《がん》で余命いくばくもないという情報まで、世の中に起るありとあらゆる出来ごとが、株と同様、三品相場にも敏感に影響するんですわ」

石原がそう説明し終った途端、水を打ったように静まり返った市場にぱーんと柝が鳴り響き、三十番手の場が開始された。

「大松十枚売り、丸山二十枚買い！　大島五十枚買い！」

読上げの声が次第に熱っぽさを増し、値が上って行く。買いは掌《てのひら》を自分の方に向け、売りは高場の方へ向け、数量は一、二、三と指先で示し、一度手を斜めに動かせば十枚単位、二度動かすと百枚単位になるのだった。

突然、さっきの大松の仲買人が「やっ！」という声とともに手を振った。その途端、ぱーんと柝が打たれ、三十番手当月限《とうげつぎり》の立会いが終った。

当月限の値札は百八十五円と出され、次に先ものの三月限、四月限と半年先までの立会いが続行していく。

「昨日一日の三十番手の出来高は千百枚でしたから、それから類推して計算すると、朝の一節だけでも約二百五十枚、七千四百万円の売買が行なわれるという勘定ですな」

一節がものの十分とかからず、しかも六カ月先までの取引が行なわれるのを眼《ま》のあたりにして、壹岐は空怖《そらおそろ》しいような投機に思われた。

三品取引所を出ると、そのあたりは丼池筋と呼ばれる船場《せんば》の問屋街であった。生地を店頭にまで積み上げた問屋がずらりと軒を並べ、荷積みをした三輪オートバイや自転車が、道幅一杯に往来している。壹岐は、もの珍しげに一軒の店の前にたつと、若い店員がすかさず寄って来、

「大将、勉強さして貰《もら》いまっせ！　これ豪州のええ毛を使うた目付《めつけ》の重たい、腰のしっかりした高級品ですわ」

紳士服地の巻《ロール》を拡《ひろ》げながら、五つ玉の大きな問屋算盤《そろばん》を、壹岐の前で、ぱちぱちと弾《はじ》いた。

「どないや、これで——」

表通りから隠すように、値を入れた算盤を示したが、壹岐は算盤玉など読み取れず、まごつくと、

「見たとこ、遠うから来てくれはったようやし、もう一つ勉強して、これでどないィ？　目一杯でっせぇ」

ぱっとしない壹岐の身なりを読み取るように、ぱちりと算盤玉を弾き直した。背後から石原が、

「あかん、これぐらいにしとき」

店員の算盤玉を、ぱちりと弾き返すと、

「お伴《つ》れさん、そんな、殺生《せっしょう》な――」

石原を相当な玄人《くろうと》筋と見たらしく、奥にいる番頭格らしい男の方と隠語のようなやりとりをした後、

「しょうない、ほんなら間とってこれで手打ちましょ」

自信たっぷり、算盤を弾き直すと、石原は、

「ヤード百八十円か、あかん、またにするわ」

と云うなり、店頭を離れた。

「買う気もないのに、あんな冷かしをしていいのかね」

壹岐は赤面するように云うと、

「壹岐さん、あんたこそええ齢《とし》して、こんなところであしらわれたら、一人前の商社マンになれへんで」

と云い、面白そうに笑った。壹岐は石原に随いて歩きながら、

「昨日から、君の案内で見て歩いた紡績、機屋《はたや》、染色工場の生地の価格はどのようにして決めるのだね」

「生地の価格決定にはいろんな要素があって一概には云われまへん、たとえば原棉など産地で既に国際相場が介在して、その説明からし出したら、素人《しろうと》の壹岐さんには頭がこんがらがるばかりやから、おおまかに解り易《やす》う説明しますわ、まずうちは原棉を紡績へ売り、糸が出来ると買い取って、次は機屋に売り、織り上った生地をまた買い取って、捺染《なっせん》工場に渡し、染色させて再び買い取る、その各生産過程で各々《おのおの》五パーセントぐらいのマージンをとるんです」

「すると、一つのものをキャッチボールのように投げたり、受けたりしてマージンを取り、その上、糸の相場の儲《もう》けも加わるのか、えげつないなあ」

半ば呆《あき》れるように云うと、石原は歩みをとめ、壹岐を睨《にら》んだ。

「そう簡単に云うて貰うたら困りますな、確かに商社はものを動かす度にマージンを取ってますけど、その度にあらゆる関係のものを食わしている、壹岐さんが昨日、見学した染色工場一つ例にとっても、染料屋から仕上げの樹脂屋、燃料屋、生地を巻くチューブ芯屋《しんや》まで金融の面倒をみて食わしてる、これから神戸へ船積みの見学に行くのやけど、その輸出のためのL／C（信用状）を開くのにも、銀行に取組料《とりくみ》を払うから、銀行も食わしてるということになる、壹岐さんにはまだまだ表見《おもてみ》しか解ってないのですわ」

入社四年目の石原は生来の向う意気の強さに加え、自分の仕事を誇りにしているらしい口振りで、云い、

「壹岐さん、あんたは、一体、どういう人ですねん、中途採用で社長室付嘱託になって図書館へ行かして貰うたり、僕らの案内で紡績や機械、染色工場など一々、見学させて貰うたりして――」

訝《いぶか》しそうに聞いた。

「いや、特別のことは何もないよ、この間、一丸常務が何か希望はないかと聞かれたので、商社を少しでも理解するために、物の流れに随いて歩きたいとお願いしただけのことだ」

「それにしても、希望を云わせて貰えるなど結構なご身分やな、僕らのように入社早々から、扱《こ》き使われず、神戸の船積みまで見学させて貰えるのやから――」

いささか気味悪げに云い、神戸に行くために大阪駅へ向った。

大阪から神戸の第三埠頭《ふとう》に着いたのは、午後一時半近かった。壹岐は岸壁沿いにずらりと臨海倉庫が櫛比《しっぴ》しているエプロンを、石原の後について歩きながら、久しぶりに嗅《か》ぐ潮風と、眼前に拡がる海を見、ほっと解放される思いがした。岸壁に打ち寄せる波はかなりきついが、遥《はる》か沖合の海面は青く冴《さ》え渡り、幾隻《せき》もの大型船が、微動だにせず停泊している。曾《かつ》て見馴《みな》れた軍港にはない詩情が、壹岐の心を膨らませた。

ここ数日来、石原に引き廻されるように紡績、織物、捺染の各工場を見学し、さらに第一次、第二次の問屋を廻って、最後に残されたのが、輸出品の船積みであった。

「こら！　ぼやぼやさらすな！」

海に眼を奪われていると、突然、怒声が飛んで来、すぐ前の倉庫からねじ鉢巻の人夫が荷物を搬出している。慌《あわ》てて道をよけると、石原が、

「壹岐さん、この辺の沖仲仕《おきなかし》は気が荒いから、ぼやぼやしてたら海へ叩《たた》き込まれますよ」

と注意し、「山一倉庫」の前に来ると、

「ここがうちの荷物を入れている倉庫ですけど、港に来たら港湾の貨物一切は乙仲業《おつなか》

者を通さんことには、にっちもさっちも行かんのですわ」

「乙仲業者というと？」

「一口で云えば、荷物を倉庫から船積みするまでの一切の業務を代行してくれる代理店とでも云うかな、近畿商事取扱いのメーカーからの荷物が神戸につくと、まず倉庫に入れ、検量業者に荷を計らせ、次にシッピング・オーダー、つまりS／Oを持って船会社へ行き、船のスペースを確保する一方、通関に必要な書類を税関へ持って行く、そして船積み当日は、艀《はしけ》の手配、人夫集め一切をやってくれるわけです」

「すると、近畿商事の船積課員は何をするのだ」

「商品の輸出に必要な書類つまりL／C、E／L（輸出認証申請書）、出荷明細書、船積指図書などから税関に出す輸出許可申請書に至るまでの書類を如何《いか》に早く、正確に作るかが船積課の仕事で、船が出る当日は、何かと思いがけん事が起るので、船積みに立会いに来るのですわ」

石原はそう云うと、海の方を指《ゆびさ》し、

「港内の中央に、あずま丸という八千トンほどの貨物船が停泊していて、艀の荷をどんどん上げてますやろ、あれが今夕五時に、北アフリカのポートスーダンに向って出帆する船で、うちの取扱い商品の人絹《じんけん》八百トン、綿布七百トン、計千五百トンもあの船に積んで行くんです、それに間に合わせるために、僕はここんところ、紡績に日参し、他社《よそ》の分を遅らせても約束した納期に間に合わせて貰うために、おだてたり、尻《しり》ひっぱたいたりして、やっと間に合わせたんです」

いつになく、しんとした云い方をした。いささか人を食ったような生意気なところがある石原であったが、仕事に対する強い自負が、壹岐にも感じ取られた。

「石原さん来てはったんですか！　えらいことですねん！」

不意に倉庫の中から、人が飛び出て来た。近畿商事の船積課員であった。

「何や、えらい慌てて——」

「今日の船積み千五百トンの中で、富山紡績の百五十トン分だけが入庫が遅れてて、問い合せると、もうとっくに到着してる時間やいうので、トラックのナンバーを聞き、さっきから乙仲と手分けして運送会社の各支店に電話をかけ、行方を探したら、鈴鹿《すずか》峠で雪にあい、立往生してたことが解《わか》ったんですわ」

若い船積課員の顔色は、変っていた。

「なんやて！　それで船積みには間に合うのか」

「トラックの運転手を電話口によび出したら、何とかぎりぎりに滑り込めそうや云うてるので、僕自身、税関に走り、荷物が着いたらすぐ通関させて貰えるよう、頼んで来ます」

「ほんなら、船の方は僕が乙仲の大将に頼んで、出航を待って貰うようかけ合って来る！」

と云うなり、石原は百メートル向うの岸壁で人夫たちを指揮して倉庫から艀に荷積みしている乙仲の現場監督を探し出し、荷物の遅れている事情を話した。色の黒い逞《たくま》しい体軀《たいく》の現場監督は、荷積状況を記した手札を見、

「百五十トンというと、木箱六百個か――」

ちょっと、思案し、

「しゃあない、あんたの何が何でも間に合わせんならん気迫には負けたわ、トラックが着いたら、すぐ艀取り出来るよう人夫を集め、本船の船内荷役の足どめを頼んどいたる！」

ぽんと、請け合うように云った。

だが、それから一時間たち、三時半を過ぎても、トラックは埠頭に着かず、本船のあずま丸から、もうこれ以上、待てないからハッチは締めると通告して来た。倉庫でじりじりしていた船積課員と石原、乙仲の現場監督の三人は顔を見合せ、壹岐もことの成行きにはらはらしていると、船積課員は思い詰めたように立ち上り、

「この上は本船に乗り込んで出航を待って貰うしか術《て》がない、交渉して来るから石原さん、トラックが着いたら頼みます」

と云うと、乙仲の現場監督は、

「あんたは税関の最終手続きが残ってるから、ここにおってんか、本船にはわしらが乗り込む」

と云うなり、倉庫を出、岸壁につないであるランチに乗った。石原と壹岐も飛び乗った。全速力でランチを走らせると、寒風と氷のような飛沫《ひまつ》がまともに撥《は》ねかかった。あずま丸の船腹にランチを横付けると、乙仲は甲板を見上げ、

「話があるのや、タラップを下ろせ！」

ドスのきいた声で怒鳴ると、しぶしぶ縄梯子《ばしご》が下ろされた。乙仲は階段を上るような身軽さで上ったが、次に続く石原は寒風で左右に揺れる縄梯子にしがみつきながら、一段一段上り、下から見ている壹岐の眼にも石原の足が震えているのが解った。壹岐が最後に上り、甲板に上ると、乙仲と船内荷役の小頭《こがしら》は、既に大声でやり合っていた。

「大の男がこうして頼んどるのに、どうしても聞けんというのんか！」

「あたり前や、約束の時間から一時間も過ぎてるのに、トラックの影さえ見えん方がいかんのや、船内人夫をこれ以上、待たせられへん」

小頭も負けずに云《い》い返すと、あずま丸の一等航海士も、

「それにこの船は二十日に香港《ホンコン》へ入らないと、向うの荷役に影響するから、どんなことがあっても五時に出航しないと――」

迷惑顔に、口をさし挟んだ。乙仲は、

「お前らそれで男か！　トラックの運転手でも、何とか間に合うよう、阪神国道を命がけで飛ばしとるんやでぇ！」

声を荒らげて迫ると、小頭はぐっと口を詰らせ、

「解った――」

一言、云うなり、一組二十人の仲間《ギャング》を残した。壹岐たちは、舷《ふなばた》から身を乗り出すようにして、岸壁の方を見詰めていた。四時になり、四時半をさしかけた時、三隻の機帆船がエンジンを一杯にかけ、あずま丸に向って来た。

「あっ、来た、来たぞ！　機帆船が！」

石原が躍り上るように叫び、船内荷役の人夫たちは、素早くたち上った。機帆船があずま丸に横付けにされると、クレーンが動き、モッコが下ろされた。仕向港《しむけこう》《PORT SUDAN》《MADE IN JAPAN》と記された梱包《こんぽう》の箱が入れられ、笛と旗振りの合図で、モッコを本船の第四ハッチの上まで持ち上げると、人夫の手でハッチの中へ順

次、積み込まれて行く。

百五十トン、六百個の最後の荷が収納され、船倉で汗みずくになっていた人夫が上って来ると、がちゃーんとハッチの蓋《ふた》が閉ざされる音が甲板に轟《とど》き渡った。船積みは遂《つい》に完了したのだった。続いてドラの音が鳴った。残った人夫たちは艀に下り、壹岐たちも乗って来たランチに移ると、出帆を告げる汽笛が、ぼうっと耳をつんざくように空高く響いた。

岸壁に戻ると、壹岐たちは夕陽に輝く湾内を静かに出航して行くあずま丸を見送った。香港、シンガポール、そしてスエズ運河を通って、最終港のポートスーダンまで一カ月の航路であった。美しい水脈が海上に燦《きらめ》き、船はみるみる神戸港の赤燈台《とうだい》と白燈台の間を出て行った。壹岐の眼前に、世界が拡がって行くような思いがした時、

「壹岐さん、戦争に負けて、貧乏になった日本は、国力を取り戻すためには、われわれ商社マンが必死に外貨を稼がんとあかんのです」

石原は、遠ざかって行く船影を見送りながら云った。

翌日の夕刻、壹岐は繊維部の隅にある検査課の机の前で、拡大鏡を覗《のぞ》き込みながら、

金子綿糸部長の説明を聞いていた。

「一インチ平方に縦百三十本、横七十本の糸が通っているでしょう、だから二百本クラス・ポプリンと云うのですわ」

なるほど、拡大鏡を通して糸の本数を数えると、縦横二百本ある。金子綿糸部長は、顔を上げた壹岐に四十番手の綿糸の糸巻からつうっと糸を引き出し、

「つまり、この糸が一インチ間に何本、打ち込んであるかによって、布の品質と用途がきまるわけで、綿糸に限らず、羊毛でも、合繊でも、布を手で触っただけで、これは何番手の何ということが解《わか》るようにならんと、繊維の商売は出来んわけです」

「それが解るようになるのに、どれぐらいの期間がかかるものですか」

「三、四年はかかるでしょうな、海外へ一人、布見本を持って商売に出され、何度も失敗を重ねているうちに叩き込まれるものですよ」

金子部長はそう云い、自分の席の方へ戻って行ったが、壹岐は布を見分けるだけで三、四年という言葉に、重い吐息をついていると、壹岐を呼ぶ声がした。振り向くと、壹岐の見学案内をしてくれている石原であった。

「これから、うちの課会がはじまるから、壹岐さんも傍聴すると、勉強になりますわ」

と誘った。近畿商事の会議は、日常業務を終えてからやると聞いていた。

急いで繊維輸出課へ戻ると、さっきまで商談用に使っていた応接セットに、十二、三人の課員が集まり、椅子《いす》の足りない者は近くの机から回転椅子をひっぱって来て坐《すわ》った。課員は平均三十七、八歳の若さで、四十六歳の壹岐は、傍聴者とはいえ、いかにも目だった。

山本課長は一同の顔が揃《そろ》うと、

「まず、クレーム関係から始めよう、ケニアのナイロビ商会へ去年の暮、輸出したナイロンが変色すると云って、ペナルティを要求して来ているが、送り返されて来た生地を見ると、この通り、オレンジ色が土色に変ってしまっている、佐藤君、メーカーはどう云うてるのか」

変色した生地を一同に見せながら云った。壹岐は、出社第一日目の昼食時に、出張中の佐藤宛《あて》にかかって来た電話を取り、大失態をしたことを思い出しながら、佐藤の言葉を聞いた。

「メーカーの大阪レーヨンにはすぐさま、こんないい加減なものを輸出しては、近畿商事の信用まるつぶれやと、怒鳴り込んで、調査させましたところ、期せずして同じようなクレームが他の商社からも来ていて、調べて見ると、ナイロンは強い日光には弱く、特に変色しやすい色は、鮮かなピンク、グリーン、イエローなどで、この点、緊急に品質改良し、善処するということです」

佐藤が応《こた》えると、

「そんなあたり前のことを聞いてるのやない、ナイロビ商会は、六万ヤードの不良商品について、ペナルティを要求して来ているのだ、ヤードいくらで売ったんだ」

「四十セント(百四十四円)です」

「すると、半値八掛ぐらいには叩かれそうだな」

「そら課長、無理ですよ、半値八掛、四〇パーセントも叩かれたら、マージンどころか、輸送賃も出ず、えらい蹴込《けこ》みになりますから、何とか、ナイロビ商会とかけ合って――」

佐藤が云いかけると、

「阿呆《あほ》！　もっと先をよう考えんか、合織は、天然繊維、化繊に取って替る繊維やから、今のうちに将来のシェア拡大を考え、この際は思いきってクレームを受けておくことや、早晩、合織の市場は、買い手市場になるにきまってるから、メーカーにもその辺、よう考えるように話すことや」

課長が云うと、佐藤は解りましたと頷《うなず》いた。ナイロンが出るまでは、レーヨン、アセテート、ベンベルグなどの化繊類が、日本の群小の商社を通して、アフリカへなだれ込み、安かろう、悪かろうの商法で、互いに足の引っ張り合いをやり、クレームには逃げの一手というのが、アフリカ市場における商売の実態で、こんな状態が、いつまでも続くはずがないということは、ここ数日来のメーカーや問屋の見学で、壹岐も、石原から教えられていた。

「次は、中近東の需要見通しについてだ、兵頭《ひようどう》君、現地の市場を探ってみて、どうやった？」

課長は、真っ黒に陽やけしている課員の方へ視線を転じた。一丸常務と中近東を廻り、常務より一週間、遅れて帰ってきたばかりで、年齢は三十四、五歳だが、妙に老成したような風貌《ふうぼう》が、漂っている。

「今年のアラビアは、さして燃えませんね」

兵頭は、ぶっきら棒に云った。

「燃えない？　日本の市況では中近東の引合いが、ぽつぽつ熱気を孕《はら》んで来たというのが、専《もっぱ》らの噂《うわさ》やぞ！　君は中近東まで行って、昼寝して来たのと違うか」

課長はきめつけるように云ったが、兵頭は、一向、気にする様子もなく、

「確かに僕も現地に行く前、アデンやベイルートの商人から取った情報では、メッカ

の巡礼を間近にひかえ、ぼつぼつ引合いが増えて来たので、今年も中近東は燃えるということでしたが、彼らは投機を目的に見込み買いする連中ですから、僕は現地に行って、彼らと話す前に直接、アデン、メッカ、ジッダなどの現地のバザールへ行って店の在庫調査をしたのですよ、その結果はどこも、メッカの巡礼の最中だというのに、意外に在庫がはけず、実際の中近東の買付け量は、アデンの投機筋の云う二百万から三百万ヤードの半分もあればいいところだと思いますね」

「しかし、丸藤商事、五井物産をはじめとする各商社、メーカーの情報では、現実にアデンから相当の引合いが舞い込み、成約も出来ているという話で、君の云うような情報は、国内にはどこにも、見当らんぞ」

横から課長代理が疑わしげに口を挟んだが、兵頭は相変らず、落ち着き払い、

「丸藤の、五井のと云ったって、アデンから奥へ入る者など無いでしょうから、アデンの投機筋の情報を鵜呑《うの》みにしているだけのことですよ、まあ、見ててごらんなさい、買付けを受けた商社やメーカーは、品物は輸出したが、代金は回収出来ない事態にきっとぶち当りますよ、連中は、何でも都合が悪くなると、〝アラーの神さまの思《おぼ》し召《め》しのままに〟と云って、何年でも売れるまで金を払わないのだから――」

と云うと、先月までアルジェの駐在員であった課員が、

「僕もアルジェにいる時、アラビア商人にひっかかり、いまだにこげついていますわ、せめてその間の金利を払えと要求したら、金利はコーランの教えに反すると云って、平然と拒否するし、ほんとにあの辺は商売のやりにくいところですよ」

相槌《あいづち》を打つように云うと、課長は、

「そんな懐古談は、焼鳥屋でゆっくりやれよ、兵頭君、君はえらく自信たっぷりに中近東の引合いは少ないと断定するが、ほんとに大丈夫だろうな」

信憑性《しんぴょうせい》を確かめるように云うと、兵頭は茫洋《ぼうよう》とした顔を撫《な》でさすりながら、

「大丈夫です、アラビアが燃えない最大の原因は、メッカへの巡礼が少ないため、消費が少ないことで、各店とも異口同音に、メッカの巡礼の売りつけは思わしくないとボヤいてました、それで僕自身、回教徒に化けてメッカの巡礼にまぎれ込み、その原因を探ってみたところ、羊の伝染病が蔓延《まんえん》して、家畜に大被害を蒙《こうむ》った上、農作物の不作も加わって、アラブ人は皆、素寒貧《すかんぴん》ですよ、その証拠に巡礼の通過地のホテルは、例年なら超満員なのに、ガラ空きで、テントで夜営する巡礼客が多く、バザールでの買いものぶりを見ていても全然、振るいませんね」

「兵頭さん、ほんとに回教徒に化けて、巡礼にまぎれ込んだんですか！　よく見つからずにすみましたね」

石原が、飛び上らんばかりに云い、他の課員たちの顔にも驚愕《きょうがく》の色がうかんだが、兵頭は表情を変えず、

「何も驚くことないよ、生来の色黒に加えて、陽やけしてこの通りの顔だから、眼と髭《ひげ》をはやした口もとだけを出して、あとは体をすっぽり、イスラム教の服で包んでしまえば解らんさ、一番、厄介だったのはコーランだが、それもはじめの部分だけ暗記して、そればっかり繰り返していた」

と云うと、さすがに山本課長も眼を見張るように唸《うな》った。一同の驚愕ぶりに興味をそそられ、壹岐は傍の石原に、もし日本人であることが解った場合、どうなるかと聞くと、その場で私刑《リンチ》にされ、今でもアラビアでは私刑で腕や足をぶった切って広場にぶら下げていると、真顔で云った。たとえその話が、いささか誇張されているとしても、兵頭という社員は、命の危険をおかして巡礼の列に飛び込んだことに変りはない。

課長は暫《しば》く、腕組みして思案した後、

「兵頭君、解ったよ、ここ最近の合繊の定期市場は、各社とも、アラビアの好材料の思惑で、どんどん買いに廻っているが、当社は明朝、第一節から売りや」

決断を下した。課ごとに独立採算制を敷かれている近畿商事の繊維部では、課長が小なりといえども一国一城の主《あるじ》であり、大きな責任と同時に、権限が与えられている

ことは、壹岐も既に知っていた。

課長はさらに、新しい議題を出した。

「アフリカ、中近東、東南アジアなどの在来市場は従来通り、堅持するとして、さらに新しい市場を開拓しなくては、これからの合繊の競争には勝ちぬけない、何かいいアイディアはないか」

と一同を見廻すと、兵頭が、

「新しい市場として、アメリカを考えてみてはどうですか」

と云った。課長は首を振った。

「兵頭君、アメリカは合繊、ナイロンの総本家だよ、そこへまだまだ品質において問題のある日本の合繊、その上、アメリカの関税の障壁を乗り越えて、どうして上陸できるのだ、荒唐無稽《こうとうむけい》な話だよ」

「もちろん、今日、明日の問題ではありません、しかし、アメリカの産業構造はますます高度化し、労働集約的な面の強い繊維を支える労働事情は悪化の一途を辿《たど》るでしょう、となれば、アメリカは遠からず、外からの供給を受けざるを得ない立場に追い込まれるはずで、その時、アメリカの繊維の兵站地《へいたんち》になるのが日本だと考えられるのです」

現在、中近東地区を担当しながら、アメリカの産業構造を展望し、日本がアメリカの繊維の兵站地になるという言葉が、壹岐の耳に強く残った。壹岐は、自分の斜め向いに坐っている兵頭という男をまじまじと見詰めた。

会議が終り、一同、椅子を片付け終ると、それぞれの残務や、夜の会合へ駈《か》けつけて行った。

壹岐は、自分の机の上をきちんと整頓し、帰り支度をしていると、

「失礼します、僕、壹岐さんの後輩で、陸士五十八期の兵頭信一良《しんいちろう》です」

と名乗った。

「ほう、陸士五十八期か——」

思いがけぬ後輩の出現に、壹岐は驚いた。

大阪駅地下街の飲屋横丁の焼鳥屋で、壹岐と兵頭は、飲んでいた。

「壹岐さん、お近づきのしるしにまずご一献《いっこん》——」

兵頭が、熱燗《あつかん》の徳利をさし出すと、

「や、どうも——」

壹岐は、兵頭の盃《さかずき》を受け、兵頭と揃《そろ》って盃を干した。あまり強くない壹岐と異なり、兵頭の飲み方は見事であった。

「それにしても、君が陸士の後輩とは――」

壹岐は、改めて兵頭の顔を見詰めた。

兵頭は、三十五歳とは思えぬ茫洋とした風貌で、ゆったり酒を含みながら、

「僕たちの年代には、うちの社に限らず陸士、海兵出身者は割にいますよ」

と云《い》い、カウンターの向うで白い湯気をたて、ぐつぐつ煮たっているおでんの鍋《なべ》へ眼を向け、顔馴染《かおなじ》みらしい女将《おかみ》に、ちくわ、棒天、こんにゃくなどを注文した。

「なるほど、それにしてもさっきの繊維輸出課会の君の発言を聞いていると、メッカの巡礼の列に紛れ込んで情報を探ったかと思うと、将来の市場は、合繊王国のアメリカへ眼を向けているし、生《き》っ粋《すい》の商社マン以外の何ものでもないという感じがしたね、陸士五十八期といえば、繰上げ卒業で戦場へ出ていたわけか」

「そうです、幼年学校、士官学校を通じて僕の人生の目的は、国家のために一日も早く戦場へ出て戦うことでした、ですから壹岐さんの前で失礼かもしれませんが、僕は天保銭をじゃらじゃらつけた参謀なんかに、絶対、なりたくありませんでしたね」

にやりと、不敵な笑いを浮かべて云い、

「それより僕は、中近東の長期出張から帰って、元大本営参謀の壹岐さんがうちの繊維部に入って来られたと聞いた時は、びっくりしました」

と云い、新しく熱燗を注文すると、女将は二人に酌をし、

「兵頭さんが来はるちょっと前に、五井物産の杉さんが大阪へ出張して来たと、ひょっこり顔出しはって、信ちゃんは今日は現われんかと手ぐすねひいて待ってはりましたわ」

と云った。

「へえぇ、彼、来ていたのか、どうせ例の調子で関西の商社はがめついの、何のと罵《ば》詈《り》雑《ぞう》言《ごん》をぶち上げてただろう」

「へえ、相変らずの調子ですわ、そのくせあんさんらは親友ですやろ」

女将は笑うように云い、他の客の方へ行った。兵頭は苦笑しながら、

「杉というのは、僕が帰還後、入った東大の同窓で、会うときまって論争ばかりしているのです、ですが正直云うと、今まで解体され、眠れる獅子《しし》だった財閥系商社が大合同して、曾《かつ》ての力を持って息をふき返して来たことには、脅威を感じます」

「君は、どうして財閥系商社へ入社しなかったのだ」

壹岐が聞くと、

「そりゃあ僕らのように幼年学校から国家のために死する精神を叩《たた》き込まれた者には、財閥嫌悪《けんお》が強いですよ、それにしても、敗戦によって一挙に国が戦争放棄し、軍隊が否定され、生きる目的を喪失したわれわれの年代ほど惨《みじ》めな年代はないですよ、友人の幾人かは憤怒《ふんぬ》と苦悩の果てに自決し、あるいは自暴自棄になった者もいますが、僕らの一期先輩でルソン島で軍旗を焼いて帰って来てから、僧籍に入ってしまった、――そういう人もいるのです」

壹岐は、その言葉に、はっと酔いのさめる思いがした。

「もしかして、その人は秋津清輝という人ではないのかね」

故秋津中将の京都の家を訪ね、霊前に詣《まい》った日、娘の千里が三千院の庭で話したことが、思い出されたのだった。

「そうです、秋津さんは同期の友人に突然、『考えるところあり叡山《えいざん》に入る、これまでの友情を深謝す』という一片の手紙を出したきり、爾来《じらい》、一度も下山しないということですが、壹岐さんはご存知なのですか」

「名前だけ知っている――、その人のお父さんはシベリアで一緒だった故秋津中将だから――」

言葉少なに応えると、兵頭は、

「しかし僕の場合は、どんなに敗戦の挫折感《ざせつかん》を味わっても国家が存在し、しかも貧困のどん底にある状況の中では、やっぱり国のために何かやらねばならんという使命感が強かったですね、そこでいろいろ考えているうちに、これからの日本は経済、中でも貿易だと思いはじめ、近畿商事に入社したのです」

熱っぽい口調で語り、壹岐もその気魄《きはく》に吸い込まれるように、耳を傾けた。

「だけど、僕は入社一日目で失望してしまいました」

「ほう、なぜ? 自ら選んだ会社なのに――」

「大志を抱いて入って来ても、上司の殆《ほとん》どが旧態依然とした前垂れ商法に安んじ、大局から物事を考える人がいないのですよ、入社何週間目だったか、昼休みにベルグソンを読んでいたら、部長が通りかかって、本の表紙を見、そんな哲学書を読んでも、腹膨《はらふく》れへんでぇ、算盤《そろばん》の稽古《けいこ》でもしいと、叱《しか》られたのを今でも覚えていますが、それがうちの会社の幹部の平均的な思考なんです」

「すると君は、財閥嫌悪はあるが、体質としては、近畿商事も、五井や五菱《ごりよう》のようになるべきだというのかね」

「いいえ、僕は商社というのは、机と電話だけで、ほんとうにバイタルな情報を先取りして、いつ死ぬか解《わか》らない、いってみればいつも刀の上を渡っていくようなギリギリの状態の中にある生きものだと思っているのです、その意識こそ、商社が発展して行く最も重要な要素で、特定の企業集団に身をよせて、何もしなくても眠り口銭が入って来るなど、それ自体、商社の生命の否定に繋《つな》がると思っています」

兵頭は、昂然《こうぜん》として云い、

「こういう時期に、壹岐さんのような大きな視野に立って、物を見、考える人が入社して下さったことは、われわれにとって大きな支えです」

信望を寄せるように云った。

「冗談じゃない、私は入社半月になるが、いかに自分が商社に向いていない人間か、厭《いや》というほど思い知らされ、みじめで仕方がないのだ」

生き生きとした兵頭の前で、弱音を吐くと、

「壹岐さんのような方が、本気で弱音を吐いておられるとは思いませんね、曾て大東亜戦争の作戦に参加した壹岐さんにとって、土俵はむしろ小さくて、お気の毒だと思ってますよ」

と云い、

「壹岐さん、今夜はいい気分です、歌でも唄《うた》いませんか」

「いいね、僕も入社以来、こんな楽しい酒を飲んだのは、初めてだ――」

壹岐はそう云うと、高らかに唄い出す兵頭と声をあわせた。

九時を過ぎた大和川《やまとがわ》市営住宅の一角は、小路を挟んで、六畳、四畳半、台所の同じ間取りの家がずらりと並び、どの家からも同じようにラジオの音が聞え、酩酊《めいてい》してうっかりしていると、間違えそうであった。そんな中で、ところどころ、隣家とぎりぎりに建てたトタン屋根の風呂場《ふろば》が目だち、ざっと湯を流す音が聞える。

壹岐は湯の音を耳にし、娘の直子に内風呂を作る約束をしたことを思い出しながら、玄関のガラス戸を開けると、丸長《まるちょう》の声がした。

「お帰りやす、遅うおましたな」

待ち構えていたように出迎え、昔の当番兵よろしく、まめまめしく壹岐のオーバーを脱がせた。娘の直子も父のマフラーを取り、

「お父さん、丸長のおじさんに散髪してもらったの」

「どれどれ、きれいになったな、誠も刈って貰《もら》ったのかい」

誠は、うんと云っただけで、ラジオのスイッチを切り替えた。

「今夜はえらいご機嫌だすな、大分、やりはりましたんでっか」

「うん、今日は入社以来、はじめて愉快な日で、大いに飲んだよ、丸長、君とも飲もう、おい、一本つけてくれ」

妻の佳子に云うと、丸長は慌《あわ》てて手を振り、

「今晩はあきまへん、早よ帰らんと明日の仕事にさし支《つか》える云うて、働き者で別嬪《べっぴん》の女房に叱《しか》られますねん、それに帰還して、やっと生れた坊主《ぼうず》の可愛《かわい》い寝顔も見たいでっさかい」

丸長は、細い眼を糸のようにして云い、

「それにしても、参謀殿がよりにもよって商社、それも大阪で一番がめついので通ってる近畿商事へ入りはったとは――」

「それで無事に勤まるか、どうか、心配して、様子を見に来てくれたわけだな」

「めっそうもない、散髪屋風情《ふぜい》が心配などしようにも、出来まへんわ、それより今夜は――」

と云いかけると、妻の佳子が、

「あなた、丸長さんは、神森《かみもり》さんの縁談を持って来て下さったんですよ」

「ああ、前から頼んでいた神森の――」

壹岐は、シベリアから帰還して二年以上経《た》っても、まだ妻帯せずにいる神森剛のた

めに、あれこれと心を砕いているのだった。ところが肝腎《かんじん》の神森は、防衛庁へ入ってからも、両親も、妻も子もなく、六無斎《ろくむさい》を貫くと云って、壹岐たちの心配りに取り合おうとしないのだった。それでも、去年の春、壹岐の妻の同窓生で、中学校の教員をしている女性と見合いをさせたのだったが、うまく行かず、人の出入りが多く、神森の性格をよく知っている丸長に縁談探しを頼んでおいたのだった。

「東京でも谷川さんらが心がけてはるとはいうものの、ハバロフスク事件で、私らが作業拒否を決意してたち上った時、ソ連ではサボタージュは国家叛逆罪《はんぎやくざい》で死に繋《つな》がるから、両親もなく、満州で妻子を失った六無斎の俺がこの団長を引き受けると、云いはったあの時の感動は、今も忘れまへん、あの時、たち上らんかったら、まだまだ帰られへんか、向うで白樺《しらかば》の肥料《こやし》になってしもうてると思うと、神森さんに恩返しのつもりで一生懸命、嫁はん探しをやってますねん」

「それで、いい縁談が見つかったのかい」

壹岐が膝《ひざ》を乗り出すと、丸長は細い眼を光らせ、

「おましたわ、今まではシベリア帰り云うたらアカやと思われ、その上、十一年も抑留されてくたびれきってると、敬遠されるのがオチやのに、何が何でも貰うてくれと云う人が出て来ましてん」

「ほう、それはまた、どういう人だ?」

「実は一昨日《おととい》、うちの商店街の薬局の主人の散髪をしてる時、ひょんなことからシベリアの話になり、ハバロフスク事件のことを話してたら、髭《ひげ》を剃《そ》ってる最中やのに、たち上り、あんた、その神森いう人に是非、うちの妹を貰うてくれるよう頼んでほしいと云い出し、わてがびっくりしたら、何をぐずぐずしてるのや、妹の写真と釣書《つりがき》はすぐ届けるよって至急、頼みに行ってくれと、云われましてん」

丸長が唾《つば》を飛ばして、一気に喋《しゃべ》ると、横合いから佳子が、写真と釣書を卓袱台《ちゃぶだい》の上に広げた。

「あなた、この方も満州にいらして、ご主人は現地召集で亡《な》くなられ、幼《ちいさ》い子供さんの二人を連れて引き揚げる途中、上のお子さんを亡《な》くし、今、中学二年の下のお子さんと薬局を経営しておられるお兄さんの家に身を寄せておられるのです」

見合写真といっても、素人《しろうと》の撮ったスナップで、当人とその女の子が写っている。三十七、八歳のふっくらとした顔だちであったが、眼もとがやや淋《さび》しげであった。

「どないだす、この人、念には念を入れてと思うて、実は今日、昼間にちょっと薬局へ行って、ご当人と話して来ましたら、おとなしい口数の少ない人でしたけど、引揚げの時、よっぽどソ連兵にえらい目にあわされたのか、職業は何でも結構です、シベリアで苦労された方で、子供も一緒に貰って下さる方ならと、はっきり云いはったんだす」

丸長も、壹岐も、妻の佳子も一瞬、しんとした。満州から引き揚げた婦女子の一部は、ソ連兵に凌辱《りょうじょく》され、そのため何でもない若い娘までも、満州の引揚者ということだけで嫁ぎ先を失っていることは聞き知っていたのだった。

「あの満州における当時の情況を知っている者なら、かりにソ連兵に凌辱されたとしても、同情こそすれ、非難されることはないのだが、やはり、日本の国内ではそういう風には通らんのだろうな――」

壹岐が重い口調で云うと、佳子は、

「その点、神森さんなら、ご自分の奥さまとお子さまを同じ情況の中で失っておられるから、ご理解がおありでしょうし――」

壹岐は頷《うなず》きながら、二年前、ナホトカから舞鶴《まいづる》へ帰還した時に見た親子、夫婦間の悲惨な破綻《はたん》を思いうかべていた。壹岐と同じ梯団《ていだん》で帰還した者の一人は、上陸するなり、出迎えの妻子の姿を探し、やっと子供を見つけると、「お母さんは?」と聞いたが、子供は黙って俯《うつむ》いた。「どうしたんだ、お母さんは病気なのかい」と聞くと、二人の子供は俯いたまま、黙って首を振り、「よそへ行った」「よそって何処《どこ》だ」「お嫁に行った」と答えるなり、わっと痩《や》せ衰えて帰って来た父親にしがみついて泣いた姿は忘れられない。また夢にまで見ていた新妻が、弟の嫁になっていると聞き、男泣きに慟哭《どうこく》する者など、シベリア十一年間の長期抑留者の四分の一が、正常な家庭を失ってしまっていた事実を、壹岐は今さらのように思い返し、神森の縁談の難しさを推し測った。

十二章　春雷

大阪新町《しんまち》の待合「金春《かなはる》」の広い式台の玄関は、お客を送り出す芸者たちのあで姿で、賑《にぎ》わっていた。

近畿《きんき》商事の大門一三《だいもんいちぞう》社長は、東京支社から出向いて来た里井《さとい》常務とともに、銀行筋の客を送り出すと、もとの座敷に戻って来た。

「社長さん、飲み直しはりますか」

芸者たちは、両側から酌《しやく》をした。気骨《きぼね》の折れる銀行筋の接待であったから、大門は気持をほぐすために、

「うむ、ともかく、ぐうっと飲もか――」

と云《い》い、たて続けに盃《さかずき》をあけた。身長百六十七センチ、体重七十五キロ、桜色の艶々《つやつや》しい顔に金縁眼鏡をかけ、太い手首にオーディマ・ピゲの時計を巻いた姿は、到

底、五十七歳には見えない逞《たくま》しさがある。

「大《だい》さま、どうぞ、お盃で嗽《うがい》を――」

大門の傍《そば》に侍《はべ》っている日本髪のあでやかな芸者が、大きな盃をさし出した。

「染葉《そめは》、なんで嗽するのや」

「銀行屋さんを接待したあとの気分直しでっしゃろ、それやったら嗽が一番でおますわ、わてもお相伴さして貰《もら》いまひょ」

大門の盃になみなみと酒をつぎ、自分も白い咽喉《のど》をのけぞらせるように、つうっと飲み干した時、里井常務が座敷に戻って来た。非繊維部門が主力である近畿商事東京支社の支社長である里井常務は、宴席を終えたばかりとは思えぬ一分《いちぶ》の崩れもない瀟洒《しようしや》とした身装《みなり》で、大門社長の向いに坐《すわ》り、

「ちょっと東京へ電話を入れていましたので、失礼しました、ところで社長、例の件ですが――」

里井はそう云い、ちらっと芸者たちを見ると、新しい銚子《ちようし》を運ばせて来た女将《おかみ》が、

「あんたら、広間のお座敷の方へ顔出しておくれやす」

さり気なく、芸者たちに席をたたせた。

大門は、人払いした部屋で、里井常務と二人きりになると、

「例の件というと、防衛庁の空幕調査課長の引抜きのことか——」

酔いを消した精悍《せいかん》な顔を、里井に向けた。

「そうですが、どうやら五菱商事に天下りが内定したようです、実は今、電話を入れてましたのは、私が懇意にしている空幕防衛部部長の自宅なんですが、彼がそれを裏付けるほぼ決定的な情報を教えてくれました」

里井常務は、おし殺すような声で云った。その途端、大門の顔に怒気が漲《みなぎ》った。

「また五菱にひっさらわれたのか！　今度の二次防は、総額どの位の予算になりそうや」

「一兆円は超すでしょうね、その中の目玉兵器はレーダーと、次期戦闘機ですが、最近の丸藤《まるふじ》商事、東京商事の動きはかなり露骨で、陣容も前回の三〜五割強に増強している気配ですので、うちとしても航空機部門を強化するために、今まで以上の大物を持ってくることが急務です」

里井常務は、強い口調で云った。五年毎《ごと》に防衛庁の防衛計画がたてられる度に、商社、メーカーの受注合戦が熾烈《しれつ》を極めるのは、兵器受注は道路や橋、建物と異《ちが》って、一回だけの商売では終らないうま味があるからだった。もし次期戦闘機の受注に成功すれば、本体のみならずその機種の維持部品や整備関係部品などの受注は、最低三年間は継続する上、それを軸に関連会社との取引が、兵器産業以外にも広がって行く。したがって、各商社の航空機部は、防衛庁が次期防衛計画をどのようにたて、どんな装備をしようとしているかの青写真を、必死に探り出そうとする。もし、その青写真が入手出来れば、どのような種類の航空機や兵器体系を売り込めばよいか、重要な判断資料が得られるからであったが、その決め手となるのは何といっても、防衛庁の中枢《ちゆうすう》にいる〝元制服組〟を自社へ引き抜き、情報収集に当らせることであった。

大門は掌《てのひら》の中で、空の盃を弄《もてあそ》びながら、

「二次防の主力兵器の受注をとれというのは、私の昨年来の至上命令やから、受注作戦の前線部隊長をしている君に任せた以上、君のやりたいようにやればいいが、今以上の大物を持って来るいうても、それが防衛庁の主流派と繋《つな》がる人物でないと、決め手にはならんでぇ」

金縁眼鏡の下に、強い光を溜《た》めて、云った。現在の航空機部長は、繊維機械出身の人物だが、嘱託に元海軍少将を迎え、その線で防衛庁からは佐官、尉官《いかん》クラスの五名の元制服組をスカウトしていたが、主流派と繋がっていないため、とかく商戦が後手、後手に廻ることが多いのだった。里井常務は、華奢《きやしや》な体をここぞとばかりに乗り出し、

「ですから社長、私がお願いしているように、二カ月前に入社した壹岐《いき》君を航空機部

に貰いたいのですよ、元大本営参謀をよりにもよって、繊維部に放り込んでおくなど、宝の持ち腐れじゃありませんか」

近畿商事の役員の中で、非繊維部門担当の里井は、大門社長の前では露骨に口にしないものの、繊維部を〝丁稚《でっち》番頭村〟と内心、軽んじているのだった。

「だが、里井君、私は彼を二次防のために入れたんではない、わが社が旧財閥系の巨大商社に対抗し得る組織を備えるための組織作りに、迎え入れたのや、その時、曾《かつ》ての肩書が商売上に利用されるのではないかと危惧《きぐ》した壹岐君に、そんな使い方はせんと約束したんや」

「大門社長ともあろう方が、えらく弱気ではございませんか、たとえどんな事をおっしゃったとしても、企業が今、その人間を必要としており、社長自ら二次防の受注合戦には勝てと至上命令をしておられるのに何故《なぜ》、そんなにこだわられるのですか」

訝《いぶか》るように聞くと、大門はゆったりと胡坐《あぐら》をかき、

「さっきも云ったように、私は壹岐君の旧軍人としてのコネや顔などあてにしてない、それより今の貨幣価値に換算して何千万円もの国費をかけて養成された参謀の作戦力と組織力を、転換期に来ているわが社に生かすために採用したのや、二次防の受注の額も大きいが、旧財閥系商社に追いつくためには、もっと息の長い、桁《けた》の大きい商売

が展開できる仕事に使うことを考えているのだ」

と、云うと、里井は暫時《ざんじ》、黙していたが、

「では、航空機部の嘱託として、二次防の機種決定まで、彼を貸して下さい」

あくまで諦《あきら》めきれぬように、云った。

「嘱託にしろ、正社員にしろ、対防衛庁工作に使えば汚れ役になるし、もし失敗すれば使い捨てになる、せっかく目をつけた人材を、使い捨てにするのは、算盤《そろばん》勘定に合わん」

「なるほど、そのようなお考えでしたら、航空機部で陰から対防衛庁作戦の指揮をしてもらえばよいのです、ともかく壹岐君と空幕中枢部のポストにいる人間関係を繋いで行くと、空将補で防衛部長の川又さんとは陸大同期、空幕長の原田さんとは、向うの方が齢上《としうえ》ですが、大本営で海の原田、陸の壹岐と並び称せられていた間柄です、その他これというポストの人間は、殆《ほとん》どと云っていいほど、大なり小なり、繋がりがあるのですよ」

すっかり、壹岐の交友関係を洗いたてるように云い、

「この際、壹岐君に来て貰い、主流派の防衛官僚群へ楔《くさび》を打ち込んで、うちの航空機部の建て直しを図れば、丸藤商事や東京商事と水があきますし、五菱商事が甘い汁を

吸うのを指をくわえて見てることもないのです、表だつ饗応《きようおう》の席などには一切、出なくてもいいように万全の考慮を致しますから、ともかく壹岐君を貸して下さい」

と食い下ると、大門はさすがに里井の気魄《きはく》に心を動かし、

「よし、ほんなら今日は会うだけ会うて、首実検してみ、君の望むような方面の動きが出来るとは思わんが、ともかく、八時半にここへ来るように云うてある」

大門がそう云い、暫《しばら》くした時、襖《ふすま》が開き、仲居の案内で、壹岐が入って来た。はんなりと粋を凝らした待合に、くたびれた古い背広を着、風呂敷《ふろしき》包みを抱えた壹岐の姿は、いかにも場違いの感じであった。

「壹岐君、今晩は君に引き合せておきたい東京の役員が来たので、呼んだのやが、待たせたな」

大門が云うと、壹岐は下座に坐り、

「いえ、また図書館へ行っていましたので、別に――」

静かな笑顔をみせて、応《こた》えた。

「里井君、こっちが壹岐正君や、里井常務は東京支社長として、非繊維部門を私にかわってみてくれてる役員や」

と紹介した。壹岐が折目正しく挨拶《あいさつ》すると、里井常務は品定めするような目付きで、

壹岐の顔を見、

「私は仕事柄、防衛庁へ時折、行くのですが、あなたのことは、皆さんよくご存知ですね、つい一昨日もあなたと陸大で同期の川又空将補から、上京したら一緒に飯を食おうと、ことづけがありました」

と云った。壹岐は久しぶりに友の名を聞き、懐《なつ》かしさを覚えた。

「それはどうも――、川又君は、私がシベリア抑留中家内に就職の世話をしてくれたり、彼の郷里が滋賀県で、よく米を届けて貰い、友の有難さを感じ入っています」

と云うと、里井はにこやかに笑い、

「あの人は猛者《つわもの》揃《ぞろ》いの防衛庁の中でも出色の人物で、実に豪胆なんですね、あなたが防衛庁へ入られなかったことを残念がるあまり、わが社のことを、人攫《ひとさら》い商社だなどと、人聞きの悪いことをおっしゃり、閉口しています」

さらに打ちとけるように云い、

「原田空幕長とは、帰還後、会っておられますか」

と聞いた。

「帰還後、ご挨拶に行っただけですが、年賀状などで何かとお励まし戴《いただ》いております」

と応えると、里井は大きく頷《うなず》きながら、大門社長の方へちらっと、眼配せした。首実検の首尾は、上々という合図であった。

大門は、里井のサインを見て取ると、

「固い話はそれ位にして、せっかく壹岐君を呼んだんや、ぱあっと遊ぼうやないか」

と云い、手を叩《たた》くと、染葉をはじめ四、五人の芸者が待ち構えていたように入って来、座敷は一度に華やぎたった。

壹岐の傍へ坐った芸者は、壹岐がどういう人物か、解《げ》しかねるような眼《まな》ざしで、

「今晩はおおきに、おひとつ、どうぞ」

と銚子をさし出した。壹岐は若い芸者の姿態《しな》に戸惑い、ぎこちなく盃を取ると、日本髪を結った染葉が、裾《すそ》をひいて壹岐の傍に寄り、

「お流れを頂戴《ちょうだい》しとうおます」

と云うと、他の芸者たちも、かわるがわるに盃をさし出した。一度に強い脂粉の匂《にお》いに取り囲まれ、壹岐はさらにどぎまぎすると、大門は、

「さあ、ここらで染葉、はんなりと何か踊りぃ」

と云い、壹岐の方へ盃を向けながら、

「壹岐君、四十の半ば過ぎて、はじめて民間会社へ就職すると、人に云えへん苦労が

いろいろあるやろけど、今日はその垢流《あかなが》しや」

犒《ねぎら》うように云うと、三味線と長唄《ながうた》の地方《じかた》が揃い、染葉が「鷺娘《さぎむすめ》」を踊りはじめ、座敷はさらに賑わいたったが、壹岐は一体、何のために今晩、呼ばれたのか解《わか》らず、あでやかな芸者の舞い姿を見ていた。

壹岐と里井が帰ると、大門は、染葉とさし向いになった。

「旦《だん》那さん、お久しぶりでおますこと――」

染葉は、まる顔に大きな二重瞼《ふたえまぶた》を見開き、形のよい小鼻をつんとそらせ、怒るように云った。

「そう怒るな、このところ忙しいて、オーストラリアへも、二週間ほど行ってたからな」

「お仕事柄、工合悪うなると海外へ行って留守やったというええ口実が使えますさかい、その伝で、ほんとは東京で浮気してはったのと違いますか」

「そうしたいところやけど、残念ながら、大商社の社長と云うても、船場《せんば》の個人商店の旦那《だんな》衆ほどの甲斐性《かいしよう》がないから、染葉一人で、手一杯や」

「ほんまですな、浮気しはったら堪忍《かんにん》しまへんでぇ」

やっと安心したように笑顔を見せた。染葉は、自前芸者であったが、月々の面倒は、大門がみている芸者であった。

襖の外で仲居の声がし、襖が開いた。

「ちょうど、お湯加減がよろしおますさかい、お風呂《ぶう》をどうぞ」

と、浴衣《ゆかた》を整えて来た。奥まった廊下の突き当りにある湯殿に入ると、染葉はすぐ長襦袢《ながじゆばん》一枚になって、大門の体からワイシャツを脱がせ、肌着を脱がせ、一番下のものまで脱がせた。

湯槽《ゆぶね》に浸《つ》かると、大門は、むっちりした染葉の白い腰を撫《な》で、

「餅肌《もちはだ》というのは、お前のようなんを云うのやな、もちもちして粘りつくみたいや――」

肌ざわりを娯《たの》しむと、染葉はくすぐったそうに体をくねらせ、

「花街《いろまち》で育ちましたさかい、幼《ちいさ》い時から、紅絹《もみ》の袋に糠《ぬか》を入れて、体を磨きたて、顔剃《そ》りも、新町のうぶけ屋の剃刀《かみそり》やないとあかんいうほど、手入れさせられたからだす」

と応え、湯槽から上ると、染葉はまめまめしく、大門の背中を流し、背中が終ると、

くるりと体の向きをかえて、胸から腰、太腿《ふともも》、内股《うちまた》まできれいに洗い流す。湯気の籠《こも》った湯殿の中で大門は、さっきまでの精悍さは失《う》せ、されるがままに快げに眼を閉じている。毎日、十五分刻みに人に会い、電話で話し、その間、定例の会議がぎっしりと詰り、海外出張中は、飛行機の中で各国の取引先との商談内容のメモやスピーチの原稿に眼を通さねばならぬ大門にとっては、一カ月に何回か、染葉と過す時が、大きな息抜きであった。

湯殿から上ると、庭燈籠《にわどうろう》の灯《あか》りがほのかに庭石を照らし出している中庭が見える座敷に、友禅の艶《なま》めいた蒲団《ふとん》が敷かれ、朱塗の小机に湯上りのビールが用意されている。

「お加減どうでおました、おビールをどうぞ――」

お座敷用の厚化粧を落し、日本髪の鬘《かずら》もとって髪を梳《す》き上げ、うっすらと寝化粧をした染葉は、首筋から衿《えり》もとにかけて二十七歳とは思えぬ濃厚な色っぽさが漂う。

「そうしてると、齢とは思えん年増《としま》めいた色っぽさやな」

咽喉を潤《うるお》しながら大門が云《い》うと、

「そら、親子二代の芸者でっさかい、芸者の血が濃うおますのでっしゃろ、それにわては、お座敷が生甲斐で、旦那さんがお見えやない時は、次々にお座敷を廻ってますねん、ここの女将さんからも、そない働かんかて結構やないかと云われますねんけど、お花代やおまへん、お座敷が好きで、好きで――」

「根っからの芸者やな、お前という女は――」

そう云う大門も、五年前「金春」の座敷で、戦後は目だって芸代《げいしろ》のない芸者の多い中で、踊りも出来て、賑《にぎ》やかに座持ちし、大門が近畿商事の社長で〝相場の神様〟と云われていると聞くと、大門の座敷には、網目の着物はひっかかると云って着ず、字くずしの着物で右下りは縁起が悪いと避け、或《あ》る日、急に、座敷をかけた時、「今日は網目の衣裳《いしょう》を着てまっさかい、せっかくだすけど、座《ざ》下《さが》りさして戴きとおます」とお座敷を断わったのが、気に入り、月十万円の手当で面倒をみる月極め旦那になったのだった。落籍《ひか》して、まる囲いになどすることは、社費を流用するか、私腹を肥やさない限り出来ることではなく、また大門のようにぱっと賑やかに遊びたい性分では、芸者を囲って世帯を持たせるより、待合の座敷で、裾ひきのお座敷着を着たあでやかな姿を眺めて楽しみたい方であった。

「旦那はんは、知事さんの〝茶かん〟の話を知ってはりますか」

「茶かんって、何のことや？」

と聞くと、染葉はくっくっと、笑った。

「あの知事さん、表向きは謹厳実直のかた物《ぶつ》で通ってはるけど、ほんまはあれがお好きで、芸者の出る宴会では必ず、途中で席をぬけて寝はりますねん、なんし、宴席の間引きやから、お馴染《なじ》みの若い妓《こ》と別室でそそくさとすまさんなりまへんよって、いつもお茶の缶を用意させ、日本髪の鬘を取って缶の上へのせさせて、ちょんの間にすませはりますねん」

「それで〝茶かんさん〟いう仇名《あだな》がついたわけか、こら面白《おもろ》い話やな」

大門は、あの真面目《まじめ》くさった知事が、そのちょんの間に、どんな顔で用をすますのかと思うと、吹き出した。

「さっき旦那さんが呼びはった壹岐さんいうお人、ほんまに元軍人さんですのん」

何を思ったのか、染葉はほんのりとした酔いを眼に滲《にじ》ませて云った。

「そうや、お前、もう眼をつけたんか」

「阿呆《あほ》らし、わては軍人は大嫌い――」

「なんでや、戦争の時、十二、三歳のお前に軍人が、好きも嫌いも解るはずがないやないか」

「けど、うちのお母ちゃんに聞いて知ってますねん、お母ちゃんがまだお座敷に出てる頃、軍人が威張りかえって、何かというと、国家の、忠君愛国のと云いながら、自分らのすることは、軍需会社のお金で散財して、芸者と寝る枕金《まくらがね》まで人の懐《ふところ》で払わせて、そのくせひつこうて、いやらしい云うてましたわ」

「そら、中にはそんなのもおったやろけど、さっきの壹岐君は、およそ、そんな類《たぐい》の軍人とは正反対や、ああ不粋では困る、これからは女遊びも勉強して貰わんといかんから、染葉、お前が按配《あんばい》に取りしきってや」

と云うと、染葉はつんと小鼻をそらせ、

「ああ、気持悪う！　芸者が傍《そば》へ寄ったら、もぞもぞして、中年男のカマトトなど、ぞっとするわ」

身震いするように肩を震わせた。

「お前は、えげつないことという奴《やつ》やな、まあ、そこがお俠《きゃん》で面白いとこや」

と云い、ビールのコップをおき、

「そのくせ、床入りしたら、可愛い雌猫《めすねこ》に化けよる――」

と云うなり、大門は寝巻きの前をはだけて床に入り、染葉はするりと長襦袢を脱いで、素肌になった。

＊

午前中の人気《ひとけ》の少ない図書館の新聞閲覧室で、壹岐はもうすっかりなじんだ奥の机に向い、毎朝新聞の縮刷版を読んでいた。

朝一旦《いったん》、近畿商事に顔を出したあと、図書館へ通い出し、今日で二カ月経《た》っていたが、シベリア抑留十一年間の空白は、はじめ壹岐が予定をたてたようには、なかなか埋められなかった。その最も大きな障害は、縮刷版の活字の小ささで、三十分以上、ぶっ続けに読むと、眼底が疼《うず》くように痛むのだったが、二日間で、一カ月間の朝、夕刊を読むことを自らに課していた。

昭和二十二年五月四日――。新聞は前日に施行された新憲法の記事で殆ど埋められている。

民主主義の大道へ進発

〝象徴〟となる天皇

きのう五月三日、新しい「日本国憲法」が施行されて、日本は民主主義への大道を歩みはじめた。民主日本の出発を祝福して、東京では午前九時三十分、宮城前広場に天皇陛下の御臨席を仰いで新憲法施行の記念式典が挙げられた。一方、新憲法の施行を祝して、マッカーサー元帥《げんすい》は、吉田首相に書簡を送り吉田首相もまた総理大臣謹話を発表して、新憲法に掲げた高い理想に達するための不断の努力をする必要があることを強調した。なおこの式典には片山社会党首および、昨年の憲法発布の式典には一人も参列しなかった共産党から野坂参三氏も出席した。

そしてその後に続く記事は、新憲法施行が敗戦した日本の生きる道であり、平和国家として復興する礎《いしずえ》であると熱っぽくうたい上げている。

壹岐は帰還後、半年目、身体《からだ》の回復が一段落した時、古本屋で六法全書を買い求めて、はじめて憲法の条文に目を通し、特に関心をもったのは、天皇の地位、国民主権にふれた第一条と、戦争放棄、軍備及び交戦権の否認を規定した第九条であった。

戦争とは勝つという確信がなければ絶対すべきでなく、軍人の道徳は戦に勝つことだということを、シベリア十一年の抑留生活を通して、身をもって味わった壹岐には、戦争放棄を是とする気持には変りない。第二次大戦直後、世界各国の憲法は戦争放棄論が大勢を占め、フランス共和国憲法の前文に「フランス共和国は征服を目的とするいかなる戦争をも企てず、又、如何《いか》なる国民の自由に対してもその武力を行使しない」とうたっており、イタリアにおいても同様である。しかし、世界のどの国においても一切の軍備を保持しないと軍備を否認したところはなく、たとえばソ連邦憲法では、一三二条で、「一般的兵役の義務は法である。ソ連邦における軍事勤務は、ソ連邦市民の名誉ある義務である」と規定し、永世中立国であるスイスにおいても、「いずれのスイス人も兵役の義務を有する」と規定している。

戦争放棄は、人々の理想であっても、それはあくまで理想であって、国家間の関係を最後に制するものは、力と力の対決である厳しい現実にあって、自国の防衛すら占領軍の云うがままに否認した民族の脆《もろ》さに壹岐は、歯がみせずにはおられなかった。

壹岐は、天皇陛下を迎えて、万歳を三唱している新憲法施行式典の新聞の記事を、複雑な思いで読んでいるうちに、眼の疼きに耐えられなくなり、視線を、窓外の堂島川へ転じた。

たゆとうような流れの中を木材を筏《いかだ》に組んで、上流へ曳《ひ》いて行く船が見え、岸辺には一斉に芽をふいた柳や、プラタナスが、暖かい春陽の中で、若草色の艶《つや》やかな葉を広げかけている。

のどかな窓外を見詰めながら、壹岐は昨夜遅く、大門社長から新町の待合へ呼び出されたことを思い返した。大門社長は「四十半ば過ぎて民間会社へ初めて就職するというのは、何かと人にいえん苦労があるやろから、今晩はその垢流しの席や」と犒ってくれたが、同席しているのは、東京支社長である里井常務だけで、里井常務は、初対面にもかかわらず、曾《かつ》て壹岐が陸士、陸大で親しい交友のあった友人たちの消息を聞かせてくれたのだった。その殆どは防衛庁に就職している者たちであり、もしや、曾ての壹岐の交友関係を利用して、何か依頼ごとでもと警戒したが、話はいつまでたっても、消息や噂《うわさ》の域を出ず、里井は、大門と調子を合わせるように若い芸者の懐に手を入れ、ぎこちなくしている壹岐など、眼中にないように、露骨なお座敷遊びに興じたのだった。

二十代の後半を戦局の逼迫《ひっぱく》した参謀本部の勤務に詰めきり、三十代から四十代の半ばまで、抑留生活で過した壹岐は、芸者たちの脂粉の匂いに酔い、芸者の方から押しつけて来る白いぬめるような掌《てのひら》の感触に、気持が昂《たかぶ》ったが、それ以上の座興には随《つ》いて行けなかった。十時過ぎに帰りかけようとすると、大門は「これだけの芸者が揃《そろ》うてるのやから、ゆっくりしたらええやないか」と止めたが、里井常務も「私もこれで——」と席をたち、表で待たせている車に、壹岐も誘い、「私は十時四十分の銀河で東京へ帰るので、この車、大阪駅へ私を送ったあと、家まで使って下さい」と云い、大阪駅へ着くと、時間を気にし、改札口へ走って行った。

堂島川の流れから視線を机の上へ戻すと、壹岐は再び、縮刷版の新憲法に関する記事を読みはじめたが、憲法で一切の戦力を否認しながら、その一方に存在する自衛隊の解釈に苦しんだ。

　自衛隊は新憲法が施行された七年後、朝鮮動乱を契機として自国の防衛問題が考え直され、作られたもので、外部からの武力攻撃に際しては、防衛上、武力行使が出来、それに必要な武器を保有できることは、壹岐も既に熟知している。となれば、それは規模の大小にかかわらず、実質上、日本の戦力であり、壹岐のような旧軍人の立場からみれば、自衛隊が出来た時点において憲法をしかるべく改正するのが、素直な考え方のように思われる。事実、ドイツでは、敗戦後、連合国の占領下におかれ、一切の軍備は否認されたが、共産圏の脅威が強まり、ＮＡＴＯ（北大西洋条約機構）加盟が決定されると、憲法（ドイツ連邦共和国基本法）を改正し、軍備を持ったと聞いている。論理的なドイツ国民と日本人の国民性との違いとか、国際間の緊張感の異なる地理的条件の違いといえば、それまでだが、現実に作られた自衛隊をなぜ正視しようとせず、私生児扱いするのだろうか――。いつか、壹岐はそれを市営住宅の自治会の集まりで云った時、皆から一斉に、「あんたは昔の夢が忘れられず、われわれ国民をまた戦争にかり出すつもりでっか」と憎悪《ぞうお》に満ちた眼で非難されたのを強烈に覚えている。

　時計をみると、正午を過ぎていた。壹岐は縮刷版を閉じながら、人々の心を激しく拒絶させている〝軍備〟という問題をもっと掘り下げて考えてみなければならないと思った。そして国民に憎悪されながら、日陰の存在として、なおかつ〝戦力〟をつけて行かねばならぬ自衛隊の中で、曾ての友人たちが、どんな思いで仕事に携っているか、思わず考え込み、昨夜、里井常務が名前をあげた友人たちの中で、最も親しい空将補で防衛部長の川又の顔が、壹岐の瞼《まぶた》をよぎった。川又は陸士、陸大の同期であったが、壹岐と違って、最初から軍人を志したのではなく、経済上の理由で、一高、東大のコースを諦《あきら》め、陸士へ入った男であった。郷里の有力者の学資援助の申込みがあったにもかかわらず、固辞したのは、人の援助を受けることを快しとしない潔癖性より、人の恩義に縛られたくないという豪放さによるものであった。参謀本部の作戦参謀として一緒に勤務している時も、オーソドックスな戦術より意表をつく戦術が得意で、昭和十五、六年頃からアメリカとソ連を戦わせる戦略を本気で考え、参謀本部では枠からはみ出し過ぎているということで、南方総司令部の参謀に派遣された男であった。

人間的にも情誼《じょうぎ》に厚く、人の面倒見がよく、壹岐のシベリア抑留中は、留守宅の面倒を見てくれ、帰還すると、よく生きて帰って来たと、滋賀県の川又の郷里から米を送って寄こし、防衛庁入りを勧めたのだった。その川又の周辺に一度、兵器納入をめぐって妙な噂がたったことを耳にしていたが、里井常務と親密そうな様子が、壹岐の心にひっかかった。

社長室の窓の外に見える大阪城の五重の甍《いらか》が、明るい春陽《はるび》の中で、銀鼠色《ぎんねずいろ》の眩《まば》ゆい輝きを見せていた。

午前中は役員会、幹部会を終え、午後からは二組の来客と会い、大門一三は、昨夜のお茶屋遊びの疲れも見せず、ぎっしりと詰った予定を精力的にこなしている。大門にとっては、女と寝た翌日の方が、体内の澱《よど》みを洗い落したように色艶《いろつや》を増し、全身に生気が漲《みなぎ》る。

大門は、葉巻をくわえ、じっと大阪城を眺めながら、これから壹岐を呼んで、切り出す言葉を考えていた。

昨夜、東京支社長の里井常務から近畿商事の防衛庁に対する強化策として壹岐を航空機部に是非とも貰《もら》い受けたいと懇請されたことを善処しなければならない。しかし、壹岐の入社は、大門の方から望んだもので、採用時に、彼の軍人時代の肩書を商売上に利用しないと、言葉に出して確約したわけではなかったが、暗黙裡《り》に諒解《りょうかい》していたのだった。それだけに大門としても、企業上のやむを得ざる要望だとはいえ、云い出しにくかった。しかも、昨夜、壹岐にも女をあてがい、遊ばしてやろうとしても、固辞して家へ帰って行き、すべての点で、潔癖で身ぎれいさを持《じ》している壹岐の姿勢を思う時、さすがの大門も、どう切り出そうかと、とつおいつ、思いをめぐらせるばかりで、これという名案が思いうかばない。大門は、回転椅子《いす》からたち上って、広い室内を行き来し、壁面に掲っている世界地図の前で足を止めた。銅板の世界地図の上には、各地に所在する海外支店が赤ランプで、出張所が青ランプで標示され、経度の左右に現地時間が記され、東半球の駐在員たちはテレックスを叩《たた》き、商談に飛び廻っているが、反対の西半球は深い眠りに入っている時間であった。

大門はその西半球に、何となく眼を止めていたが、ふと或ることを思いついたように、秘書課に繫《つな》がるインターフォンを強く押し、

「壹岐君を呼んでくれ、今、すぐや」

せっかちに云いつけた。

やがて社長室に、壹岐が入って来ると、

「やあ、昨夜は遅くに呼びつけたなぁ」

「いえ、お相伴に預かりました」

壹岐は挨拶《あいさつ》し、きちんとした姿勢で大門の用件を待った。昨夜のことから、話の

緒《いとぐち》をほぐそうとしていた大門は、勝手の違った感じで、

「ほかでもないが、壹岐君、君は戦前に、駐在武官として外国へ行ったことがあったかねぇ」

「いえ、残念ながら私たちが駐在武官に出る頃は、ちょうど満州事変、日中戦争と戦局が拡大し、外地といっても満州、中国、南方ぐらいしか、行っておりません」

「そうか、それならよけいのこと好都合や、壹岐君、君、アメリカへ行きぃ」

「アメリカへ、私が？」

あまりの唐突さに、壹岐は聞き返した。

「そうや、アメリカの主要都市をぐるっと廻って来るのや」

と云い、壁面の地図のアメリカ大陸を、太い指でさした。

「大へん有難いお話ですが、私はまだ商社の、シの字も解《わか》っておりませんから、今少し解ってから行かせて戴《いただ》きたいと思います、その方が効率的であり、少しはお役にたてるかと思います」

壹岐は、率直に云った。

「いや、そない簡単に商社機能など解るはずがないし、それより実際に日本と一番、取引のあるアメリカをじかに見る方が、貿易日本のおかれている立場が具《つぶ》さに解る、

今度の出張はわしの随行員の一人として、わしの鞄《かばん》を持って随いて来たらええだけのことや」

「それにしましても、今の私では、その鞄持ちすら心もとなく、第一、私は喋《しゃべ》るのが——」

と云《い》いかけると、大門は、

「専攻がドイツ語で、英語は読み書きしか出来んというのやろ、それなら、海外支店には、英語のうまい奴《やつ》は掃いて捨てるほどおるし、わし自身も喋れるから、言葉の心配はいらん」

「しかし、入社後まだ僅《わず》かであり、しかも浅学菲才《ひさい》の私が——」

と云いながら、壹岐は突然、アメリカ出張を切り出し、強引に随行を命じる大門の真意を測りかねるようにまじまじと、その顔を見詰めた。大門はそんな壹岐の視線から顔をそらせるように、ぷかりと葉巻をふかし、

「君という人は、何でも論理だたんと気がすまん性質《たち》らしいが、要は今回のアメリカ出張は、わしに随いて来るだけで、勉強になるのや、帰りにハワイへも寄る予定やから、真珠湾も見られる」

大門は何気なく云ったが、壹岐は、真珠湾という一言に、躊躇《ためら》うものを覚え、口を

嗾《つ》むと、

「ともかく、あとで秘書課へ寄って、渡航に必要な書類を聞いて、それを庶務課に出しておいたら一切の渡航手続をしてくれる、それから渡航に必要な身支度、さしずめ、服の新調の費用などいる場合は、わしに云うたらええ、トランクはわしの余分なのがあるから、それを使うてくれ」

大門は、早口に畳み込み、

「用件は、それだけや」

と云い終ると、くるりと回転椅子の背を見せた。

壹岐が一礼して、社長室を出て行くと、大門は、ゆっくりと回転椅子をもとの位置に戻し、机の上の電話を取り、東京支社長の里井常務を呼び出させた。里井が電話口に出ると、

「昨夜は、ご苦労さんやった――」

最終の夜行列車で、里井が帰京したことを犒《ねぎら》ってから、

「例の空幕のＦＸ（次期主力戦闘機）調査団のアメリカ出張の日程表、まだ手に入らんのか、うん、原田空幕長が団長で六月までには必ず出発し、ロスでテスト・フライトするのは確かなんやな、うん、よっしゃ、しかしあの連中は、各商社で取合いになる

から、今から、しっかり抑えておけよ、それから壹岐君のこと、あれは、わしの鞄持ちに連れて行く、ええ？　なに、アメリカなど行く暇あったら、早う東京へ寄こして貰いたい――、解ってる、わしに考えがあってのことや」

と云うなり、電話を切った。大門の胸中には、壹岐に対する或《あ》る一つの考えが、次第に大きくはっきりとした形を持って膨らみつつあった。

社長室を出た壹岐は、エレベーターを使わず、二階の繊維部へ戻るために、階段を一つずつ降りながら、大門社長から云い渡されたアメリカ出張のことを考えていた。昨夜の突如とした待合への呼出し、里井東京支社長との引合せ、防衛庁の曾ての先輩、知友の話、そして今日のアメリカ出張命令、一見、ばらばらのように見えるが、どこかで一本の筋に繋がっているように思われたが、それが何であるかは、見当がつかない。

「壹岐さん、どうかされましたか」

階段の上の方から声がした。兵頭信一良《ひょうどうしんいちろう》であった。手に書類を持っていたが、急ぐでもなく、といってのんびりしているわけでもなく、齢《とし》に似合わぬ悠然とした足どりで、階段を降りて来ていた。

「ああ、いいところで出会った、ちょっと兵頭君に聞きたいことがあるんだよ」
「どうぞ、一体何ですか」
「実は今、社長からアメリカ出張を命じられたんだが――」
困惑するように云うと、兵頭は、
「いいじゃありませんか、さすが壹岐さんです、VIPなみですね、社長もなかなか話が解るじゃありませんか、壹岐さんほどの人を、繊維でうろうろさせてと、思っていた矢先でしたからねぇ、渡航準備のことなどで、僕にお手伝いできることがあれば、おっしゃって下さい」
自分のことのように喜び、
「それから壹岐さん、僕は鉄鋼部へ移ることになりました」
「ほう、鉄鋼部へ――、それじゃ、この間、君が提案した合繊のアメリカ上陸のプランは、どうなるのだ」
「あれは石原君にバトン・タッチしました、彼はああ見えて、近畿商事の石原慎太郎と云われるほど、チャキ、チャキのやり手なんですよ、鉄鋼部は東京ですから、東京支社へ転勤しますが、石原君とは、うまく連絡を取ってやることになっています」
東京支社という言葉に、壹岐はふと昨夜、会った里井常務の瀟洒《しょうしゃ》とした姿を思いう

かべながら、

「あの里井さんというのは、どういうキャリアの人なんだ？」

と聞くと、兵頭は茫洋《ぼうよう》とした風貌《ふうぼう》に、にやりと笑いをうかべ、

「お会いになったのですか、ご覧の通り、ダンディな紳士ですが、なかなかのきれ者で、うちの航空機部を強くした実力者ですよ、それに防衛産業のエキスパートで、あの人の行先を摑《つか》むのは、秘書でさえ泣かされるというほど多忙な人ですよ」

兵頭はさり気なく云ったが、壹岐には防衛産業のエキスパートという言葉が強く耳に残った。多忙を極めている東京支社長が、これという目的もなく、一囑託にすぎぬ自分と社長の席に、同席し、時間を費やすことは不自然であった。壹岐の心に納得のゆかぬ不審な思いが尾を曳《ひ》いた。

＊

壹岐と妻の佳子は、神森の見合いのために、六畳と四畳半の二間しかない家の中を整頓《せいとん》していた。日曜日で、子供たちは朝から遊びに出ていた。

市営住宅の猫の額ほどの庭に植えた植木の手入れをし、佳子はきれいに掃除をした六畳の間に、庭のジェラニュウムを活《い》け、ささやかながら見合いの席らしい彩《いろど》りを添

えていたが、正午を過ぎても、神森は姿を見せなかった。

「どうなさったのかしら、神森さん、道を迷っていらっしゃるんじゃないかしら」

「はじめてではないから、大丈夫だろう」

と応《こた》えながら、壹岐は、神森とは、シベリアから帰還後、二度しか会ってないことを思い返していた。一度は帰還後、一カ月目、谷川元《もと》大佐の提案でシベリアで長期抑留された者たちが、互いに助け合う「朔風会《さくふうかい》」を結成しようと云った時、壹岐が上京して、神森や水島らと会ったのだった。もう一度は、防衛庁へ就職する神森が、壹岐を誘いに来たことがあったのだった。

「あなた、神森さんがお見えになりましてよ」

妻の声で、玄関へ出ると、春の暖かな陽ざしの中を、神森は、まるで行進するような大股《おおまた》の歩調で歩いて来た。

「また間違って、次の筋を入ってしまったんだ、何しろ同じ家ばかりだからな」

額に滲《にじ》んだ汗を拭《ぬぐ》いながら、神森は靴を脱いだ。

「お食事まででしょう、おすしを作っておきましたから、いかがです？」

「いや、もう難波《なんば》駅で食べて来ましたから結構ですよ、お茶だけ戴きます」

よほど咽喉《のど》が乾いていたのか、佳子が運んで来たお茶を、ぐいと飲み干すと、胡坐《あぐら》

をかき、

「どうだ、壹岐、商社マン一年生の感想は？　よりにもよって、貴様が商社へ入るとは、東京じゃあ、谷川さんをはじめ皆、驚いている、特に防衛庁へ入った連中は、青天霹靂《へきれき》の驚きで、川又に至っては、俺よりむしろお前の方を欲しがっていたはずだから、商社入りしたお前の胸中を測りかね、残念がっているぞ」

「まあ、何とか、よちよち歩きながら商社マン一年生をやっているよ、それより、川又は、未来の空幕長と期待され、航空自衛隊を背負《しょ》ってたつと見られているらしいが、ああいう開けっぴろげな性格だから、何かと慎重にするように、貴様から云ってやれよ」

壹岐が云うと、神森はぎょろりと眼を光らせ、

「あいつはもう汚れきってる、空将補で防衛部長という枢要《すうよう》な位置にいながら、くだらん商社の連中とつき合っているという黒い噂《うわさ》があり、堕落している」

「しかし、昔の同期の仲間じゃないか、神森、貴様が忠告してやらんと、誰が云ってやれるのだ」

曾《かつ》ては川又、神森、壹岐は、陸大五十二期の三羽烏《さんばがらす》と云われた仲であったが、南方軍総司令部にいた川又は、昭和二十二年、シンガポールの収容所から帰還後、防衛庁

の前身の警察予備隊へ入り、今は空将補に昇進していたが、一昨年戦史室に勤務しはじめたばかりの神森は二佐に過ぎなかった。

「昔は同期といっても、今では川又と俺とでは階級が隔たり過ぎている上、職務も全然、違うから、あいつの仕事の細かいところまで解らん、それにあいつは人の意見など聞く男ではないからな」

と云い、神森はぷつりと、言葉を切った。

「神森、今日は君の見合いの席だ、こんな話は野暮だな」

壹岐が苦笑すると、玄関のガラス戸が開き、丸長《まるちょう》の声がした。

「ごめんやす、只今《ただいま》、参じました」

壹岐の妻が、すぐ出迎え、

「お待ちしておりました、どうぞお上り下さい」

六畳の間に、案内した。一帳羅《いっちょうら》らしい背広を着た丸長のうしろに、縞御召《しまおめし》を着たふっくらした顔だちの女性が、控え目に入って来た。丸長は部屋へ入るなり、机の上の空になった湯呑《ゆのみ》に気づき、

「熱いお茶、いれまっさ」

と云うなり、湯呑を勝手知った台所へ下げ、新しい湯呑茶碗《ぢゃわん》と急須《きゅうす》を持って来ると、

壹岐の妻が用意しているお茶菓子まで引き取って、机の上に並べた。そんな丸長の姿を見、神森は、

「壹岐、貴様、まだ丸長を昔の当番兵並みに使っているのか」

詰《なじ》るように云うと、丸長は慌《あわ》てて手を振り、

「めっそうもない、これはわてが好きでやってますねん、こないしてまめまめしゅうにお茶くみするのが、わての生甲斐《いきがい》ですねん、家でも客の少ない時は、商売の散髪は女房に任せて、わては裏方に廻って、お茶くみどころか、ごはん炊《た》きから、赤ん坊のおしめ替えまで、これがわての趣味ですねん、神森さん、せっかく人が楽しんでやってるのを、文句云わんといておくんなはれ、わては、神森さんのためにええ縁談を――」

まくしたてるように、そこまで云い、

「あっ、今日はわては見合いの介添役やった、えらいすんまへん」

と云い、俄《にわ》かに座蒲団《ざぶとん》の上に坐《すわ》り直し、しゃちほこばった顔つきで、

「本日は、お日柄もよろしゅう、ええお日和《ひより》でございまして、不躾《ぶしつけ》ながら手前が双方のお引合せをさせて戴きます、こちらが、小田薬局の主人の妹にあたる小田君代《きみよ》さん、そちらが、防衛庁の戦史室に勤めてはる神森剛さんでおます」

型通りの挨拶を述べると、小田君代は、

「はじめまして、何とぞおよろしゅうに——」

関西訛《なまり》で、慎《つつま》しく顔を俯《うつむ》けた。

「いや、こちらこそ、神森です」

神森は、いつものようにぶっきら棒に応えた。壹岐は、神森の言葉を補うように、

「あなたも、満州でご主人が亡《な》くなられ、上のお子さんを引揚げの途中で亡くされたことは、丸長君から詳しく聞いております、あの時のことは、身をもって経験した者でなければ到底、解らない悲惨さですが、よく女の身で、下のお子さんを連れ帰られましたねぇ」

と云うと、小田君代は、低いが落ち着いた声で、

「運がよかったのだと思います、そうとしか考えられません——」

短い言葉であったが、それは無我夢中、人力を超えた場で、辛うじて生きのびられた人間の言葉であり、そして同じ苦しみを味わった人間にしか、通じない言葉であった。

神森は、同じ満州で失った妻と子のことを思いうかべているらしく、瞬時、眼を閉じていたが、

「昭和二十二年に引き揚げてから、今日までどうして暮して来られたのです？」

神森は、小田君代の釣書《つりがき》には記されていない部分を、直截《ちょくせつ》に聞いた。

「何分、終戦の半年前に生れたばかりの赤ん坊を抱えて、母子ともに生きて帰れたのが、不思議なほどの瘦《や》せこけ方で、亡くなりました主人の郷里《さと》の大分県の田舎へ参りましたが、体が衰えていることと、大阪生れの私は野良《のら》仕事が思うように出来ず、それで……、やむなく子供を連れ、大阪の兄のもとへ身をよせましたのです」

と云うと、横から丸長が口を挟んだ。

「その亡くなったご亭主の家というのが、えげつない百姓で、君代さんが鍬《くわ》一つ、肥《こ》料桶《えおけ》一つ、うまいことよう運ばんのを怠け者の、穀《ごく》つぶしのと罵《ののし》って、子供だけ置いて出て行けと云われたのを、この人は三年間、辛抱し、遂《つい》に四年目に薬局の兄さんが見かねて強引に連れ帰りはったんだす」

「それから兄の薬局の仕事を手伝いながら、ただ夢中で子供を育てて参りました」

「どうしてそのお子さんを、今日、連れて来られなかったんです？」

神森が聞くと、小田君代は恥らうように、

「私は連れて参りたかったのですが、兄がいくら何でも、お見合いの席に子供連れではと、申しまして――」

と云うと、神森は頷《うなず》き、

「僕には家も、貯《たくわ》えもありません、今、住んでいる家は国の官舎であり、国から戴《いただ》く給料のみで、別に貯金もありません、したがって、僕が自分の配偶者になって貰《もら》う人に望むことは、苦労を覚悟してくれるかという一言だけです」

はっきりした口調で云うと、

「苦労なら、覚悟出来ると存じます」

神森に好意を持ったのか、芯《しん》の強さを思わせる表情で、応えた。

見合いが終って、丸長と小田君代が帰って行くと、神森も、帰京の時間を気にするように席をたったが、見合いの結果については何一つ云わずに、帰って行った。

「やはり、お子さんがあるのが、もう一つだったのかしら?」

佳子が、気懸《きがか》りそうに云った。

「いや、必ずしも子供じゃないと思う――」

壹岐も気になって、語尾を濁すと、

「先日、お伺いした秋津中将のお嬢さん、あなたのお話ですと女ながら凛々《りり》しい方だそうですが、そんな方がいいのかしら――」

壹岐には、考えもつかぬ組合せであった。

秋津千里は、豪奢《ごうしゃ》な錦織《にしきおり》の袋帯が広げられた店の間で、叔父の紀次《のりつぐ》が帰って来るのを待っていた。

古くから西陣の織元が軒を並べている今出川大宮《いまでがわおおみや》の界隈《かいわい》で、「秋津彦」の暖簾《のれん》を持つ叔父の家は、三代目であった。近代的な建物に建て直されて行く屋並みの中で、昔ながらの紅殻格子《べんがらごうし》の表構えをそのまま残しながら、自家の織場《おりば》に三十台、外の小さな機屋《はたや》に織らせている出機《でばた》を五十台持ち、西陣織物業者の中で十指に数えられる織元であった。

千里は、叔父を待ちながら、店内《みせうち》を見廻した。表に面した十二畳ほどの店の棚には朱、緑、萌黄《もえぎ》、金、銀などの糸巻に巻かれた燦《きらび》やかな染糸がずらりと並び、その次の間には織り上った袋帯、丸帯、裲襠《うちかけ》などが棚に並べられたり、文庫に納められている。買付けに来る仲買人と商談するのは、その部屋で、次の間では十人ほどの店員が、帳簿をつけたり、織り上ったものの織きずや余分な糸の始末をする〝お絹掃除〟をしている。耳をすますと、奥の中庭を隔てた向うの織場から、手機の音が聞えて来、この家が軍人であった亡父の生家であることが、信じられぬ思いすらする。

「まあ、千里さん、そんなとっつきで待っていはらんと、奥へお入りやす、おいしいお茶をいれたげますよって――」

鶯色《うぐいすいろ》の紬《つむぎ》を着た叔母が、店の間と内《うちら》を仕切るくぐり暖簾を分けて、顔を覗《のぞ》かせた。小づくりな顔をかしげ、何気なくたっているだけで、京女らしいおっとりとしたもの柔らかさが感じられる。

「叔父さん、まだなかなかかしら――、遅くなられるようだったら、私、このまま出かけるわ」

千里は、額からうしろへ梳《す》き上げた長い髪を、スーツの衿《えり》もとからはらりと振り払い、ハンドバッグを手にしかけると、

「もうじき帰りはりますよって、そない気ぜわしいにしはらんと、奥で待っておいやす」

千里を通庭《とおりにわ》を通った奥の居間に招じ入れた。三人の息子がいたが、それぞれ結婚し、今は跡取りの長男夫婦と暮していたが、嫁との折合いが悪く、千里を娘のように可愛《かわい》がってくれている。

ガラス戸越しに見える中庭には明るい春の陽が射《さ》し、庭燈籠《にわどうろう》と小さな池を配した庭の苔《こけ》が濡《ぬ》れ光るように輝いている。千里は、眩《まぶ》ゆげに庭へ眼をやりながら、今から比《ひ》

叡山《えいざん》に入山している兄の清輝を訪ね、十年ぶりに会うことを思うと、心が引き締まった。

入山して以来、母の危篤《きとく》の報せ《しら》にも、葬儀にも山を下りて来ず、ただ一人の肉親となった妹の訪れさえも拒み続けて来た兄から、昨日、突然、手紙が届き、「入山十年にしてようやく千日の回峯行《かいほうぎょう》を修めることが出来た、天台宗の教えを極めるには、なおこの上、修行を積まねばならないが、この間、友人のみならず、肉親の縁まで拒んだ自分の勝手を許して貰いたい」と記されていた。

天台宗の行の厳しさは千里も聞き知っていたが、腎臓《じんぞう》を患《わずら》っていた母の臨終にも駈《か》けつけず、せめて葬儀にはと、喪主の席を空けて待っていたにもかかわらず、ついに姿を見せなかった。母を弔う読経《どきょう》を聞きながら、夫の非業《ひごう》の死に遭い、あとは残された一人息子と共にと思っていたその息子は、比叡山へ入山してしまい、せめて死の床にはと心待ちにしながら死んで行った母があまりに倖せ《しあわ》薄く、哀れであり、人の道を見失った兄に、仏の道が極められるはずがないと、千里は唇を嚙《か》みしめたのだった。

「千里さん、何を考え込んではるのどす、十年ぶりに兄さんに会いに行く嬉《うれ》しい日やというのに――」

叔母の静子が、座敷机の上に京菓子と玉露を運んできた時、店の間の方で人の気配がし、やがて叔父の紀次が、居間へ入って来た。

「えらい遅うなってすまん、商売繁昌《はんじよう》というのは、時にはしんどいものや」

和服ブームで問屋からの注文に追われ、出機の尻《しり》をひっぱたきに廻っている叔父は、上機嫌で千里の向いに坐った。

「叔父さん、兄と会える時間は、一時から二時間ほどだけだそうですから、もう出かけないと駄目ですわ、兄へのことづけって何ですの」

千里は時計を見て、云《い》った。昨夜、兄から届いた手紙のことを叔父に電話で伝え、明日、早速、叡山へ兄を訪ねると云うと、出かける前に必ずわしの家へ寄ってくれと、いつになく厳しい語調で云いつけたのだった。紀次はお茶を飲み干すと、

「清輝には、今までのことは、もうええけど、千日回峯行が終ったんやったら、もう山から下りて、里で寺を持ちぃ、そのためにはわしで出来る力添えは、どんなことでもすると、伝えてやってくれ、実は今朝、うちの菩提寺《ぼだいじ》の真法寺の院主さんにお目にかかって、何かとご相談にのって貰うたのや」

千里は、眼を輝かせた。母の葬儀の日以来、「清輝はもう、わしの甥《おい》やない」と激怒し、頑《かたく》なに黙殺していた叔父が、秋津家の菩提寺の院主のところへ相談に行ってくれていたとは、思いもよらないことであった。

「それで、院主さまは、どうおっしゃってますの」

「同じ天台宗やから、清輝のことは気にかけてくれてはってな、まる七年かかる千日回峯行を終えたとお話すると、えろう感じ入りはったのや、荒行《あらぎょう》で鳴る天台宗でも千日回峯行を行ない終えた僧侶《そうりょ》はめったにおらんそうで、もし寺を持つなら、相当な格の寺が持てるというお話やから、山をおりて、わしらを安心させてほしいのや」

叔父は、願うように云った。千里とて、もし兄がその決心をしてくれたら、たとえこれまで通り離れ離れに暮すことに変りないとしても、どんなに心強いかしれなかった。

「うちは商売柄、僧服用の錦織もしているから、時折、そういうものを見ると、あの人非人奴《め》がと思いながらも、今頃、どうしてるやろかと、不憫《ふびん》にもなる、あんたらの父があゝいう死に方をしただけに、あんたらに、早う倖せな暮しをして貰わんことには、冥土《めいど》の兄貴に対して相すまん」

と云い、言葉を詰らせた。千里は叔父の心の深いところにあるものに触れ、

「ご心配かけてすみません、では行って参ります」

潤《うる》みかける眼をそっと伏せ、たち上ると、

「気ぃつけて行きや、それからこの間、お詣《まい》りに来てくれはった竹村さんや、壺岐さ

んのこと、十一年間もシベリアに抑留され、帰って来てから恵まれん環境の中でも、黙々と働いている人もいてはるのや、それも清輝によう話してやりい」

叔父はそう云い、店の者に車で、千里を京阪電車の三条駅まで送らせた。

比叡山に登るケーブルの後方に、雑木林をすかして、碧《あお》く光るものが見えたかと思うと、やがて春霞《はるがすみ》の向うに琵琶湖《びわこ》が、扇型に大きく拡《ひろ》がりはじめた。

三条から浜大津《はまおおつ》を経て、ケーブル下の坂本までは、市電とあまり変らないカタコトした京阪大津線で四十分かかったが、ケーブルに乗り替えれば、終点の叡山の根本《こんぽん》中堂《ちゅうどう》までは十数分であった。三人の僧侶と、山上の住人らしい老人が乗り合せているだけのケーブルは、四月下旬にもかかわらず窓越しに山の冷気が入り込み、千里はスーツの上に重ねたダスター・コートの衿もとをかき合せたが、心の昂《たかぶ》りのせいか、頬だけがほてっているのが、自分でも解《わか》っていた。

終点のケーブル駅で、千里は乗り合せた僧侶の一人に、兄を訪ねて行く護摩堂《ごまどう》へ行く道順を聞いた。山内は、根本中堂を中心に東塔、釈迦堂《しゃかどう》を中心とした西塔《さいとう》、東北の横川《よかわ》と三区域に大きく分れており、護摩堂は、東塔の無動寺谷《むどうじだに》にあることが解った。

バスも、タクシーもなく、信者の行脚《あんぎや》姿さえ見当らず、杉と檜《ひのき》の老樹が生い茂った森閑とした道を、千里は、兄のひたすらな一筋の道を辿《たど》るように歩きながら、二カ月前、竹村と壹岐を案内して行った三千院の雪の庭から比叡山を仰いだことを思い出した。その時、自分の傍らにたっていた壹岐に、兄のことを話すと、澄んだ眼《まな》ざしに瞬時、強い衝撃の色が浮かび、やがて何かに耐えるように一歩、一歩、雪の庭を踏みしめるように歩いた壹岐の姿が、いまだに千里の胸に鮮明に刻まれていた。

二十分程、下り道を歩いて行くと、寺々の甍《いらか》が見え、護摩堂のすぐ裏に、小さな御《み》堂《どう》が深い谷に向ってたっていた。千里は、御堂に入る柴折戸《しおりど》を開け、

「ご免下さいまし――」

開いたままになっている障子からそっと案内を乞《こ》うと、そこに白い行衣《ぎようえ》をまとった背の高い僧が、静かにたっていた。千里は、はっと息を呑《の》んで、たち尽した。それは仏門に入って、はじめて見る兄の姿であった。

秋津清輝は、十年目に対面する妹の千里の姿を、凝然と見詰めた。清輝が家を出て、比叡山へ入る時、高校生だった妹は、亡父によく似た凜々しい顔だちの中にも、匂《にお》いたつような美しさを溢《あふ》れさせて、頭を丸めて、大泉院賢澄《けんちよう》の法名になった自分の前に、

たっている。

「よく来たね、お上り——」

静かな微笑をうかべ、招くと、千里は、我に返ったように眼を瞬《しばたた》かせ、

「突然、お訪ねしてご免なさい、昨日、お手紙を戴《いただ》いたら、お兄さんにお会いしたくて、矢もたてもたまらず、封筒の裏に書いてあった無動寺谷のご住所をたよりに、本堂の明王堂へ電話し、お勤めの邪魔にならない時間を問い合せて、飛んで参りましたの——」

と云い、四畳半一間に台所と厠《かわや》がついているだけの庵《いおり》に上った。部屋の中は粗末な机が一つきりで、机の横に大部の本が積み上げられ、法衣《ほうえ》が窓際《まどぎわ》に日干しされている。窓の下は深い崖《がけ》になり、見下ろすと、密生した杉や檜の樹間に、霧が流れ、伝教大師以来、千二百年にわたる天台宗の修行場らしい峻厳《しゅんげん》な気配が漂っている。

清輝は、机を挟んで千里と向い合うと、

「兄である私が、こんな風に出家してしまい、お前には苦労をかけている——」

と詫《わ》びた。昨年、母も亡くし、女一人で生きている妹を思うと、不憫で、清輝は自ら厳しく求めた仏門の道とはいえ、自責の念に駈られずにはおられなかった。千里も短いが、言外に籠《こも》っている兄のいたわりを痛いほど感じ取りながら、

「いえ、私こそ、お兄さんの行を知らず、母が亡くなった時も、山を下りて来られなかったことを恨みがましくお手紙に書きました——」

千里は素直にそう云い、

「——でもお兄さん、随分、面変りされましたのね、お痩《や》せになって、頰や顎《あご》の骨が出ているのに、和やかな面ざしになっていらっしゃる——」

改めてまじまじと、清輝の顔を見詰めた。もともと清輝と千里は、色白なところといい、額から眼、鼻にかけての彫《ほり》の深い顔だちといい、よく似ていたが、性格の違いからか、千里の顔は女にしては大ぶりな凜々しさがあるのに比して、清輝の顔には一《いち》途《ず》に物事を思い詰め、苦悩する憂《うれ》いがあった。しかし七年の回峯行で、清輝の顔は肉が削《そ》げ落ち、青黒くなっていたが、眼が優しく和み、それでいて、以前には見られなかった力感が備わっているようであった。

清輝は黙って、急須《きゆうす》に湯を注ぎながら、

「西陣の叔父さんにも、何かとご心労をおかけしている、もう六十を過ぎておられると思うが、達者でおられるか」

と聞いた。

「ええ、とてもお元気で、家業の方も順調のご様子ですが、入山するならするで、何《な》故《ぜ》一言、その決心を聞かせてくれなかったか、とおっしゃっています、その気持は私だって同じですわ」

それだけは、はっきりした口調で云った。

「解《わか》っている――、だが、あの時の自分はどうしても云えなかったのだ」

清輝は、そう云い、入山を思い詰めた若き日の自分の姿をたぐり出すように、陽炎《かげろう》の燃えたつ障子の向うへ、静かな視線を向けた。

父と同じ軍人を志した清輝の一途な人生を打ち砕いたのは、日本の敗戦であった。

昭和十九年春、士官学校を繰上げ卒業し、少尉《しょうい》として南方のルソン島へ送られた時、戦況は既に敗走につぐ敗走で、潰滅《かいめつ》的な様相を呈していたが、リンガエン湾を死守する旭《あさひ》兵団の七十一連隊付となり、連隊旗手を命じられたのだった。その後、上官がばたばたと倒れて行き、二十一歳の若さで中隊長になり、二百人の部下を指揮しなければならぬ羽目になったのだった。しかし、リンガエン湾に上陸して来たアメリカ地上軍との交戦で、二百名の部下のうち半数を失い、北部山中のジャングルに後退してさらに四十名以上の部下を失ったのに、日本軍の敗戦など夢想だにせず、戦死した部下には必ず勝って、霊を弔うことを誓ったのに、突如、敗戦を宣告され、茫然《ぼうぜん》自失しながらも、連隊旗だけは敵に手渡すまいと、武装解除の前夜、軍旗を焼いたのだった。清輝より一つ齢下《としした》の旗手は、軍旗を焼くぐらいなら、自分も共に死ぬと、手榴弾《しゅりゅうだん》を取り出し、日露戦争以来、数々の戦場で勝利をおさめて来た栄誉ある軍旗にしがみついた。旭日《きょくじつ》大綬章を染め抜いた布地は既にぼろぼろになり、周りの紫の房だけが僅《わず》かに軍旗らしい体裁を保っていた。清輝は旗手から軍旗をもぎ取り、自分たちの手に持っていた三梃《ちょう》の銃を叉銃《さじゅう》して軍旗を支えると、ぐうっと唇を嚙み、ガソリンをそそぎ、火を点《つ》けた。みるみる炎に包まれ、燃え尽きて行く軍旗を見ながら、連隊長も参謀も、旗手も、そして清輝も慟哭《どうこく》した。その日以来、清輝は、自分が指揮し、死なせてしまった部下のことばかりを考えた。戦に勝ってこその死であり、敗《ま》ければ、百四十三名の部下の死は犬死であった。

昭和二十年暮、日本に帰還した清輝は、心の整理もつかぬまま、京都大学へ入学したが、シベリア抑留の身柄で、極東軍事裁判にソ連側証人として連行された父、秋津紀武《のりたけ》が、東京に着いたその夜、青酸加里による自決を遂げたと聞かされた時、清輝はその死が全く無駄であった部下のことを強い慙愧《ざんき》の念をもって思い返し、学業半ばにして、叡山《えいざん》へ籠る決意を固めたのだった。だが、叔父の援助をうけながら、敗戦後の苦しい生活をしのぎ、清輝が独りだちすることを心待ちしている母に、それを告げる勇気はなく、黙って、何のつても持たず叡山へ上り、荒修行の地といわれる無動寺谷の長の慈照大阿闍梨《だいあじやり》のもとに、飛び込んだのだった。

千里は、兄の行衣の裾《すそ》に見える左足首にある十センチほどのなまなましい裂傷の跡に気付いて、聞いた。

「お兄さん、その足の傷跡は——」

「ああ、これか、これは叡山へ入って回峯行が許された最初の年の梅雨時に、崖ぶちの道で足を滑らせ、二十メートル程下へ転落し、倒木にひっかかって危うく谷底に落ちるのは助かったが、大怪我《けが》をしてしまったのだ、あの頃は強い志を抱いて入山したつもりでも、風雨や、真夜中の暗闇《くらやみ》には、いつもびくびくしていたのだよ」

清輝は澄んだ眼に苦笑をうかべながら、これまでの苛烈《かれつ》な行を思い返した。はじめの年は加行《けぎよう》といい、三千仏の礼拝《らいはい》からはじめて百八日間、常行三昧《じようぎようさんまい》、常坐《じようざ》三昧の行があり、それを終えると、千日の回峯行の許可が得られるのだった。千日の回峯行は、最初の一年目から三年目までは年に百日ずつ三百日、四年目、五年目は、各二百日ずつ、毎朝、午前二時に無動寺谷を出発し、行者だけが通る昔の本道を東塔の根本中堂から西塔、横川を廻って、坂本へ下り、坂本から再び無動寺谷へ上る。距離にして七里半で、五年間で七百日の行を終えると、すぐ次の日から九日間の断食《だんじき》、断水、不眠、不臥《ふが》の行に入り、六年目からはそれまでの倍の十五里、後半の百日間をもと通り七里半に戻し、心身の仕上げをするのだった。

行者の装束は、頭に檜《ひのき》の網代笠《あじろがさ》を冠《かぶ》り、白い行衣を着て、脚絆《きやはん》を巻き、草鞋《わらじ》を履いて、手に提灯《ちょうちん》を持つ。行が始まるのは、毎年、三月下旬からで、その頃の比叡山はまだ寒く、霜柱のたつ山道を素足で歩くから、草鞋の先にはみ出ている指が凍り、石につまずくと爪《つめ》が剥《は》がれ、また雨の日ともなると、草鞋が皮膚に食い込み、足が血みどろになり、足底にみみずばれのような皹割《ひびわれ》が何本となく出来たが、千日の行を通して一番辛《つら》いのは、灌木《かんぼく》の密生した道を歩き回るため、天気の日でも、夜露で全身がびっしょり濡《ぬ》れることと、睡魔と闘うことであった。殊《こと》に、八百一日目から九百日目の百日間は、二十一里の大廻りであったから、一日の睡眠時間は数時間しかなく、睡魔に打ち克《か》つほど辛いものはなかった。歩きながら眠りに引き込まれそうになると、清輝は、曾《かつ》て自分より先に出発した若い行者が、道の端の木にしがみついて眠ってしまっていた醜態を思い起し、そんな醜態は晒《さら》すまいと心に鞭打《むちう》ち、回峯行の本質である、「常不軽行菩薩《じょうふきょうぎょうぼさつ》」に思いを致すのだった。歩くことが本来の目的ではなく、天地の間は人間のみならず鳥も獣も、石も木も、すべて尊い仏のあらわれであるという思想からすべてのものを拝むのが、回峯行の真髄であった。

しかし、千日の回峯行中、清輝の心を動揺させたのは、母の危篤《きとく》の報《しら》せであった。もし行中に山を下りれば、それが肉親の死のみならず、自身の命を失う病気の治療であっても、それまでの行は全く無に帰し、千日の回峯行は再び山へ上った時点で、一からやり直さねばならない。したがって、千日の回峯行を志すことは即、死をも覚悟することであり、そうした不退転の意志を貫き通した者だけが、大行満《だいぎょうまん》となり、行衣の袖《そで》に紫の袖紐《そでひも》が通されるのだった。

清輝は、五年に一度、現われるかどうかの大行満となっていたが、なお生身《なまみ》の煩悩《ぼんのう》に苦しみ、修行の非浅《ひせん》を恥じることがあるのだった。

「お兄さん、叔父さまからのおことづけですが、千日の回峯行を終えられたら、山を下り、一カ寺を持ってほしい、そのためには出来る限りの力添えをすると、おっしゃっています」

千里は、切り出しにくかった叔父のことづてを、やっと伝えると、言下に、

「叔父さんのお心配りは有難いし、なおこの上、ご心労をおかけし、お前にも苦労をかけるのは心苦しいが、私はこの先、続けて十二年の籠山比丘《ろうざんびく》の行を積み、天台の教えを身を以《もっ》て極めるとともに目下、手をつけている日本天台の菩薩《ぼさつ》道に関する研究を

完成させたい」

静かだが、動かぬ語調で云《い》った。それは一つの道を、生涯かけて、極めようとする者の言葉であった。千里は、その顔を仰ぎ見、頷《うなず》いた。

「千里、今日はお前に托《たく》したい大切なものがある」

清輝は、居ずまいを正して云い、

「実はお父さんが、関東軍総司令部勤務だった頃に、支那《しな》事変について書き綴《つづ》られた回想録を、ここに持っている――、父からこの原稿を手渡されたのは、私が士官学校の本科へ進んだ年、たまたま満州から陸軍省へ出張に来られ、お会いした時だった、早速、読んでみると、当時は憚《はばか》りがあって、とても公表出来ないような支那事変の裏面の工作、作戦が克明に書かれ、大へん、貴重なものであることが解ったので、私が南方へ出陣して行く時は母に保管を托し、帰還後は私の身辺におき、叡山へ入る時もそれだけは携えて来た、しかし最近、ふとしたきっかけで、防衛庁の戦史室でその頃の資料を探しておられることを知り、形見と思って離さずに持っていた父の遺稿だが、お役にたつようなら、読んで戴きたいと思っている」

机のうしろの行李《こうり》から色褪《いろあ》せた紙袋を取り出し、千里の前に置いた。千里は手にとって、父の遺稿を見た。原稿用紙は黄変し、紙の端が破れていたが、太い達筆でぎっしり書き込まれている。

「たまたまこの二月、竹村さんと壹岐さんがお詣《まい》りに来て下さいましたから、大阪にお住いの壹岐さんにお会いし、戦史室に届けて戴くようお願いしてみます」

と云うと、清輝は、ほっとしたように、

「父の最期《さいご》を知っていて下さった方におことづけ出来るというのも、何かの縁だろう、そうしておくれ、せっかく来てくれたが、私はこれから座主《ざす》のところへお伺いする時間だから、そこまで送ろう」

と云った。千里は父の遺稿を風呂敷《ふろしき》に包み、胸もとに抱えるようにしてたち上った。

壹岐は、いつものように午前中は大阪府立図書館で新聞の縮刷版を読み、近畿商事へ帰って、二階の繊維部へ上って行くと、石原が待ち構えていたように、にやにやと笑い、

「壹岐さん、お待ちかねですよ、すごい面会者が――」

「すごい面会者って？」

怪訝《けげん》な顔をすると、

「とぼけんかてええやないですか、壹岐さんも、なかなか隅におけませんな、すごい美人が、社の向いの北浜会館のローズ・ルームで待ってはりますよ、僕がそこでお待ちになってはと、勧めたんです、課長には、僕が按配《あんばい》云うときますから、早《は》よ行ってあげて下さい」

石原は心得顔に云ったが、壹岐はますます面くらい、

「一体、どなたのことなんだ？」

「よう云わんわ、まだ空とぼけて、京都の秋津さんという若い女性ですわ」

「ああ、その人なら知っている方だ、どうも手数をかけたね」

と云い、壹岐は近畿商事の向い側の北浜会館の五階にあるローズ・ルームへ足を向けた。このあたりでは静かに食事ができるレストランで、壹岐も一度、四月の新入社員の歓迎会の時、行ったことがあった。

一時を過ぎたレストランは、半数以上のテーブルが空になり、静かであった。壹岐は、ぐるりと中を見廻し、窓際《まどぎわ》の植木鉢がならんだ席に、グリーンのスーツ姿で坐《すわ》っている女性が、秋津千里であることが、すぐには解らなかった。京都の家へ訪ねた時は、和服姿で長い髪を束ねていたようだったが、今日は額から梳《すき》あげた髪を肩まで垂

らし、スーツの衿《えり》もとにスカーフを結んでいる姿は、きりっとした若々しさが溢れていた。壹岐の姿に気付くと、秋津千里は、たち上った。

「突然、お伺いして失礼申し上げます」

「いや、長くお待たせしたようですね、まさか、あなたが訪ねて来られるとは――」

「ご迷惑にならぬようにと、お昼休みの時間にお訪ねしたのですけれど、お席にいらっしゃらなかったものですから、繊維部の方のお言葉に甘えて、食事をしながら待たせて戴きました」

と、食後のコーヒーを前にして云った。壹岐もコーヒーを注文し、

「何か、急なご用でも――」

「いいえ、急ぐことではございませんが、今日、この近くの三越で中国の陶磁器展が開かれていますので、観《み》に参り、そのついでに父の遺稿をお眼通し戴きたく、お邪魔致しました」

千里は紫の風呂敷包みの中から、茶褐色の色褪せた書類袋を出して、テーブルの上においた。

「ご遺稿――、秋津中将のしたためられたご遺稿があったのですか」

壹岐は、感無量の思いで、遺稿の袋を見詰めた。

「実は比叡山に籠っております兄の七年の行が終りましたので、先日、はじめて兄を訪ねていろんな話を致し、竹村さま、壹岐さまが父をお詣り下さいましたことなども申しましたら、自分の手もとに父の記した支那事変の折の回顧録があるので、もし防衛庁の戦史室で、お役にたつことがあれば読んでほしいと、託されました、お手数でございますが、壹岐さんから、そのようなお取計らいを戴ければと、存じまして――」

非業《ひごう》の死を遂げた父の生前の軌跡をいささかなりとも残しておきたいという遺《のこ》された者の気持が、壹岐の胸に伝わった。

「しかとお預かり致しました、幸い戦史室には知己がおりますので、早速、手紙を添えて、郵送致しましょう、今次大戦の開戦以前の戦史については、物故された方が多く、資料収集が難しいと嘆いていましたから、さぞ喜ぶことでしょう」

壹岐は、書類袋の封をきちんと閉じ、

「それで、天台宗の荒行《あらぎょう》を終えられたお兄さんの様子は、いかがでした」

二カ月前、三千院の雪庭で、仏門に入った秋津清輝のことを聞いた時の衝撃を思い返しながら聞いた。

「荒行で頬の肉など、すっかり削げてしまいましたのに、眼だけは和み、以前には感じたことのない力感を湛《たた》えておりました、不躾《ぶしつけ》な申し上げようですけれど、どこか壹岐さんのお眼に似通ったところがございますわ、シベリア十一年の凄惨《せいさん》な抑留生活と、仏門に入って十年の行とは、比ぶべくもないことかも知れませんが、長期にわたる極限情況を乗り超えた人の共通した厳しさと静けさを感じます」

と云った。壹岐は黙って頷きながら、陸士出身の兵頭信一良と、大阪駅の地下街で飲んだ時に出た話を思い出し、

「人から聞いた話ですが、お兄さんは、ルソン島で敗戦を迎え、軍旗を焼かれて還《かえ》って来られたそうですね」

と云うと、

「兄が軍旗を焼いたことなど、私、今はじめて聞く話ですわ、兄は戦争のことは一切、語ろうとしませんもの――」

千里はそう云いながら、冷たくなったコーヒーに視線を落した。秋津清輝が妹の自分に語らないのは、心に潔《いさぎよ》しとしないものがあるからに違いなかったが、父も、一点の心のくぐもりも許せない峻厳《しゅんげん》な人柄であった。

壹岐も暫《しば》し、黙り込み、故秋津中将の遺稿の入った袋に視線をあてていると、千里は、沈んだ話題を変えるように、

「私、やっと、新人陶芸展へ出品できるようになりましたの」

生き生きとした表情で云った。

「それはよかった、しかし、女土方《どかた》の真似《まね》はやめて早く結婚してほしいと、云っておられた西陣の叔父さんは、大反対でしょう」

壹岐も笑いをうかべながら云うと、

「ですから叔父には出品することは、話しませんの、叔父は今にきっと諦《あきら》め、結婚するだろうと思っているらしいですけど、私、当分、結婚など致しません」

「それはまた、どうして？」

「だって、土いじりほど楽しいものはありませんもの、土捏《つちこ》ねをし、轆轤《ろくろ》を廻している時の土の感触、それは一旦《いったん》、知ったら離れられない世界です――」

憑《つ》かれたような表情で云い、すっかり人影が疎《まば》らになったレストランに気付くと、

「どうも長々とお話致しまして――、京都へお越しの時はどうぞ、おたち寄り下さいまし」

「はあ、どうも――」

「私、壹岐さんには、父のことをいろいろと伺いたく思いますので、是非ともお越し戴《いただ》きとうございます」

思いがけず、強い語調で云った。千里は自分自身の言葉に、はっとするような羞《はじら》い

を見せ、壹岐は眩《まば》ゆげに千里を見返した。

北浜会館前で秋津千里と別れると、壹岐は急ぎ足で、筋向いの会社へ戻った。電話のベルと人の声がわんわんしている熱気に満ちた繊維部の自席に戻り、千里から預かった大切な故秋津中将の遺稿を、最近ようやく買ったばかりの擬革《ぎかく》の通勤鞄《かばん》に収め、仕事をはじめた。

商品名や取引先、手形の種類など、石原慎二から教えて貰《もら》ったことを記したノートを広げたが、商売の実務によほど不向きなのか、一向に呑《の》み込めなかった。そんな自分が、アメリカ出張を命じられて、大丈夫なのか、壹岐は日に日に不審感が増すだけであった。

暫《しばら》くすると、三時十五分からの三品《さんぴん》相場が始まった。綿糸部長席のすぐ横の値札をかけた黒板のあたりには、このところ熱っぽい気配が続いている。壹岐は、たて続けに電話をかけていた石原が、ようやく煙草《たばこ》をくわえたのを見、

「相場は、この頃、沸いているね、うちは買いに廻っている方か、売りに廻っている方か、どっちなんだね」

と聞くと、石原は呆《あき》れ顔《がお》で、

「もう大分前から続いている仕手戦《してせん》やのに、ようそんな呑気《のんき》なこと云いはるな！　今度の仕手戦はうちが買いで、売りは相場の神さんの仇名《あだな》がある名古屋の中京紡績の鬼《き》頭《とう》社長で、いよいよ山場を迎えて、まさに関ヶ原の合戦にならんとしているのですわ」

と云い、壹岐にこれまでの経緯をかいつまんで話してくれた。

去年の暮、インドネシアの賠償として綿糸の大量買付けの情報をキャッチした近畿商事は、仲買店を巧みに使って、三十番手を中心に隠密裡《おんみつり》に買いに入り、さらに今年、初頭から紡績業界が四六期（四、五、六月）一五パーセントの操短を発表するや、先高《さきだか》人気を狙《ねら》って買い進み、目標額の七割に達すると、それまでの隠密作戦を捨てて、表面に踊り出たのだった。当初百七十円台だった三十番手が、二百三十円台の高値に吹き上げても、その高値を故意に買いまくり、さらに市場を沸騰《ふっとう》させた途端、近畿商事の前に、突如、稀代《きたい》の相場師といわれる中京紡績社長の鬼頭勘助が立ちはだかり、真っ向から売り浴びせて来、凄《すさま》じい仕手戦の様相を呈して来たのだった。

石原はそこまで話すと、綿糸部の値札表を横睨《よこにら》みし、

「何しろ各限月《げんげつ》、一万梱《こうり》ずつ買って来たとして、今で四万梱ぐらいになってるやろな、一梱十万円として一万梱で十億、四万梱で四十億の荷物や、それが前場で二百三十円

から一挙に十五円も撥《は》ねて、二百四十五円になり、金子部長はじめ、綿糸の連中は、昂奮《こうふん》しきっているのですわ」

そう説明する石原も、輸出課員でありながら、かなり昂奮しているようであった。

「そんな高値になったのなら、うちはもう手じまいすればいいじゃないか、金子部長に借りた相場の本に、相場は〝山高ければ谷深し〟〝腹八分目〟という戒めがあり、撤収のタイミングが大事だと書いてあったがね」

壹岐が大真面目《おおまじめ》に云うと、石原は、

「一ぱしのこと云いはるけど、こんな激しい仕手戦になったら、本に書いてある通りにはいかん、この先はどっちかが倒れるまで、力対力の血みどろの戦いになって来る——それで関ヶ原の合戦やというんですわ」

さらに熱っぽく云った。

壹岐は、金子綿糸部長の方を見た。いつものように二本の電話の受話器を両耳にあて、売り買いの指令を発している。その電話は仲買店を通じて、三品取引所の立会場に通じ、四十社ほどの店を代表した商品仲買人たちが激しく競《せ》り、売買の約定がきまるのだった。壹岐は二カ月前に見学した取引所の三十番手一節が、ものの十分とかからず、七千万円の売買が行なわれていた光景を思い出し、綿糸部長が秒単位で判断しなければならぬ緊張度と実践力は、戦争でいえば白兵戦そのもののように思われた。

「壹岐さん、いよいよ仕手の三十番手がはじまりますよ」

石原が云《い》った。金子部長は、先の三十番手とちがい、左手に一本、右手に二本の電話を持って、指令を出しはじめたかと思うと、はっと顔色が変り、値札表の前の社員たちが騒然とした。見ると、二百四十五円であった高値が、一挙に十円下げ、二百三十五円に急落している。

「どうしたんやろ、中京紡績の売り浴びせに、へたったんやろか」

石原は、思わずたち上ったが、金子綿糸部長はすぐ、さり気ない表情に戻り、次の四十番手の指示をしていたが、受話器を置くと、

「大松《だいまつ》をすぐ呼んでおけ、私は社長室へ上ってる！」

仲買店の名を部下に云い、繊維部を出て行ったが、その足どりは心なしか、いつもの冷静さを欠いているようであった。

大門一三は、皮張りの大きな回転椅子《いす》を左右に廻しながら、金子部長の報告する三十番手の急落を聞いていた。

「ともかく冒頭から二百四十五円の当月限《とうげつぎり》に対して、わっと二百枚の売りが出され、

あっという間に十円下げてしまったので、こっちも対抗上、どんどん買い取り、当月限だけはようやく二百四十円まで買い支えました、しかし五月限、六月限と中京紡の売り方は、狂気の沙汰《さた》としか思われぬまで、売りまくって来、とてもじゃありませんが、買い支えられなくなり、社長とご相談して戦線をたて直すために、今日のところはこの暴落を見送った次第です」

金子部長は、一気に後場《ごば》最終の経過を話した。

「そうか――、もしかしてこのあたりで解け合って来るかと思ったが、そうなると意地でも、うちの買いを叩《たた》こうとしてるのんやな」

大門は、金縁眼鏡をきらりと光らせ、中京紡績の社長である鬼頭勘助の瘦身短軀《そうしんたんく》、貧相な体つきのくせに、胆っ玉の据《す》わった面構《つらがま》えを思いうかべた。

綿紡メーカーでは、大手十社のA級ランクで、その市販量が第一位の中京紡績は、年間売上高、二百五十億、オーナー経営者である鬼頭勘助の個人資産は五百億とも六百億とも云われている。鬼頭が他の相場師と異なる強味は、糸のメーカーだから相場が上れば相場の儲《もう》けに加えて、高値の現物を市場へ吐いて、二重の儲けが出来ることだったが、もともと売り向う性向の勝負師で、敗れかけると、もはや損得勘定など吹っとび、意地と面子《メンツ》にかけて資金の続く限り、どこまでも勝負を挑《いど》んで来る男であった。それだけに味方に組めばこれ程、頼もしい友軍はないかわり、敵に廻すと、莫大《ばくだい》な資金力にものを云わせ、オーナーの強味で向って来る鬼頭勘助は、脅威であったが、大門一三の生来の強気は、力に屈伏することを善《よ》しとせず、ここ十数年来、二人が対峙《たいじ》する仕手戦は〝竜虎相撃《りゅうこあいう》つ激戦〟として、業界筋につとに鳴り響いていた。

大門は回転椅子をまっすぐ正面に向け、銅板の世界地図に闘志に燃えた眼を向けて、長考していたが、

「うちが今月まで四万梱買い込んだら中京紡績は、あとどれ位の現物の手持ちをしていると思うのや」

と金子部長に聞いた。

「そうですね、五千梱から一万梱の間でしょう」

「それやったら一梱十万として、あと、十億の資金で買占め出来るやないか、ここまで来たら、向うが売り浴びせて来るのを、うちが全部買いまくるのや！　十円ぱんと下げたぐらいで怯気《おじけ》づいたら、鬼頭の奴《やつ》、咽喉仏《のどぼとけ》をごろごろ鳴らして喜びよる」

と云い、大門一三は、さらに強気の買い指令を出した。

「ですが、社長、あと一息で利食いして逃げようとした潮時を、こうまんまとやられるとは思いませんでした、あの下げ方からすると、鬼頭社長に提灯筋《ちょうちんすじ》がついて、売り

に入って来たところがあるんじゃないでしょうか――」

金子部長が、慎重に考えを巡らせるように云うと、

「それは大いに考えられることやな、早速、仲買店や、メーカー、機屋《はたや》など、あらゆる術《て》を使って、売方を洗い、そいつらの手持ちを調べるのや、わしはこれから関経連の定例会議と、羊毛協会の会議に出かけ、夜は宴会二つすませて、家へ帰るから、情報が入り次第、どこへでも連絡を入れてくれ」

と云うと、大門一三は、野戦の軍司令官のような果敢な表情でたち上った。

夙川《しゅくがわ》の山の手にある大門一三邸は、五百坪ほどの敷地に、百三十坪の、数寄屋《すきや》造りの家であった。六年前、大門が常務になった時、郷里の和歌山の山林から伐《き》り出した材木をトラック十二、三台で運んで来、普請《ふしん》した家だったから、総檜《そうひのき》の豪壮な造りであった。

大門一三は、車を降り、三間の檜に鋲打《びょうう》ちした門のベルを運転手に押させると、若いお手伝いが門を開け、妻の藤子《ふじこ》も出迎えた。

「お帰りなさい――、ご苦労さま」

藤子は、運転手に犒《ねぎら》いの言葉をかけたが、色白の細面《ほそおもて》で、眼尻《めじり》がややつり上り、フォックス型の眼鏡をかけているのが、何となく権高《けんだか》な感じを与える。

「麗子は、まだ起きているか」

大門は、正面に太い丸長押《まるなげし》が一文字に通っている玄関を入りながら、末娘のことを真っ先に聞いた。

「さあ、どうですかしら、もう十一時を過ぎていますからねぇ、それよりあなた、毎晩、ようお精が出ますこと――」

このところ家をあけたり、深夜に帰って来ることが多い夫を、ねっちりと皮肉るように云った。藤子は、夫が外に、女を持っていることを知っているのだった。大門が黙って居間に入ると、

「あなた、娘の縁談のある時期ですから、あんまり若い芸者などと、妙な噂《うわさ》をたてられないようにお願いしたいものですわ」

藤子は、夫の丹前の着替えを手伝いながら云った。

「帰宅早々、また嫉妬《へんねし》か、お前こそ、ええ齢《とし》して、いつまで焼きもち焼く気や、わしの女遊びは昔からのことで、これが仕事の精になるのや、ええ加減にしとき」

取り合わぬように云うと、

「嫉妬《へんねし》してるなど阿呆《あほ》らしい、そんな気持、とっくに卒業してますわ、私は娘の縁談にさし障《さわ》らんようにと、云うてますのやわ、それにあなたという人は——」

と詰《なじ》りかけると、廊下に軽い足音がし、からりと襖《ふすま》が開いた。真っ赤なジャージーのガウンを羽織った末娘の麗子であった。母親に似ないまる顔で、くるりとした大きな眼を悪戯《いたずら》っぽく動かし、

「お母さん、五十を過ぎて、ジェラシーなんか、みっともないわ、私の縁談とお父さんの女遊びは無関係よ、それにお父さんだって、女性にもてないより、もてる方がいいじゃないの」

「まあ、なんてことを云うの、未婚の若い娘というのは、もっと潔癖なはずですよ、それに、もてる方がいいだなんて、そんな云い方をするのも、父親のせいですよ」

眼尻を吊《つ》り上げるように云うと、

「いやややわ、お母さんたら、すぐむきになって、一々、口喧《くちやかま》しく云うから、よけいにお父さんは、外でリラックスしたくなるのよ、お兄さんや、お姉さんだってそう云ってたわ」

麗子は、二人の兄と既に嫁いでいる姉のことを云うと、子供たちに甘い大門は顔を綻《ほころ》ばせた。

長男は日本製薬に就職し、次男は五菱商事に入り、現在、バンコック支店勤務になっており、長女の恵子は、フランス人と結婚して、スイスに住んでいるのだった。それも妻の藤子に云わせれば、大門の徹底した放任主義のせいだというのだった。それだけに藤子は、日本製薬の東京支店に勤務している長男のように、末娘の麗子は、日本で自分の身近で新婚家庭を営める良縁を探しているのだった。

大門は、妻に代って、娘がついでくれたお茶を口に運びながら、ふと金子綿糸部長からの電話が気になった。

「わしが帰って来る前に、会社から電話がなかったか」

「いいえ、ありませんでしたわ、どこからも」

藤子が応《こた》えると、娘の麗子は、

「お父さん、今晩、国際電話が入るの？　いやね、私の寝室、お父さんの上だから、午前二時、三時の電話のベルとお父さんの大きな声で、いつも睡眠妨害されるんやわ」

「そうか、何しろ地球の裏と表の電話やからな、だが、今晩は国内電話や」

「お父さんって、どうしてそんなにフル回転で働くの、オーナー経営者じゃないから、儲けたって自分のものになるわけじゃないし――」

現代っ子らしい云い方をした。

「わしは損することが嫌いや、商売で損することは罪悪やと思うてるから、一体、人間一人の能力でどれだけ儲けられるか、地球を駈《か》けめぐって試してみたいのや、さしずめ、地の果てまで儲けてみたいということかな、はっはっはぁ」

と笑ったが、それは大門の一貫した本心であった。

麗子が二階へ上って行き、二人きりになると、藤子は、大門の方へ向き直り、

「あなたって人は、化けものやわ、一日中、人並以上に精力的に仕事をし、女遊びも人一倍し、海外駐在時代は、家のことなど放《ほ》ったらかしやったのに、ちゃんと子供たちの気持を摑《つか》んで、なんて人かしら――」

「なんてこともない、要は本気で仕事をし、好きな女遊びでリラックスし、家へ帰って時間があったら子供を可愛《かわい》がる、至極、単純で原始的なやり方をやって来ただけのことや、それを躍起になって、あれこれ思うお前の方が歩が悪い、わしの遊び好きは、結婚当初からのことで、今に始まったことやない」

と云い、大門はごぼりと酔いざめの水を飲んだ。

大門一三は、和歌山県の新宮《しんぐう》の山林持ちの三男に生れたが、田舎の旦那《だんな》衆でおさまるような性分ではなく、大正十一年の春、大阪高商を卒業すると、すぐ近畿商事へ入

社し、日ならずして北京《ペキン》支店長に抜擢《ばってき》され、次いで若冠二十七歳で仏領インドシナのサイゴン支店長になったのだった。その頃、郷里の父がすすめて来た大阪の羅紗《らしゃ》問屋の娘である藤子と見合いする運びになった。たまたま本社へ業務報告のために一時、帰国する機会があったからであった。やや眼尻がつり上り気味なのが気になったが、神戸女学院出身で英語が堪能《たんのう》なことが当時の女性としては得難く、それにその頃はまだ健在であった郷里の両親が乗気であったから、即座に決めて、一カ月間の一時帰国が終ってサイゴンへ帰任する五日前に結婚式を挙げて、新婦は二カ月後にサイゴンへ着いたのだった。その日、日本からは妻の到着時刻と乗船名を報《しら》せる電報が来ていたが、大門は、インドシナ政府に日本の綿糸輸入を大幅に許可して貰《もら》うために、貿易省の役人たちを接待し、ナイト・クラブへ案内して、一夜を明かしてしまい、新婚生活の早々から、信用を失ってしまったのだった。その時のことが、よほど恨めしかったのか、藤子は、ことある度にそれを持ち出し、生来の嫉妬《しっと》深《ぶか》さが齢とともに加わり、野放図な大門との性格の食い違いが、増す一方であった。その上、郷里の兄たちの配慮で、大門一三名義の山林収入もあり、給与以外に、充分な余裕があるので、とかくサラリーマン社長にありがちな、社費でこそこそ遊ぶようなことはせず、公私のけじめをきちんとつけて、おおっぴらに遊ぶ方であった。

「今晩は宴席で、ちょっと飲み過ぎたから、風呂《ふろ》はやめて、もう寝る――」

大門が云うと、藤子は黙って奥の寝室の襖を開けた。枕《まくら》もとに二台の電話が置いてある。深夜でも国外、国内の緊急電話を聞くためであった。灯《あか》りを暗くして床に臥《ふ》せ、眠りにつきかけた時、枕もとの電話のベルが鳴った。大門はとっさに、金子綿糸部長からの電話と判断し、受話器を取った。やはり金子であった。

「社長、夜分に恐縮でございますが、中京紡が二交替を三交替にして、三十番手の増産に拍車をかけて、さらに実弾で売り浴びせて来るという噂が入りました」

「なに、この操短の時期に増産？　それ確かな情報かどうか、明朝までにしっかり探り出すのや！　ええか」

檄《げき》を飛ばすような勢いで云った。

＊

五月《さつき》晴《ば》れに晴れ渡ったビルの谷間の空を仰ぎながら、金子綿糸部長は一見、いつもと変らぬ表情で、女子社員がついでくれた熱いお茶を啜《すす》っていたが、頭の中ではいよいよ、大詰めに来た三十番手仕手戦の最後の乗切り策を練っていた。

先月末で邪魔になる雑魚《ざこ》のような提灯買い筋はふるい落し、五月六日の連休明けと同時に、それまで高くなれば利食いし、安ければ買い増しした戦術を一気に、買い一本の凄《すさま》じい進撃に転じ、戦後二度目の二百七十円抜けという天井知らずの相場に踏み上げたが、この高値を七日先の二十八日の納会まで持ちこたえ、中京紡績社長の鬼頭勘助の大量売りを踏み上げさせるか、否《いな》かが、今年初めから仕掛けた仕手戦の勝敗の分れ目になるのだった。

金子綿糸部長は湯呑茶碗《ゆのみぢゃわん》を置き、昼食後に飲み忘れた胃薬の錠剤をいつもより三粒多く口に入れ、お茶とともに呑《の》み下した。昭和六年に高商を卒業後、近畿商事へ入社し、相場畑を一貫して歩いて来たベテラン中のベテランであったが、他部門の仕事と異なり、合議の上でことをきめるのではなく、一日四節《せつ》の立会いで、何千万、何億円という売り買いを秒単位で即決して行かねばならぬ仕事であるだけに、心身の消耗度は激しい。綿糸部長になってからは、正確な相場の判断を誤らぬために、酒はもちろん、好きな煙草も断って、節制に努めても、慢性的な胃の痛みは、治ることがなく、相場担当特有の青黒い痩《や》せた体をしていた。

「部長、長らく拝借させて戴《いただ》きました」

という声がし、視線を上げると、壹岐が礼儀正しく、二冊の本を机の上に置いた。一カ月ほど前に、相場について素人《しろうと》でも解《わか》る本はないですかと尋ねられ、たまたま手もとにあった入門書のようなものと、相場師列伝の二冊を貸したのだった。

「いや、ご丁寧に——、それにしても壹岐さんはよく勉強しますな、何事につけても、そうして徹底的に勉強するのは、陸士、陸大の教育方式なんですか」

商業用語から貸借対照表の見方、手形の書き方、布の見分け方、商業英語まで、自分より齢下の若い社員に教わり、勉強している壹岐の姿を見て、金子は、普通の人間では真似《まね》ることの出来ない勉強ぶりだと思った。

「そんな風に云って戴くと、恥ずかしい限りで、自分では勉強したつもりが、いざ実地となると汗顔することばかりです、実は先月の二十日過ぎ、三十番手が二百四十五円になった時、せっかくこれだけ高くなったのなら、今のうちに売ればいいのではないかと石原君に云って、失笑されましたよ、相場を仕掛けている張本人が、高値だからと、今、売っても、誰も買手がつかず、自分で値崩れを促すことになるそうで——」

と云った時、近くの三品《さんぴん》の値札表の前に、三時十五分からの後場《ごば》最終の立会いに備える綿糸部員たちの気配がし、壹岐は自分の席へ戻って行った。

三時十五分、金子は、二本の受話器を取り、二十番手の場立ちへの指令に入った。何の波瀾《はらん》もない通常の運びで瞬《また》く間に、十月までの先物の売買が成立し、十分後の次が、いよいよ三十番手であった。買玉《かいぎょく》の枚数は常時、使っている仲買五社の機関店に連絡ずみで、後場最終で近畿商事は、三百枚を買う作戦をたてていた。一節当りの取引量はここ五、六日の平均が四十三社の仲買店の手振りで五百枚あったから、近畿商事一社で三百枚の買玉をたてるのは、売り仕手の中京紡に集中砲火を浴びせることであった。

金子は、再び二本の受話器を取り上げた、一本は主力機関店の大松商店の仲買人に、もう一本は、第二番目の機関店である浪花《なにわ》商店の仲買人に繋《つな》がれている。

金子はまず、大松商店から取引所に出ている仲買人に、

「場の雰囲気《ふんいき》はどうだ」

と聞くと、

「尾張の動きが、どうも気になります」

受話器を通して、柴犬《しばいぬ》のように鋭敏な嗅覚《きゅうかく》をもった若い仲買人の声が聞えた。尾張というのは、中京紡績の主力機関店であった。金子は思わず、受話器を口に寄せ、

「尾張のどこが気になるのだ？」

「どこがと云われても……、勘ですわ、何や容易ならん臭《にお》いがするんですわ」

と応《こた》えた時、受話器に立会場の騒《ざわ》めきと同時に、立会い三分前を報せるベルの音が

聞えて来た。金子は、大松の仲買人に早口で、

「よし、それなら、尾張の動きを探り出すために、当月限《とうげつぎり》の冒頭で売り指令を出すから反応を読んでくれ」

と云い、もう一本の浪花商店の担当者に繋いだ電話の受話器を口に近付け、

「尾張が臭いという情報を聞いたので、君んとこは予定通りの戦法で行くから、そのつもりで――」

と云った時、いよいよ三十番手の立会い開始の柝《き》が鳴り響き、二百七十円から読上げがはじまった途端、金子は、中京紡績の機先を制するように、大松に、

「五十枚売り――」

売り指令をし、浪花には百十枚の買い指令を出してから、暫時《ざんじ》、受話器を通して聞えて来る場内の売買状況を見守った。

「大松五十枚売り、弘十枚買い、大島五枚売り、日吉二十枚買い、浪花百十枚買い、高井二十枚買い――」

近畿商事の冒頭の小手試《こてだめ》しの売りにもかかわらず、買いムードは冷えず、二百七十三円に上り、中京紡績を代行する尾張の〝臭い気配〟が単なる危惧《きぐ》に過ぎないと思いかけた途端、

「丸山三十枚売り、都十枚売り、尾張二百枚売り――」

雪崩《なだれ》のように突如、売りが殺到し、競《せ》りは刻々と十銭刻みに下り、最後に売買の差が出た五十枚の売りハナも、間髪入れず、よっ！という声とともに、尾張が取り、ぱーんと柝が入って、当月限最終値は、二百六十五円と、五円下廻った。

次の六月限になると、買いは殆《ほとん》ど近畿商事一社のみで、

「尾張百五十枚売り、五木百枚売り」

中京紡績の指令を受けた仲買店が、どんどん大量に売り浴びせて来た。金子は、受話器を通して入って来る津波のような売りを、いささかの逡巡《しゅんじゅん》もなく、大松と浪花に指令し、次々に買いまくり、二百六十円割れを必死に防戦した。既にその量は、大門社長と打ち合せた所定の量の二倍を越えていたが、ここで弱気を出せば、ストップ安は免れない。金子は二台の電話を両耳に当て、

「大松二百枚、浪花百枚――」

となおも買い支えの指令を出し続けながら、胃が錐揉《きりも》むように痛んだ。

三十番手市場の品物は、四月の納会で相当量買い占めていたから、今月に入っての売りは、カラ売り筋が多いと思いながらも、納会日に、もしこれだけの現物が近畿商事に渡って来たらと思うと、空怖《そらおそろ》しくなる攻防戦であった。

しかし、売ればすぐ買い取る近畿商事の豪胆な買いぶりに、中京紡績以外の売りが、二の足を踏み出し、当月限より三円安の二百六十二円で柝が打たれた。しかし、その先、十月限までは、百九十円から百八十円の実勢相場を現わしており、その異常な逆鞘《ぎやくざや》は、目下の仕手戦がいかに熾烈《しれつ》を極めているかを、如実《にょじつ》に物語っていた。

三十番手に続いて、四十番手の相場が終ると、金子部長は思わず、ほっと大きな吐息をついた。今日のところは中京紡績を振り切れたが、明日、明後日《あさって》、明々後日《しあさって》と、この調子で売り浴びせて来れば、防戦買のためによほどの資金を調達しなければ、ならなくなって来る。

すぐにも大門社長に決裁を仰ぎたかったが、大門は午後三時の飛行機で福岡へ出張し、夜でなければ連絡が取れない。金子は、大松商店へ電話し、専務の村越に、すぐ来て貰《もら》いたいと云った。

大松商店の村越専務は、金子が電話をきってものの十分もしないうちに、部長席の前にやや猫背の姿を現わした。近畿商事から近いということもさることながら、大事な顧客先《おとくい》のお召しとあらば、一刻を争って飛んで来るのが、仲買人たちの習性であった。

金子は眼顔で、応接室を指すと、村越は人目にたたぬようにすっと応接室へ滑り込

み、金子と向い合うと、

「さっきの後場最終は、最近にない大商いでおましたな、久し振りに沸きましたわ」

と眼を光らせたが、金子は表情を動かさず、

「今月の納会日での受け渡しの玉読《ぎょくよ》みだが、あんたは、うちに何枚ぐらい渡って来ると思う？」

と聞いた。大松商店には、近畿商事の綿糸の売買の半分以上を扱わせている関係上、五社の機関店の中でも大松が最も信頼できる相手であり、特に専務の村越とは以心伝心の間柄であった。

「そうですな、他の四社には、もう読ましはりましたか」

「うむ、一昨日あたりから一、二社ずつ呼んで、売り玉の情報を聞き出し、集計してみると、五千枚のうちの買いに対して、実際に玉を渡して来るのは約二千五百枚で、あとの二千五百枚は、カラ売りということになる」

と云《い》うと、村越はよく動く眼を光らせ、

「確かに先月からの操短が行き渡って、市場はかなり品薄になっており、売りの半分はカラ売りと読んで、ええでっしゃろ……」

と云い、ちょっと言葉を跡切《とぎ》らせた。もしその読みの通り売り玉の半分が、カラ売

りならば、納会で近畿商事が現引きするといえば糸を持たず、相場だけ張っている連中は、否応《いやおう》なく高い糸を買い戻し、煎《い》れあげて来るはずで、作戦通り近畿商事は高値で、有利に手じまい出来ることになる。

「そやけど、今日の中京紡の売り方は、ちょっと異常ですな、もしあれが全部、現物の実弾やったら、納会で受ける枚数は、慎重を期して三千枚と読んで、資金調達をしておきはった方が安全やと思います、私はまたこれから中京紡の玉の中身が、実弾か、カラか、探って来まっさ」

と云うなり、村越は低いお辞儀をして、すうっと部屋を出て行った。そのうしろ姿を見ながら、金子は、自分も懇意な紡績、機屋《はたや》などの関係方面へ電話を入れて、中京紡の動きを探り、磐石《ばんじゃく》の構えを取って、この一戦を勝ち取ろうという武者震いのような思いが、体を奔《はし》った。

五月二十八日は、大阪三品《さんぴん》取引所の納会日であった。三十番手仕手戦の今日が天王山と緊張している近畿商事の綿糸部は、金子部長はじめ十人の部下が朝七時半には全員、出揃《でそろ》い、売り方の最後の玉読みを完了して、九時十五分からの立会いに臨んでいた。

金子綿糸部長は、繊維担当の一丸《いちまる》常務が出社し、繊維部正面中央の大きな机の前に坐《すわ》ると、今日の納会に臨む方針を報告した。一丸常務は、色黒のいかつい顔を光らせ、

「当社の買い一万梱《こうり》に対し、売り玉の総数八千梱、その内訳は約五千梱が中京紡で、三千梱が他の紡績や商社、機屋《はたや》というわけか――、四、五日前の玉読みでは中京紡の売りは三千梱ということやったが、三十番手の月産量が一万梱の中京紡が、まるまるその半分も当社へぶっつけて来るというのは、確かな情報かね」

半信半疑で、聞き返した。金子は連日、深夜にわたる作戦会議で、眼の縁に隈《くま》が出来ていたが、温和な顔に平素には見られぬ闘志を燃えたたせ、

「十中、八、九、間違いありません、中京紡の五千梱という売り玉は、当社の機関社の仲買店からの情報をもとに、主力機関五店と大松の専務の村越君を呼んで克明に玉読みして出て来た数字ですし、私自身もその裏をとるため、泉州、北陸の機屋へ電話し、中京紡からの入荷の状況を探ってみましたところ、案の定、各機屋とも三十番手の入荷は半月、一カ月遅れてるのは、ざらで、中には今月は三十番手の生産はないから四十番手で我慢してほしいと一方的に番手違いの糸を送られ、泣いている業者も少なくありません」

と云うと、一丸常務は、

「ほう、中京紡は機屋へ送る糸までストップして定期市場へぶっつけ、当社の買いを潰《つぶ》そうという魂胆か、鬼頭社長も、今度という今度は、よっぽど正念が入ってるな」

天井の一角を睨《にら》むように云い、

「で、中京紡以外の売り三千梱のうち、目ぼしいところはどこなんだね」

と聞いた。

「丸藤商事、帝国紡績、東洋綿糸と、泉州織物の北波男、北浜の田丸商店の田丸栓太郎の売りが三分の二を占め、残り三分の一は小さな機屋や場違い筋です」

商社、紡績、機屋、そして名のある商品相場師の名前を上げると、相場の値札表のあたりに騒めきが起った。大門社長が姿を現わしたのだった。社員たちの目礼に、大門は金縁眼鏡をかけた艶々《つやつや》しい顔で頷《うなず》きながら、一丸と金子の傍に来、

「どや、見通しの程は――」

闊達《かったつ》に声をかけた。社長就任以来、五分刻みの多忙さで、めったに二階の繊維部には下りて来ない大門であったが、五カ月間にわたる中京紡績との大仕手戦の納会日とあって、さり気なく金子を激励に来たのだった。

一丸常務は、席からたち上り、

「今、金子君から情勢を聞きましたが、鬼頭さんのところの実弾はもの凄《すご》いですねえ」

と云うと、大門は負けん気の表情で、

「産地へ出荷ストップまでして、ぶっつけて来るようでは、鬼頭勘助の手持ちもいよいよ底をついた証拠や、それより場違い筋で、鬼頭におんぶして来る小判鮫《こばんざめ》は掃討したやろな」

金子の方に向って、聞いた。小判鮫というのは、糸を実際に扱う紡績や商社と異なり、投機のみを目的に大手の売り、または買いにつき、利鞘《りざや》を稼ぐ中小の相場師のことであった。金子は言下に、

「依然として高値で飛ばしていますので、近畿商事有利と読んで、それほど心配する動きはしないと思います、ただ中京紡や丸藤商事、東洋綿糸などの固定玉は読み違いすることはまずないという自信がありますが、浮動玉ばかりは選挙と同じで、なかなか確率の高い実態が摑《つか》めませんので、予備金として今、承認して戴いている千梱分の上、もう五百か、千梱の資金をお認め戴くと心強いのですが――」

莫大《ばくだい》な資産を背景にたち向って来る中京紡績の鬼頭勘助の顔を思いうかべながら申し出た。今日の納会に至るまでの五カ月間、時には利食いし、巧みに儲《もう》けて来たが、

各月平常の二倍を超える買い玉をたて、それに注ぎ込んだ資金は五十億に及び、社長決裁の資金といえども、もはや、ぎりぎりの限界に来て、経理部は千梱分の予備資金さえ出し渋ったのだった。

しかし金子は、操短という買い仕手にとって強材料《つよ》の環境に加え、この十年来の綿糸相場の中でも、めったにない大仕手戦だけに何としても勝ち抜きたいという満々の闘志が、体中に渦巻いていた。

大門社長は返答するかわりに、眉《まゆ》の撥《は》ね上った精悍《せいかん》な眼を、じっと金子に注いでいたが、

「よっしゃ、あと千梱分の予備金は、わしが経理の方へ云うとく」

太い声で請け合った。

「しかし、それは社長、ちょっと――」

纖維全般をみている一丸常務は、さすがに承服しかねるように口を挟みかけると、

「かまへん！　今度の相場をここまで作り、支えて来たのは金子君の力量やから、見通しは誤ってないはずや、思う存分、しかし、無理せんとやりぃ」

大門は、金子にそう云うなり、大股《おおまた》な足どりで出て行きかけ、足を止めた。纖維輸出課の机で、大門たちのやり取りをまじまじとした表情で見詰めていた壹岐に気付い

たのだった。距離はかなり隔たっていたが、

「今日は図書館へ行かんのか!」

辺り憚《はば》からぬ大声をかけた。

「はあ、今日は——」

壹岐も思わず、大きな声で返答しながら、視線を相場の値札表の方へ向けると、大門は仕手戦の最後のヤマ場を見極めようとしている壹岐の心中を見て取り、機嫌のいい笑いをうかべて、さっと繊維部を出て行った。

九時十五分、前場《ぜんば》一節が開始された。金子綿糸部長は、自信に満ちた表情で、受話器をとり、部下たちは別の電話や値札表の前にたった。納会の前場一節はカラ、実弾が混ったいつもの売買であるが、そこで決まった五月の当月限の値に対して、次の二節では現物の伴った売買が行なわれ、五月限総決算が行なわれるのであった。したがって一節は売りと買いが、双方の動きを息を殺して探り合う、いわば決戦の前の緊迫した静けさが場にこもっている。

金子は予《あらかじ》めたてた戦法通り、大阪三品取引所に取引員として出ている「大松」の仲買人に買い指令を出して行った。大松の仲買人から受話器を通して入って来る中京紡績の動きも不気味なほど波静かで、二節の総決算を前に深く潜行している気配であっ

たが、ものの五、六分で終了した一節三十番手は予測と一円もたがわぬ二百七十三円で柝が入り、仕組んだ通りの相場の動きに、金子は一種陶然とした勝利感を覚えた。部下たちの表情も、二時間後に近畿商事が掌中に収める大勝利に、頰を紅潮させている。

午前十一時、いよいよ前場二節、当月限の納会時刻が迫った。金子はこの五カ月間、自分の手足となり、影となって情報の収集に奔走してくれた大松の村越専務に電話した。

「金子だ――その後、変った動きは？」

「二百七十三円の値に惚《ほ》れてこの際、一儲けしようという機屋が動くかもしれまへんが、天井はまだ先というのが大方の見方ですよって、大丈夫です」

「うむ、それでは――」

金子は電話をきると、ズボンのベルトを締め直し、取引所へ通じる二本の電話を両耳に当てた。受話器を通して、ぱーんと三十番手開始の柝が響いて来た途端、一節と打って変って凄《すさま》じい仲買人の声が、耳に入った。市場の品薄を当て込んで、この際、糸を持っておこうとする者が多ければ多い程、値は二百七十三円からさらに沸騰《ふっとう》し、カラ売りに廻っていた側は、さらに高値になる糸をみすみす手放さねばならないし、売りしていた者は買い戻さねばならない。

金子は動悸《どうき》の高鳴る思いで、受話器を耳に押し当て、買い玉の枚数を頭の中に叩《たた》き込んで行った。

「大松八百九十枚買い、浪花《なにわ》七百枚買い、尾張五百二十売り、丸木四百八十五売り、日吉三百枚買い――」

売買の枚数が一、二分、殺気を帯びてめまぐるしく飛び交って行く中で、金子は思わず、わが耳を疑った。

「丸山二百枚売り、都三百六十七枚売り、時甚百五枚売り、山中八十九枚売り、共栄五十七枚売り、辰巳《たつみ》二十一枚売り――」

取引所に入っている四十三社の仲買店が尽きることなく一斉に売り浴びせて来たのだった。金子は高鳴る動悸がぴたりと停り、全身からさあっと血が引いて行くのが、自分でも解《わか》った。

「鈴木五十七枚売り、大林七十一枚売り、東四十五枚売り、佐貫百五枚売り、尾張二百十枚売り――」

はじめ買いに出た者も、情勢不利の臭《にお》いをかぐや、売りに雪崩《なだ》れ込み、買いの声は一声も発せられない。金子は膝頭《ひざがしら》ががくがくと震え、受話器を持つ手が震え出した。

「か、金子部長——」

全く予期せぬどんでん返しに、大松の若い場立ちが上ずった声で、呼びかけて来たが、金子は咽喉《のど》が灼《や》けるように干乾《ひから》び、応答することが出来ぬばかりか、手はさらに震えを帯びた。四十三社が我も我もと売り浴びせてくることは、大手の売りだけでなく、糸を持っている群小の機屋までが、織物用の手持ちの糸を一枚でも二枚でもぶっつけて来ていることであり、近畿商事は全国の紡績、商社、機屋にわたるまで敵に廻したことにほかならない。金子は頭蓋骨《ずがいこつ》が罅割《ひびわ》れるような思いで、取引所の読上げ係が売買の集計で出た買いハナ（売りと買いの差）を伝える声を、待った。

「買いハナ、千五百五十七枚！」

その途端、金子はうっと呻《うめ》いた。近畿商事の買い一万梱、つまり五千枚分に対し、売りは八千梱、四千枚と読んでいたのに、現実には七千枚にのぼる売りが浴びせられている！

「買いハナ、二百七十三円！」

取引所の読上げ係の声が勢いよく上ったが、それを取るものは誰もおらず、氷のように冷たい静けさが、金子の耳に非情に伝わって来るばかりであった。もはや近畿商事が買いハナを取らねば、値は奈落《ならく》の底に真っ逆さまに落ちて行く以外ない。だが二百七十三円で即刻引き取るべきか、或《あ》るいはもう少し値を下げたところで引き取るべきか、金子はもはや、いつもの沈着な判断力と意志の力を失っていた。

「買いハナ、二百七十二円九十銭、八十銭、七十銭、六十銭、五十銭――」

読上げ係が十銭刻みに値を下げて買いハナを募っているが、場はしんと静まり返ったままであった。早口に十銭刻みで下げて行く読上げ係の声が金子には悪魔の声のように響き、一秒が十分も二十分もの長さに思われ、受話器を持つ手の指の間に、じっとりと脂汗《あぶらあせ》が滲《にじ》み出た。

「買いハナ二百五十二円三十銭、二十銭、十銭、二百五十一円――」

もはやこれ以上、躊躇《ちゅうちょ》することは許されない。

「買い――」

金子は眼をつぶり、断崖《だんがい》に向って突進するような思いで、大松の場立ちに買いハナをとる指示を出すと、寸秒をおかず、ぱーんと柝《き》が入り、逆転劇の売買は成立した。終った途端、金子は全身の血も、力も抜け落ち、がくりと頭を垂れた。惨敗《ざんぱい》であった。次長以下、部員も茫然《ぼうぜん》とたちすくみ、繊維部は一瞬、真空状態に陥ったように静まり返った時、一丸常務が悲壮な表情で、金子の傍に歩いて来、

「四十番手は、次長に任せなさい――」

と云《い》い、次長を呼んで、金子と入れ替わらせた。

納会に千五百枚を超える買いハナが出、近畿商事以外、引き取る者がなく、しかも二十円安でしか買い取れなかったというニュースは、たちまち全国の業者、商品相場師の間に拡《ひろ》がり、午後一時十五分からの後場一節の六月限以降の相場は、仕手崩《してくず》れした近畿商事の足元を見て、徹底的に売り浴びせられた。そして、五カ月間にわたって仕掛けた近畿商事の仕手戦は、曾《かつ》てない深傷《ふかで》を負って、敗北したのだった。

社員食堂は、十二時半を廻っても、順番を待つ社員たちで次々と席が埋まり、人声と食器の触れ合う音、中華そばを啜《すす》る音、フォークやナイフを使う音などが天井に響き、巨大な胃袋のような活気に満ちていた。

壹岐は、中程のテーブルに坐って、一人、ライス・カレーを食べながら、すぐ横の社員たちが、一週間前に惨敗した仕手戦のことを話しているのを聞いていた。

「おい、この間、中京紡にやられたあれは、えらい大火傷《おおやけど》やったそうやな」

入社五、六年ぐらいの若い社員が云うと、

「聞くところによると、五億ぐらいの損ということや、うちの社の半期の純利益が約十億やから、一つの部だけで、五億の損というのは大きいな、もちろん、金子部長の首は素っ飛ぶやろ、可哀《かわい》そうに、せっかく、次期取締役候補のトップに挙げられてたのに、これで一巻の終りか」

もう一人が、したり顔に云った。

「それに繊維担当の一丸常務も、減俸ものやな、何割ぐらいカットされるのやろ」

人事の噂《うわさ》ほど面白いものはなかったから、雑貨部の若い社員たちは、ライス・カレーや丼《どんぶり》ものを食べながら、身を入れて喋《しゃべ》っている。

「そやけど、なんぼ首飛ばされたり、減俸になっても、命あってのもの種やでぇ、六、七年前の生糸部長やった人は、生糸の仕手戦で、当時の金で三億近く損して、とうとう体をつぶして、ノイローゼになって、退社したそうや」

「ふうん、同じ組織の中で、同じように給料貰《もろ》うて、綿糸や、生糸、毛糸、などの相場のある部へ廻された者は、悪い星の下に生れたとでも思わんと、助からんな、そうすると、少々、陽の当らん場所でも、われわれのようにゴム草履の輸出の商売でもしてる方が、安穏なわけか」

と云い、軽い笑い声をたてたが、壹岐は、ぎくっとした。

混《こ》み合っている食堂の一角に、幹部席と云われる部長職以上の者のテーブルがあり、金子部長が、ぽつんと坐《すわ》っているのに気付いた。そこは多忙な部長たちに、昼食時にも外部から電話がかかったり、緊急連絡があった場合、すぐに呼び出せるように設けられた席で、幹部席には、十数人の部長が一緒に食事していたが、金子部長だけは独り、人目につかぬ、一番端の席に坐り、運ばれてきた和食定食を前にして、一口か、二口、口にしただけで、咽喉に通らぬように箸《はし》をおき、力なく考え込んでいる。僅《わず》か一週間ほどの間に人相が変り、すっかり面変《おもがわ》りしてしまっている。中京紡の仕手戦に惨敗したその日の後場《ごば》と翌日だけは、次長に代って貰ったが、また翌々日からは二つの受話器を耳にあてて指令すると同時に、仕手戦に敗れて玉受《ぎよくう》けした三十番手は実物市場に売り捌《さば》いて行かねばならず、金子部長の疲労困憊《こんぱい》ぶりは、眼をそむけたいほどの痛ましさであった。

壹岐の横で、金子部長の噂をしていた若い社員たちの声が、不意に止《や》んだ。金子部長の姿に気付いたらしく、こそこそと席をたって行ったが、壹岐はなおも、金子の方へ、そっと眼を注いでいた。金子は再び、箸を取って、二口、三口、ご飯を口に運んだが、またすぐ箸をおき、すまし汁《じる》だけを呑《の》んで、すうっと席をたつと、ややもつれるような足どりで食堂を出て行った。

壹岐も席をたって、あとを追うように地下の食堂を出ると、金子はエレベーターに乗らず、二階の繊維部を通り越し、途中で何度も吐息をつき、休みながら、上へ上へと階段を上って行った。壹岐は、黙ってあとに随《つ》いて階段を上った。

七階まで上ると、金子は屋上へ出る細い階段を、背後から随いて来る壹岐の足音にも気付かず、さらにふらふらとした足どりで上って行く。

屋上には、若い社員たちがバレー・ボールをしたり、そここで楽しげに喋っていたが、金子はそんな方には背を向け、人影のない屋上の端の方へ足を向けた。そこは給水塔の陰になって、人目につかないところであった。金子はそこにじっとたたずみ、放心したようにビルの谷間を見下ろしている。勝利を信じて闘って来、思いもかけぬ敗北を喫した者の打ちのめされた姿であった。壹岐は暫《しば》し、金子のうしろ姿を見守り、

「金子さん——」

と声をかけると、金子は、はっと我に返ったように、振り向いた。

「あっ、壹岐さんでしたか……」

驚いたように、言葉を跡切《とぎ》らせた。

「何かとお疲れでしょう——」

壹岐はことさらに、さり気ない語調で話しかけると、

「ええ、したたか参りました、何しろ完膚《かんぷ》なきまでの惨敗ですからねぇ」

「しかし、よく戦われましたね」

商戦とはいえ、金子のここ数ヵ月の緊張感と体力の持続は、戦のような凄じさであった。それが今、明るく爽《さわ》やかな六月の陽の光の中にたっている金子は、力も自信も失い、初夏の風に吹き煽《あお》られるような頼りなさであった。

「金子さん、平凡な言葉ですが、『勝敗は兵家の常』という諺《ことわざ》がありますよ」

と云うと、金子はかすかに頷いた。

「いかがです？　煙草《たばこ》をお喫《す》いになりませんか」

壹岐は、たまたま社長室で、相場勘をよくするために、金子綿糸部長が好きな煙草まで断ったということを聞いていたが、緊張感を解きほぐすためにすすめると、金子は躊躇《ためら》わず、すうっと手を伸ばして、一本抜き取り、口にくわえた。壹岐はそっと火を点《つ》けた。

「美味《おい》しいですね、一年ぶりの煙草です」

金子は、うまそうに、大きく煙を吐き、

「壹岐さん、あなた、お子さんは何人です」

「二人です、高校生の娘と、中学生の男の子です」

「そうですか、私は長く応召していたので、五十の齢《とし》で、高校生を頭《かしら》に三人いるのですが、せめて長男が大学を出てくれるといいのですが……」

金子は、既に辞表を上衣の内ポケットに入れているようであった。

「金子さん、まさか――」

と云うと、金子は微妙な表情で顔をそらせ、

「壹岐さん、企業の中のサラリーマンは、会社のために儲けねばならないのです、それに私は損をかけたのです、五億円もの損をですよ」

呻くような金子の言葉に、壹岐は云うべき言葉がなかった。

「じゃあ、私はお先に――」

壹岐は、今暫くは独りでいたいであろう金子の気持を察して、そこを離れた。エレベーターで三階へ降り、繊維部の自分の席へ戻って来ると、机の上に連絡メモが置いてあった。


社長から至急の用命があり、席へ戻られ次第、すぐ秘書課までご足労下さい

と書かれていた。壹岐は、何事かと訝《いぶか》りながら、すぐ踵《きびす》を返して、秘書課へ向った。

役員室ゾーンは、靴の踵《かかと》が沈みそうなほど分厚な絨毯《じゅうたん》が敷き詰められ、静まりかえ

っている。つい今しがたまで、仕手戦に惨敗して、心身ともにぼろぼろに傷つき果てている金子綿糸部長と屋上で話していた壹岐にとっては、一人のサラリーマンの挫折《ざせつ》などとはいささかのかかわりもない非情なほどの静けさに思えた。

社長室の扉をノックし、扉を開くと、来客が帰ったばかりらしく、応接テーブルの灰皿の中の吸殻《すいがら》が、煙っている。

大門一三は、壹岐の方へ眼を向けるなり、

「君ぃ、何処《どこ》へ行ってたのや、図書館通いは午前中だけという約束やったはずや」

頭ごなしに、不機嫌に云った。これまでの大門には見られなかった剣幕に、壹岐は驚いたが、疲れの澱《よど》んだ苛《いら》だたしげな表情を見て、解った。中京紡績との仕手戦は、大門自身が、金子綿糸部長と緊密な連絡を取り、指揮していただけに、五億円もの損に対する経営者としての責任と、稀代《きたい》の相場師といわれる中京紡績社長の鬼頭勘助にしてやられた無念さで歯ぎしりし、びりびりと神経をたてているのだった。

「ちょっと席をはずしていたもので、遅れました――」

屋上での金子部長との話にはふれず、そう云うと、大門はじろりと壹岐を見、

「君のアメリカの査証《ビザ》をとるのに、えらい手間がかかった」

「はあ、そうですか――」

「はあ、そうですかとは、なんや！　君みたいにいつまで経《た》っても、紋切型の軍人口調では困る、なんでアメリカが君に査証をおろさんのか、思い当ることがないのか」

さらに苛だつように云ったが、壹岐には大門の言葉の意味を解《げ》しかねていると、

「その理由は、君は一見、純粋な日の丸組に見えるが、ほんとうはシベリアで洗脳されたソ連のひも付きだという疑いを執拗《しつよう》に持っている筋があったからや、身に覚えがあるんか？」

壹岐のちょっとした顔色の変化をも、見逃すまいという鋭い眼で、質問した。壹岐は怒るより、馬鹿馬鹿《ばかばか》しくて、答える気にもならなかった。その途端、大門の眼付きも和らぎ、

「むろん、わしは君を信じているけど、現実には君の査証は普通の筋ではおりず、里井常務がニューヨーク支店長に連絡して、駐米領事から国務省のジャパン・デスク(日本課)に話を通して貰ったり、里井常務の特別の奔走で、やっとおりたという連絡が東京から入ったのや」

と云った。いかにシベリア帰りとはいえ、旧軍人の自分の査証がそれ程、困難であったとは思いもかけず、今さらのように米ソの冷戦の厳しさを身近に知る思いがしたが、それ程までして自分をアメリカへ連れて行くのは、どう考えても腑《ふ》に落ちなかっ

た。

「社長、私がアメリカへお伴《とも》するのは、よほどの用件があるのでしょうか」

直截《ちょくせつ》に、胸中のわだかまりを聞くと、

「大ありや、これからの商社マンがアメリカを知らずして、どうやって商売を考えるのや、大東亜戦争の失敗かて、君たちのような作戦参謀が、アメリカへ行ったこともなかったのが、そもそもの間違いやと思うがな」

ずけっとした口調で云い、煙草に火を点けると、

「ところで、壹岐君は、今度の仕手戦をずうっと見て来たやろが、惨敗した今、何を一番に考えたんや」

と聞いた。不意の質問に壹岐は、戸惑ったが、

「仕手戦の仕組みが解《わか》らない私にとって、最大の関心事は、こういう場合、会社は当事者にどういう処置をとるかということです、軍隊と民間企業とでは賞罰の仕方が、自《おのず》から異なると思いますが――」

「さすがええ勘どころやな、人が財産という点では、軍隊も、商社も本質的に似ているから、その人材を生かすも殺すも賞罰の仕方一つといいたいところやが、人材の値段が違うんやから、賞はともかく罰では当然、違うて来るやろな」

「人材の値段――」

「そうや、軍隊は一人、一銭五厘《りん》で集めて来られるから、失敗した奴《やつ》は腹を切らせるか、階級剝奪《はくだつ》して、どんどん新しい兵を補充すればこと済むが、企業は限られた資金と、扶養家族の手当てまで上乗せした人材をフル回転して、儲《もう》けんことには成り立っていかんのやから、一回や二回、失敗したいうて馘《くび》にしたら、効率の悪いことおびただしいし、他の社員も萎縮《いしゅく》してしまう」

「すると、金子部長の処遇は――」

壹岐は、気がかりな点を聞くと、

「おそらく金子はもう辞表を胸にしておるやろ、だが、わしは受け取らん、一枚の辞表でことが済むと考えるのは安易すぎる、損をした分だけ、どうしたら取り返せるか、それこそ、まだまだこれからが血の小便や、来る日も来る日も、両耳の電話で暴落一途の値を聞きながら、現物を処分して行く、その四、五カ月は蟻地獄《ありじごく》の苦しみやろ、けどそれをやり終《お》せ、次に会社に儲けさせたら、金子の取締役は請合いや、企業には潔《いさぎよ》い玉砕なんかは許されんのや」

力に満ちた声で云い放った。〝企業は玉砕が許されぬ〟という大門の言葉が、巌《いわお》のようにずしりと、壹岐の胸に響いた。

社長室を出、人事部の渡航課に寄って二階の繊維部の自席に戻って来ると、石原慎二に渡航手続に必要な書類の書き方を教わった。一通り記入をすますと、石原は、

「壹岐さん、はじめての海外渡航となると、所持品一覧を書いてあげんといけませんな」

と云い、手早く服から下着に至るまでリストを作り、

「それから大事なのは、薬です、もし壹岐さんが常用、或いは必要とする薬があるのなら、ちゃんと用意していかんと、向うは医師の処方箋《しょほうせん》がないと薬を売ってくれませんからね、それから眼鏡、壹岐さんが書類を見る時に使う眼鏡はスペアを持って行かんと、これもまた医師の難しい検眼がいるから、困りまっせ」

と注意してくれたが、急に声をひそめ、

「出張料は一日二十五ドルいうても、寝て食べてのことやから、壹岐さんみたいに勘定が下手やったら、一ぺんに足出してしまうから、よう計算しはることです、そうせんとせっかく、アメリカへ行っても、ストリップ・ショウ一つ、見られまへんでぇ」

「え？　ストリップ・ショウ――」

「そう、まだ日本にはないけど、この間、ニューヨークから帰って来た奴の話では、ニューヨークの裏町の劇場《こや》へ行ったら、全ストやってるいう話やったから」

石原が得々と最新情報を耳もとに囁《ささや》くと、壹岐は顔を紅《あか》らめた。

「ええ齢して、けったいな人やな――、かえって僕まで妙な気ぃになって来たわ」

石原は半ば呆《あき》れ顔《がお》で云《い》い、席をたって行った。壹岐は、綿糸部長席へ視線をやった。後場二節がはじまっているらしく、金子部長がげっそりやつれ果てた顔で、二本の電話を両耳にあてがい、苦しい売り指令を出していた。


アメリカ出張を明日に控え、壹岐は、妻の佳子が、トランクに整えてくれた荷物を調べていた。机や小引出しをのけても、六畳の間にトランクを両開きに広げると、部屋の中は足の踏場もないほどであった。

「お父さん、整理しやすいように空箱を持って来てあげたわ、いらないものは左、必要なものは右の箱に区分けるから、云って頂戴《ちょうだい》」

高校生の直子は、洋服箱を二つ持って来、壹岐の左右に置いた。

「よく気がつくな、じゃあ、ワイシャツと肌着は一組ずつトランクから出して、不要の方へ、直子のうしろにある二冊の本は、右の必要の箱の方へ入れておくれ」

と云いながら、ビタミン剤と胃腸薬を機内持込用のバッグに入れていると、台所で

夕食の支度をしていた妻が、手を拭《ぬぐ》いながら入って来、

「あなた、そのワイシャツと肌着、どうしてトランクからお出しになったの」

「こんなにいらないよ、軍人時代はいつだって、こんな大層な荷物は持って行かなかったじゃないか」

戦争中、外交官に身分を偽ってクイビシェフへ外交伝書使《クリエール》に出た時も、戦況視察のために南方へ赴《おもむ》いた時も、いつも身軽な旅装で出ていた壹岐は、着替用の背広二着、ワイシャツ五組、肌着三組、ネクタイ五本という衣類の多さに、辟易《へきえき》すると、

「だって今度は、商社マンとして海外へ行かれるのですよ、しかも大門社長の随員として行かれる限り、あまりむさ苦しいのは、失礼ですよ、あなたが会社の方にメモして戴《いただ》いた表にも、そのように書いてありますわ」

と云うと、玄関のガラス戸が開き、

「ご免、わしだ」

しわがれた声がした。

「あら、お祖父《じい》さんやわ！」

直子が眼を輝かせ、すぐ隣の四畳半の間に僅《わず》かな三和土《たたき》がついている玄関へ飛んで行き、妻の佳子も出迎えた。戦後、東京から大阪の帝塚山《てづかやま》へ移り、さらに河内長野《かわちながの》の

田舎へ引き込んだ舅《しゅうと》が、夕刻になって訪れて来たことに詫りながら、自分もたち上りかけると、既に六十七歳の老人で、くたびれた背広を着ていたが、黒いベレー帽をかぶった妻の父、坂野郷之は、にこやかな笑いをうかべて入って来、六畳の部屋を見廻した。

「これは正君、大へんだねぇ」

「どうも狭い処《ところ》に、取りちらかしておりまして——、お足もと大丈夫でしたか」

舅であると同時に、陸大時代の教官であった人だけに、壹岐は親しみの中にも改って迎えると、

「まだまだこの通り矍鑠《かくしゃく》たるものだよ、佳子から君が、アメリカ出張すると聞いて、大阪へ出て来た帰りに寄ったのだ、これは僅少《きんしょう》だが——」

と云い、上衣の内ポケットから餞別《せんべつ》の包みをさし出した。

「お舅《とう》さん、とんでもありません、私は会社からの出張で、これといって何も——」

と云いかけると、今は先祖の地である河内長野に引き籠《こも》り、公民館の館長をしているが、三十歳から三年間、駐英日本大使館付武官をした舅は、

「どこへ行くにしても、海外へ行けば一ドルどころか、十セントだって、持っているに越したことはないものだよ、まして正君の場合は、海外支店があるといっても、知

らない人たちばかりで、些細《ささい》なことで恥をかくのもつまらんだろう」

中年ではじめてアメリカへ出張する壹岐に、細かく心を配るように云った。

「ご厚志のほど、有難く頂戴致します、出張期間は三週間ですから、何事もないと思いますが、一つよろしく――」

お茶を運んで来た妻を顧みて云うと、佳子は、

「十一年間も留守をお守りしていたのですから、大丈夫ですわ、それよりアメリカでは、シベリア抑留者に非常に神経を尖《とが》らせていると聞いているので、向うであなたに何か起りはしないか、それを思うと、とても心配で、いっそ、出張を取り止《や》めて戴きたい気持ですわ」

二人の子供の耳に届かぬように低い声で云った。壹岐は、大門社長から自分の査証《ビザ》がおりるのに随分、手間取ったことを聞いていたから、ふと不安な思いがしたが、

「単身ならともかく、大門社長の随員として行くのだから、妙なことなど起るはずがないよ、そんなことより一番の気懸《きがか》りは、言葉の問題で、社長の足手まといにならないかということだよ」

と云うと、舅も頷《うなず》き、

「たしかにアメリカでは、われわれが戦前、使っていた英語は通じにくいらしい、ま

して向う側の話す言葉は相当、会話に熟練していないと、半分ぐらいしか解《わか》らないらしいな、帰国したらどんな珍談が聞けるか、今から楽しみだよ」

壹岐と調子を合わせるように云うと、佳子はほっと表情を和らげ、

「お父さん、お久しぶりに夕食、ご一緒して下さいな、子供たちも喜びますから――」

と云い、急いで台所にたちかけると、

「いや、わしも今晩は、公民館の会合があるので、今日はすぐ帰らねばならんのだよ」

と云い、ベレー帽を手にしてたち上った。

「なあんだ、お祖父ちゃん、もう帰るの」

遊びに出ていて帰ったばかりの誠が、がっかりすると、舅は眼を細め、

「また、近いうちに来るよ」

と云い、玄関で靴を履くと、駅まで見送りに行こうとする直子と誠に、

「アメリカへ行くお父さんと、ちょっと話があるから、今度来た時に送っておくれ」

と云い、壹岐と二人だけで、市営住宅がたち並ぶ道を通りぬけ、大和川《やまとがわ》沿いの道に出た。

まだ僅かに夕方の明りが残り、満潮時の大和川は、中州を除いて百メートルの川幅

一杯にひたひたとした流れを見せている。

壹岐は、老齢にもかかわらず、ベレー帽をかぶり、背筋をまっすぐに伸ばして歩く舅の坂野郷之に歩を揃《そろ》えながら、今さらの如《ごと》く、歳月の廻《めぐ》り、去って行く早さを感じた。

昭和十二年、壹岐が厳しい試験に合格して、青山の陸軍大学校に入学した時、壹岐たち五十二期生の担当教官の一人であった坂野郷之は、陸大教官に赴任したばかりの中佐であったが、古今東西の戦史に通暁《つうぎよう》した権威であった。ことに日露戦争の戦略戦術の講義は、血沸き肉躍る生々しさと、格調の高さがあり、将来、将帥《しようすい》の幕僚たらん壹岐たち学生の熱の入れ方も一通りではなかった。

陸大の教育にはテストがない。教官がテーマを出し、その解答は各自、自由に考察し、結論とその理由を論文にまとめて提出させる。次に、見解の異なる者同士で討論させ、最後に教官の解答が披瀝《ひれき》され、その上で、次の研究課題に入るのが基本方針であった。三年間、そうした教育を受けた者は、独自の信念が培《つちか》われると同時に、表現力、説得力が身につく。教官の中には、陸大のそうした教育の建前を忘れ、自分と異なる説を主張する学生を嫌う者がいたが、坂野郷之は公正で、優れた解答者には、「教官の及ばなかったところまで考えている」と、言明して憚《はばか》らぬ気宇の大きさが、より学生に熱を入れさせ、自宅まで押しかけても、とことん学生とつき合うタイプであった。

したがって荻窪《おぎくぼ》にあった坂野郷之の家は、日曜日になると、その日だけ寮から解放される学生たちの議論のたまり場になったが、学生たちのもう一つの目的は、教官の一人娘である佳子にあった。茶菓を運んで来る以外、学生たちの屯《たむろ》する座敷にはめったに姿を見せなかったが、壹岐も、廊下や玄関でまともに、佳子と顔を合わせると、心が高鳴り、秘《ひそ》かに赤面することが少なくなかった。

坂野郷之は、どの学生とも公平につき合い、壹岐一人を目にかけるということはしなかったが、天皇陛下の行幸を賜わる卒業式で、首席の壹岐が御前講演をするに当っての指導教官が、坂野郷之であったことから、師弟の交わりが格別に深まったのだった。そして郷里の山形連隊長を介して、壹岐の将来を見込んで持ち込まれた浜田大将の令嬢より、恩師の娘である佳子を選んだのであった。

川沿いの道が国道二十六号線に交わる十メートルほど手前まで来た時、舅は足を止め、

「防衛庁の原田勝《まさる》君が、いよいよ次の参議院選に出馬することが本決まりになったそうだが、知っているかね」

と聞いた、壹岐も思わず、たち止まり、

「いずれ選挙に出るという噂《うわさ》は、聞いておりましたが、本決まりというのは今、はじめて聞きました」

と云いながら、曾《かつ》て日米開戦の緒戦となった真珠湾攻撃の作戦作成にあたって、海軍の名参謀といわれた原田を中心とする作戦会議に、壹岐も参画し、その識見の高さ、細心にして豪胆な戦略戦術の発想に、畏敬《いけい》の念をもって接していたことを、思い返した。その原田参謀は、現在は、防衛庁の航空幕僚監部幕僚長の要職にあった。

「お舅さんは、原田さんの立候補のことを、どこからお聞きになったのですか」

「私が委員をしている軍人恩給連盟大阪支部に、選挙支援体制を早急《さっきゅう》につくってくれという伝達が来たのだよ、原田君はりっぱな人物だから信望も厚く、支援体制は強力なものが出来ると思う、お前も、今でなくとも将来、お国のために尽す政治を志す気持はないのか」

と云い、深い眼《まな》ざしを注いだ。壹岐が防衛庁へ入らないのはともかく、よりにもよって商社に入ったことに不満を持っていることは、以前から感じ取っていただけに、
壹岐は返事に窮し、視線を大和川にかかった鉄橋の方へそらすと、

「齢は違っても、曾ては海の原田、陸の壹岐と云われたことのある好敵手じゃないか、

わしはお前が商社へ入り、家へ帰って来てまで子供の着ている服を手にとって、毛とか、化学繊維とか、勉強していることを聞いて、情けない思いをしている……、佳子は十一年間の苦労が骨身にこたえて、これから先は家庭の幸福を求めて、君が政治家を志すことに反対のようだが、第二の人生を、曾ての君らしく、もう一度、考え直してみてくれないか――」

舅の坂野郷之は、自分の夢を托《たく》すように、しみじみとした声で云った。舅がそのことを妻や子供から遠く離れたアメリカで考えて来てほしいと、願っているのだと思うと、壹岐は、今回のアメリカ行きが、一層、重苦しく心にのしかかった。

（第二巻に続く）

参考文献・資料

いまいげんじ著「シベリヤの歌——一兵士の捕虜記」（牧野出版社）
今立鉄雄編著「日本しんぶん——日本人捕虜に対するソ連の政策」（鏡浦書房）
石田三郎著「無抵抗の抵抗——ハバロフスク事件の真相」（日刊労働通信社）
エル・ヤ・マリノフスキー著（石黒寛訳）「関東軍壊滅す——ソ連極東軍の戦略秘録」（徳間書店）
草地貞吾著「その日、関東軍は——元関東軍参謀作戦班長の証言」（宮川書房）
草地貞吾著「地獄遍路」（日刊労働通信社）
「極東国際軍事裁判速記録」
倉井五郎著「盗群——ソビエット犯罪社会の一断面」（日刊労働通信社）
黒澤嘉幸著「シベリヤの外套」
在ソ同胞帰還促進機関誌「朔北」会員、ソ連抑留記シリーズ
清水了著「自筆絵日記——思い出の記」
上法快男編「陸軍大学校」（芙蓉書房）

人権擁護調査会編集「自由と人権」
菅原裕著「東京裁判の正体」(時事通信社)
鈴木敏夫著「虜情――ソ連抑留11年の記録」
竹原潔著「抑留画譜」
津森藤吉氏追悼集「紅炎白蓮」
長谷川宇一著「シベリヤに虜われて」
長谷川芋逸著「句集朔北」
秦彦三郎著「苦難に堪えて」(日刊労働通信社)
服部卓四郎著「大東亜戦争全史」(鱒書房)
藤本春雄著「在ソ十一年半の記録と所見」
穂苅甲子男著「シベリア抑留記」(新信州社)
堀満著「七重の鉄扉」(日刊労働通信社)
松村知勝著「裁判と監獄」(日刊労働通信社)
水城英夫著「大堀事件」
薬袋宗直著「抑留生活あれこれ記」
彌益五郎著「ソ連政治犯収容所の大暴動――カラガンダ事件の体験記」(日刊労働通信社)

談話提供者（敬称略）

今井源治　石田三郎　石出友次　内山弘　岡村愛一　菊池廣　草地貞吾
黒澤嘉幸　坂間訓一　坂間文子　渋谷清　島貫武治　進藤晃　鈴木敏夫
竹原潔　長谷川宇一　秦郁枝　馬場嘉光　原四郎　藤本春雄　松村知勝
薬袋宗直　森義信

『不毛地帯』を執筆するにあたって、軍およびシベリア抑留関係の記述は、以上の文献、資料、体験談を参考にさせて戴きました。私自身も雪のシベリアをハバロフスクからモスクワまで横断し、現地取材した上で、自由な創作を加え、小説的に構成しましたが、当時の状況については、以上の方々のご教示、ご協力がなければ成し得なかった仕事であったと思います。改めて厚く御礼申し上げます。

なお病床で死の直前まで拙稿をお目通し下さり、昭和四十八年秋、鬼籍に入られた故長谷川宇一氏に謹んで深い哀悼の意を表します。

著者

昭和五十一年五月

この作品は昭和五十一年六月〜五十三年九月新潮社より全四巻で刊行され、昭和五十八年十一月〜十二月全四冊で新潮文庫に収録された。

山崎豊子著
暖簾《のれん》

丁稚からたたき上げた老舗の主人吾平を中心に、親子二代〝のれん〟に全力を傾ける不屈の大阪商人の気骨と徹底した商業モラルを描く。

山崎豊子著
ぼんち

放蕩を重ねても帳尻の合った遊び方をするのが大阪の〝ぼんち〟。老舗の一人息子を主人公に船場商家の独特の風俗を織りまぜて描く。

山崎豊子著
花のれん
直木賞受賞

大阪の街中へわての花のれんを幾つも幾つも仕掛けたいのや——細腕一本でみごとな寄席を作りあげた浪花女のど根性の生涯を描く。

山崎豊子著
しぶちん

〝しぶちん〟とさげすまれながらも初志を貫き、財を成した山田万治郎——船場を舞台に大阪商人のど根性を描く表題作ほか4編を収録。

山崎豊子著
花紋

大正歌壇に彗星のごとく登場し、突如消息を断った幻の歌人、御室みやじ——苛酷な因襲に抗い宿命の恋に全てを賭けた半生を描く。

山崎豊子著
仮装集団

すぐれた企画力で大阪勤音を牛耳る流郷正之は、内部の政治的な傾斜に気づき、調査を開始した……綿密な調査と豊かな筆で描く長編。

山崎豊子著
女系家族（上・下）
代々養子婿をとる大阪・船場の木綿問屋四代目嘉蔵の遺言をめぐってくりひろげられる遺産相続の醜い争い。欲に絡む女の正体を抉る。

山崎豊子著
白い巨塔（一〜五）
癌の検査・手術、泥沼の教授選、誤診裁判などを綿密にとらえ、尊厳であるべき医学界に渦巻く人間の欲望と打算を迫真の筆に描く。

山崎豊子著
女の勲章（上・下）
洋裁学院を拡張し、絢爛たる服飾界に君臨するデザイナー大庭式子を中心に、名声や富を求める虚栄心に翻弄される女の生き方を追究。

三浦綾子著
泥流地帯
大正十五年五月、十勝岳大噴火。家も学校も恋も夢も、泥流が一気に押し流す。懸命に生きる兄弟を通して人生の試練とは何かを問う。

三浦綾子著
細川ガラシャ夫人（上・下）
戦乱の世にあって、信仰と貞節に殉じた悲劇の女細川ガラシャ夫人。清らかにして熾烈なその生涯を描き出す、著者初の歴史小説。

三浦綾子著
塩狩峠
大勢の乗客の命を救うため、雪の塩狩峠で自らの命を犠牲にした若き鉄道員の愛と信仰に貫かれた生涯を描き、人間存在の意味を問う。

松本清張著

わるいやつら（上・下）

厚い病院の壁の中で計画される院長戸谷信一の完全犯罪！　次々と女を騙しては金をまき上げて殺す恐るべき欲望を描く長編推理小説。

松本清張著

歪んだ複写
―税務署殺人事件―

武蔵野に発掘された他殺死体。腐敗した税務署の機構の中に発生した恐るべき連続殺人を描いて、現代社会の病巣をあばいた長編推理。

松本清張著

黒い福音

現実に起った、外人神父によるスチュワーデス殺人事件の顛末に、強い疑問と怒りをいだいた著者が、推理と解決を提示した問題作。

松本清張著

点と線

一見ありふれた心中事件に隠された奸計！　列車時刻表を駆使してリアリスティックな状況を設定し、推理小説界に新風を送った秀作。

松本清張著

霧の旗

兄が殺人犯の汚名のまま獄死した時、桐子は依頼を退けた弁護士に対する復讐を開始した。法と裁判制度の限界を鋭く指摘した野心作。

松本清張著

影の地帯

信濃路の湖に沈められた謎の木箱を追う田代の周囲で起る連続殺人！　ふとしたことから凄惨な事件に巻き込まれた市民の恐怖を描く。

城山三郎著

役員室午後三時

日本繊維業界の名門華王紡に君臨するワンマン社長が地位を追われた――企業に生きる人間の非情な闘いと経済のメカニズムを描く。

城山三郎著

官僚たちの夏

国家の経済政策を決定する高級官僚たち――通産省を舞台に、政策や人事をめぐる政府・財界そして官僚内部のドラマを捉えた意欲作。

城山三郎著

硫黄島に死す

〈硫黄島玉砕〉の四日後、ロサンゼルス・オリンピック馬術優勝の西中佐はなお戦い続けていた。文藝春秋読者賞受賞の表題作など7編。

城山三郎著

冬の派閥

幕末尾張藩の勤王・佐幕の対立が生み出した血の粛清劇〈青松葉事件〉をとおし、転換期における指導者のありかたを問う歴史長編。

城山三郎著

打たれ強く生きる

常にパーフェクトを求め他人を押しのけることで人生の真の強者となりうるのか？　著者が日々接した事柄をもとに静かに語りかける。

城山三郎著

わしの眼は十年先が見える
―大原孫三郎の生涯

社会から得た財はすべて社会に返す――ひるむことを知らず夢を見続けた信念の企業家の、人間形成の跡を辿り反抗の生涯を描いた雄編。

塩野七生著

チェーザレ・ボルジア
あるいは優雅なる冷酷
毎日出版文化賞受賞

ルネサンス期、初めてイタリア統一の野望をいだいた一人の若者――〈毒を盛る男〉としてその名を歴史に残した男の栄光と悲劇。

塩野七生著

コンスタンティノープルの陥落

一千年余りもの間独自の文化を誇った古都も、トルコ軍の攻撃の前についに最期の時を迎えた――。甘美でスリリングな歴史絵巻。

塩野七生著

ロードス島攻防記

一五二二年、トルコ帝国は遂に「喉元のトゲ」ロードス島の攻略を開始した。島を守る騎士団との壮烈な攻防戦を描く歴史絵巻第二弾。

塩野七生著

レパントの海戦

一五七一年、無敵トルコは西欧連合艦隊の前に、ついに破れた。文明の交代期に生きた男たちを壮大に描いた三部作、ここに完結！

塩野七生著

サイレント・マイノリティ

「声なき少数派」の代表として、皮相で浅薄な価値観に捉われることなく、「多数派」の安直な〝正義〟を排し、その真髄と美学を綴る。

塩野七生著

サロメの乳母の話

オデュッセウス、サロメ、キリスト、ネロ、カリグラ、ダンテの裏の顔は？「ローマ人の物語」の作者が想像力豊かに描く傑作短編集。

司馬遼太郎著

梟の城

直木賞受賞

信長、秀吉……権力者たちの陰で、凄絶な死闘を展開する二人の忍者の生きざまを通して、かげろうの如き彼らの実像を活写した長編。

司馬遼太郎著

国盗り物語（一～四）

貧しい油売りから美濃国主になった斎藤道三、天才的な知略で天下統一を計った織田信長。新時代を拓く先鋒となった英雄たちの生涯。

司馬遼太郎著

燃えよ剣（上・下）

組織作りの異才によって、新選組を最強の集団へ作りあげてゆく〝バラガキのトシ〟――剣に生き剣に死んだ新選組副長土方歳三の生涯。

司馬遼太郎著

花神（上・中・下）

周防の村医から一転して官軍総司令官となり、維新の渦中で非業の死をとげた、日本近代兵制の創始者大村益次郎の波瀾の生涯を描く。

司馬遼太郎著

歴史と視点

歴史小説に新時代を画した司馬文学の発想の源泉と積年のテーマ、〝権力とは〟〝日本人とは〟に迫る、独自な発想と自在な思索の軌跡。

司馬遼太郎著

胡蝶の夢（一～四）

巨大な組織・江戸幕府が崩壊してゆく――この激動期に、時代が求める〝蘭学〟という鋭いメスで身分社会を切り裂いていった男たち。

藤沢周平著　時雨のあと

兄の立ち直りを心の支えに苦界に身を沈める妹みゆき。表題作の他、江戸の市井に咲く小哀話を、繊麗に人情味豊かに描く傑作短編集。

藤沢周平著　冤（えんざい）罪

勘定方相良彦兵衛は、藩金横領の罪で詰め腹を切らされ、その日から娘の明乃も失踪した……。表題作はじめ、士道小説9編を収録。

藤沢周平著　橋ものがたり

様々な人間が日毎行き交う江戸の橋を舞台に演じられる、出会いと別れ。男女の喜怒哀楽の表情を瑞々しい筆致に描く傑作時代小説。

藤沢周平著　消えた女　—彫師伊之助捕物覚え—

親分の娘おようの行方をさぐる元岡っ引の前で次々と起る怪事件。その裏には材木商と役人の黒いつながりが……。シリーズ第一作。

藤沢周平著　驟《はし》り雨

激しい雨の中、八幡さまの軒下に潜む盗っ人の前で繰り広げられる人間模様——。表題作ほか、江戸に生きる人々の哀歓を描く短編集。

藤沢周平著　密謀（上・下）

天下分け目の関ケ原決戦に、三成と密約がありながら上杉勢が参戦しなかったのはなぜか？　歴史の謎を解明する話題の戦国ドラマ。

不《ふ》毛《もう》地《ち》帯《たい》 第一巻

新潮文庫 や-5-40
全5冊

平成二十一年三月十五日 発行
平成二十一年九月二十日 六 刷

著者 山《やま》崎《さき》豊《とよ》子《こ》

発行者 佐藤隆信
発行所 株式会社 新潮社
郵便番号 一六二―八七一一
東京都新宿区矢来町七一
電話 編集部(〇三)三二六六―五四四〇
読者係(〇三)三二六六―五一一一
http://www.shinchosha.co.jp
価格はカバーに表示してあります。
乱丁・落丁本は、ご面倒ですが小社読者係宛ご送付ください。送料小社負担にてお取替えいたします。

印刷・大日本印刷株式会社 製本・加藤製本株式会社

ISBN978-4-10-110440-9 C0193